ARCHE

SALVATORE SCIBONA

DAS ENDE

Aus dem Amerikanischen
von Steffen Jacobs

Roman

ARCHE

Für Helen, Stanley, Barbara und Big Sam

Inhalt

Teil eins

Ich weiß,
dass mein Erlöser lebt
1913–1953

1

In Straßenschuhen war er einen Meter fünfundfünfzig groß, bären-
haft sein rundes, hängebackiges Gesicht, massig sein Brustkorb und
seine Schultern, stämmig auch die Gegend um die Körpermitte, aus-
gezehrt aber um die Hüften, ohne rechtes Sitzfleisch am Hintern (sowieso hatte man ihn kaum je sitzen sehen), schmal an den Knöcheln,
mädchenhaft die winzigen Füße – ein Mann in Form einer Glühbirne.
Er hatte eine Haut von schwach grünlicher Färbung, Schuppenflechte
bedeckte seine Ellbogen und Kniekehlen, unberührt von Narben aller
Art waren seine rasierten Wangen. Unermüdlich war er in seinen täglichen Pflichten, ohne Groll gegen diese sündhafte Welt, dankbar sogar
für sie: ein Bäcker von Broten mit und ohne Körnern, einfachen Kuchen, glasierten Leckereien der Saison; Belieferer des gesamten Viertels
ebenso wie gelegentlicher Durchreisender; ein Leser der Nachmittags-
zeitungen, wie alle in seinem Beruf; geboren am Tag des Luciafestes im
Jahr 1895; ein patriotischer Bewohner Ohios; zwischen acht und zwei
Uhr, wenn er sich das Rauchen verbot, ein Süßmaul, das Karamellbonbons lutschte; Besitzer einer breiten, durchgehenden Braue, eines Kopfes mit glattschwarzem, welligem Haar, einfältiger, unnatürlich blasser
und blauer Augen, die tief in seinem Schädel saßen, über gedunsenen,
an Regenwolken erinnernden Tränensäcken: die Augen eines Menschen mit Bleivergiftung, der zeit seines Lebens das Wort nie an mehr
als zwei Personen gleichzeitig gerichtet hat; einer, der, wenn ihm danach war, wie eine alte Katze einfach durch einen hindurchsah; daran
gewöhnt, die Gegenwart anderer zu erdulden, aber stets der Abgeschiedenheit bedürftig; der Bäcker von Elephant Park; ein Geschäftsmann

ohne Ehrgeiz; eine sorgenfreie Seele, sorgenfrei durch glückliche Fügung und Selbstdisziplin; einer, der seine Jungen halbherzig züchtigte; ein maßvoller Trinker geistiger Getränke, der täglich für die Erlösung seiner Söhne und seiner Frau betete; ein Raucher, der ungeachtet dessen immun gegen Erkältung und Grippe war; ein Wetterverächter; ein Liebhaber von Zeiten der Zufriedenheit und der Gnade, ein unauffälliger Christ.

Die fünfzehn Arbeitsstunden des Tages teilte er in drei Abschnitte: sechs in der Backstube, allein; sechs an der Ladenkasse, wo ihn sofort jene Ermattung befiel, welche für ihn die Gesellschaft von Menschen mit sich brachte, die nicht von seiner Art waren; drei weitere im hinteren Ladenteil, wiederum allein, es sei denn, einer seiner Jungen besuchte ihn. Er war Vater dreier Söhne.

Es war nie der älteste oder jüngste, der die Hintertür der Backstube aufstemmte, die auf eine schmale Gasse führte – die Hickory-Dickory-Dock-Tür wurde sie genannt –, und hineinkam, um nach der Schule bei seinem arbeitenden Vater zu sitzen. Es war der mittlere, einzelgängerische, während die beiden anderen sich auf der Straße herumtrieben. Es war immer nur Mimmo, der kam und ihm Gesellschaft leistete. Mimmo, der Stumme, Fordernde, süßlich nach Pisse Riechende. Mimmo, der von der Höhe seines Schemels aus die Dinge der Geisterwelt und der materiellen Welt beobachtete. Der, statt Fußball zu spielen und Kohlen vom Bahngelände zu klauen, die Allez-hopp-Tür öffnete, wie sie ebenfalls genannt wurde (der Türgriff fehlte, und das Schloss war seit Langem kaputt, aber wenn man einen Stock in die untere rechte Ecke zwängte, schwang sie auf), und die Einsamkeit der heißesten Nachmittagsstunden in der Backstube beendete, wenn die Öfen für die Nacht geheizt und die Glastüren, die für die Öffentlichkeit aufgesperrt wurden, verschlossen und verhängt waren. In Wahrheit wünschte sich der Bäcker, dass stattdessen sein Erst- oder Letztgeborener käme, jene zwei, die mit ihrer Mutter die Gaben der Schmeichelei, des Schwatzens, des schrillen, ausgelassenen Singens patriotischer Lieder teilten, vom Schrubben und Fegen ganz zu schweigen.

Aller Plackerei zum Trotz war es ihm nicht gelungen, genug irdisches Vermögen zusammenzubringen, um seinen Söhnen in ihren jüngeren Jahren einen eigenen Raum zum Schlafen bereitzustellen – alle drei teilten sich ein Schrankbett in der Wohnstube – oder manchmal auch nur die sonntägliche Tafel mit Fleisch oder Geflügel zu füllen; oder Dekorationsgegenstände zu erwerben, welche die Wände der Wohnstube verschönert hätten; oder Rüschen für die Säume der Vorhänge zu kaufen, oder irgendeine Art von Ladenschild, das die Schaufensterfront der Bäckerei kenntlich gemacht hätte; oder den Lohn für eine Verkäuferin aufzubringen. Und so lasteten all die mannigfaltigen Aufgaben einer Bäckerei auf ihm. Die Jungen ließ er in die Schule gehen. Ihre Mutter rollte nachgemachte kubanische Zigarren zu Hause auf dem Küchentisch.

Ein Kunde, D'Agostino – der Wucherer, dem der Kommissionswarenladen gehörte –, hatte ihm erzählt, der Irrglaube, dass man nicht ausgeben dürfe, was man nicht besitze, sei schuld daran gewesen, dass die Leibeigenen sich nicht befreit hätten. »Du kannst dir nicht einmal eine alte Jungfer leisten, die die Kasse bedient und deine Mandeln schält, und das beweist doch, was ich sage«, argumentierte er.

Nein, aber es bewies stattdessen, wo die Grenze dessen lag, was ein Bäcker zu besitzen hoffen konnte. Er hatte begriffen, dass Amerika groß geworden war, weil man das Recht zum Geldverdienen sogar auf das Geld selbst ausgedehnt hatte, aber für seine Begriffe war das eine Sitte, die von höchster Verderbtheit zeugte, denn aus wessen Händen nahm das erste Geld das zweite Geld, wenn nicht aus denen des Mannes, der es im Schweiße seines Angesichts erworben hatte? Und darum trug kein Konto bei welcher Bank auch immer seinen Namen, denn wo wären die Zinsen hergekommen? Von Wucherei! Abgesehen davon empfand er für seine Wahlheimat eine verstohlene Zärtlichkeit, wie sie wohl junge Mädchen zuweilen verstohlen für ihre Väter empfinden.

Seine Hoffnungen hingegen waren schlicht und nicht käuflich. Er kannte sie – nun, er kannte zumindest eine davon. Er konnte sie mit Worten beschreiben, aber er hätte Ihnen, wenn Sie ihn gefragt hätten, nichts davon gesagt, denn sie waren nicht für Ihre Ohren bestimmt. Er war nur ein einfacher Mann, er war in keiner Weise bedeutend, und seine Kundschaft, sogar seine Kinder, wenn sie unter sich waren, riefen ihn nicht bei seinem Nachnamen, sondern nannten ihn Rocco, als ob er ihr Bediensteter oder ihr Cousin sei.

Er war anfällig für Furcht.

Wenn er es am wenigsten erwartete, in den Zeiten süßer Einsamkeit, in den frühesten Morgenstunden, wenn er durch verpfützte Gassen stolperte, unter den schmalen Balkons der Mietskasernen hindurch, wo in den Sommermonaten die Kinder wie in Käfigen unter aufgehängter Wäsche und dunkelgelben Wolken von Kohlenrauch schnarchten, dann sprang ihn die Furcht aus den Schatten an und versetzte ihm einen Schlag ins Gesicht. Oder später, um vier Uhr am Morgen, während er die Regale zum Abkühlen der Brote mit den täglichen hundertachtzig rechteckigen Laiben füllte, erhob sie sich langsam, ganz langsam, rings um ihn her, ganz weiß (stellen Sie sich einen Koloss in einem Mausoleum voller argloser Leiber vor); oder die Furcht senkte sich auf ihn herab und verpasste ihm eine, während er Kohle in den Ofen schaufelte. Was konnte er in solchen Zeiten anderes zu seinem Schutz tun, als die Furcht beim Namen zu nennen und zu hoffen, dass ihre Kraft dadurch gebrochen würde? Und so sprach er innerlich die biblische Warnung, die all das um vieles besser beschrieb, als er selbst es vermocht hätte, und die auch beschrieb, welches seine Rolle im göttlichen Plan war und welches die Folgen eines Scheiterns in dieser Rolle waren. Das erste Mal hatte er sie bei der Messe für die Taufe seines Jüngsten gehört. Monsignore las sie auf Lateinisch, und er verstand nichts; dann auf Italienisch, und er hörte nicht zu; dann auf Englisch, und sie verrichtete ihr schreckliches Werk: »*Siehe, ich will euch senden den Propheten Elia, ehe denn da komme der große und schreckliche Tag des HERRN. Der soll das Herz der Väter bekehren zu den Kindern und das Herz der Kinder zu ihren Vätern, dass ich nicht komme und das Erdreich mit dem Bann schlage.*«

Er war Vater dreier Söhne. Er liebte sie so, wie der Herr es gebot. Mrs. Loveypants, ihre Mutter, die auch Luigina genannt wurde, war ihm ebenfalls teuer, aber auf andere, beiläufigere Art: als das Gefäß, das ihm seine Jungen beschert hatte.

Sie waren Jungen, und deshalb waren ihre Seelen unfertig und ihre Gewohnheiten formbar. Der erste entdeckte die Möglichkeit, Salz mit Wassermelonen zu essen, und der mittlere und der letzte machten sich diese Gewohnheit nicht nur schamlos zu eigen, sondern ahmten auch des ersten Zusammenzucken und Stirnkräuseln nach und ließen die Kerne von ihren Zungen auf vorbeilaufende Hunde schnellen, als wären sie Wilde. Sie liefen von zu Hause fort und kehrten doch immer wieder zurück. Sie wussten nichts von Entschiedenheit. Sie passten sich ihrer Umgebung an wie Gussformen. Dazu hätte er sie beglückwünschen können: Immerhin waren sie Amerikaner, die ihre Nerven spürten, wo ältere Nationen sie bereits verloren. Eine Million nervöser Identitäten umringten sie, warben lautstark darum, sie mögen eine von ihnen wählen, und seine begierigen Jungen, immer im Werden begriffen, sahen sich in alle Richtungen um, wem sie nacheifern wollten. Er selbst wiederum hatte sein Werden bereits seit Langem hinter sich und sah sich folglich mit weniger, dafür aber geballteren und weit furchteinflößenderen Ungewissheiten konfrontiert – der Stunde seines Todes, der Belastbarkeit seines Vertrauens in den Herrn. Er hätte sie beglückwünschen mögen, wenn er sich nur hätte sicher sein können, dass ihr Werden irgendwann im frühen Erwachsenenalter *abgeschlossen* sein würde und sie den Nutzen des Gewordenseins erfahren würden: die Leichtigkeit, mit der sich der Körper dann bewegt, die Direktheit von Blick und Rede, die Befreiung von dem Verlangen, etwas anderes zu sein, als man ist, und auch die Fähigkeit, zu beten, ohne dabei etwas für sich selbst zu erbitten. Sein eigener Vater hatte ein Wort für all das gehabt, und darin lag Roccos Hoffnung, es war diese Sache, die, hätten Sie ihn danach gefragt, er Ihnen nicht anvertraut hätte, weil er es nicht entweihen wollte. Er wünschte es sich für seine Jungen, die er liebte wie sich selbst – er hoffte, dass die Jungen, als Männer, *hart* werden würden. Stellen Sie sich einen Backstein in einem Brennofen vor. Sein Vater hatte dieses Ziel erreicht, sein Großvater sogar in noch höherem Maß, und es zeigte sich in den an Regenwolken erinnernden Tränensäcken unter ihren Augen. »Gib dich nicht mit Leuten ab, die sich beim Reden ins Gesicht fassen«, hatte sein Vater gesagt. »Dafür sind Hände nicht da.«

Dagegen nun diese Jungen. Er verstand nicht, warum sie immer lächeln mussten! In der Schule brachte man ihnen bei, Fremden die Hand zu geben und dabei breit lächelnd die Zähne zu zeigen, wie Pferde, die beschaut werden sollen. Sie waren keine Pferde! Sie waren Christenmenschen, aber sie lachten über Dinge, die nicht komisch waren, weil sie sich nicht im Geringsten darum scherten, hart zu werden, sondern einzig und allein darum, sich beliebt zu machen, und das brachte Roccos Blut zum Sieden. Weil sie sich damit selbst zum Verkauf feilboten. Und in seinen Augen, wie auch in den Augen des Herrn, waren sie nun einmal nicht käuflich.

Drei Jungen, eins zwei drei, und er, ihr Vater, und Loveypants.

Einer seiner Cousins hatte eine Cousine gehabt, die er Rocco vorstellen wollte, und das war Loveypants gewesen (auch wenn sie diesen Namen damals noch nicht bekommen hatte), und sie hatten geheiratet. Nun gut, es war ein wenig komplizierter gewesen. Das war in der Stadt Omaha gewesen, im Nebraska-Staat, wohin er zuerst eingewandert war und Arbeit gefunden hatte als einer, der Stiere in Züge hinein- und aus Zügen hinaustrieb. Woodrow Wilson hatte gerade seinen Schlaganfall erlitten, und Rocco trauerte wegen Edith, der jungen Braut, die Wilson aus seiner Witwerschaft errettet hatte. Schlimmer noch: Jetzt, da die Spanische Grippe die Welt heimsuchte, hatte Roccos Arbeitsplatz woanders sein sollen als in einem Verschiebebahnhof, zwischen Zügen, die aus weit entfernten infizierten Häfen im Osten, Süden und Westen kamen. Sie war wie die Hitze eines Backofens, diese Furcht, wie der heiße Atem des Herrn, der auf ihn blies und ihm befahl: *Werde hart!* Und so sagte er zu Loveypants, mit der ihn mäßig züchtige Güterwagenliaisons verbanden: »Ich denke, wir sollten besser heiraten.« Worauf sie erwiderte: »Wir stimmen zu.« Und weil er bereits Schande über sie gebracht hatte, erhielt er keine Mitgift, was nicht ungerecht war.

Loveypants, Luigina, trieb einen Speer durch das Herz des werdenden Rocco und sah zu, wie es zu schlagen aufhörte. Sobald er hart geworden wäre, so hatte sein Vater prophezeit, würden die Dinge aus den Tagen seiner Weichheit ihm schmachvoll erscheinen, und genau so war es. Und er hörte auf, sich in Kneipen herumzutreiben, aus

Verandatüren zu pinkeln, wöchentlich Briefe nach Hause, zu seiner Mutter in Catania, zu schreiben, und schließlich gab er das Nebraska auf, kaufte zwei Zugfahrkarten nach Osten und zwei neue Garnituren Unterwäsche. Wenig mehr blieb vom Leben des werdenden Rocco als Loveypants, die ihrerseits bewundernswert hart war und auf die der Name Loveypants (ihr Name in den Güterwagen, ihre eigene Erfindung, die sie bevorzugte) nicht mehr im selben Maß wie vorher zutraf, aber es ist schwieriger, ein Wort aufzuspießen und zu töten, als einen Menschen.

Im Dezember des Jahres 1919 erreichten Loveypants und Rocco ihren Zielort und verließen den Zug. Loveypants' Haar war verfilzt. Schnee fing sich im weichen Flor ihres Stoffmantels. Die blechernen Eckbeschläge ihres Schrankkoffers kreischten auf dem Eis, als sie ihn an einem Gürtel, den sie um seinen Griff gebunden hatte, hinter sich herzerrte. Das restliche Gepäck trug sie in einem geteerten Segeltuchbündel auf dem Rücken. Schwanger zog sie ihre Siebensachen durch die Ohio Road und sang ihm etwas vor.

Viereinhalb Jahre später, und drei Jahre nachdem er seine Lehre bei Modiano, dem Bäcker begonnen hatte, bot der alte Mann in Erwartung seines Ruhestandes Rocco die Bäckerei zur Pacht an, bis dieser das nötige Geld beisammen habe, sie in Gänze zu kaufen. Wie sollte er all das Geld beschaffen? Er dachte einen Tag lang nach, und dann kam ihm blitzartig eine Idee: Er würde das Geschäft einfach jeden Tag öffnen. Ohne Ausnahme. Zum Henker mit dem Sabbat, mit Weihnachten und Pfingsten. Loveypants war nicht die Einzige, die sich skeptisch zu diesem Plan äußerte, aber er ließ sich trotz zweifelnder Thomase und Tomasinas nicht beirren.

Und so begann seine Laufbahn, und er hatte sich all die Jahre mit absoluter Zuverlässigkeit daran gehalten, und Arbeit strömte so beständig über seine willigen Schultern, als ob er beschlossen hätte, sein Haus unter einem Wasserfall zu bauen.

»Doch eine neue Reise müht im Nu / den Geist mir, da der Leib sein Müh'n geendet«, rezitierte sein grünäugiger Ältester, auf dem heruntergeklappten Schrankbett stehend, während Loveypants ihm mithilfe eines

Schullesebuches soufflierte; und Rocco, obwohl er sich die redlichste Mühe gab, musste feststellen, wie seine Aufmerksamkeit nachließ, und er streckte sich auf dem Teppich aus. Der klapperdürre Jüngste, der seines Vaters Brot nicht aß, hatte sich in Roccos Morgenmantel versteckt, der Mittlere, der Buddha, beobachtete die Szene mit gekreuzten Beinen von seinem gewohnten Hochsitz im Kleiderschrank. Roccos Bewusstsein begann, seinen allnächtlichen vierstündigen Abschied zu nehmen. Was er darum gäbe, dem Schlaf abzuschwören! Wenn Gott gut war, dann würde er Rocco im Jenseits all diese Stunden zurückgeben, die sich der Schlaf nahm: nach dem Abendessen, die Spucke des Kleinen an seinem Ärmel.

Loveypants applaudierte. Die Scharniere des Kleiderschrankes klagten, als sich der Mittlere darin einschloss. Und Rocco schlief.

Und die Sorge kam.

Kaum dass er den alten Mann nach zweiundfünfzig Monaten der Pacht ausbezahlt hatte, setzte der Niedergang des Geschäfts ein. Es war der Beginn der Panik. Freies Unternehmertum war also doch Mist. Zum Beispiel: Ein Kind braucht Milch für seine Knochen, aber sein Vater kann sich keine leisten; ein gewisser Schwede aus dem Bekanntenkreis des Vaters, ein Milchbauer aus der Southside, kippt seinen Mastschweinen täglich zwanzig Liter bester Kuhmilch, die sich niemand leisten kann, in den Trog. Es gibt Angebot, es gibt Nachfrage, aber es gibt kein Geld. Und dennoch existiert Geld im Grunde gar nicht; es ist eher eine Theorie; und so lag die Ursache all der Verschwendung in etwas, das nicht existierte. Zum Beispiel: Der Brotlaib, den Rocco von seinem Blech in das Regal zum Abkühlen schiebt, hat eine herrlich weiche Krume, Poren in vielen Größen und Formen, eine leichte Kruste, die unter den Zähnen splittert. Wenn er sein Geschäft öffnet, ist er gerade erst auf Zimmertemperatur abgekühlt, und seine Konsistenz und sein Geschmack sind zu keinem Zeitpunkt besser. Und nun kommt die Meute seiner Kunden herein und verschmäht dieses lebende Zeugnis seiner Kunstfertigkeit zugunsten der toten Überbleibsel vom Vortag, die zum halben Preis erhältlich sind. Das Brot von heute wird er morgen verkaufen. Gott segne uns.

Er hatte keine Schulden, aber seine Jungen bekamen nicht genug zu essen, und so dauerte seine Strähne an.

Mit Roosevelt kam Erleichterung, und Rocco ging beinahe pleite. An jeden, der bereit war, sich in eine Schlange einzureihen, wurde kostenloses Brot verteilt. Baumwolle, so sollte er es besser nennen. Seifenschaum. Der Teig war keine anderthalb Stunden gegangen (er hatte einen der elenden Halunken gefragt, die dafür angestellt worden waren, es herzustellen) und in einem lauwarmen Gasofen gebacken worden. Das Brot, das mittwochmorgens aus Rocco Ofen kam, war hingegen die Erfüllung des Teiges, den er sonntagnachts herzustellen begonnen hatte. Sehen Sie sich die blasige, borkige Oberfläche seines Produktes an. Stecken Sie es in den Mund und pressen Sie Ihre Zunge dagegen. Er fragte den Herrn, was mit der Scham geschehen sei. Derweil kauften Regierungsangestellte Ferkel und Säue auf und verbrannten sie inmitten einer hungernden Nation, weil sie nicht teuer genug waren. Um Kohle zu sparen, schliefen Rocco und die Jungen und Loveypants im Winter auf Klappbetten in der Backstube. Der Jüngste bekam Skorbut. Loveypants glaubte für kurze Zeit, dass sie wieder schwanger sei, aber es war nur die Unterernährung, durch die ihre Periode unregelmäßig war. Dann schrieb ihre Mutter, die jetzt verwitwet in New Jersey lebte, eine Postkarte. Darauf stand, dass Loveypants auf Vermittlung eines gewissen Alfred, der ein Stiefbruder ihres verstorbenen Vaters war, eine Ganztagsbeschäftigung in einer gewerkschaftlich organisierten Fabrik für Schokoladenriegel bekommen könne. Dieser Onkel bot ihr überdies eine Schlafstelle in seiner Wohnung an – dort, in New Jersey –, in der zwei Personen in einer Richtung schlafen konnten und eine dritte eventuell quer am Fußende, sofern diese dritte Person – wie die Postkarte abschließend vermerkte – nicht größer als einen Meter fünfzig sei.

Dies ist die Geschichte eines Mannes, dessen Eimer auf dem Rückweg vom Brunnen leckte.

Sie machten Folgendes: Sie nahm den Ältesten und den Jüngsten mit, und der Mittlere blieb bei Rocco. Sobald das Geschäft wieder florierte, würden sie wieder zusammenziehen.

Mimmo, der Mittlere, Mimmino, der jetzt in der Wohnstube der uneingeschränkte Herrscher war, musste sein Badewasser nicht mehr auf Geheiß mit den anderen teilen. Wenn Rocco ein Hühnchen auftischen konnte, fielen Mimmo beide Keulen zu, und das Fett glänzte auf seinen großen Zähnen. Binnen eines Jahres überragte er seinen Vater. Er entkleidete sich, während er auf dem Ofenrost stand – ein Anzug aus makellos weißem Fleisch, der aus Roccos dürftigem Samen erwachsen war –, und Rocco klappte das Bett von der Wand und warf die Decken auf den Jungen und löschte das Licht. Er konnte weder backen noch rechnen, noch nähen, noch lesen, und er würde es auch niemals lernen. Morgens, fünf Stunden nachdem Rocco ihn schlafend im Haus zurückgelassen hatte, kam er in die Bäckerei gestolpert, um sich sein Frühstück zu holen. Er setzte sich und aß ein Ei und ein Brötchen. Rocco tröpfelte etwas Öl auf seinen Kamm und fuhr damit durch das widerspenstige, niggerartige Haar des Jungen.

Mimmo hatte seit Längerem behauptet, dass bärtige Geister ihn heimsuchten, und nicht nur zur Nachtzeit. Man konnte sehen, wie er ihnen beim Abendessen mit den Augen folgte und an ihren Gesprächen teilnahm – sie sprachen nicht mit ihm, aber miteinander, in einer Sprache, die er nicht verstand. Aber er sagte, dass er sie nicht mehr fürchte, sie seien älter als zuvor und gebrechlich, und er glaubte jetzt, dass sie auf seiner Seite stünden.

Rocco hatte nicht gewusst, dass sie gegen ihn gewesen waren. »Das hättest du mir sagen sollen«, sagte er, streckte seine Hand nach dem Jungen aus und klopfte mit den Fingerknöcheln auf Mimmos Brust: dreimal, fröhlich, auf die Knöpfe. »Ich hätte sie für dich verjagt.«

»Aber jetzt stehen sie auf meiner Seite«, wiederholte der Sohn, der ihm geblieben war.

»Auf wessen Seite standen sie in vergangenen Zeiten?«

»Auf deiner«, sagte er.

Ein früher Abend im Oktober. Mimmo hing krumm und rückgratlos auf seinem Schemel. Der Älteste und der Jüngste und Loveypants hatten sich sechzehn Monate und fünf Tage zuvor aus dem Staub gemacht. Ein Vorhang mit der schlichten, stolzen Ohio-Flagge hing an Ringen im Durchgang zwischen dem vorderen Ladenteil und der

Backstube und wehte in der Hitze, die von dem Ofen im hinteren Teil ausging. Die Nummern sechzehn, fünf, vierundzwanzig, die Rocco in den mittleren Streifen der Flagge gestickt hatte, kündeten von dem Datum, an dem seine Strähne begonnen hatte. Den Teig in seinen Händen lockerte eine selbst gezogene Hefekolonie, die er, um Brauereihefe zu sparen, täglich nährte und auf ihre Größe hin taxierte. Er faltete den Teig, rollte, stieß, faltete und rollte ihn erneut, wirbelte ihn durch die Luft, knallte ihn auf die Oberfläche des Arbeitstisches, rollte ihn wieder, und das alles mit beeindruckender Geschwindigkeit (er war darin nicht unbegabt), bis der Teig fest wie eine Matratze war und sich wunderbar anfühlte – sogar so spät am Tag übte er noch seinen Zauber auf Rocco aus. »Hau ihn mit deiner Hand entzwei, Mimmino«, murmelte er und hob ihn unter die unnachgiebigen, entwaffnenden Augen des Jungen. »Schlag ihn. Schau, ich bin ein kleiner Gott. Ich mache Fleisch aus Staub und Wasser. Schau, er wiegt mehr als du. Er fühlt sich mehr nach deinem Arsch an als dein Arsch selbst.« Seine Stimme war weich, schnarrend, müde, eine sanfte Bassstimme, die weiche Stimme eines harten Mannes. »Verpass ihm einen richtigen Schwinger, dir passiert nichts.« Er schniefte, genau wie der Junge. Der Buddha machte heute einen trostlosen Eindruck. Seine Körperhaltung gab Rocco Anlass zu der Befürchtung, er füttere ihn nicht mit ausreichend Käse. »Na los, mach eine Faust und zeig ihm, was du draufhast«, sagte er. »Fühl doch mal, wie seidig und warm er ist – wie deine Haut. Setz dich aufrecht hin und fass ihn an, komm schon, sprich mit ihm, steck deine Nase rein und riech, wie er duftet.«

Da fragte der Junge, ob vielleicht auf dem Boden noch Platz zum Schlafen sei und er, wenn es ihm recht sei, bei seiner Mutter leben könne. In seinen Mundwinkeln zeigten sich die ersten orangegelben Barthaare.

Rocco brachte ihn zum Zug und sah ihn fortfahren.

Der Eimer leckte. Das Wasser tropfte auf seine Schuhe. Und dennoch ging er nicht im Laufschritt, sondern im gleichen Tempo wie vorher nach Hause.

Sie kehrte nicht zurück. Sie blieb dort. Selbst dann nicht, als er etwas Geld hatte und Postkarten schickte, auf denen stand: *Jetzt ist der richtige Zeitpunkt. Steak zum Frühstück. Ich werde Dich zum Tanzen ausführen, ich werde das Geschäft sonntags schließen. Darum: Was Gott zusammengefügt hat, soll der Mensch nicht scheiden.* Und die Jungen blieben bei ihr. Sie besuchten ihren unzulänglichen Vater erst selten, dann kaum noch, dann gar nicht mehr. Einer heiratete. Einer machte eine Schulung zum Taxifahrer. Einer ging als Freiwilliger nach Fernost, um die Feinde des Landes zu bekämpfen.

Wie jeder andere bemühte er sich, die zehn Gebote einzuhalten und standfest in seinem Glauben zu sein. An den Samstagnachmittagen beichtete er, dass es ihm, ungeachtet der Drohung der Heiligen Schrift, bislang nicht geglückt sei, die Herzen seiner Kinder für ihren Vater zu gewinnen. Sonntagmorgens legte er jetzt um halb sieben eine Pause ein und hastete durch die Straße, um die Hostie zu empfangen und rechtzeitig zurück zu sein, um den Laden zur gewohnten Zeit zu öffnen. Was seine Vernachlässigung des Ruhetages anging, erinnerte er sich an die Frage des HERRN: Wer von euch würde sein einziges Schaf, wenn es ihm am Sabbat in eine Grube fällt, nicht ergreifen und ihm heraushelfen?

Seine Strähne dauerte an.

Es verlangte ihn nach Einsamkeit, soll heißen: nach seiner eigenen Gesellschaft.

Spätnachmittag. Vierzehnter August. Gestern. Siebzehn Jahre unbeweibt. Hundstage. Die Tage, an denen Sirius, der Stern des Hundes, mit der Sonne aufging. Versuch, in seiner Arbeitshose auf dem Schrankbett ein Nickerchen zu machen. Die Gesetze des Herrn sind allesamt wahrhaftig und gerecht. »Tropf«, machte das Eis im Eisschrank. Etwas, um seinen Herzschlag zu beruhigen, Gin vielleicht, von dem leider kein Fingerhut voll im Haus war. Eiswürfel in einem Geschirrtuch auf seinen Augen.

Als sie an seine Tür klopften, dachte er, es sei schon Zeit für D'Agostino und das freitägliche Kartenspiel. Ach, hallo. Kommen Sie herein, und verscheuchen Sie die Mieze einfach mit dem Fuß. Sie trugen unpraktische Wollkleidung, aber sie schwitzten nicht. Sie klemmten beim Eintreten ihre Hüte unter die Arme, und dann gaben sie ihre befremdliche Erklärung ab.

Gemäß den Bedingungen des kürzlich ausgehandelten Waffenstillstandes waren alle Kriegsgefangenen der Vereinten Nationen in Nordkorea frei gekommen, und Mimmo war einer von ihnen. (Rocco las die Tageszeitung, aber gewiss doch, er war im Bilde, er hatte diesen Tag herbeigesehnt.) Doch Mimmo war, wie sie ihm in Worten verkündeten, die keinerlei Widerspruch duldeten, an Tuberkulose erkrankt und zum Zeitpunkt des Gefangenenaustauschs bereits gestorben. Erst letzte Woche sei das gewesen. Die Marine werde den Leichnam bald nach New Jersey zurückbringen, wo Loveypants ihn zu beerdigen beabsichtige. Der Verteidigungsminister wünsche, die Anteilnahme einer dankbaren Nation zum Ausdruck zu bringen.

Rocco hatte kein Hemd. Seine Brustwarzen schielten unsicher zu seinen Knien herab.

Das alles war auf eine Weise vorgebracht worden, die keine andere Darstellung duldete. Offenbar hatte man sie in Schauspielerei und Vortragskunst ausgebildet. Es war also völlig sinnlos, über die Sache zu streiten. Denn sie waren von ihrer Sichtweise überzeugt. Was ihr gutes Recht war, denn in Amerika haben wir die Freiheit, zu sagen, was wir wollen. Vielen Dank, auf Wiedersehen.

Ein Augenblick, um zu überlegen, wie es weitergehen soll. Er beugte sich tief herab und goss eine Teetasse mit Lebertran in den Napf der Katze.

Als er sich wieder aufgerichtet hatte, stand sein Entschluss fest:

Er würde sich endlich doch noch auf den Weg nach New Jersey machen, zum Wohnort von Loveypants und den Jungen, und ihnen seine eigene Sünde beichten: ihnen gestattet zu haben, all diese Jahre von ihm getrennt zu leben und sie dem gerechten Zorn des Herrn auszusetzen. Es würde kein schwächliches Flehen per Post werden. Er würde hinfahren und ihre Gesichter sehen, nicht nur vor seinem inneren Auge, sondern in Fleisch und Blut. Sobald sie der Ernsthaftigkeit seiner Beichte gewahr worden wären, würden sie nach Ohio zurückkehren, um hier mit ihm zu leben.

Hinter der Eingangstür mit dem Fliegengitter glitt ein Specht mit flammend rotem Federkleid am Kopf vorbei, und die Katze duckte sich wachsam auf den Boden. Rocco öffnete krachend die Tür, und schon schlich sie hinaus.

Mit einem Mal wurde sein Blut dick vor Erschöpfung. Er hatte sein Bett gerade erreicht, als er in den Knien die Kraft zum Stehen verlor. Wenn er sich recht erinnerte, war die Strähne beinahe so alt wie der Mittlere, und jetzt war sie an ihr Ende gekommen. Schlaf, echter, starker, mörderischer Schlaf senkte sich schließlich mit allem Gewicht auf ihn herab und nahm ihm den Atem.

Mitten in er Nacht, nicht weit von seinem Haus entfernt, zündeten die Russen eine Atombombe.

Nein, pardon, es war nur die aufgehende Sonne. Er war ein wenig desorientiert. Zum ersten Mal seit 10 685 Tagen hatte er den dunklen Teil des Morgens verschlafen.

2

Endlich Krieg! Endlich wieder Krieg! Es war der Beginn der nuklearen Katastrophe, oder zumindest vermutete er das.

Rocco lag allein im Bett und versuchte mit aller Kraft, beherzt zu sein. Die Lichtflut war in seinen Schlaf gedrungen, und nun würde ein Dröhnen erklingen, und es würde mit ihm zu Ende sein. Alles war weiß und stand in Flammen – seine Laken und Decken, seine Unterwäsche auf dem Stuhl, seine unschuldigen Knie. Würde er das Dröhnen hören, oder würde es vorher sein Trommelfell zerreißen? Er wartete auf die sagenumwobene Druckwelle – ein nackter Mann auf einem Laken in seinem strahlend erleuchteten Schlafzimmer. Diesmal würde ganz gewiss die gesamte Menschheit ausgelöscht werden.

Die Katze umschloss mit ihren Krallen den Türpfosten und streckte sich. Ihm blieb noch Zeit, um zu bemerken, dass draußen ein Eichelhäher schrie. Er wartete darauf, erst taub zu werden und dann zu Staub zu zerfallen. Er wartete in der berühmten Pause zwischen Blitz und Donner. Wenn die Russen gut gezielt hatten, dann hatten sie das Stahlwerk in der Innenstadt bombardiert. Das zumindest war es, was Rocco angegriffen hätte, wenn er ihre Arbeit zu erledigen gehabt hätte. Er wartete auf das Dröhnen – er kam sich dabei ganz gut vor, weil er keine Angst hatte – und auf das anschließende Nichts. Er befahl Kitty, zu kommen und Papa zu wärmen, aber sie weigerte sich, und sie weigerte sich noch immer, bis sie schließlich einwilligte und auf das Bett schwebte und Rocco aufs Kinn küsste. »Gleich passiert's«, sagte er. Nichts war in der Realität so schlimm wie in seinen Albträumen.

Und dann? Kein Dröhnen. Es war ja auch kein atomarer Schlag.

Draußen brüllte der Lumpenmann seine Bitte, dass die Bewohner der Vermilion Avenue ihr Altpapier und ihre Lumpen nach draußen bringen möchten. Die Hufe seiner alten Mähre klipp-klappten: klipp-klapp. Die Räder des Rollwagens knirschten über den sandigen Backstein des Gehsteigs.

Rocco pisste, duschte, rasierte sich, kochte seinen Kaffee, toastete seinen Toast. Sein Nachwuchs würde den Toaster nicht wiedererkennen, wenn erst einmal alle zurückgekehrt wären, aber er hoffte, dass sie es zu schätzen wüssten, wie treu er der ihnen bekannten Einrichtung ansonsten geblieben war.

In Anbetracht der Augusthitze entschloss er sich, den Beginn seiner Fahrt auf den Abend zu verschieben, wenn es kälter geworden wäre. In der Zwischenzeit zog er seine guten Sachen an – einen kohlenfarbenen Dreiteiler mit einer Andeutung von Nadelstreifen sowie glänzende Halbschuhe –, faltete ein Stück Toilettenpapier für die Brusttasche und ging hinaus.

Er hatte sein Haar mit Haarwasser zurückgestrichen und hielt Tasse und Untertasse in der Hand. So begab er sich zu seiner Bäckerei, wo ihn, wie er mit Sicherheit annahm, bereits eine aufgebrachte Menge erwarten würde. Eine wutschäumende Meute von Kunden war es, was ihm vorschwebte, alle gründlich ratlos, warum der HErr gerade sie an diesem ganz gewöhnlichen Morgen mit solcherlei Entbehrung heimsuche. Rocco hatte immer, wirklich immer geöffnet, und so machten sie sich nur selten Gedanken über Rocco, nicht wahr? Sie gingen davon aus, dass Rocco immer da sein werde, mit seinen Aniskeksen zur Weihnachtszeit und mit den glasierten Zuckerbatzen im Februar, die von roten Bonbons gekrönt werden und angeblich an die Titten der heiligen Agatha erinnern.

Er bog von der dreißigsten in die elfte ein, und siehe da, unter ihm am Fuß des Abhanges hatte sich tatsächlich eine Menschenmenge angesammelt. Die Realität dessen, was er angerichtet hatte, war weit schlimmer, als er erhofft hatte. Insgesamt sechzig Personen hatte er sich vorgestellt. Das hier waren mindestens zweihundert.

Er änderte seine Meinung. Sein Kaffee war schon fast alle, und er musste auf Toilette, und so entschloss er sich, nach Hause zu gehen.

Doch sein Körper strebte weiter voran, den Hügel hinab und auf die wimmelnde Horde zu. Niemand hatte ihn gesehen, oder zumindest hatte ihn bis jetzt niemand erkannt. Er vermisste schon wieder seine eigene Gesellschaft. Er wünschte sich zutiefst, nach Hause zu gehen und auf dem Klo zu sitzen, ohne dass jemand wüsste, wo er sei.

Ein Junge auf Rollschuhen schoss rechts an ihm vorbei. Der Junge hielt seinen Kopf gesenkt, als wäre er ein Läufer beim Football, der auf die Ziellinie zustürmt. Der Schlüssel für die Rollschuhe hing an einem Band um seinen Hals und baumelte auf seinem Rücken. Er schrie irgendeinen Unsinn. Seine Beschleunigung war beeindruckend. Er hielt geradewegs auf die Horde zu und befand sich, vielleicht zufällig, auf Kollisionskurs mit Lenny Tomaro.

Rocco war jetzt fast schon ein Teil der Menge.

Der Junge prallte von hinten auf Lenny und fiel rücklings auf den Asphalt. Lenny versetzte ihm mehrere leichte, gewissermaßen mütterliche Tritte in die Rippen, aber die Menge achtete nicht darauf. Rocco stand zwischen ihnen, aber sie wussten es nicht. Er hörte sich selbst »Bye Bye Blackbird« summen, als er mitten durch sie hindurch schlenderte. Zwei Mädchen in Trägerkleidchen knieten auf dem Gehsteig und spielten ein Fangspiel mit einem gelben Gummiball. Neben ihnen auf dem Zement saßen Zwillingsbrüder an einem Puzzlespiel. Radios zirpten aus Geschäften, deren Türen offen standen. Vielleicht erkannte man ihn in seinen guten Klamotten, ohne Mehl im Schnurrbart und ohne Papiermütze auf dem Kopf, wirklich nicht. Er hörte, dass sein Name genannt wurde, aber nicht so, als ob jemand nach ihm riefe.

Jemand sagte: »Ich lasse sie bloß bei mir wohnen, weil das Mädchen in der anderen Wohnung von Ratten, Plural, gebissen wurde.« Jemand sagte: »Das kann ich Ihnen sagen, kann ich Ihnen sagen, er hat mich angebettelt. Und ich kann Ihnen auch sagen, welche Worte ich gebraucht habe, als ich ihm Antwort gab.« Jemand sagte: »Wir haben eine Warteschlange gesehen, also sind wir hineingegangen.« Jemand sagte: »Da steht *Fortsetzung auf B-Vierundzwanzig,* aber Sie haben B-Vierundzwanzig nicht dabei, oder?« Zwischen den Laternenmasten flatterten Spruchbänder über der Straße, die der Heiligen Mutter ein langes Leben wünschten. Es war Mariä Himmelfahrt. Er hatte es vergessen. Das Fest würde in wenigen Stunden beginnen. Wie viele dieser Menschen würden ohne Kruste und Krume zum Fest gehen, weil Rocco sein Geschäft nicht geöffnet hatte?

Die Glocke im Glockenstuhl der Kirche begann zu läuten.

Jemand sagte: »Die mit ihrer Sonnenbrille, die sie sich vom Gesicht reißt, als müsste ich Angst haben.«

»Oh, oh, oh«, sagte jemand. »Hier ist er!« Eine Frau mit kurzem rotem Bubikopf – sie hieß Testaquadra – zeigte auf Rocco, als wäre er ein Krimineller, und Augenpaar um Augenpaar machte ihn ausfindig und hielt seinen Blick auf ihn gerichtet.

Es war acht Uhr morgens.

Die Frau namens Testaquadra kam auf ihn zu, küsste ihn auf die Wangen, murmelte etwas, das er inmitten des Geplappers der anderen nicht verstand, und schritt von dannen, den Hügel hinab.

»Das Geschäft ist geschlossen«, sagte er zu einer drallen Frau mit scheinbar mitfühlendem Blick, aber sie sah lieber fort und tat so, als ob er jemand anders angesprochen hätte. Sie war eine von vielen, die sich einen Anführer wünschten, der zu ihnen allen spräche und ihnen erklärte, warum es heute kein Brot gab. Er selbst taugte dazu nicht. Es gibt solche, deren Geistesgröße nur der Herr sieht – er konnte nicht mit lauter Stimme zu allen sprechen. Er war ein einfacher Gläubiger. Er drehte sich um und ging unter die zerschlissene Segeltuchmarkise seines Geschäftes. Dort setzte er sich auf die Stufen.

Die anderen sprachen immer noch miteinander. Sie beobachteten ihn genau, wandten aber ihre Augen ab, sobald er ihren Blick erwiderte, und erwarteten seine Ansprache.

Neben ihm stand ein sehr junges Mädchen in der Menge, flachshaarig, schlitzäugig, mit spitzen weißen Zähnen (sie hieß Chiara). Er winkte sie mit dem Finger heran, und sie kam tapfer zu ihm.

Er nahm ihre Hände zwischen seine Hände, ein Sandwich aus Händen, und sagte: »Rocco arbeitet zurzeit nicht. Er hat sich Urlaub genommen. Vielleicht eine Woche lang. Sag ihnen das. Später geht alles weiter.« Er nahm seine Tasse von der Zementstufe, trank einen Schluck und wedelte mit seiner Hand in Richtung der anderen, damit sie loslaufe und es ihnen an seiner statt erkläre.

Stattdessen setzte sie sich auf die Stufe. Sie streichelte seinen Bizeps und musterte entschlossen und zornig die Menge.

Als D'Agostino sich gewaltsam seinen Weg durch die Menge bahnte, sprang Chiara vor ihn hin und verschränkte die Arme, als ob sie seine Annäherung untersagen wolle. Sie klickte mit den Absätzen.

D'Agostino ging um das Mädchen herum und beugte sich tief zu Rocco hinab. Er küsste die Luft neben Roccos Ohren, links und rechts. »Du leidest, und deshalb segne ich dich«, sagte er.

»Es gibt etwas, das du ihnen vielleicht für mich erklären kannst, damit sie abhauen«, sagte Rocco.

»Gestern Abend bin ich bei dir vorbeigegangen und habe geklopft, aber niemand war da«, sagte D'Agostino. »Das sieht dir gar nicht ähnlich. Aber jetzt hat sich alles geklärt.« Er entfaltete die Zeitung, die er in seiner Weste verstaut hatte, und fügte hinzu: »Bestimmt hast du das hier schon gesehen.«

Um die Zeitung zu halten und sich gleichzeitig mit einer Hand um Chiara zu kümmern, die erneut ihre sitzende Position neben ihm eingenommen hatte, musste Rocco die Untertasse auf seinem Schoß balancieren.

Die Hauptschlagzeile stand neben einem grausigen Foto und lautete VIERFACH AMPUTIERTER AUF DEM WEG NACH HAUSE – WILL AUSSPANNEN. D'Agostino beugte sich vor, packte die Zeitung und drehte sie um. Unter der Falz, neben einer Anzeige für eine Teppichreinigung, begann ein einspaltiger, vielleicht zwölf Zentimeter hoher Artikel mit der Überschrift FREILASSUNGEN: AUCH STERBLICHE ÜBERRESTE VON GEBÜRTIGEM ELEPHANT-PARK-BEWOHNER DABEI.

Chiaras Strümpfe waren puderblau und kreuz und quer mit kleinen Fischen bestickt. Er fragte sich, womit er verdient hatte, dass sie jetzt bei ihm war.

Dann stieg ein unbekümmertes Lachen von erschreckender Echtheit aus Roccos Bauch. Er hielt die Zeitung in die Höhe: »Du hast das falsch verstanden, Joseph. Ihr alle habt das falsch verstanden. Das ist nicht Mimmo. Denen ist auf allerhöchster Ebene einen Fehler unterlaufen.«

Wieder stieß er sein verstörendes Lachen aus.

»Man hat ihn *falsch identifiziert*.«

D'Agostino, dessen Nasenflügel während des Sprechens zuckten, fragte ihn, was er meine; was würde nun geschehen?

Folgendes würde geschehen: Rocco und seine Frau würden zur Regierung gehen und sich das Gesicht der Leiche dieses unglückseligen Menschen ansehen müssen, um dann zu erklären, dass es nicht Mimmo sei.

Der Fahrer eines Zementlasters drückte auf die Hupe, und die Menge, die jetzt die gesamte Breite der Straße einnahm, zog sich in Richtung Gehsteig zusammen. Eine Variante dessen, was er D'Agostino erzählte, verbreitete sich unter ihnen. Die allgemeine Lautstärke ließ nach. Er fühlte den Druck, den ihre Aufmerksamkeit auf das Funktionieren seines Verstandes ausübte, wie eine geschwollene Nasennebenhöhle.

D'Agostino sagte, dann würde er also Unannehmlichkeiten haben, was heißen sollte, dass er die Bäckerei schließen musste, während er ganz nach New Jersey und wieder zurück fuhr, nur weil die Akten nicht ordentlich geführt worden waren.

»Genau so ist es«, sagte Rocco.

Chiara sah ihn an und presste ihre Lippen so fest aufeinander, dass das Blut aus ihnen wich. »Du hast falsch Zeugnis abgelegt«, sagte der entschlossene Ausdruck auf ihrem verschmitzten weißen Mund.

Er sammelte all seine Barmherzigkeit und Geduld in sich und flüsterte: »Du musst das verstehen, meine Liebe. Sie versuchen, ihre dreckigen Finger in meinen Mund zu stecken und hineinzusehen.«

D'Agostino lehnte sich auf seinen Absätzen rücklings aus dem Schatten der Markise und drehte das Gesicht zum Himmel. Dann wandte er sich wieder Rocco zu. Man sollte annehmen, sagte er, dass die Regierung zumindest die Identifikationsmarken lesen könne, die bei den Truppen bekanntlich jeder trägt. Nicht wahr?

Rocco musste einräumen, dass er in gewisser Weise verstehen konnte, wie sich die Dinge für die Regierung darstellten, nachdem man festgestellt hatte, dass der Junge, der gefunden worden war, den Aussagen der Herren von gestern zufolge, in der Tat die Wundemarke eines gewissen Mimmo LaGrassa trug. Auch die Kennziffer stimmte mit derjenigen überein, die Rocco seit Mimmos Eintritt in die Armee in seiner Brieftasche aufbewahrt hatte, für genau diesen Anlass (*Hundemarke* hatte er sagen wollen), und die Größe war auch die gleiche.

Er wandte sich dem Mädchen zu und fragte: »Zufrieden?«

»Ich hätte gern frittierte Apfelscheiben«, bat sie.

Er sah die Zeitung an. Er war voller Wut und Scham. Er war betrübt, dass Chiara ihn so sehen sollte.

D'Agostino blieb hartnäckig. Hatten denn die Herren vom Marinekorps, nur damit das geklärt sei, ihm gesagt: »Sie müssen zur Identifikation kommen« – als ob sie verwirrt wären und es nicht genau wüssten –, und die Zeitung hier habe es so dargestellt, als ob die Information *bestätigt* wäre?

Warum ihn nach der Zeitung fragen? Rocco hatte sie nicht geschrieben.

D'Agostino sah wieder nach oben und wieder zurück, dann nach vorn. Und wie tragisch, weil doch die Herren vom Marinekorps zu keiner Zeit irgendwelche Formulierungen wie etwa *Wir sind uns sicher* oder *Wir bestätigen* benutzt hatten.

»Oder einen Marmeladenkeks?«, fragte des Mädchen.

Na ja, man könnte ja auch sagen, »Ich bestätige, dass der Mond aus grünem Käse besteht«, sagte Rocco, aber wenn der Mond nicht tatsächlich aus grünem Käse besteht, dann hat man damit gar nichts bestätigt, denn wie kann man sich einer Aussage sicher sein, die falsch ist? Und so weiter und so fort.

Chiara huschte auf Zehenspitzen davon, wie kleine Mädchen es zu tun pflegen, weil sie seine Sünde sonst nicht ertragen hätte.

Irgendwo klingelte eine Fahrradklingel.

Oder es war eine Tischglocke, die jemand schlug, um nach Bedienung zu rufen. Eine – zweifellos verstümmelte – Version dessen, was er zu D'Agostino gesagt hatte, war zu der Menge durchgedrungen, und sie gefiel den Leuten nicht. Vielleicht glaubten sie ihm nicht.

D'Agostino entschuldigte sich und bewegte sich in Richtung der Glocke. Andere folgten. Bald kam es zur allgemeinen Zerstreuung der niederträchtigen Meute. Einige wünschten ihm Mut, sagten ihm, er solle wachsam bleiben, und verschwanden. Wahrscheinlich schämten sie sich, dass sie sich so sehr geirrt hatten – wahrscheinlich.

Binnen kürzester Zeit zeigten alle Gesichter in eine andere Richtung als seine – mit einer Ausnahme. Sie zerstreuten sich in den Seitenstraßen und Geschäften entlang der Elften Avenue, ausgenommen eine alte Frau, die sich in seine Richtung durch das Gewirr der Leiber kämpfte. Sie trug die übliche Witwenuniform – schwarze Schuhe, schwarzes Kleid, schwarze Handtasche. Sie kam näher.

Sie sagte: »Mr. LaGrassa, bitte kommen Sie zum Mittagessen um ein Uhr in mein Haus.« Sie hielt eine Wäscheklammer, die sie regelmäßig auf- und zuschnappen ließ.

»Ich muss nach …«

»Man hat mir gesagt, wohin Sie gehen müssen.« Sie hielt eine Hand hoch. Ihr Name war Marini.

»Ich muss Öl wechseln.«

»Wechseln Sie Ihr Öl. Danach waschen Sie sich sorgfältig die Hände. Kommen Sie auf meine Veranda. Klopfen Sie an meine Tür. Etcetera.«

Es stimmte, er war am Verhungern. Er sagte: »Ich denke, ich werde wohl kommen.«

»Was heißt das: ›Ich denke, ich werde wohl kommen‹? Was heißt das?«

Er kam langsam hoch. Er stand jetzt im Sonnenlicht und blickte nach oben. Er sah, was D'Agostinos Aufmerksamkeit erregt hatte, als er hochgesehen hatte. Aus gegenwärtig noch nicht erkennbaren Gründen hatte ein Mädchen, das einen schäbigen gelben Sonnenhut trug, einen Telefonmast erklommen, wo es lesend auf einem kleinen Brett saß.

Wie lange muss man an einem Ort leben, ehe man es bemerkt? Der ganze Morgen war ein Traum. Hinter jeder Ecke eröffnete sich eine Aussicht, die wie immer hätte aussehen sollen, wie immer; aber heute prägte sie sich seinem Verstand ein, als wäre es das erste und letzte Mal. Wie in: Sieh mal, da ist ein Kind in kurzen Hosen, das an den Straßenbahnschienen leckt – nur dass es für Rocco so war, als ob er niemals zuvor die Schienen oder ein Kind in kurzen Hosen gesehen hätte und diese Szene niemals würde vergessen können. Wie an dem Tag, da der Herrscher stirbt und jeder, ob er will oder nicht, den kleinsten Erinnerungsfetzen daran für Jahre im Gedächtnis behält. Wie in: Ich war gerade dabei, blaue Zuckerrosen auf eine Hochzeitstorte zu spritzen, als Loveypants die Allez-hopp-Tür aufdrückte und flüsterte: »Harding ist nach Alaska gegangen, und jetzt ist er tot.« Und an einem ihrer Nasenlöcher baumelte ein winziges Tröpfchen Rotz. Und er wusste sofort, dass es dieses baumelnde Rotztröpfchen war, an das er sich erinnern würde. Heute war gewissermaßen das ganze Viertel ganz unverdientermaßen voll von solchen Rotztröpfchen. Ein einzelner Junge, der auf den Stufen der Kirchentreppe eine Banane aß. Es musste daran liegen, dass er nicht zur Arbeit gegangen war. Er sah aus der Vogelperspektive zum ersten Mal den Wald vor lauter Bäumen. Er ging zu Bastianazzo und ließ sich seine Tasse mit dem wässrigen Kaffee nachfüllen, der in diesem Betrieb ausgeschenkt wurde. Bastianazzo persönlich stand hinter dem Tresen und gab vor, zu beschäftigt mit dem Bügeln seiner Schürzen zu sein, um sich mit ihm zu unterhalten. Er wanderte eine Zeit lang ziellos durch die Straßen, überflutet von Eindrücken, und dachte über die Stadt nach, die er nun zum ersten Mal seit vielen Jahrzehnten verlassen würde.

Er war im Sommer immer gern auf das Dach seines Hauses gegangen und hatte sich die Stadt angeschaut. Er hatte sich rittlings auf den Dachfirst gesetzt und den Schornstein als Tisch für sein Glas mit Gin und als Aschenbecher benutzt. Da oben wehte selbst im Sommer immer ein Lüftchen, und wenn man Bäcker ist, und es ist Sommer, dann ist man für ein kühlendes Lüftchen bereit, viel zu zahlen. Das Haus stand auf dem höchsten Punkt von Elephant Park, und er sah von dort aus die tausend gleißenden Lampen über der Bundesstraße, viele Kirchtürme, Mühlen, die ihre Schwefelwolken ausstießen, das Seeufer zu seiner Rechten. Die Stadt war ein riesiger Müllhaufen – sogar der See war braun –, aber sie war ein anständiger Ort. Die Stadt gab nicht viel auf Schönheit. Niemand kam hierher, um sich zu amüsieren. Sie war ein Ort für Menschen, die aufgehört hatten, Kinder zu sein. Sie war ein Ort, an dem man für die Spanne eines halben Jahrhunderts seiner Arbeit nachging, ehe man aus dem Leben schied. Dass niemand sie für etwas anderes hielt, machte sie seiner begrenzten Erfahrung zufolge zu einem einzigartigen und geheiligten Ort.

Zu Hause zog er sich alte, abgetragene Kleider an. Er wechselte das Öl im Kurbelgehäuse seines Autos, wischte sich die Hände mit Terpentin ab, wusch sie mit Seife, stieg wieder in seine guten Sachen und ging zu seiner Verabredung zum Mittagessen.

Das Haus der Frau namens Marini befand sich unmittelbar hinter seinem Geschäft und grenzte an dieselbe Gasse, aber er war noch nie bei ihr gewesen. Sie war etwas Besseres als er. Ihr Mann hatte einen kleinen Fertigungsbetrieb für Damenschuhe besessen, und er hatte allem Anschein nach genug hinterlassen, um ihr einen gehobenen Lebensstil zu ermöglichen, solange ihr das gefiel. Es kursierte ein Gerücht, demzufolge sie weitere Einkünfte aus einer illegalen Quelle bezog, aber Rocco hatte es nicht nötig, daran zu glauben. War die Zauberei des Zinseszinses nicht illegal genug? Ihre eigenen Schuhe waren jedoch unscheinbar. Als Rocco zur Welt kam, hatte sie bereits seit mindestens zehn Jahren in diesem Haus gelebt. Sie war dreiundneunzig Jahre alt.

Sie kam aus Latium, doch ihre Aussprache der italienischen Sprache war frei von regionalen Einflüssen und so gnadenlos, als ob jedes Wort ein Schmetterling wäre, den sie mit einer Pistole aus der Luft schösse. Man hörte ihrem Englisch an, dass sie es von den Deutschen gelernt hatte, die hier vor Jahren gelebt hatten. Heute waren die Sizilianer in der Überzahl; auch Rocco zählte zu ihnen. Später würde es jemand anders sein. Gott ist groß.

Einmal in seinem Laden hatte ihn Mrs. Marini, während sie in ihrer Börse nach Wechselgeld kramte, eine Frage gestellt: »Warum schließen

Sie nicht den Laden zu Ostern oder am Flaggentag oder zu irgendeinem anderen Anlass?« Er war an solche Fragen gewöhnt, aber nicht von ihr, und er platzte mit etwas heraus, das er später bereute. »Was um Himmels willen soll ich dann den ganzen Tag tun?«, hatte er gesagt. Sie antwortete, wobei sie jedes Wort an den Fingern abzählte: »Gäste bewirten, lesen, gärtnern, beten, Gespräche führen.«

Er klopfte an die Tür. Ein Junge führte ihn hinein. Der Junge war mehr als zwanzig Zentimeter größer als er, und während sie miteinander sprachen, schaute Rocco ungewollt in die dunklen Löcher seiner langen und platten Nase. Seine Lippen waren dick und deformiert, seine Augen viel zu groß, die Ohren zu spitz; der Blick (der immer zu viel über jemanden verrät) war scheel, verschämt, hochnäsig, scheinheilig, selbstverzehrend, attraktiv und gemein. Dieser Junge war das Inbild fehlgeschlagenen Werdens. Rocco war seinesgleichen auf den Güterbahnhöfen begegnet, wo man ihn dafür bezahlt hatte, vorwitzige Durchreisende von den Güterwaggons zu verscheuchen.

Ich kenne dein Schicksal, aber ich werde es dir nicht verraten, dachte er, als er dem Jungen die Hand schüttelte, wenngleich er nichts von dessen Vergangenheit wusste.

Es gab zu viele Jugendliche in dieser Gegend. Er konnte nie genau sagen, welche Eltern zu welchem Jugendlichen gehörten oder wie welcher Jugendliche hieß, ganz gleich, wie oft man sie ihm vorstellte. Aber dieser Junge war kein Verwandter von Mrs. Marini, die in diesem Land keine Verwandten hatte. Ihr einziges Kind war der Legende nach in frühester Kindheit gestorben. Kürzlich hatte die Frau namens Testaquadra angefangen, ihm das ganze Geflecht der Ereignisse zu entwirren, die dazu geführt hatten, dass ein sechzehnjähriger Junge bei der alten Dame lebte, aber Rocco hatte eine Hand erhoben und feierlich gesagt: »Ich bin an diesen Informationen nicht interessiert.«

Im Esszimmer fehlten kunstvolle Holzarbeiten und Porzellanfigurinen, aber die Wände waren mit Seidenpapier tapeziert, das mit weißen und gelben Blumen gemustert war, die frei liegenden Bodendielen waren gewachst, und die Sitzmöbel waren fest gepolstert. Nur ein einziges Dekorationsstück befand sich an der Wand: Es war dies ein Porzellanteller, der mit dem Gesicht von Bess Truman bemalt war, und er hing verkehrt herum. Es war klar, dass sie eine Hexe war, so wie alle Frauen ab einem gewissen Alter. Der Junge nahm seine Melone und fragte ihn nach seinem Befinden und führte Rocco zu einem Stuhl, den er für ihn vorrückte. Hatte er während der seltenen Besuche seiner pubertierenden Jungen jemals auch nur den kleinsten Hinweis darauf erhalten, dass Loveypants ihnen die grundlegendsten Manieren beigebracht hatte – etwa das Vorrücken eines Stuhls für einen Gast? Nie, kein einziges Mal.

Mrs. Marini erschien in der Küchentür. »Wie geht's?«, fragte sie und servierte, ohne sich um seine Antwort zu kümmern, den ersten Gang.

Sobald sie sich gesetzt hatte, zeigte sich, dass ihr Rückgrat gerader war als seines. Ihr Haar war nicht echt, aber ihre Zähne schienen es zu sein. Sie erkundigte sich flüchtig nach seinem Wohlergehen, ehe der Junge den Segen sprach und sie sich über das Essen hermachten.

Der Tisch hätte fünfzehn Personen Platz geboten, aber für sie war in geselliger Nachbarschaft an einer Ecke gedeckt worden. Alle Fenster standen offen, und aus dem Radio im Wohnzimmer drang Orchestermusik. Er bemerkte, dass dem Jungen aufgetragen worden war, seinen Teil zu der Konversation beizusteuern, die zunächst zwanglos um die Zucht von Wachsbohnen kreiste. Der Junge brachte das Geschirr in die Küche und kehrte mit dem Fleischgang zurück. Während sie kaute und Rocco zuhörte, streckte Mrs. Marini ihre Hand in regelmäßigen Abständen in Richtung des Jungen aus und klopfte mit den Fingerspitzen zweimal auf das Tischtuch, woraufhin der Junge Messer und Gabel niederlegte und Roccos Weinglas nachfüllte. Der Junge tat nichts, was gegen irgendwelche Tischmanieren verstoßen hätte, außer dass er seinen Kopf einmal sehr leicht in Richtung der Gabel neigte, als er diese zum Munde führte; sie bemerkte das und sagte, ohne den Blick von Rocco abzuwenden: »Ciccio wird so freundlich sein, seinen Rüssel aus dem Trog zu nehmen.«

»Ich bitte um Verzeihung«, sagte er und richtete sich auf. Wie ein Hund genoss er es, zu gehorchen – aber warum sich die Mühe machen, ein Urteil zu fällen? Ein Junge braucht jemandem, dem er gehorchen kann. Ciccio hieß er also; das merkte sich Rocco.

Der Junge brachte die Teller wieder fort und kam mit dem Salat zurück. Die Mahlzeit schritt mit äußerster Langsamkeit voran. Rocco konnte sich nicht erinnern, wann er zuletzt mit anderen Menschen beim Essen zusammengesessen hatte, mit einer Tischdecke, einer Sauciere und allem Drum und Dran. Ciccio deckte die Teller ab und kam mit Käse und einigen Pfirsichen zurück. Ein Luftzug drang durch das Fenster. Man äußerte Dankbarkeit für das Gewitter der vorangegangenen Nacht, das eine viertägige Phase lähmender Hitze beendet hatte. Weitere Gewitter waren für diesen Abend angekündigt.

»Aber es ist eine sehr lange Strecke, Mr. LaGrassa, und alles ganz alleine«, sagte sie. »Nehmen Sie doch den Zug.«

»Ich möchte beim Fahren das große, glückliche Land sehen.«

»Dazu kann ich nur sagen: Reservieren Sie einen Fensterplatz.«

»Ich möchte die schönen Blumen anschauen und dann mit dem Auto anhalten und die Blumen pflücken.«

»Aber bestimmt sind Sie noch nie eine so weite Strecke gefahren.«

»Was ich Ihnen sagte wollte«, sagte Ciccio, »als Sie neulich bei der Brücke abgebogen sind …«

»Ich habe dich gesehen«, sagte Rocco. Der Junge war unter den üblichen Tunichtguten gewesen, die weggeworfene Autoteile und Schutt im Fluss versenkt hatten.

»Ja, sie sind abgebogen, und Ihr Auto hat ziemlich geknattert und geklappert.«

»Das Auto wird mitten in der Wildnis kaputtgehen, und was haben Sie dann von Ihren Blumen?«, fragte sie.

»Ja. Ich dachte mir gleich, dass eine Ihrer Motoraufhängungen kaputt ist«, sagte Ciccio. »Und Sie sind gerade abgebogen, und vielleicht hat sich der Motor zur anderen Seite gedreht, und der Ventilator ist nach vorne gedrückt worden und hat vielleicht an der Ummantelung und am Kühler geknirscht.«

Rocco kaute einen Pfirsich. Er hielt die Hände auf dem Tisch gefaltet und sah den Jungen an. Schließlich schluckte er den Bissen herunter. »Könnte gut sein, aber ich glaube eigentlich nicht«, sagte er. Er streckte die Hand aus und legte den Kern auf dem Teller des Jungen ab.

»Also irre ich mich?«

»Das ist ein Trick von mir. Willst du wissen, wie er geht?«

»Klar, gerne.«

»Es ist ein Verfahren, das ich erdacht habe«, sagte Rocco. Er forschte in sich, warum er so anmaßend gewesen war, seinen Abfall auf dem Teller des Jungen abzulegen. Sein Inneres antwortete: Dies ist eine der Gesten, von der ein Mann Gebrauch macht, um einem Jungen oder einem jüngeren Mann zu sagen: Ich bin der Boss, aber ich mag dich.

»Ja klar. Sagen Sie es mir.«

»Wenn Sie es wissen wollen, sage ich es Ihnen.«

»Bitte schneller«, sagte die Dame und hieb ein Messer in den Käse.

»Der Tankwart füllt den Tank mit Benzin. Ich stecke das Rückgeld in die Tasche. Wenn ich nach Hause komme, lasse ich den Silberdollar in den Tank rutschen. Wenn das Auto schließlich hinüber ist, nehme ich den Tank, schneide ein Loch hinein, hole mein Wechselgeld heraus. Schon habe ich das Geld für den nächsten Wagen.«

»Sie setzen sich hin«, sagte Mrs. Marini und drehte den Kern aus ihrem Pfirsich, »Sie machen ein Nickerchen, Sie gehen in den Speisewagen und kaufen sich ein Sandwich. Ist das etwa keine gute Art, seine Zeit zu verbringen?«

Rocco bat darum, rauchen zu dürfen. Der Junge wurde auf die Suche nach einem Aschenbecher geschickt.

Das Gespräch wandte sich dem Krieg zu und der jüngsten Feuerpause und dann einer seltsamen Geschichte, die ihr zu seiner Überraschung weder in der »Voice of the People« noch in der »Reserve Gazette« aufgefallen war: Sofort nach Beginn des Waffenstillstands hatten die Nordkoreaner zugestimmt, noch vor dem allgemeinen Gefangenenaustausch eine bestimmte Zahl von Gefangenen, die sie unter den Truppen der Vereinten Nationen gemacht hatten, freizulassen. (Rocco hatte nicht wissen können, ob Mimmo unter ihnen sein würde.) Aber als der erste Austausch tatsächlich durchgeführt wurde, fehlte rund ein Dutzend Gefangener …

Der Junge hatte den Aschenbecher und eine Schachtel Streich-hölzer gebracht und zog jetzt seinen Stuhl zurück, woraufhin er von der alten Dame, die ihre Brille richtete, mit einem scharfen Blick bedacht wurde.

»Was? Es interessiert mich«, sagte er.

Sie hob eine Hand.

»Ich muss etwas hinzufügen.«

Sie hob die Hand noch einige Zentimeter höher, und der große Junge stapfte in die Küche, aus der Rocco bald darauf Spülgeräusche hörte.

Eine Woche war ohne weitere Neuigkeiten vergangen. Dann, jetzt kürzlich, waren Interviews mit den ersten entlassenen Gefangenen veröffentlicht worden. Diese hatten die Bedingungen in den Lagern beschrieben: eine Tasse Maisgrütze am Tag zu essen; Männer waren wochenlang in unterirdischen Zellen gefangen gehalten worden, die so klein waren, dass man sich darin weder aufrichten noch hinlegen konnte; Tod durch unbehandelte Wunden, Unterernährung, Ruhr. Die Nordkoreaner und Chinesen hatten sie gezwungen, Marihuana zu rauchen, und versucht, sie einer Gehirnwäsche zu unterziehen, also: verbrecherische Imperialisten und ruhmreiche Revolutionen und der unvermeidliche Sieg des Proletariats. Farbige und weiße Soldaten mussten in denselben Hütten bei minus zwanzig Grad ausharren, ohne Feuerholz. Aber es waren die farbigen Gefangenen gewesen, die sie mit besonderer Anstrengung umzuerziehen versucht hatten. Zum Beispiel hatten sich die farbigen Soldaten Filmmaterial anschauen müssen, auf dem zu sehen war, wie die Polizei in ihrer Heimat mit gewissen Gruppen von Farbigen umging, die an politischen Demonstrationen beteiligt waren.

Einige der farbigen Gefangenen gaben schließlich nach. Man hatte ihnen Häuser, junge Frauen und Arbeitsstellen in Rotchina in Aussicht gestellt, wo sie ihr ganzes Leben in einem Arbeiterparadies verbringen konnten, und sie hatten das Angebot angenommen. Und diese Handvoll von Einzelpersonen bildete, wie es schien, diejenigen Gefangenen, die bei dem ursprünglich vorgesehenen Austausch fehlten. Wenn das kein starkes Stück war.

Der Gestank des Augustnachmittags drang jetzt durch das Esszimmer. Draußen rumorten die ersten Festteilnehmer auf der Straße.

Wie traurig, sagte Rocco schließlich. Das alles zeige bedauerlicherweise bloß, wie wahr es sei, was man so oft hört: dass nämlich ein Neger nicht dieselben patriotischen Gefühle hege wie ein Weißer.

»Sie und ich«, sagte sie, »kämen niemals auf die Idee, unsere Heimaterde für ein Zuhause, einen Ehepartner, einen Beruf auf der anderen Seite der Welt aufzugeben. Diese Idee käme uns niemals in den Sinn.«

»Nun ja.«

»Nicht unter Todesqualen.«

»Warten Sie, warten Sie. Sie haben mich missverstanden. Ich habe zwei Sachen zu sagen. Wegziehen ist das eine, aber überlaufen, Verrat begehen gegenüber dem Heimatland, das ist etwas anderes, und so weiter und so fort.«

»Ich habe mit meinen Steuergeldern vor nicht einmal zehn Jahren freudig zur Zerstörung von Cassino beigetragen, das in meiner Heimatregion liegt.«

»Das ist etwas anderes. Das ist nicht das Gleiche, und es ist etwas anderes.«

»Zwei Sachen hatten Sie vorzubringen, sagten Sie.«

»Es ist nicht das Gleiche, und ich gehe noch weiter mit meinem zweiten Argument, nämlich, dass diese Menschen hergebracht wurden, während Sie und ich freiwillig gekommen sind. Was ein Unterschied ist. Wenn ich ein Farbiger bin, salutiere ich dann vor der Fahne? Wer weiß.«

»Die Einfuhr von Sklaven in dieses Land wurde im Jahr 1808 für ungesetzlich erklärt«, sagte sie und sog an ihren Zähnen.

»Ich erlebe heute einen Tag, wo ich die Dinge im Gesamtzusammenhang sehe«, sagte er. Er konnte seinen Mund anders als sonst nicht unter Kontrolle halten. Die rohen Inhalte seines Gehirns wurden so schnell durch seinen Mund transportiert, dass er sich selbst zuhören musste, um zu erfahren, was er sagte. Es gab einen Rocco da draußen, in der Welt, der einen Monolog hielt. Und es gab einen anderen hier drinnen, der die Vorgänge beobachtete, der sich gleichzeitig wach und schläfrig fühlte und der – wie lautete das Wort, wie konnte er es ausdrücken? –, der Glück empfand. Er empfand es freilich nicht jetzt, in diesem Moment. Er hatte es einige Sekunden zuvor empfunden, ehe er es bemerkt hatte. Und er wollte, dass er es erneut nicht bemerkte, das Glück, falls das möglich wäre: es nicht zu kennen, es zu vergessen und dadurch wiederzufinden – wie es einem Christen mit seiner Würde geschieht, wenn er sein Vertrauen in den Herrn setzt.

»Verzeihen Sie, wenn ich offen spreche, aber Sie sehen den Gesamtzusammenhang nicht«, sagte er, »wenn Sie einen, der hergebracht wurde, mit einem vergleichen, von dem sein Großvater gebracht wurde. Im Gesamtzusammenhang gesehen, verzeihen Sie, wenn ich offen spreche, ähneln Ihre Worte sehr den Äußerungen gewisser Leute.«

»Welcher Leute?«

»Leute, die sagen: Lasst den Spatz sich mit der Krähe vermählen und so fort.«

Ciccio kam zurück ins Esszimmer. Er trug das Geschirrtuch wie einen Schal um den Hals.

»Ciccio hat zugehört?«, fragte sie.

»Mehr oder weniger«, sagte der Junge.

»Ciccio darf jetzt seine Ansicht äußern.«

Er sagte: »Gestern habe ich in der Morgenzeitung gelesen, wie der letzte Stand ist, weil, also, die meisten, die übergelaufen sind, waren Weiße. Einer von denen, die frei gekommen sind, meinte, die Zurückgebliebenen wären sich sicher, dass es weltweit eine, also, eine kommunistische Revolution geben würde, selbst hier, in unserem eigenen Land, und vielleicht schon in wenigen Monaten. Und da haben sie gedacht, dass sie in China einfach warten, bis die Lage sich beruhigt hat und Amerika sozialistisch geworden ist.«

»Deine Schlussfolgerung?«, fragte sie.

»Sie verleugnen die Regierung der Vereinigten Staaten, aber nicht das Land als solches.«

»Sehr gut. Also dann« – sie wandte sich zu Rocco um –, »meine Erfahrung sagt mir, dass der Spatz und die Krähe sich nicht vermählen können, da sie unterschiedlichen Arten angehören. Mulatten jedoch, von denen es in der Karibik viele gibt, zeigen, dass Schwarze sich mit Weißen vermählen und Nachkommen zeugen können. Folglich gehören Schwarze und Weiße derselben Art an, und Ihre Metapher ist zusammengebrochen.« Als der Junge hereingekommen war, hatte sie aufgehört, Englisch zu sprechen, aber jetzt wechselte sie von einem Satz zum nächsten zwischen Italienisch und Englisch. »Sie verwechseln ›physisch unmöglich‹ mit ›moralisch verwerflich‹. Was Sie eigentlich sagen wollten, als Sie ›vermählen‹ sagten, war, ›Seite an Seite miteinander leben‹, was schlimm genug ist.« Ihre verknoteten Finger zogen eine Ecke des Tischtuches straff.

»Wissen Sie, in all der Zeit bin ich noch nie in Ihrem Haus gewesen«, sagte Rocco unvermittelt.

»Das kann doch nicht sein!«, sagte sie. »Oh, Mr. LaGrassa, ich bin so beschämt. Ich dachte, zumindest … Das kann nicht sein!«

»Ein paarmal auf der Veranda und im Garten, aber noch nie drinnen.«

»Ich bin voller Bedauern«, sagte sie. »Ich war auch nie in Ihrem Haus.«

Die einzige Unordentlichkeit in diesem Raum bestand darin, dass das Fenster auf den abblätternden, schlammbespritzten Schandfleck sah, der die Rückseite seiner Bäckerei darstellte. Er hatte von der anderen Seite aus sein Spiegelbild in diesen Fenster betrachtet, während er frühmorgens die erste Zigarette des Tages geraucht hatte, wenn noch kein Licht brannte und die Rollläden herabgezogen waren – vielleicht jeden Tag in den letzten dreißig Jahren.

»Worum geht es also? Ich frage aus reiner Neugier. Was ist der Anlass, dass ich heute eingeladen bin?«

Ein Moment des Schweigens trat ein. Vermutlich versuchte sie, die rechten Worte einer Entschuldigung dafür zu finden, dass sie zunächst geglaubt hatte, was die Zeitungen über Mimmo schrieben. Rocco wollte sagen: Schon in Ordnung, es ist ja nichts passiert.

»Der Anlass?«, fragte sie, und ihr Gesicht hellte sich auf. »Na, es ist doch Ihr freier Tag!«

40

Seine Strähne war vorüber. Sein gebraucht gekaufter Anzug war vierzig Jahre alt. Er trug ihn so vorsichtig, damit man ihn darin begraben konnte.

Sie füllte die Gläser. »Sie können das gut beurteilen, Rocco. Was ist besser: Arbeit oder Spiel?«

Er hatte angenommen, dass sein Besuch sich dem Ende zuneige, aber jetzt war sein Glas wieder voll. Sein Rücken sank entspannt gegen die Stuhllehne. Man konnte hören, wie sich auf der Straße eine Blaskapelle versammelte. Trompeten schmetterten. Jemand schlug ein Becken. Ehe sie wussten, wie ihnen geschah, hatte Ciccio begonnen, ein Spiel mit ihnen zu spielen, und ehe sie sich besannen, waren sie ganz davon gefangen genommen. Rocco erinnerte sich tief in seinem Innern an die Freuden der Geselligkeit, an Gespräche, deren Themen nicht weiter von Belang waren. Hinter wie vielen Fenstern, seit wie vielen Jahren hatten andere gelacht und sich über Nichtigkeiten unterhalten, während er sein Leben danach ausgerichtet hatte, ihnen aus dem Weg zu gehen? Er hatte sein Leben verschwendet – hatte es den Abfluss hinuntergespült.

»Hagel«, sagte Ciccio, »Bomben, Vulkanasche.«

»Was ist das?«, fragte Mrs. Marini.

»Vögel mit Herzinfarkt.«

»Gegenstände, die aus den Wolken fallen!«, sagte Rocco.

»Oh, gut, ein Spiel. Jetzt bin ich an der Reihe«, sagte sie. »Die Sonne. Ein Kürbis. Eine goldene Zwanzigdollarmünze.«

»Dinge, die orangefarben sind«, sagte Ciccio.

»Das kannst du besser, Costanza«, sagte sie und gab sich einen Klaps auf die Hand.

»Pennys und Fünfcentstücke sammeln«, sagte Ciccio. »Aus einem Ort der Dunkelheit in einen winzigen Lichtkreis schauen.«

Sie sagte: »Sachen, die kleine, unterprivilegierte Kinder machen.«

»Falsch«, sagte Ciccio. »Um Hilfe rufen. Mit dem Seil und dem Eimer spielen.«

Rocco sagte: »Sachen, die man in einem Brunnen macht.«

3

Das Gegenteil von Sterben ist, eine Familie zu haben. Wer keine Familie hat, ist folglich tot.

Rocco bemerkte den Geruch von Terpentin und entschuldigte sich. Er ging auf Mrs. Marinis Toilette, wo er seine Hände mit Feuchtigkeitscreme und einer Nagelbürste scheuerte. Er war an diesem Morgen mit der festen Überzeugung aufgewacht, dass sein Tod nahe. Er hatte sich selbst mit seiner Furchtlosigkeit beeindruckt, aber war er vielleicht nur deshalb so furchtlos gewesen, weil er keine Familie hatte und deshalb schon tot war?

Nein. Loveypants hieß Luigina. Seine Jungen hießen Bobo, Mimmo und Jimmy. Er hatte einen Cousin namens Benedict, der immer noch in Omaha lebte.

Zu Hause ließ er die Tür des Medizinschränkchens während des Händewaschens offen, um sein Gesicht nicht im Spiegel zu sehen, aber Mrs. Marinis Spiegel war direkt an der Wand befestigt. Er drehte ihm den Rücken zu, während er seine Finger bearbeitete. Dann kniete er sich hin, weil er die Kacheln sonst mit Creme bespritzt hätte, und setzte sein Werk über der Toilette fort. Sie hatten noch den ganzen Nachmittag zu dritt weitergemacht. Jetzt war es Zeit zum Abendessen, und der Krach draußen lockte sie in den Tumult des Festes.

Er betätigte die Spülung. Als er sich zum Waschbecken umdrehte, betrachtete er eine Öse an seinem rechten Schuh, und dann, während er sich die Hände wusch, fixierte er den Chromflansch des Abflussrohres. Aber das bewahrte ihn nicht davor, seine Arme und seinen Bauch aus dem Augenwinkel im Spiegel zu sehen. Was machte es schon, wenn seine Hände nicht sauber waren? Es würde mindestens vier Tage dauern, ehe er wieder irgendjemandes Essen anrührte. (Oh, aber da war das viele Brot und der Zwiebelkuchen, der sich in der Verkaufstheke türmte – es würde wie in einer Brauerei riechen, wenn er in die Stadt zurückkäme; er musste hingehen und ihn wegwerfen; Arbeit, Kosten, all die Mühe – vergebens, dahin.) Er berührte den Türknauf des Toilettenraumes und drehte ihn dann mutig. Ein Knallfrosch explodierte in der Gasse.

Wer war dieser Mann, in den er sich verwandelte, wenn er seine Einsamkeit gegen die Gesellschaft anderer Menschen austauschte? Der Flur roch nach Mottenkugeln und war dunkel, und er fühlte, wie sich sein privates Selbst zurückzog, als er sich dem Gezänk in der Küche näherte.

Ciccio sagte: »Gut, aber wenn wir uns 1812 bei der Invasion ganz auf Montreal konzentriert hätten, wäre der Kontinent unser gewesen.«

Rocco wollte sich umdrehen, sich fortschleichen. Er blieb im Flur stehen, die Einsamkeit im Rücken, die Gesellschaft vor sich, und fühlte sich in der Mitte gefangen. Ihm war, als ob er sein ganzes Leben in diesem Flur verbracht hätte, und er wünschte sich, wenigstens die nächsten Stunden mit ganzem Herzen entweder ausschließlich auf der Toilette oder ausschließlich auf der Straße verbringen zu können. Ich kann nicht hierhin gehen, ich kann nicht dorthin gehen, sprach er zu seinem Herzen. Ein Niesreiz überkam ihn, und er gab ihm nach.

Jetzt also – bumm, bumm, bumm – der Rauch in den Straßen, zweiunddreißig Grad Celsius, ein Junge in einem Fenster, der erst ein Ei in die Menge warf und dann einen Goldfisch und einen Eiswürfel. Alle paar Meter stand ein Mann über einen Kohlenkasten gebückt. Sein Schweiß tropfte zischend auf das Schweinefleisch, das sich auf dem Grill drehte, und eine Frau mit schiefen braunen Zähnen stand daneben, kassierte das Geld und rollte von Zeit zu Zeit eine Limonadenflasche über sein Gesicht. Ein puerto-ricanisch aussehendes Kind fiel aus einem Baum. Es stank nach brennendem Tierfleisch und nach Menschenfleisch, das Salz und Gifte aus seinen Poren dünstete. Ein

Kind kletterte an einem Abflussrohr die Fassade einer Kirche hoch. Wohin man sah, versuchten Kinder irgendwo hochzuklettern – vielleicht in der Hoffnung, dadurch nicht mehr im Weg zu stehen –, nur um dann herunterzufallen oder abzurutschen, wie ein Ohrenkneifer, der in einer Badewanne gefangen ist. Kinder kletterten auf den Zaun an der Rückseite des Spielfeldes hinter dem Kloster, wo die Karussells standen, Kinder erklommen auf dem Dach der neuen Tierhandlung den gigantischen Vogelkäfig, der einen überdimensionierten Sittich beherbergte. An manchen Stellen war der Gehsteig unter Bingozetteln, Gebetskarten, Eierschalen fast verschwunden. Die Männer trugen Krawatten, aber ihre Hüte hatten sie abgenommen. Eine Frau küsste den Kanten eines Brotes und schleuderte ihn in eine Pfütze.

Spekulationen, Drohungen und Gezänk, gelallt und geschrien, füllten die Luft.

»Wenn es nur nach dem heutigen Tag ginge«, sagte eine Frau, »dann hätte ich dich schon fünfzigeinhalb Mal verlassen.«

»Wenn wir nach Hause kommen, Freundchen«, sagte ein Mann, »wartet ein großer Stock auf dich.«

Jemand sagte: »Nein, nur ein Freund aus der Besserungsanstalt in Oskaloosa. Ich wollte ihn ein bisschen aufmuntern, aber sie haben mich nicht gelassen.«

»Die Amischen können vielleicht den Bus nehmen, aber fahren können sie ihn nicht, so ist das nämlich.«

»Alles ist an seinem Platz, und nichts ist, wie es sein soll.«

»Ich erinnere mich nicht besonders gut daran«, sagte jemand, »weil es gar nicht dazu gekommen ist, nicht wahr.«

Ein Priester zeigte langsam mit einem gekrümmten Finger auf den Asphalt und sagte nachdrücklich: »Es lebt hier nicht.«

Ein menschlicher Totenschädel war in einer Nische am Rand des Klosterhofs eingemauert, und verschiedene andere Knochen – Rippen und Finger und Schlüsselbeine – waren rundherum in einem Muster eingemörtelt, das an eine Chrysantheme erinnerte, und darunter befand sich eine Kupferplatte mit der Inschrift: *Lasset uns Werke der Gerechtigkeit und der Gnade tun, solange wir noch Zeit haben.* Jemand sagte: »Halt jetzt den Mund und hör mir zu.« Jemand anders: »In dem Teil des Gehirns, wo bei uns der Verstand sitzt, ist bei denen Geld.«

Kinder kletterten auf Amberbäume und Telefonmasten und Ginkgobäume und die Schultern ihrer Väter. Versuchten sie, hinauszuklettern? Und wovor genau flohen sie, und wo flohen sie hin?

Ein Mann mit einer Gasmaske – er trug kurze schwarze Hosen mit Hosenträgern und ein weißes ärmelloses Hemd – zerrte ein kleines Sofa auf einen Balkon im dritten Stock und lehnte sich darauf zurück und beobachtete die Menge und schnallte seine Gasmaske ab, um einen Schluck von seiner Limonade zu nehmen.

Zwei berittene Polizisten standen regungslos wie Statuetten an der Ecke Sechzehnte und Achtundzwanzigste Straße und beobachteten das Treiben. Tauben, Ratten und streunende Katzen auch.

Jemand sagte: »Was ist das, Stanley? Es sieht wie Pastete aus.«

Man sprach Ungarisch, Slowakisch, Rumänisch, Polnisch, Deutsch, Russisch, Kroatisch, Griechisch, Litauisch, Spanisch, Böhmisch; und wenn man genau hinsah, bemerkte man einige Japanerinnen, wahrscheinlich Kriegsbräute. Und es waren scharenweise Italiener aus den Vierteln am anderen Ende der Stadt und den Vorstädten gekommen. Und einige Farbige waren da, und um sie wurde das gemacht, was man einen weiten Bogen nennt, soweit das in dem Gedränge möglich war. Es war ein Viertel, von dem Fremde sich fernhielten; nur einmal im Jahr, am fünfzehnten August, fielen sie zu Zehntausenden hier ein. Und es gab die Rummelplatzspiele, bei denen man fünf Cent zahlte, um mit einem Schaumgummiball nach einer Pyramide aus Suppendosen zu werfen, in der Hoffnung, ein Salamisandwich zu gewinnen. Die Hauptattraktion war der Umzug, bei dem Männer in weißen Roben die Jungfrau Maria aus der Kirche und durch die Straßen trugen, begleitet von Fackelträgern, die noch bis vor Kurzem ihre Köpfe mit spitzen weißen Kapuzen bedeckt hatten. Doch die Polizei hatte ihnen in ihrem Bemühen, Missverständnisse und Verleumdungen zu vermeiden, das Tragen der Kapuzen verboten.

Manchmal konnte man nicht einmal den Brustkorb zum Einatmen richtig ausdehnen, so groß war der Druck auf den Körper. Und die

Kinder in den Bäumen, die einem stachelige Amberfrüchte auf den Kopf schleuderten. Es gab Augenblicke, da dachte man, man würde zerdrückt. 1947 war das einmal passiert. Eine Slowakin und ihr Säugling waren genau hier erdrückt worden. Man stelle sich vor, man bringt jemanden mit dem Brustkorb um. Man stelle sich zwei heiße Leichen vor, die von unserem Körper und den Körpern der anderen Leute vorwärts geschoben werden – und trotzdem ist man hergekommen, aus diesem Instinkt heraus, sich in den Straßen zu drängen, weil der Körper, aller Vernunft zum Trotz, darauf beharrt, ein Verlangen zu befriedigen, das durch nichts in unserem unsicheren, häuslich orientierten, privaten Selbst befriedigt werden könnte. Was man empfand, war primitiv – ein Grashüpfer, der zu einer Heuschrecke wird, ein Hofhund, der ein Meutehund wird. Der Verstand der Menge wurde zu unserem eigenen Verstand, so wie ein Wal dem körperlichen Verlangen nachgibt, Strandsand unter dem Bauch zu spüren.

Es war Europa, was hier stattfand, und es war hier fehl am Platz. Dies war nicht der Kontinent der Gruppierungen, des Sozialismus, der ungezählten, zum Bersten vollen Städte. Dies war das Land des Einzelnen, der Privatwirtschaft, riesiger, leerer Landstriche, das Land des Protestanten Jesus, der bei seinem Vornamen genannt wurde und die Seelen, eine nach der anderen, rettete, nach dem Motto: Glaubst du in deinem innersten Herzen, oder glaubst du nicht? Diese Menge gehörte nicht hierher.

Und die Kinder kauerten in den Fenstern und saßen rittlings auf den frei liegenden T-Trägern.

Die Kirchentüren schwangen auf, und drei Jungen in roten Soutanen und weißen Überwürfen waren die Ersten, die die Treppe herunterschritten: Zwei von ihnen trugen Kerzen, die so groß wie sie selbst waren, der dritte trug einen Stab. Auf der Spitze des Stabes befand sich, natürlich, die goldene, ausgemergelte Figur eines einzelnen Mannes, gestreckt und festgenagelt, entweder sterbend oder tot, vom Pöbel gefoltert und hingerichtet. Und die Nacht senkte sich herab.

Rocco war allein in der Menge und versuchte, sich einen Weg zur Bäckerei zu bahnen. Er hätte gern eine Zigarette geraucht, aber es war nicht genug Luft zwischen seinem Mund und dem Haar der Frau, die vor ihm ging. Er hätte eigentlich ganz gern ein Würstchensandwich mit Paprika gegessen, aber die Brötchen, die diese Leute verwendeten, waren unter der Würde des Schweins, das gestorben war, um sie zu füllen. Er hätte gern einen Zahn zugelegt, es galt ja, binnen zwei Tagen den New-Jersey-Staat zu erreichen, das Gesicht von Loveypants, und eine Weisung zu ersinnen. Er musste unbedingt eine dunkle Ecke ausfindig machen, wo niemand ihn mit seinen Pfoten betatschen konnte. Er wusste auch, dass aus der Menge zu fliehen hieß, sich von jenem Teil seiner selbst loszureißen, ihn sogar zu töten, der doch mit ihr verbunden war. Man musste das Bein, das in der Falle steckte, durchbeißen. Und sobald man wirklich fortgegangen war, fühlte man sich so einsam, wie man sich wahrscheinlich nie wieder fühlen würde.

Während er durch den Strom aus Menschenleibern watete, die in Richtung der Gasse hinter dem Kino an der Vierundzwanzigsten Straße dahinfloss, trat er unabsichtlich einem vielleicht dreijährigen, weißhaarigen Jungen in Drillichhosen auf den Fuß. Der Junge fiel schreiend hin, aber Rocco kämpfte sich weiter durch die Menge. Rechts, rechts, links ging er durch das Labyrinth der Gassen, das zu der Gasse führte, die zwischen seinem Geschäft und Mrs. Marinis Haus verlief. Ein halbes Dutzend Jungen in Leinenjacken warf Knallfrösche in seine Gasse und schenkte ihm keine Beachtung, als er vorgab, seinen Schlüssel zu benutzen, um die Allez-hopp-Tür aufzuschließen.

Sofort hörte er einen schrillen, ununterbrochenen Ton, wie von einem maroden Elektrogerät – ein Rückstand, den enormer Lärm im Schädel hinterlässt, sobald man einen stillen Ort betritt. Er hielt seinen Kopf unter den Wasserhahn und trank. Der Ventilator war ausgeschaltet, und die Luft hier drinnen fühlte sich selbst für Rocco (und sogar nachdem die Kohle verglommen war) tropisch heiß und drückend an. Er legte seinen Hut auf einem Stapel von Springformen ab, vergewisserte sich, dass die Friteuse ausgeschaltet war, zog die Flagge des Staates Ohio beiseite, ging in den Laden und setzte sich in eine relativ kühle Abseite auf den Boden. Auf der anderen Seite des Schaufensters

sah er die Arme und Hüften und welkenden Frisuren der Menschenmenge, die gegen das Fensterglas drückte und es mit Schweiß und
Pomade verschmierte. Die Menge war in dem Moment stehen geblieben, als die Heilige Jungfrau, knapp über Kopfhöhe, langsam über den
Hügel schwebte. Hier in seiner kleinen Kiste war er vor ihnen sicher.
Der halbe Mond war über dem Dach des Mietshauses auf der gegenüberliegenden Straßenseite aufgegangen. Die Balkone und Feuerleitern voller Schaulustiger verschwammen im Dämmerlicht. Hatte er
Freunde? Nein, eigentlich nicht.

Er warf fünfzig Pfund verwendbaren, wenn auch übersäuerten
Hefeteiges in den Müll, denn der HErr hatte ihn für die vor ihm liegenden Tage zu wichtigerer Arbeit bestimmt. Die Gebäckstücke lagen
in der Kühlkammer am hinteren Ende der Backstube. Vielleicht sollte
er dort, in der Kühlkammer, ein paar Minuten bleiben und sich sammeln. Er ließ den Riegel der Kammer aufschnappen und war gerade
dabei, ein Tablett mit Croissants vom Drahtgestell zu heben, als er seinen Kopf umwandte und zu seinem Schrecken feststellen musste, dass
er auch hier drin nicht allein war.

Ein kalkweißer Mann saß mit dem Gesicht zum anderen Ende der
Kühlkammer auf einer Kiste mit pflanzlichem Backfett. Aber abgesehen von einem Filzhut mit einer Pfauenfeder unter dem Band und
weißen Kniestrümpfen war er nackt.

Rocco stand da und sah ihn an.

Der Mann kam langsam hoch, noch immer mit dem Rücken zu
ihm. Er steckte einen Fuß in das Bein seiner Hose und stopfte seine
Unterhose in eine Hosentasche. Eine glimmende Zigarre lag auf dem
Boden. Sein pelziger Rücken war Rocco zugekehrt, und das leichenhaf-
te, bläulich graue Weiß seines Fetts wogte unter den Leuchtstoffröhren,
die angegangen waren, als Rocco die Kühlkammertür geöffnet hatte.
Seine Arme und sein Hals jedoch waren braun – ein Mann, der seinen
Lebensunterhalt im Freien verdiente. Dem grauen und ungleichmäßigen Pelz nach zu urteilen, war er ungefähr in Roccos Alter. Der Mann
zerrte an seinem Hemd, das viel zu groß für ein Hemd war und sich
unter der Kiste mit Backfett verklemmt hatte. Er trampelte mit seinem

Fuß auf seinem Schuh herum, weil er außerstande war, die Öffnung zu finden, wo die Zehen hineingehörten.

Eine Dunstwolke wehte aus der Feuchtigkeit draußen herein, und in Roccos Kopf wurde ein Schalter umgelegt, der ihn dazu veranlasste, die Tür der Kühlkammer von innen zu schließen. Es war ein pragmatischer Impuls, aber der Mann stieß ein welpenhaftes Jaulen aus und nestelte an seinen Schuhen herum (ein Geräusch, das Rocco sich selbst machen hörte, wenn er zu viel Kaffee getrunken hatte und ihm das Pissen wehtat). Und Rocco spürte die Schwäche des Feindes und einen plötzlichen Blutdurst in sich selbst. Bring ihn um, sagte eine Stimme. Die Kühlkammer roch nach ausgetrockneter Zigarre, und so hätten auch die todgeweihten Gebäckstücke gerochen. Nimm das Blech, sagte die Stimme der Bestie in ihm.

Der Mann hatte sein Hemd freibekommen und zog es mit immer noch abgewandtem Gesicht über seinen Kopf. Es war unwahrscheinlich, dass Rocco imstande sein würde, einen erwachsenen Mann von seiner Statur mit einem Kuchenblech aus Aluminium niederzuschlagen. Aber das war es, was die Stimme verlangte, und so hob er das Blech, nur wenig höher, als man ein Schlagholz hebt, ehe man ausholt. Die Gebäckstücke prasselten auf seinen Kopf.

Endlich drehte sich der Mann um. Das weite Hemd verhüllte sein Gesicht. Sein Atem klang laut und gequält. Der Stoff über dem Mund blähte sich abwechselnd konvex und konkav. Seine rosigen Titten hingen herab. Er hielt seinen Hut in der Hand, und die Hemdsärmel fielen um seine Schultern wie weißes, durchnässtes Haar. Kein Gesicht. Der Stoff umhüllte den Kopf wie die Kapuze eines Henkers.

Kannte er diesen Mann? Er hatte keine Ahnung. Ein Mann, der nicht er war, war nicht Rocco, es sei denn, er wäre Rocco, aber das konnte nicht sein.

»Was hast du gestohlen?«, fragte Rocco in seinem italienischen Heimatdialekt.

Der Kopf wurde jetzt heftig geschüttelt.

»Hast du auf meinen Boden gepisst oder es dir selbst gemacht wie ein Schwein?«

Da war ein Außenseiter, ein Mitglied der Öffentlichkeit, oder eher noch ein Eingeweihter, ein Angehöriger Roccos, der sich nicht nur in Roccos private Festung (die Backstube) Einlass verschafft hatte, sondern sogar in die Kühlkammer eingedrungen war, das Allerheiligste, den Ort, wo Rocco sich einschloss, wenn sein Wunsch nach Einsamkeit am trostlosesten war.

»Nimm das Ding von deinem Gesicht!«, sagte Rocco und hieb in die Luft.

Sieh mal einer an, ein erwachsener Mann, maskiert als ein Hirngespinst, das seiner Einbildung entsprungen war. Es sei denn …

Der Kopf bewegte sich nicht.

Dann war es, als ob sich in Roccos Gehirn alle Drehstifte eines Schlosses gleich ausgerichtet hätten und die Tür eines Tresors aufschwänge.

»Oh«, sagte er sanft. »Du bist es.« Er senkte das Blech. »Du hast dich die ganze Zeit hier drin vor mir versteckt.«

Der Kopf antwortete nicht, aber trotzdem empfand Rocco ein belebendes Gefühl der Überzeugtheit.

»Du dachtest wohl, du könntest mich hereinlegen, mein Junge«, sagte Rocco grinsend und zeigte mit dem Finger auf den anderen. »Meinst du, ich erkenne meinesgleichen nicht auf den ersten Blick?«

Und doch legte die Gestalt nur den Kopf zur Seite.

Rocco appellierte an seinen Mut. Er ging einen Schritt nach vorn (sein Absatz versank in einem Gebäckstück), um das große Kind zu umarmen, den verfluchten Teufelskerl.

An der Angel der Kühlkammertür war ein Zeitschalter angebracht, ein raffiniertes Gerät. Das Deckenlicht ging automatisch an, wenn man eintrat, und dann, sechzig Sekunden nachdem die Tür geschlossen worden war, schaltete sich das Licht von allein wieder aus.

Jetzt ging das Licht aus.

Die Gestalt griff ihn in der Dunkelheit an. Es gab einen frontalen Zusammenstoß, und Rocco fiel gegen die Gebäckregale. Die Tür öffnete sich, und der Eindringling schoss hinaus.

Rocco rappelte sich auf. Er hörte kurz den Lärm von draußen, und er hörte die Allez-hopp-Tür zuschlagen. Auf dem Fliesenboden lag eine Rotzfahne.

Eine Schwester flitzte über das Spielfeld, und ihre Tracht glitt durch den Staub des Innenfeldes. Angelegentlich winkte sie mit nach unten gerichteten Händen den schmutzigen Männern, die die Fahrgeschäfte betrieben. Das Matterhorn und das Hexenrad drehten sich, und das Dipsy Doo befand sich im Sinkflug, und alle waren sie mit Lichtergirlanden geschmückt, die noch schneller blinkten, sobald die Kabinen ihre Höchstgeschwindigkeit erreichten, während jedes seine eigene Klimpermelodie plärrte. Haltet die Maschinen an, befahl sie; die Heilige Mutter sei nun draußen auf der Straße. Die Männer, manche von ihnen Landstreicher, manche Volksschulhausmeister, deren Kleider sogar im August den modrigen Duft von Bleistiftspänen verströmten, öffneten die Tore, und die Kinder, noch schwindlig von der Fahrt, stolperten auf das Außenfeld.

Sogar auf dem Dach des Konvents waren Kinder; eines von ihnen kletterte an einem Fahnenmast hoch und hielt sich dabei an der Schnur fest.

Den Ministranten gingen zwölf wundersame Männer mittleren Alters auf der Straße voraus: langsamen Schrittes, füllig wie Ochsen, hochmütig, in weißen Musselintalaren, weißen Handschuhen und mit randlosen schwarzen Filzhüten. Sie erzwangen sich eine Gasse durch die Menge, indem sie die Leute mit stumpfen Besenenden schubsten und sie schweigend in die Verkaufsstände der Straßenverkäufer. gegen die Schaufensterscheiben drückten – ein hartes Element, das ein weiches Element teilt, wie der Kiel eines Schiffes durch das Wasser schneidet.

Jemand sagte: »Wissen Sie schon, wann Sie uns besuchen wollen?«

Auf dem Dach des Kinos in der Vierundzwanzigsten Straße ließen die Männer, die das Feuerwerk vorbereitet hatten, eine Flasche Bier kreisen und spuckten auf den Teer: lethargisch, fluchend.

Den Ministranten folgte ein Trupp von Priestern verschiedener Gemeinden, einige von ihnen in langen Gewändern und mit Biretten. Und der Bischof der Stadt, ein Deutscher, war unter ihnen, in grüner

Mitra und grünem Mantel, ein finster blickender, steinalter Mann mit einem Bischofsstab, auf den er sich stützte, um das Gleichgewicht nicht zu verlieren.

Nach den Geistlichen kam, süßlich lächelnd, die Jungfrau Maria. Ihre Porzellanhaut war dunkel wie die einer Araberin, ihre Nase hochgereckt wie die einer Engländerin, ihre Statur zwergenhaft, ihre Kleider und Hände mit Diamantsplittern beklebt, die über viele Jahre hinweg von Frauen gespendet worden waren, die sie aus ihren Verlobungsringen hatten brechen lassen. Sie stand auf einem steinernen Podest, und vier spiralförmige Holzsäulen trugen das vergoldete Dach über ihrem Kopf. Die Stangen, die das Podest trugen, ruhten auf den Schultern von sechzehn Männern in weißen Chorhemden. Bänder hingen von den Säulen herab, und die Menschen befestigten Geldscheine an den Bändern, während die Heilige Jungfrau vorbeizog. Und Männer in weißen Roben, auf deren Rücken Kapuzen hingen, bewachten das Podest. Sie hielten lange weiße Fackeln, die an Stierrippen erinnerten, und sangen gregorianische Choräle.

Es wurde dunkel, aber die Hitze ließ nicht nach.

Mehrere Hundert Frauen in Schwarz folgten der Jungfrau Maria. Sie beteten Rosenkränze und gingen barfuß und ungeschützt durch die Kieselsteine, die Zigarettenkippen, die verschmutzten Papierservietten und die verschüttete Limonade auf dem Gehsteig. Eine Kapelle bildete die Nachhut und machte heftigen Lärm. Die Blechbläser spielten einen Walzer und die Klarinetten einen Twostepp und die Geigen etwas anderes, das man kaum hören konnte. Und hinter der Kapelle, im Kielwasser der Prozession, kam einen halben Block lang gar nichts. In dieser Leere war es vielleicht kühler, vielleicht konnte man hier frei atmen.

Alle Kirchenglocken läuteten.

Rocco brauchte frische Luft.

In der Decke über einer der Kohlentonnen befand sich eine Kohlenschütte aus Karton, die er vor vielen Jahren angemalt hatte, damit sie besser zum Putz ringsum passte. Er kletterte auf die Tonnen, löste die Schütte aus ihrem Rahmen und zog sich mit erheblicher

Anstrengung hoch auf den Dachboden der Bäckerei. Die Hitze hier war übelkeiterregend. Er sah nichts, bis er mit seinem Hut den Lichtstrahl abschirmte, der von unten drang. Nachdem er die Lichtquelle auf diese Weise verdeckt hatte, erschien eine Wolke von aufgewirbeltem Staub. Während er verschnaufte, sah er den Staub in seinen Mund strömen und wieder aus ihm herauswirbeln. Holzspäne und etwas, das allem Anschein nach vertrocknete Klümpchen Kautabak waren, bedeckten den Boden des Speichers – Hinterlassenschaften der Dachdecker, die hier in den Neunzigerjahren des neunzehnten Jahrhunderts gearbeitet hatten und sich nicht die Mühe gemacht hatten, nach getaner Arbeit aufzuräumen. Es war verdammt heiß hier oben. Sein Schädel vibrierte im Rhythmus mit dem Lärm, der von draußen hereindrang.

Kriechend und vorsichtig auf den Querbalken balancierend, arbeitete er sich zu einer Leiter an der Dachbodenwand vor. Sie war voller Rostspäne, und die Befestigungsbolzen saßen lose im Mauerwerk. Die Leiter wackelte, als er zu der Falltür in den Dachsparren hochstieg.

Er kam auf dem Dach heraus und atmete tief durch. Die Musik, falls man das Musik nennen konnte, erklang ganz in der Nähe, und sie war ohrenbetäubend. Er drehte seinen Kopf nach allen Seiten, und siehe da, über die Mauer, die das obere Ende der Fassade bildete, beugten sich fünf Mädchen und ein kleiner Junge. Er hoffte, dass Chiara darunter sei.

»Wie seid ihr hier hochgekommen?«, rief er ihnen zu und strich sich die Spinnweben und das Sägemehl von der Hose.

»Wir sind hochgeklettert«, sagte eine von ihnen. Ihr Strumpf hatte eine Laufmasche, und ein frischer, blutiger Kratzer verlief über ihr Bein. Sie wandte sich nicht um, als sie ihm antwortete.

»Wo seid ihr hochgeklettert?«

»Ich weiß es nicht.«

»Ihr wisst es nicht.«

»Die Mauer, denke ich.«

»Du hast da an deinem Bein einen Schnitt, kleines Fräulein«, sagte er und deutete mit dem Finger darauf, aber sie antwortete nicht.

Er ging auf den Dachvorsprung zu und beobachtete den Aufruhr unten auf der Straße. Er war schweißnass und erschöpft, und er fühlte sich niedergeschlagen und zurückgewiesen. Eins zwei drei vier fünf. Keine Chiara. Seufz. Und der Junge.

»Es ist immer das Gleiche«, sagte eine andere deprimiert. »Warum ist es immer das Gleiche?«

»Das ist so verabsichtigt«, sagte der Junge.

Was sie meinten, war, das die Prozession jahraus, jahrein immer gleich verlief.

Dann richtete sich eine von ihnen mit einem Mal kerzengerade auf. Dann die anderen. Die Erste pikste mit dem Zeigefinger in die Luft. »Seht mal da!«, sagte sie. »Die Bimbos!«

Alles in allem war die Prozession fünf Blöcke lang. Die Heilige Jungfrau wankte jetzt an der Ecke Elfte Avenue und Dreißigste Straße vorbei. Ein leerer Zwischenraum von einem halben Block Länge, den die Leute aus Traditionsgründen nicht betraten, tat sich hinter der Kapelle auf. Am Rand dieses Zwischenraums tanzten eine farbige Frau und ein farbiger Mann.

Bald gesellten sich einige andere farbige Männer und farbige Frauen zu ihnen. Es waren nicht allzu viele, sieben vielleicht. Er sah, dass sie in die Hände klatschten und einen langsamen, ruckend-zuckenden Tanz begannen – unsichtbar, wie man als Einzelner in der Menge ist, so glaubten sie sicherlich –, während die fiebrige, dissonante Musik weiterspielte. Lustig. Sie tanzten nicht in der üblichen Art: Mann und Frau, die sich paarweise im Arm halten. Sie hielten sich nicht einmal bei den Händen. Sie waren jetzt zu neunt, neun von vielleicht zwanzigtausend, und selbst von hier oben wirkten sie ziemlich unauffällig. Wenn man sie genauer betrachtete, sah man, dass sie alle jung waren, Halbwüchsige sogar, und sogar ein Kind – ein Mädchen, das jünger war als die Mädchen auf seinem Dach – versuchte jetzt, sich aus dem Griff einer weißhaarigen, untersetzten farbigen Frau loszukämpfen, um sich zu ihnen zu gesellen.

Die Kinder verfielen wieder in ihre gelangweilte Starre und gaben lustlose Kommentare von gekünstelter, erwachsener Höflichkeit zu der vorbeiziehenden Menschenmenge ab. »Maria, Maria, wir sind zu so vielen«, sagte eine.

Rocco beneidete unwillkürlich die farbigen Jugendlichen da unten, die mit der Herde tanzten und zugleich unter sich blieben, als ob sie sich nicht für eines von beidem entscheiden müssten. Entweder waren sie naiv, oder er hatte eine überflüssige Wahl getroffen. Falls man ihn jemals ins Gefängnis steckte, hoffte er, dass man ihm ein Fenster verweigerte.

Ein weißhaariger Farbiger in einem braunen Anzug mit schwarzer Krawatte, der neben der untersetzten Frau stand, fauchte anscheinend etwas, wobei er erst empört auf die Tänzer deutete und dann auf seine Füße. Und Rocco musste den Kopf schütteln angesichts dieses armseligen, abweisenden Burschen, der ihm so sehr ähnelte.

Jemand schlug dem einzigen Tubaspieler auf den Rücken, Rocco sah das, und das gewaltige Instrument drehte sich um wie ein Hirsch im Gebüsch.

Dann – er sah, wie es geschah, er beobachtete ganz genau, wie es geschah – drehte sich der Rest der letzten Reihe der Blechbläser gleichzeitig um, sah die Neger tanzen und drehte sich wieder nach vorn. Sie tippten ihrerseits den Trommlern auf die Schultern, die sich umdrehten und den Hals reckten, um einen Blick zurückzuwerfen. Und dieses Auf-den-Rücken-Hauen und Den-Hals-Recken setzte sich Reihe um Reihe und mit ungeheurer Geschwindigkeit durch die gesamte Kapelle fort. Wie man, hoch vom Ufer aus, einen Stock beobachtet, der den Fluss hinabtreibt. Und die Kapelle hörte nicht auf zu spielen – sie sahen sich um, sie gaben die Nachricht weiter und hörten nicht auf zu spielen. Und er sah, wie diese Nachricht, dieser Stock, seinen Weg durch die Prozession nahm, bis in die Gruppe der barfüßigen, schwarz gekleideten Frauen, wo er zersplitterte und sich sternförmig durch die Prozession und die umstehende Menge verbreitete.

Rocco musste daran denken, dass der Tubaspieler ganz zu Anfang gesehen hatte, was geschah, und dann weitergespielt hatte. Der Mann hatte sich geschmeichelt gefühlt. Aber Rocco musste auch daran denken, dass die barfüßigen Frauen nicht durch die Kapelle hindurchsehen konnten, um zu sehen, was er gesehen hatte. Er musste daran denken, dass die Neuigkeit, die ihren Weg durch die Prozession nahm, aus siebter, achter, neunter, zehnter Hand stammte.

Als ob er außerhalb der Zeit mit den Kindern auf dem Dach der Bäckerei stünde und alles zugleich sähe: die Vergangenheit (an der Ecke Zweiundzwanzigste Straße, wo die Neger getanzt hatten), die Gegenwart (direkt unter ihm an der Sechsundzwanzigsten, wo die Männer in der Kapelle einander erzählten, was sie gesehen hatten) und die ferne Zukunft (weiter oben an der Straße, wo man niemandem trauen konnte und der außergewöhnliche Augenblick verloren war).

Er sah, wie die Nachricht ihren Weg zu der Heiligen Jungfrau fand, und er sah, wie die Heilige Jungfrau anhielt und wie der Rest der Prozession anhielt. Und die Geistlichen, die sich dort drüben berieten. Und die Ministranten, die verwirrt herumliefen. Dann gab es eine neue Nachricht: Sie nahm den Weg den Hügel hinab, und diesmal wurde sie mit gellendem Geschrei durch zu Trichtern geformte Hände vermittelt. Alle waren stehen geblieben. Und endlich hörte auch die Musik auf. Nur dass es jetzt auch keinen Tanz mehr gab. Die Neger waren verschwunden.

Und die Geiger, wie sie die Bögen unter ihre Arme steckten und sich mit ihren Halstüchern über die Stirn wischten.

Dann tat die Prozession etwas noch nie Dagewesenes. Sie ruckte rückwärts den Hügel hinab. Die alten Frauen setzten sich auf den Bordstein und zogen sich wieder ihre Schuhe an und standen auf und folgten den Musikern zurück in die Kirche. Und auch die Heilige Jungfrau wurde mit einiger Eile zurück in die Kirche getragen. Und die Männer auf dem Dach des Kinos packten ihre Feuerwerkskörper unbenutzt in die Kisten zurück und transportierten die Kisten eine Leiter hinab und in einen Lastwagen in der Gasse.

Moment mal. Das Fest war vorbei. Etwas war geschehen, und das Fest war abgesagt worden. Woher wussten alle, dass es abgesagt worden war? Was war geschehen? Hatten es alle außer ihm gesehen?

Die Kinder auf Roccos Dach weinten, wohl deshalb, weil es kein Feuerwerk gab. Die Generatoren auf dem Spielfeld husteten und erstarben. Die Lichter auf den Jahrmarktgeräten verschwanden. Es gab ein gewaltiges Gedrängel an der Straßenbahnhaltestelle unten an der Sechzehnten Straße. Zu seiner Rechten sah er, wie die Frau namens Testaquadra zwei Kinder an den Haaren in ein Haus zerrte und die Tür hinter sich zuwarf.

Als ob die Zeit sich rückwärts bewegen würde. Die Prozession hatte eigentlich auf die Spitze des Hügels ziehen, zum Friedhof abbiegen, dann hügelabwärts über die Chagrin Street zur Achtzehnten Straße gehen und den Hügel hinauf zur Kirche zurückkehren sollen. Statt dessen bewegte sie sich ab einem bestimmten Moment (Dreißigste Straße) rückwärts in der Zeit, auf der Elften den Hügel hinab und hastig und ungeordnet rückwärts in die Kirche.

Nein, nein. Warte. Etwas war geschehen, und niemand *außer* ihm und den Kindern hatte es gesehen. Da waren einige Neger gewesen; sie hatten Musik gehört und eine Kapelle gesehen; sie hatten zu tanzen begonnen. Aber die Männer ganz vorn, die Priester und die Männer mit ihren Besen und die Männer, die das Podest trugen, und all die Tausenden in der Menge, die nicht gesehen hatten, was Rocco gesehen hatte, mussten tausend unterschiedlich verzerrte Versionen dessen gehört haben, was geschehen war – etwa: Einige Neger im Umzug rauchen Haschisch; einige gotteslästerliche Neger haben die heilige Prozession mit einer Kneipe verwechselt. Und der einzige Teil, den alle Versionen gemeinsam hatten, war das Ende: Lichter aus, Schluss für heute, geht alle nach Hause.

Die Mädchen weinten auf dem Dach, und der Junge stand etwas entfernt von ihnen an einer Ecke und blickte spasmisch zuckend abwechselnd hinab auf die Straße und zu ihnen, und Rocco sah, dass auch der Junge weinte – dass ein versprochenes Feuerwerk nicht stattfand, war für sie der Gipfel der Enttäuschung. Die Elfte Avenue spülte Menschen in all ihre Einmündungen. Diese schreckliche Ruhe überall – sogar der Rauch hatte sich verzogen, die Straße war so frei, dass man mit Autos hätte durchfahren können – bloß dass keine Autos durchfuhren. Die Menschen legten ihre Wege murmelnd oder stumm zu Fuß zurück.

Die Kinder schnappten nach Luft. Er hatte unrecht gehabt. Sie fühlten sich nicht betrogen. Sie hatten Angst.

»Jetzt hört mir mal zu, meine Kleinen«, hob er an, aber ihm fiel nichts zu sagen ein.

Es war die Stille, die ihnen Angst machte, das erfasste er deutlich, und er wollte sie wieder beruhigen, aber er wusste nicht, wie er das tun sollte, und ihm fiel kein einziges fröhliches Wort ein, um sie abzulenken. Wenn er doch nur einige Wörter aneinanderreihen könnte, die ihnen helfen würden.

Er tat einen Schritt rückwärts auf dem klebrigen Teer des Daches. Dann hielt er inne. Keines der Kinder warf auch nur einen flüchtigen Blick in seine Richtung. Sie hatten vergessen, dass er da war.

4

Rocco fuhr um ein Uhr nachts in den Staat Pennsylvania und verbrachte die Nacht in seinem Auto am Straßenrand. Er wachte ein halbes Dutzend Mal auf, wenn Frachtzüge kreischend die Brücke über ihm überquerten.

Als die Sonne aufging, hatte sich sein tauber Arm um den Schaltknüppel geschlungen, sein Unterhemd klebte verschwitzt an seinem Rücken, und seine Rippen drückten auf seine Nieren. Seine Brille war über Nacht auf den Rücksitz gewandert. Er schüttelte seinen eingeschlafenen Arm aus. Nachdem er zumindest seine Zigaretten unter dem Bremspedal aufgespürt hatte, ging er in den müllübersäten Bereich unter die Eisenbahnbrücke, wo er pisste, eine Zigarette rauchte und sich die Nase putzte. Zwischen den Brückenpfeilern plätscherte ein kleiner Bach dahin, auf dessen Oberfläche vielfarbig schillernde Ölschlieren im Sonnenlicht glänzten. Er kniete an dem sandigen Ufer nieder und betete seinen Rosenkranz. Anschließend bat er den Herrn, ihm sichere Fahrt in den New-Jersey-Staat zu gewähren und in Loveypants ihren lange verlorenen Sinn für Vernunft und Anstand neu zu erwecken. Wieder fuhr ein Zug über ihm vorbei, aber in die andere Richtung. Er erklomm die Böschung zur Bundesstraße und fuhr zum Frühstücken in die nächste Kleinstadt.

Alles, was er von der Bedienung verlangte, waren Kaffee und Toast. Man hätte meinen können, Toast sei ein denkbar einfaches Gericht, aber dem war nicht so. Er musste fünfzehn Cent für zwei blassgrüne, margarinedurchtränkte Quadrate bezahlen. Er wusch sich die Hände und das Gesicht auf der Toilette des Cafés. Er sah zum Davonlaufen aus. Warmwasser und Seife waren offenbar zu viel verlangt. Er hatte gehört, dass es mit der Zivilisation im Pennsylvania-Staat nicht weit her sei, und bislang war er nicht enttäuscht worden.

Einen Block von dem unseligen Café entfernt fand er einen Friseurladen und ging hinein. (Wie beruhigend, dass ein Friseurladen überall auf der weiten Welt stets nach Talkumpuder und Äthylalkohol roch.) Er setzte sich auf die Bank und wartete in einer Gartenzeitschrift blätternd darauf, dass die Reihe an ihn käme.

Der Friseur und der Kunde im Stuhl erörterten allem Anschein nach die verschiedenen Vorzüge von hellem und dunklem Fleisch. Rocco achtete nicht darauf, denn das ging ihn nichts an.

Als der Friseur den Papierkragen um Roccos Hals befestigte und ihn fragte, was er heute Morgen für ihn tun könne, antwortete Rocco, er sei zum Nachschneiden und Rasieren gekommen.

»Sprechen Sie lauter.«

»Nur ein bisschen an den Seiten nachschneiden, vor allem an den Ohren, und eine Rasur, danke sehr«, erläuterte er.

»Nur Nachschneiden und ein Dingsbums und noch ein Dings«, sagte der Friseur.

Es machte ihm nichts aus, sich zu wiederholen. An der Wand klebte ein Foto, das Roger Hornsby mit dem Friseur zeigte, als dieser ein junger Mann gewesen war.

In diesem Moment befestigten Friseure von Leningrad bis Buenos Aires Papierkragen um die Nacken ihrer Kunden, warfen den Umhang aus Wachstuch über ihre Kleidung und befestigten ihn an der Schulter. Überall auf der Welt – ganz gleich ob in Ohio oder Pennsylvania – fand diese einzigartige Form der Kommunikation statt, bei welcher der Friseur und der Kunde sich nicht an das Gesicht des Gegenübers wandten, sondern an dessen Gesicht im gegenüberliegenden Spiegel. Wenn der Kunde ein Fremder war, schlug der Friseur von Rechts wegen einen überheblichen Ton an. Aber Roccos Gefühl, sich heute im Einklang mit seinem Schöpfer zu befinden und sich auf eine Unternehmung eingelassen zu haben, die darauf zielte, ins Lot zu bringen, was durch Mutwillen und Feigheit aus dem Lot geraten war, eine mystische Hoffnung heute Morgen, erweckte eine Nächstenliebe in ihm, die unbedeutende Klagen – sein karges Frühstück, ein mürrischer Friseur – als unbedeutende Klagen entlarvte.

Mit dem Griff eines Kammes hob der Friseur geschickt Roccos Nasenspitze an und schnitt die Haare ab, die aus seinen Nasenlöchern wuchsen und in seinen Schnurrbart ragten.

»Das mag ich ja gar nicht, wenn man mit Hunden auf Jagd nach Wasservögeln geht. Sie vielleicht?«, sagte der Friseur. »Ich finde, es ist nicht richtig, ein Raubtier darauf abzurichten, dass es Nahrung in die Schnauze nimmt, ohne sie zu fressen. Ich frage mich, wie Sie dazu stehen.«

»Ich kann nicht ganz folgen«, versuchte Rocco zu sagen, ohne dabei die Lippen zu bewegen, auf die der Friseur mit einem Finger drückte.

»Ich gebe Ihnen ein Beispiel. Sie nehmen eine Frau mit in ein Geschäft, wo feine Bettwäsche und Tischdecken aus Leinen und wer weiß was verkauft werden.« Er drehte sich um und kramte in einer Schublade. »Sie stecken ihr hundert Dollar zu und sagen ihr, sie solle einen Nachmittag lang durch die Gänge schlendern und Ihnen dann das Geld zurückgeben. Also, das ist doch Quälerei! Sagen Sie mir, wie Sie dazu stehen, während ich das hier umrühre.«

»Ich dachte, man würde Ihnen das während der Aufzucht beibringen.«

»Das ist ein gutes Argument. Daran habe ich noch nicht gedacht. Das ist eine wichtige Erkenntnis.«

»Vielen Dank.«

»Und ich will Sie gleich noch etwas fragen. Darüber denke ich oft nach, wenn ich bei Regen hier in meinem Laden stehe und niemand kommt, um sich frisieren zu lassen. Angenommen, Sie könnten für einen einwöchigen Urlaub in jede beliebige Stadt der Welt fahren. Welche Stadt würden Sie wählen? Meine Antwort lautet: Perth in Australien.«

»Die Schiffsreise wäre sehr lang«, gab Rocco zu bedenken.

»Ganz recht. Ich würde die östliche Route nehmen, entlang der afrikanischen Küste, wie es auch die Portugiesen taten. Aus welchem Land kommen Sie mit Ihrer Aussprache?«

»Ohio«, sagte Rocco.

»Wo ist das? Irgendwo in Russland?«

»Ohio«, sagte er. »Gleich nebenan. Die Mutter der Präsidenten. Das Land von Thomas Edison, Heimat der Rosskastanie.«

»Ehrlich gesagt habe ich keinen Schimmer, wovon Sie reden«, sagte der Friseur obenhin.

Rocco hatte die Augen geschlossen. Der Stuhl war nach hinten gelehnt, und der Friseur bettete ein heißes Handtuch auf sein Gesicht. Rocco schrieb die Buchstaben in die Luft.

»Ich verstehe«, sagte der Friseur. »Mein Beileid.«

»Warren Harding, Orville Wright, der Vater des Vizepräsidenten – alle aus Ohio«, sagte Rocco unter dem Tuch.

Der Friseur stieß ein schnaubendes Lachen aus.

»Sie halten die Erfindung des Flugzeugs wohl für eine Lappalie. Das ist für Sie nur eine Zirkusnummer.«

»Na gut, ich will Ihnen mal was sagen. Ich habe verstanden, was Sie gesagt haben, ich bin bloß ein lustiger Kerl. Ich setze Ausländern gern ein bisschen zu. Ich bin selbst mal Ausländer gewesen.« Er entfernte das Handtuch. »Guadalcanal. Ich bin von den Einheimischen ganz bestimmt nicht so freundlich empfangen worden wie Sie hier. Wo man auch hintrat, lag ein toter Marinesoldat im Sand.«

»Ich habe einen Sohn, der bei der Marine ist«, sagte Rocco. »Es gibt welche, die glauben, dass er nicht länger unter uns weilt. Man hat sie mit einem erschwindelten Artikel in der Zeitung hereingelegt.« Er nahm einen tiefen Atemzug, und der Mentholdunst des Rasierschaums drang durch seinen Nasengang und benebelte sein Gehirn. »Aber ich weiß, dass mein Erlöser lebt«, sagte er.

»Ist das wahr? Die Leichen werden wenigstens zurück ins Land geholt. Das muss man denen lassen. Die anderen Truppenteile haben Wichtigeres zu tun, nehme ich an. Und Sie sind folglich verheiratet.«

»Ja, das bin ich tatsächlich, seit dreiunddreißig Jahren. Sie lebt jedoch in Trennung von mir, was ich bedaure. Und morgen werde ich sie zum ersten Mal seit Langem wiedersehen. Machen Sie mich also nett zurecht. Sie weiß es noch nicht, aber es reicht mir, das Alleinsein.

Und ich werde dem ein Ende machen. Wenn ich hier in ein paar Tagen wieder durchfahre, wird sie bei mir sein, und die Jungen auch, der erste, der mittlere und der letzte, und wenn ich sie dazu in Stücke schneiden muss.«

In Libyen und in Schweden gab es das heiße Handtuch und das Kratzen der Klinge, die über die Wange gezogen wird – ein Geräusch, das selbst betagte Männer in dämmerige Kindheitsnachmittage zurückversetzt, an denen sie mit schaukelnden Füßen, die den Boden noch nicht erreichten, auf einer Bank saßen, während Papa, der Herr des Universums, sich zurücklehnte und ein anderer Mann mit einer Klinge an seiner Gurgel kratzte. In seinem Dialekt gab es eine Redewendung, einen Ausdruck, den seine eigenen Jungen nicht kannten, da sie kaum Dialekt sprachen (ihre Mutter hatte Rocco verboten, ihnen Dialekt beizubringen): *nach dem toten Vater suchen,* was hieß, »das Unmögliche zu verlangen«.

Rocco sagte langsam: »Ich war noch nie zuvor in dem Pennsylvania-Staat, wissen Sie.«

»Hier ist kein Staat Pennsylvania, Kumpel. Dies ist New York.«

Der Atem des Friseurs roch nach Senf.

»Sie scherzen.«

»Sie sind eine halbe Autostunde südsüdwestlich von Buffalo in New York entfernt.«

Er war von seiner geplanten Kurve nach Norden abgewichen, weil er zu dem Schluss gekommen war, dass er die Vorsehung hintergehen würde, wenn er einen Straßenatlas kaufte. Er wusste, dass er im Großen und Ganzen Richtung Osten gefahren war. Zu gegebener Zeit würde ihn der Herr zu seinem Ziel führen.

Der Friseur hatte sich jetzt bis zu Roccos Nacken vorgearbeitet. »Hören Sie, die Natur hat hier bei Ihnen keine Stelle vorgesehen, an der ich aufhören könnte.« Er drehte den Sessel herum und brachte einen Handspiegel in Position, sodass Rocco in dem Wandspiegel sehen konnte, worauf der Friseur mit seiner Rasierklinge deutete. »Was meinen Sie?«, fragte er.

Rocco spitzte unbestimmt die Lippen.

Der Becher, in dem der Friseur mit dem Rasierpinsel rührte, zeigte ein blaues Muster in Form eines Wasserstrudels und ein Fass nebst Aufschrift: »Ich hab's über die Fälle geschafft«.

»Senken Sie den Kopf.«

Eine Haarschuppe landete auf dem Wachstuch. Der Friseur knickte Roccos Ohr um und zog den warmen Stahl über ein Muttermal in seinem Nacken.

Niagarafälle.

Moment mal. Er war doch eine halbe Stunde von Buffalo entfernt. Aber Buffalo befand sich nur eine halbe Stunde von den Niagarafällen entfernt, nicht wahr?

Er neigte den Kopf zu schnell und empfand eine wohlige Anspannung, ein kindliches Hochgefühl – wie damals, als er nachts nackt auf die Lavasäulen in der Bucht bei Aci Trezza geklettert und ins Meer gesprungen war. Die Rasierklinge schnitt in seinen Nacken.

»Ach, verdammt«, sagte der Friseur und griff nach einem Handtuch. »Sehen Sie, was ich Ihretwegen angestellt habe.«

Es war 11 Uhr 42 am Morgen des sechzehnten August 1953. Die Republik in all ihrer Schönheit und Weite, Erbin eines gewaltigen technologischen und politischen Geistes und von Tausenden von Millionen von Arbeitsstunden über Jahrhunderte hinweg, harrte immer noch ihrer Zerstörung. Sie war eine Tyrannenmörderin, eine Verkäuferin von Getreide und Farbbändern für Schreibmaschinen. Nichts war offensichtlicher, als dass sie der Welt wohlgesonnen war, während die Welt jeden Augenblick damit drohte, uns, ihr Volk, in Asche und Knochensplitter zu verwandeln. Unser Glaube an die Gerechtigkeit unserer Sache wurde auf eine Probe gestellt.

In der Zwischenzeit, sagte der HErr zu Rocco, denke über die Schlucht nach, die ich geschaffen habe, und über die dampfenden Klippen, dampfend von den abwärts stürzenden Wassern, die ich zum Fallen gebracht habe, damit du hierherkommen und fühlen kannst, wie dir das Herz zur Kehle herausgezogen wird.

Kanada war gleich da drüben, auf der anderen Seite des Canyons. Wenn er die Augen zusammenkniff, konnte er Kanadier sehen, die im mittäglichen kanadischen Sommersonnenschein eine kanadische Straße entlanggingen.

Die gigantischen Ausmaße dieses Ortes verliehen der Bewegung jeder kleinen Sache, jedes bloß menschengroßen Wesens eine täuschende, übernatürliche Langsamkeit. Die kanadischen Autos auf dem gegenüberliegenden Rand des Canyons schienen höchstens zu kriechen. Jeder Spritzer, jeder beliebig ausgewählte Wasserfleck, den man mit den Augen bis zu der Wolke dort unten verfolgte, schien nicht zu fallen (denn was konnte so viel Zeit zum Fallen benötigen?), sondern gemächlich an der Oberseite des Wasserfalls entlangzugleiten. Einige Wolken am Himmel, und diese anderen Wolken, welch ein Schock, hinauf in den Himmel treibend. Und unten am Grund des Wasserfalls waren die Wolken so dick, dass sie seinen Blick auf die Stelle, an der das fallende Wasser auf den Fluss traf, verschleierten. So entstand für ihn der Eindruck, dass das Wasser überhaupt nicht nach unten in den Fluss fiel, sondern in eine von Nebel umhüllte Kluft, wo es verschlungen und vernichtet wurde. Auf die fünf Sinne war an diesem Ort kein Verlass. Und er musste sich fragen, ob die unabänderlichen Naturgesetze, die das Wirken der kleinen Dinge beherrschten, sich angesichts wirklich großer Dinge vielleicht radikal veränderten. So als ob eine Zeitung, die er von hier oben in den Fluss fallen ließe, sich in einen Flamingo hätte verwandeln können, wenn sie unten am Grund des Wasserfalls angekommen wäre. Hier neben ihm war der Fluss sauber, grün, feist und schnell. Dort unten, hinter dem Wasserfall, war er blau und voller brauner Schaumkronen. Ein kniehoher Platanenschössling wuchs völlig ungerührt, mit einem einzigen bebenden Blatt, keine zwanzig Zentimeter von einer Stromschnelle entfernt, die einen Lastwagen über die Kliffkante hätte werfen können. Ein wenig stromaufwärts hatten es diese unerschrockenen, fleißigen Leute irgendwie fertigbekommen, eine Brücke über einen Seitenarm des Flusses zu spannen und Stahlmasten in die Stromschnellen zu senken. Paare in gelben Öljacken wanderten Hand in Hand über die Brücke in Richtung Goat Island. Die Insel teilte den Niagara in zwei Arme, deren einer über den Hufeisenfall fiel, der andere über den amerikanischen Teil. Zu seiner Rechten, die Fälle stromabwärts, überspannte in einer Meile Entfernung eine andere, weit längere Brücke den Golf, Dutzende Meter über dem Wasser, und verband die zweitgrößte mit der drittgrößten Nation der Welt. Er steckte ein Fünfcentstück in ein Doppelfernrohr, das er auf die Brücke richtete. Er sah ein Kind, das etwas – war es Popcorn? – in den Wind schleuderte und seinen Kopf über das Geländer beugte, um es fallen zu sehen.

Warum ihr Ehemann sie nicht ein einziges Mal in ihrem miesen, vergeudeten Leben zu den Niagarafällen mitgenommen habe?, hatte Loveypants sich beklagt. Sie stellte die absurd klingende Behauptung auf, man könne den Sechsuhrzug besteigen und zur Mittagszeit dort sein. Rocco hatte eine Melodie ersonnen, eine Art zwitschernden Vogelrufs aus fünf Tönen, den er ihr vorsingen konnte und dessen Text – *Ich glaub dir nicht, ich glaub dir nicht, ich glaub dir nicht* – katzenhafte Gewaltausbrüche bei ihr auslöste. Da wurde gespuckt, da wurden seine Augen mit Fingernägeln traktiert, da gab es Drohungen, seine Kinder zu erwürgen, bis er – betrübt, dass ihm keine feineren Mittel zur Verfügung standen – einen sauberen, geballten Schlag auf ihrer Nase platzierte, um sie zur Ruhe zu bringen. Er wäre, um die Wahrheit zu sagen, liebend gern mit ihr hergekommen, er besaß bis zum heutigen Tag verschiedene Postkarten der Niagarafälle, die eine Cousine an seine Mutter geschickt hatte, als er ein Junge gewesen war; aber wie sollte er dafür sorgen, dass sein Nachwuchs in Reih und Glied stand, wenn sie ihn nicht fürchteten, und wie sollten sie lernen, ihn zu fürchten, wenn er ihnen dadurch, dass er ihrer Mutter nachgab, zeigte, dass hartnäckiger Protest sich auf lange Sicht auszahlte?

Diese Cousine namens Tata (eine Nichte und Patentochter seiner Mutter) war von ihrem Vater verschickt worden, um einen Müller in Buffalo zu heiraten. Sie schrieb zweimal jährlich die üblichen Briefe oder Postkarten heim nach Sizilien, und der junge und des Lesens kundige Rocco musste sie zur Unterhaltung eines jeden, der vorbeikam, laut vorlesen – eine beschämende Aufgabe, denn selbst als Siebenjährigem war ihm klar gewesen, dass Tata seiner Mutter persönliche Dinge beichtete und dass die Briefe allein für sie bestimmt waren und notgedrungen für diejenige Person, die sie ihr vorlesen konnte. Seiner Mutter war das egal, sie war eine Verräterin. Sie hätten in Buffalo ein eigenes Haus mit fließendem Wasser, berichtete Tata, und Fleisch sei leicht zu bekommen. Aber sie hatte viele Kinder bekommen, elf Stück ingesamt, von denen drei gestorben waren, und ihr Ehemann, den sie niemals zu Gesicht bekommen hatte, ehe die beteiligten Männer sich per Post geeinigt und sie im Alter von sechzehn Jahren allein und wie eine weiße Sklavin auf einen Dampfer nach Genua und dann nach New York verfrachtet hatten, war mittleren Alters und klumpfüßig, badete selten und hatte ihre älteren Söhne mehr als einmal in Bordelle mitgenommen. Der Onkel oder Nachbar, dem Rocco vorlas, zuckte die Schultern und sagte: »Nun ja, so ist das«, und ließ ihn dann die lustigeren Abschnitte wiederholen, in denen es um gelegentliche Ausflüge zu den Niagarafällen ging und um die Tulpengärten an den Boulevards. Als er vierzehn war, kamen keine Briefe mehr. Zwei Jahre später traf eine Mitteilung von einer ihrer Töchter ein, in der es hieß, dass Tata während einer Niederkunft gestorben sei. Es war einer von Tatas Söhnen, der nach Omaha gezogen war, bei dem Rocco mit achtzehn Jahren gewohnt hatte. Und als er sechs Jahre später mit der Garantie des Cousins eines Cousins nach Ohio zog, dass dort eine Arbeit in einem Stahlwerk zu bekommen sei, aus der niemals etwas geworden war, da hatte er sich selbst das Versprechen gegeben: Sobald er zwei oder drei Jahre lang gut gespart hatte, würde er sich den Luxus gönnen und zu den Niagarafällen fahren. Sich diesen berühmten Ort ansehen. Aber er war abgelenkt worden.

Ein Gefühl der Offenbarung überkam ihn hier, dass die Mühsal und das nutzlose Chaos, die er in seiner kleinen Sargwelt durchlebt hatte, in seiner Pomade-verschmiert-das-Fenster-Welt, in seiner Schimmel-auf-den-Badezimmerfliesen-Welt, in seiner Pilze-unter-den-Zehennägeln-Welt, dass das ganze Durcheinander um ihn herum eine Täuschung sei, durch den Zufall verursacht, dass er ein kleiner Mann mit kleinen Augen in einem kleinen Raum war und dass alles, was er die ganze Zeit gebraucht hatte, um die Täuschung aufzuheben, eine Fahrt zu den Niagarafällen war und der Anblick von etwas immens Großem aus einer immens großen Entfernung. Er würde die vollendete Ordnung erkennen, die der HErr in seinem Werk walten ließ. Ganz nah sah er hier oben an der Abbruchkante des Canyons einen Ast, der eilig den Fluss entlangtrieb und über den Kamm gerissen wurde. Aber als er versuchte, ihn den Vorhang aus Wasser hinab zu verfolgen, verschwand er. Die Unordnung im Detail löste sich im Plan des großen Ganzen auf. Ein Gefühl der Wichtigkeit in allen Dingen, die er nur empfinden konnte, sobald er die Unwichtigkeit jedes einzelnen Dinges empfand.

Eines Abends nach dem Kartenspiel hatte D'Agostino auf Roccos Küchenboden eine Weltkarte ausgebreitet und darauf hingewiesen, dass Norwegen eine verdächtige Ähnlichkeit mit Schweden aufwies und Schweden mit Finnland. War das Zufall? Ohio wies eine verdächtige Ähnlichkeit mit den Vereinigten Staaten auf: Port Clinton ragte wie ein verkümmertes Michigan in den Eriesee, und Ashtabula zeigte wie ein kleines Maine nach Nordwesten, und unten bei Ironton wuchs eine Warze aus der Mitte, die wie ein Texas aussah. Als D'Agostino Australien umdrehte, ähnelte es ebenfalls einem kleinen Amerika, mit einer Einbuchtung und einem Golf an der Unterseite. Und sieh dir das an, das umgedrehte Australien weist eine bemerkenswerte Ähnlichkeit mit Rotchina auf. Wiederkehrende Formen, Strukturen, die Existenz eines Lebens nach dem Tode waren nur allzu offensichtlich für jeden, der sie von einer Grenze aus betrachtete. Die Art, wie er so oft in den Wolken Europa sah.

Als Junge hatte er das intuitiv verstanden. Als Mann hatte er es irgendwie vergessen. Und jetzt fiel es ihm wieder ein.

Deutlich erinnerte er sich an das weiße Chorhemd und den schwarzen Filzhut, die er getragen hatte, als er ein neunjähriger Junge gewesen war, der wie Tausende anderer Jungen und Männer die Seile hielt, an denen eine riesige Kutsche die Via Etnea hinaufgezogen wurde. Die Kutsche enthielt die unverwesten Überreste der heiligen Agatha, der Schutzpatronin seiner Heimatstadt. Die Seile waren sieben Häuserblöcke lang. Er sollte eigentlich an ihnen ziehen, aber bei so vielen Gläubigen konnte er von Glück reden, dass er überhaupt eines der Seile in die Hand bekam. Nirgendwo sah er irgend jemanden tatsächlich ziehen, und dennoch bewegte sich die Kutsche die abschüssige Straße hinauf. Und als sie über die Piazza Stesicoro gingen, sah er etwas völlig Unglaubliches: Von der Brüstung eines Balkons im vierten Stock fiel ohne sichtbare Ursache ein Backstein, fiel einfach die Vorderseite des Hauses hinab und knallte auf die Straße.

Ein junger Rocco dachte: Wenn ich einen einzigen Augenblick verstehen könnte, dann würde ich alle Augenblicke verstehen.

Die kanadische Seite, der Hufeisenfall, war dem Vernehmen nach größer und erhabener, aber von hier aus sah er nur eine Ecke davon. Wenn er die Brücke über die Schlucht zur kanadischen Seite überquerte, dann, so hatte er gehört, war der Blick allenfalls durch den Nebel verdeckt. Und dazu musste er das Land verlassen, eine Handlung, die das Ende jenes Weges bezeichnete, den die Vorsehung ihn geführt hatte. Er hatte die Vereinigten Staaten eines Morgens vor vierzig Jahren betreten und sie bis zum heutigen Tag nicht verlassen. Die Anweisung, die er durch den Ablauf dieser letzten zwei Tage empfing, lautete, die Dinge auf lange Sicht zu betrachten – auf ganz lange Sicht. Der nächste Schritt, ja, er bestand nun darin, das Land ganz zu verlassen und sich umzudrehen und zu sehen, wozu es gut war.

Was für ein Vergnügen, und wie seltsam beruhigend es war, dem Geklingel der Schlüssel an seiner Schlüsselkette zuzuhören, während er sie in seiner Hand springen ließ – und dem Gebrüll des Wassers.

Die Musik seiner Schlüssel und der Platanenschössling, der seine jungen Wurzeln in so selbstmörderischer Nähe zum tosenden Fluss in die Erde gesenkt hatte (er verkörperte Liechtenstein, das sich seitlich an die Schweiz klammerte und hoffte, dass Deutschland es nicht sehen werde), und diese zerbrechlich wirkenden Tourboote unten in der Schlucht, mit Regenmänteln gefüllt, die zum Fuß des Wasserfalls schossen – sie alle dienten dazu, ihm wieder und wieder beruhigend zu versichern, dass sein mittlerer Sohn sein Werden nicht vollendet habe, um letztlich zu Nichts zu werden. Dass Loveypants und Bobo und Jimmy sich umstimmen lassen und an ihre angestammten Plätze zurückkehren würden.

Denn so etwas wie Nichts *gibt es nicht,* sagte der Wasserfall.

Er wusste, was D'Agostino und diese Teufel von der Zeitung wollten, und die alte Hexe von der anderen Straßenseite und ihr Handlanger und die treulose Festmenge – sie alle wollten, dass er dreimal seinen eigenen Sohn verleugnete, und dann würde der Hahn krähen. Sie wollten, dass er untertänigst verkündete, dass hier etwas zerstört worden war, während er weggesehen hatte. Sie hatten die Größe, sie hatten die Kennziffer und die Hundemarken, sie hatten das ganze Vertrauen und die Anerkennung des Marinekorps der Vereinigten Staaten. Aber das waren Nichtigkeiten. Sie bedeuteten nichts im Vergleich zu der Autorität der Niagarafälle und dem Glauben eines Einzelnen. Ich habe nur seine Gestalt geändert, sagte der Wasserfall. Die Stimme des tosenden Flusses trug ihm auf, zu tun, was er tat, ohne Dank zu erwarten; denn er würde ihn nach vielen Tagen finden. Der Ast verlor sich im Auge des Betrachters, wenn er den Vorhang aus Wasser hinabglitt, aber für den Wasserfall war er nicht verloren.

Rocco war voller Gottesfurcht, und er war glücklich.

Hier war die Brücke, und wie alle Brücken sagte sie: Überquere mich. Flehentlich. Und hier war ein nach links gerichteter weißer Pfeil auf einem grünen Metallschild, das eine bemerkenswerte Behauptung aufstellte: »Kanada hier entlang«.

Geh schon, Rocco, überquere die Brücke, es ist nett da drüben, sie haben einen kleinen Union Jack in einer Ecke ihrer Flagge, und es gibt ein Wachsfigurenkabinett.

Er durchsuchte seine Kleidung nach Zigaretten, und als er sie in seiner linken Gesäßtasche fand, sagte er: »Da seid ihr ja, meine kleinen Freunde!« Und er betrat die Brücke.

Am anderen Ende sah er ein Zollhaus und ein paar Männer in roten Uniformen, die leider Gottes keine Bärenfellmützen trugen. Das Staatsoberhaupt war eine siebenundzwanzig Jahre alte Frau – während des Krieges, als Teenager, war sie Kraftfahrerin und ausgebildete Mechanikerin gewesen –, deren Krönung gerade zwei Monate zurücklag und die seltsamerweise in einem anderen Land lebte.

Er konnte den Hufeisenfall jetzt beinahe sehen. Der Fluss war blau und brauste unter ihm dahin. Auf dem Gehsteig der Brücke kam ein Schild in Sicht, darauf stand: »Internationaler Grenzverlauf«. Und darunter: »Sie betreten jetzt kanadisches Herrschaftsgebiet«. Er blieb stehen und warf seine Zigarettenkippe über das Geländer, und der Wind trieb sie unter die Brücke, ehe er sehen konnte, wie sie das Wasser erreichte, und während er unter erheblichen Verrenkungen das Streichholz vor dem Wind abzuschirmen versuchte, steckte er sich eine neue an.

Er hatte versäumt, für Kitty ausreichend Katzenfutter für die Zeit seiner Abwesenheit zurückzulassen. Er versuchte sich einzureden, dass sie schon nicht verhungern würde. Sie war ein furchtloses kleines Monster.

Geh schon, Rocco, geh über die Grenze. Warum dieses Zaudern?

Dunkle Vorahnungen, ein Jucken im Gehirn.

Entlang des Gehsteiges verlief ein Farbstreifen, bei dem es sich laut der Behauptung eines weiteren Schildes um den tatsächlichen Grenzverlauf handelte, obwohl der Farbstreifen sich, wie auch Rocco, wie auch die Brücke, dem Schild zufolge sechzig Meter über dem Fluss befand. Offenbar reichte eine unsichtbare Mauer in den Himmel. Das war absurd. Wie weit sollte sich Kanada in den Weltraum erstrecken?

Soll ich? Soll ich? Zauderich.

In einer Minute flossen durchschnittlich sechs Milliarden Pfund Wasser unter dieser Brücke hindurch. Sie hieß »Rainbow Bridge« und war im Jahr 1941 fertiggestellt worden. Es war die vierte Brücke, die an dieser Stelle errichtet worden war. Die erste, eine Hängebrücke, war in einem Windsturm im Januar 1889 zusammengestürzt. Die zweite, ebenfalls eine Hängebrücke, hatte man auseinandergenommen und einige Meilen weiter wieder zusammengesetzt. Die dritte, ein stählerner Bogen, war von den Eisschollen des Eriesees zerstört worden, die am siebenundzwanzigsten Januar 1938 nachmittags um 4 Uhr 20 den Wasserfall hinabgestürzt und in die Verankerungen gedonnert waren, woraufhin diese einstürzten. Die Überbleibsel der zwei zerstörten Bauten lagen bis zum heutigen Tag, eines über dem anderen, auf dem Grund des Flusses, dreiundfünfzig Meter unter der Wasseroberfläche.

Blaue, gelbe und rote amerikanische Autos, ausladend und glänzend, fuhren zu seiner Rechten vorbei in Richtung Nordwesten und Südosten, nach Ontario und in den Staat New York – selbstvergessen und mit ungedrosselter Geschwindigkeit überquerten sie die unsichtbare Mauer des Kartografen. Die Körper der Menschen in diesen Autos wurden für einen Sekundenbruchteil entzweigeschnitten – halb republikanisch und halb monarchistisch: Das eine Rechtssystem und sein historischer Hintergrund umschlossen die eine Hälfte des Körpers, ein anderes die andere.

Warum dieses Jucken? Ein Landvermesser hatte ausgerechnet, dass durch diesen Farbstreifen eine unsichtbare Fläche in die Höhe stieg. Woher rührte der Glaube, dass diese Fläche existierte, dass es hier zwei Orte gab und nicht einen? Die Grenze zeigte keine Trennung, sie behauptete sie nur. Er war zu alt, um das nicht zu wissen. Er war in New Orleans im Jahr 1913 als dummes Kind von Bord des Dampfschiffes »Natalie von Tunis« gegangen und hatte sich all den Unsinn gesagt, den sich die Menschen sagen, seit das gesprochene Wort existiert: Es gibt einen Ort, der dir und deinen Kindern versprochen ist. Es gibt eine Lösung an diesem anderen Ort.

Zu beiden Seite des Farbstreifens standen zwei asiatische Mädchen von ungefähr sieben Jahren in identischen lavendelblauen Röcken und mit weißen Sandalen und spielten sich über die Grenze einen Tennisball zu. Bei jedem Wurf ließen sie den Ball vom Gehsteig abprallen. Sie waren mit tödlichem Ernst bei der Sache, zielten genau und zielten erneut und warfen sehr sanft, damit der Wind den Ball nicht erfasste.

Mach dir nichts vor, Rocco. Kehr um.

In der amerikanischen Sprache haben wir eine handfeste Redensart, Rocco, die etwas anderes meint, als man denkt. Sie meint nicht: »Viel Spaß«, sie meint: »Sag die Wahrheit über das, was du getan hast.«

So sorgfältig der Tennisball auch gezielt worden war, prallte er doch in die falsche Richtung ab und zerplatzte unter den Reifen eines neuen Pontiac.

Du musst die Suppe auslöffeln, Rocco.

Der Grenzposten am amerikanischen Zollhaus verlangte seine

Fahrzeugpapiere zu sehen und erkundigte sich nach seiner Staatsangehörigkeit.

»Vereinigte Staaten«, sagte Rocco.

»Wie lange waren Sie in Kanada?«, fragte der Mann und hustete auf seine Dokumente.

»Ich bin nicht in Kanada gewesen.«

»Das da drüben, wo Sie waren, ist Kanada, Mann.«

»Ich … ich lese gern Schilder. Ich habe gesehen, dass es dort Schilder gibt, und da wollte ich sie lesen«, sagte er kraftlos. Er wollte ein Eis haben. Es war heiß, und er war nicht hungrig, und er wollte sich etwas Buntes ins Gesicht stecken.

Er war sehr verwirrt.

»Das ist eine Brücke. Sie können in die eine oder in die andere Richtung gehen. Sie können auf unsere Seite oder auf deren Seite gehen. Da ich sehe, dass sie jetzt hier sind, ist der einzige Ort, von dem sie kommen können, da drüben, und das ist Kanada, Mann.«

Er wollte ein Eis haben. »Ich bin nur so weit gegangen, um die Schilder zu lesen, das ist alles. Ich habe die Grenze nicht überschritten. Ich wollte die Schilder lesen und etwas über die Geschichte des Ortes erfahren, deshalb … deshalb … deshalb …«

Er war verwirrt. Er verstand die Bedeutung der Dinge nicht. Das Gefühl, sehr stark verliebt sein zu wollen, ähnelte manchmal dem Gefühl der Liebe selbst.

Die Sonne wurde von der Windschutzscheibe eines Autos reflektiert, das auf die Brücke fuhr, und blitzte kurz in Roccos Augen auf.

»Ich bin sehr verwirrt«, sagte er zu dem Grenzposten.

Einen Moment lang war er überzeugt, dass es überhaupt keinen Gott gab. Die Wasserfälle sprachen nicht mehr zu ihm. Einzig die Brücke und die Autos, Schöpfungen eines Landes, das mit der Mathematik und dem Stahlbeton verheiratet ist, sprachen zu ihm, oder vielmehr: Sie kreischten bedeutungslos.

Der Grenzposten händigte ihm seine feuchten Papiere wieder aus. »Antworten Sie mir: Haben Sie drüben etwas gekauft?«

»Nein.«

Der Grenzposten ließ ihn passieren. Er ging langsam denselben Weg zurück, den er gekommen war, am Rand der Schlucht entlang. Er ging langsam und hatte all die Überzeugungen verloren, zu denen er in den ersten paar Minuten, in denen er die Wasserfälle beobachtet hatte, gelangt war. Er verstand die Bedeutung von gar nichts mehr, ausgenommen des Farbstreifens, der über das Pflaster der Brücke gemalt worden war. Auf der Suche nach Speiseeis marschierte er über die kreuz und quer verlaufenden Gehwege in dem kleinen Park, der an die Schlucht grenzte. Er fühlte sich zutiefst unglücklich und einsam. Die Bedeutung des Farbstreifens lautete: Du hast dich verhalten, als ob Einbildungen tatsächlich existieren würden.

An manchen Abenden zu Hause fühlte er, wie sich sein Geist aufheiterte, wenn er das Steuergerät in der neuen Heizung sein »Tock-Tock« machen und das Gas mit einem Fauchen anspringen hörte. Er spürte, wie sein Geist davon aufgeheitert wurde, so wie ein Klopfen an der Tür ihn aufgeheitert hätte. Er empfand die Heizung als Gesellschaft, als menschliches Wesen. Die Regelmäßigkeit, mit der sich die Heizung selbst entzündete, wenn sie in den Winternächten jede halbe Stunde ihr »Tock-Tock« machte, bewirkte eine andeutungsweise Linderung seines Alleinseins. Er nannte die Heizung »Harry«, wie in dem Film »Give 'em Hell, Harry«.

Die Zigaretten bewirkten, dass sein Herz gegen seinen Brustkorb hämmerte, und die Erfahrung hatte ihn gelehrt, dass es darauf nur eine Antwort gab – eine weitere Zigarette zu rauchen.

Der Eisverkäufer, den Rocco unter dem dichten Dach eines Zuckerahorns ausfindig gemacht hatte – sieben Meter von dem ersten kleinen Wasserfall entfernt, der in den Niagara donnerte –, trug eine weiße Papiermütze vom üblichen militärischen Schnitt (dasselbe Modell, das Rocco bei der Arbeit trug) sowie ein weiß-blau gepunktetes Hemd und eine schwarze Fliege. Ein lippenloses, gottfernes Lächeln war auf seinem Gesicht festgefroren. Er saß hinter seinem gekühlten Verkaufswagen auf dem Stahlkorb einer Milchkiste, und sein Rücken lehnte an einem Baumstamm. Alles ringsum war von prachtvollem Licht erfüllt, aber der Schatten unter diesem Baum war so umfassend, dass nicht der geringste Lichtfleck auf das Gras fiel.

Was für eine komplizierte Einrichtung, nur um Licht einzufangen. So viele Blätter, Tausende von Blättern. Für jeden Winkel, in dem das Sonnenlicht auftraf, gab es ein Blatt. Der Baum war eine Zisterne des Lichts.

Der Eisverkäufer hatte nichts zu lesen bei sich und nichts, womit er hantieren konnte. Jede seiner Hände ruhte auf dem Griff einer Luke an seiner Gefriertruhe, als ob er den Eingang zu einer unterirdischen Höhle bewachen würde. Es war nicht zu übersehen, dass er sehr betagt war. Er fing zu sprechen an, ehe Rocco ganz herangekommen war.

»Ich habe Erdbeere. Ich habe Schokolade. Ich habe Pistazie. Ich habe eine Zuckerwaffel. Ich habe eine normale Waffel. Ich habe keine Vanille. Bitte, eine Serviette.« Er räusperte sich. Ein Grashüpfer landete auf Roccos Schulter, und der Eisverkäufer beugte sich geschmeidig zu ihm vor und schnippte ihn fort. »Ich habe keine Sandwiches, ich habe keine Schokoladen-Erdnuss-Glasur oder irgendwelche Kinkerlitzchen. Ich habe Pappbecher und Holzlöffel. Eine Kugel zwölf Cent. Zwei Kugeln neunzehn Cent. Drei Kugeln einen Vierteldollar. Ich habe keine Nüsse. Ich habe keine Kirschen. Wenn man zwanzig Meter in diese Richtung geht, findet man einen öffentlichen Trinkbrunnen. Zehn Meter nach links gibt es eine öffentliche Latrine. Ich weiß nicht, wie spät es ist.«

Eine Pause trat ein, während der sich die beiden Männer musterten. Rocco kam es so vor, als ob er kurz einen Schauder des Wiedererkennens über die Gesichtszüge des Mannes huschen sähe, ehe dieser die Regung unterdrückte. Es trat ein unzweifelhaftes Zu-lange-Andauern der Pause und des gegenseitigen Anschauens ein, ehe der Mann sich einen Ruck gab und die Abdeckungen der Gefriertruhe öffnete, um seine Ware zu offerieren. Der Papierhut saß schief – in einem kecken Winkel, wie Rocco ihn für seine eigene Mütze bevorzugte –, und auf dem unbedeckten Teil seiner Kopfhaut waren unterhalb dessen, was von dem glänzenden, blassen Haar geblieben war, Altersflecken zu sehen.

»Ich kenne Sie«, sagte Rocco.

»Nein, tun Sie nicht.«

»Wir kennen uns. Lassen Sie mich eine Sekunde …«

»Hoppla! Viel ist es nicht mehr! Also, Sie haben, kurz zusammen-gefasst, drei Auswahlmöglichkeiten …«

»Ich hoffe, Sie verzeihen mir. Ich stehe seit zwei Tagen etwas neben mir.«

»… Geschmack, Behälter, Anzahl der Kugeln.«

»Um mich her ist alles voller Nebel. Es bereitet mir Schwierigkeiten, mit einem hohen Grad an Klarheit zu denken. Immer wenn ich denke, der Nebel hebt oder lichtet sich, wird plötzlich alles dunkler als zuvor.«

»Sie glauben, dass sie etwas ganz Besonderes sind. Sie glauben wohl, dass ich das nicht schon von den Frischverheirateten kenne. Ich bin ihr verstorbener Onkel. Ich bin der frühere Milchmann ihrer Groß-mama. Sie verlassen die Enge ihrer Elternhäuser, um zu heiraten, und sie fahren hierher und buchen ein Motel für die Nacht, und peng …«

»Nein, nein, nein.«

»… auf einmal bin ich jemand, der lange verloren geglaubt war. Ich bin Mark Twain. Eine Nacht mit ihrem Mann, und sie überlegen es sich noch einmal. Sie wollen in die Normalität zurückkehren, zu Groß-mama und Butterfass.«

»Nein, aber …«

»Reißen Sie sich um Himmels willen zusammen.«

»Ich habe gerade eine sehr heikle Aufgabe zu erledigen. Ich will Sie nicht mit Einzelheiten behelligen. Es reicht, wenn Sie wissen, dass da-hinter etwas steckt, wofür ich all meine Kraft brauche.«

»Ich habe ein unscheinbares Gesicht. Ich könnte jedermann sein.«

Eine gescheckte Katze mit einer lebenden Schwalbe im Maul sprang von einem Felsen unterhalb ihres Standortes auf den Rand des Kliffs, quetschte sich unter dem Geländer hindurch und trottete über das leuchtende Gras davon.

»Ich bin ein Mann fester Überzeugungen«, sagte Rocco. »Ich liebe zum Beispiel mein Land, ich glaube an die Kraft des Gebets, daran, dass eine Frau zu ihrem Mann gehört und Kinder zu ihrem Vater.«

»Und jetzt hat man Sie korrumpiert. Das ist das Geständnis, das Sie mir machen zu müssen glauben. Als ob es noch niemals zuvor jemandem in den Sinn gekommen wäre, sein Herz dem alten Mann unter dem Baum auszuschütten und so zu tun, als sei er ein lieber verstorbener Verwandten welchen Grades auch immer.«

Rocco schielte in das klaffende Maul der Kühltruhe, aber er sah nur das, was ihm versprochen worden war: drei Behältnisse, braun, rosa und grün, in einer flachen, frostüberzogenen Kiste.

»Ich bin nicht korrumpiert«, sagte Rocco.

»Und trotzdem denken Sie korrupte Gedanken.«

»Ich bin sehr, sehr wahrheitsliebend, Sir. Was ich Ihnen zu erklären versuche, ist, dass ich Sie kennen *muss*. Wenn Sie das Gesicht der Person haben, dann heißt das, dass sie diese Person *sind*.«

Der Eisverkäufer schloss die Klappen seiner Kühltruhe, wandte sich zur Seite und nieste viermal schleimig und in ordentlich bemessenem zeitlichen Abstand in sein Taschentuch. Rocco wünschte ihm Gesundheit.

»Etwas in meinem Gesicht – vielen Dank – sagt anscheinend: Bitte kommen Sie her und erzählen Sie mir von Ihren Verfehlungen«, sagte er müde. Das Niesen hatte ihn Kraft gekostet – einen Vorrat an geistiger Kraft, den er benötigte, um die arrogante Fassade aufrechterhalten zu können. Ein Anklang von Flehentlichkeit schwang in seiner Stimme mit. Rocco war sich jetzt sicher, dass er ihm etwas vorspielte.

»Und Sie kennen mich. Wir kennen einander. Lassen Sie mich eine Sekunde nachdenken.«

»Nein …«, sagte der Mann und versuchte, desinteressiert zu klingen, indem er eine weit ausholende, wegwerfende Geste machte, eine Geste, mit der man Fliegen verscheucht, bei der die Hand an der Spitze des Bogens kurz zur Seite wischt, als ob sie kaum mit dem Handgelenk verbunden ist – eine Bewegung, wie sie Rocco ohne Zweifel schon früher gesehen hatte.

Es sei denn, dass der inbrünstige Wunsch, jeden Zweifel ausschließen zu wollen, dem Fehlen jedes Zweifels sehr stark ähnelte.

»Einmal zumindest haben wir uns gesehen. Denke ich.«

»Herrje, dieses verdammte Traubenkraut hier drüben.«

»Es sei denn, der HErr hat mich in die Irre geführt.«

»Das ist tatsächlich angepflanzt worden, man glaubt es kaum. Es ist Teil der Landschaftsgestaltung, das haben sie mir gesagt, die Parkaufseher, als ich sie gefragt habe, warum man es nicht einfach abmäht.«

Im Moos unter einer Hecke stand die Katze mit den Vorderpfoten auf Hals und Schwanz der Schwalbe. Sie biss in ein Büschel Federn und riss es aus, während einer der Flügel gleichmäßig gegen ihre Schnauze schlug.

»Sie haben niemals irgendwo in Ohio gelebt? Oder im Nebraska-Staat?«

»Ich werde mich hier nachts mit einem Kanister Terpentin und einem Streichholz reinschleichen, genau das werde ich tun.«

»Es sei denn, ich werde die ganze Zeit getäuscht«, sagte Rocco.

»Den ganzen Sommer über sind es die Graspollen und die Rostpilze aus dem Getreide, die der Wind herbeiweht.« Wieder nieste er viermal. Flüssigkeit tropfte aus jeder Öffnung seines Gesichts. »Und die Fungussporen.«

»All die Dinge, die ich so lange hingenommen habe«, stotterte Rocco, »warum auch immer.« Die Sonne schien auf seinen Rücken, und eine Köcherfliege erstrahlte auf seinem Bauch. *Poch-bumm-poch* machte sein Herz.

Es spielte keine Rolle, was er getan oder nicht getan hatte. Er sah nicht, was er sah. Er war nicht, wo er war. Er fühlte sich so hungrig und benommen und verwirrt, dass er keinen Hunger mehr verspürte.

Und doch habe ich meine rosa Kugel auf meiner grünen Kugel auf meiner Waffel, dachte er, während er daran leckte, erneut den Rasen und das Pflaster überquerte und an dem Geländer am Rand der Schlucht stand und erneut das Fallen des Wasserfalls beobachtete und das Aufsteigen der formlosen Nebel.

Seine Strähne war vorüber. Er besaß nichts, das der Rede wert war. Seine Eltern hatten längst das Zeitliche gesegnet.

Er war siebenundfünfzig Jahre alt.

Teil zwei

Wenn alle Töchter
des Gesanges sich neigen
1928–1936

5

Nach dem Tod ihres Mannes hatte Costanza Marini dreizehn Jahre lang allein gelebt. Sie war jetzt achtundsechzig Jahre alt. Der Tod rief. Und das war jammerschade, denn nachdem sie in ihrer Jugend bekümmert gewesen war, in ihren jungen Erwachsenenjahren enttäuscht und in mittleren Jahren niedergeschlagen, hatte ihr Leben vor Kurzem eine auffällige Wendung genommen: In ihren – wie sie annahm – letzten Jahren hatte sie festgestellt, dass sie sich im Besitz von Kräften befand, die zu erlangen sie längst schon aufgegeben hatte. Es war ein unerwarteter später Gewinn, wie Fallobst. Sie war glücklich geworden – nein, ausgelassen. Während sie geschlafen hatte, hatte ein Sturm die Früchte an den Bäumen mit Gewalt gelöst.

Diese Wendung wäre wohl nicht geglückt, wenn sie sie früher bemerkt hätte. Frühere Bemühungen um eine Veränderung in ihrem Leben waren regelmäßig vereitelt worden, weil sie sie mit dem Verstand erzwingen wollte, und sie hatte es längst aufgegeben, ihrem Verstand dafür die Schuld zu geben. Sie konnte nicht anders. Ein chirurgischer Eingriff erforderte einen wachen Chirurgen und einen anästhesierten Patienten; indem sie ihren eigenen Verstand operierte, weckte sie sich mitten im Eingriff bloß selbst auf und machte alles nur noch schlimmer. Der Fatalismus hatte recht. Dies waren die Lehren einer Religion, der sie auf jeden Fall die Treue zu halten beabsichtigte. Aber dieses Glaubenssystem hatte einen Makel, der sich als sein Ruin erweisen würde.

Ihr Fatalismus war so allumfassend, dass er all ihre Beobachtungen als Beweise seiner Behauptungen benutzte: Der Pudding dickte nicht richtig ein – warum? Weil es schon immer das vorgezeichnete Schicksal dieses Puddings gewesen war, flüssig zu bleiben. Warum also sollte sie letztendlich überhaupt Beobachtungen anstellen? Oder bei Bewusstsein bleiben? Warum schlief sie nicht einfach? Und schließlich schlief sie, voller Vertrauen in ihr Elend, und fand nichts Neues, das es anfocht, und malte sich ihren Tod mit wachsendem Interesse und mit wachsender Furcht aus.

Für die Wendung, die dann folgte und so vieles veränderte, war sie zumindest teilweise selbst verantwortlich. Obwohl sie tatsächlich geschlafen und nichts getan hatte, war sie immer noch so geistesabwesend gewesen, weiterzuschlafen, statt neuen Mut zu schöpfen, bis die Kraft, die sie beherrschte – welche auch immer es sein mochte –, ihr Werk vollendet hatte. Sie ähnelte dem heiligen Petrus, als er über das Wasser ging, nur dass die Moral der Geschichte umgedreht war. Sie konnte es so lange tun, wie sie glaubte, es nicht zu können, und ängstlich war.

Während ihrer Ehe hatte sie bei gesellschaftlichen Anlässen majestätische Gelassenheit ausgestrahlt – ihr Gesichtsausdruck ähnelte dem eines schläfrigen Raubtieres. In Wahrheit war sie verlegen, und so hatte sie den Männern das Reden überlassen und sich selbst dazu beglückwünscht, dass sie sich von ihnen gelangweilt fühlte. Sie hatte dem Leiden anderer gleichgültig gegenübergestanden, und sie hatte weder im Theater noch bei Beerdigungen geweint. Sie bedauerte weder die Armen, die Hungrigen, Zornigen, Einsamen, Matten noch ihren Ehemann Nico, als dessen Zustand sich verschlechterte. »Du bist kalt, kalt, kalt«, hatte er gesagt. Vielleicht war dem so. Sie glaubte ihm. Sie konnte schwerlich den Mangel von etwas empfinden, das sie überhaupt nicht kannte.

Nach seinem Tod stellte sich die Frage, ob sie in dieser Hinsicht von Natur aus missraten war oder ob sie ihre, ihre – das Wort lautete »Fühllosigkeit« – während einer langen Ehe erlernt hatte und sie vielleicht wieder verlernen konnte. Eine starrsinnige Witwe, die sie kannte, die Frau eines Maultiertreibers, servierte sich und ihren Gästen mittags immer noch Rosinenkuchen, für den sie eine Vorliebe zu haben vorgab, obwohl sie aus ihrem eigenen Stück alle Rosinen herauspickte – sie mochte keine Rosinen; es war ihr Angelo, der Rosinen gemocht hatte. Wie dumm diese Frauen waren! Aber als Costanza Marini es genauso wie sie machte, war sie kein bisschen nachsichtiger als zuvor, weder den anderen noch sich selbst gegenüber. Wo war ihr Mumm? Die Fähigkeit, uns selbst die Wahrheit zu sagen, muss der Vorteil gewesen sein, zu dessen Ausnutzung sich die Anpassung, die man Bewusstsein nannte, herausgebildet hatte. Aber die Wahrheit, wieder und wieder – dass sie eine Spötterin war und ein herzloses, furchtsames, zänkisches Weib, dessen Schicksal es war, allein zu sterben –, war nicht nur trostlos, sie war ermüdend. Wo war ihr Stolz?

Nach vierjähriger Witwenschaft besuchte sie der Teufel in ihrem Garten. Sie lag gerade auf den Knien und rupfte Unkraut aus dem Spinatbeet. Bunt schillernde Fliegen saßen in dicken Trauben auf dem Kadaver eines Barsches, der in der Furche lag. »Egoistin!«, sagte der Versucher. »Verzweifle!« Zu verzweifeln ist eine Sünde. Aber es stimmte schon, sie hatte keine Hoffnung. Sie konnte sich nicht daran erinnern, jemals gehofft zu haben. »Stirb!«, sagte der Teufel. Sie würde über diesen Vorfall niemals zu irgendeiner Menschenseele sprechen, aber wirklich, sie sah ihn dort stehen. Er war gekleidet wie der junge Werther, mit blauer Jacke, gelber Weste und Hose und einem Dreispitz, und er sprach mit deutschem Akzent. Ihre Verwandlung fand zwar langsam und stetig statt, aber wenn sie einen symbolischen Moment hätte nennen müssen, einen eindeutigen Richtungswechsel, dann wäre es dieser Morgen mit dem Teufel in ihrem Garten gewesen. Denn sie hatte ihren Rücken aufgerichtet – bebend, weil er sie außer Gefecht zu setzen versucht hatte – und ihn von Kopf bis Fuß in seiner absurden Aufmachung gemustert: Ihre Augen waren weit aufgerissen, ihr Brustkorb hüpfte, als sie nach Atem schnappte, die Haut unter ihren Nackenhaaren war von einem stechenden Juckreiz befallen – und sie lachte ihn aus. »Lach mich nicht aus!«, schnauzte er sie an. Aber er war lächerlich. Was er sagte, war lächerlich. Sie selbst war lächerlich. Sie war neunundfünfzig Jahre alt. Sie erfreute sich guter Gesundheit. Der Saum ihres Rocks hing im Schlamm. »Ich bin eine Närrin!«, sagte sie laut und band sich die Schnürsenkel.

Sie fing an, Leute im Gespräch zu unterbrechen. Ihre Brauen wurden dicker. Ihren verschrumpelten Hals betonte sie mit eng anliegenden Kragen, um die strahlende Haut ihrer Wangen, ihres Kiefers, ihrer Stirn und ihrer Nase besser zur Geltung zu bringen. Auf einer Daguerreotypie – sie zeigte ihren Ehemann und sie selbst in den Achtzigerjahren –, die ihr Schlafzimmer dominierte, beanspruchten ihre Knochen bereits die Herrschaft über ihr Gesicht. Die Augen waren stumpf und eingesunken. (Um der Gans auf dem Bild Gerechtigkeit widerfahren zu lassen, muss gesagt werden, dass ihr kleiner Sohn Alessio kurz zuvor gestorben war – doch Mitleid wäre fehl am Platze gewesen: Sie würde schließlich weitere Eier legen. Es stellte sich dann freilich heraus, dass sie durchaus keine weiteren Eier mehr legte.) Und schauen Sie, wie diese Augen jetzt aussehen! Schwarze Kugeln, vorstehend und fett. Die Maske erinnerte jetzt an ein anderes Tier als früher. Warum nur, fragte sie sich, schauen wir dauernd auf die Augen? Den Ausdruck »Fenster der Seele« hielt sie für überspannt. Nein, es liegt in den Augen selbst, genauer gesagt: diesem Blick auf die Augen. In ihrer Eitelkeit achten sie eben genauso auf Konkurrenz wie wir.

Sie las hysterische Mordgeschichten, außerdem Geschichtsbücher und die Bibel, die zu lesen in ihrer Jugend eine Sünde gewesen war. Und sie las englische Literatur, ohne Übersetzung. Sie las bis tief in die Nacht, sodass sie manchmal bis mittags schlief. Immerhin, Nico hatte sie lesen lassen. Er hatte ihr sogar Texte über Blutkrankheiten, Anatomie, Ernährung, Geburtshilfe und Hygiene gekauft. Und er hatte seine Bekanntschaft mit dem Laborleiter der Universität auf der anderen Seite der Brücke dazu genutzt, ihr einen Sitzplatz in der letzten Reihe des Vorlesungssaals zu beschaffen, wo Damen eingeladen waren, zu sitzen und, wenn schon nicht zu begreifen, so doch zuzuhören. Es war schwerlich die reine Freundlichkeit des Ehemannes gewesen, die ihn veranlasst hatte, all dies für sie zu tun, denn er profitierte ebenso sehr von ihrem Fleiß wie sie selbst. Doch wenn sie nicht um neun Uhr im Bett lag und ihr Haar hochgesteckt und ihre Bücher zugeklappt hatte, dann ließ er den Kopf hängen, und was war das doch für ein blamabler Anblick, wie sehr es ihren Stolz verletzte, zu sehen, wie sich ihr Ehemann entwürdigte, indem er sie anflehte. Er ließ nicht zu, dass sie das Geld ausgab, das sie hinzuverdiente, weil es Aufmerksamkeit erregen konnte. Aber jetzt gab sie ihr Geld und – zum Teufel mit ihm – seinen angehäuften Schatz für Käse und Opernbesuche aus.

Eine Möwe, die am Strand einen Fisch findet, so überlegte sie, wird zuerst seine Augen aushacken. Die sind am weichsten, man kommt am leichtesten an sie heran, und sie bieten außerdem einen direkten Zugang zum Gehirn, das ebenfalls weich ist. Ist das der Grund, weshalb wir uns in die Augen schauen? Wenn ich dir in die Augen schaue, und du zuckst zusammen, hast du mich dann im Verdacht, dass ich überlege, an welcher Stelle ich meinen Löffel eintauche?

Er ähnelte einer protestantischen Bekehrung, dieser Richtungswechsel – das Licht sehen und so weiter, nur dass es in ihrem Fall die Dunkelheit war, die sie sah. Sie sagte nicht: Ich werde in der Hoffnung auf Wiedergeburt sterben. Sie sagte: Ich sterbe! Sie war eitel, und sie übertrieb und schlenkerte mit den Armen, wenn sie sprach, und war zu sehr waschechte Amerikanerin, um ihre Trauerkleider länger als vier oder fünf Jahre zu tragen (sie hatte in dem Moment den Aufstieg von der Bäuerin zur Kleinbürgerin vollzogen, als sie zum ersten Mal Geld für ihre Dienste nahm), aber im Jahr 1928, dreizehn Jahre nach Nicos Tod, hatte sie sie noch nicht abgelegt, und warum sollte sie auch? Sie wurden zu einem Markenzeichen. Sie sah gut aus in Schwarz. Sie war gleichzeitig Original und Fälschung. Eine Europäerin hatte keine Ahnung, wie man diese Wirkung erzeugte. In den Augen einer Europäerin trug man entweder Kleider, die man am Körper zu tragen hatte, oder solche, die ein anderer Körper zu tragen hatte. Aber eine Amerikanerin – ja, sie war jetzt eine Amerikanerin, und man konnte sie nicht erweichen, weder mit Bedenken noch mit der eigenen Geschichte, noch mit selbst gestrickten Strümpfen –, eine Amerikanerin ging zu einem Maskenball und trug ihr halbwollenes Hauskleid als Kostüm. Man ist kein Amerikaner, ehe man nicht gelernt hat, sich selbst in einer Menschenmenge darzustellen.

Sie stellte fest, dass Eiswasser die Magensäfte nicht zum Stocken brachte, wenn man es entschlossen trank und wartete. Das war also nichts als ein Vorurteil, das unter ihren Landsleuten sehr verbreitet war und auf dem Nico zeit seines Lebens beharrt hatte. Sich vorzustellen, dass Aristoteles die Falschmeldung verbreitet hatte, dass Frauen weniger Zähne hätten als Männer – und sie hatten es ihm abgekauft! Sie war wütend! –, wo man einfach den Mund hätte aufmachen und nachzählen können. So spießte sie Irrlehren auf und – selbst in diesen späten Jahren, denn fünfundsechzig, sechsundsechzig, siebenundsechzig war so alt, war so viel älter, als sie zu leben vorgehabt hatte, es hätte längst unerbittlich bergab gehen sollen – und zertrat sie unter ihren Füßen, zusammen mit falschen Vorlieben und Abneigungen, Rosinenkuchen und derlei Dingen.

Ehre ist etwas für diejenigen, die an ein kernhaft unveränderliches Selbst glauben. Ach Gott. Das war nichts für sie.

Während sie sich anzog, dachte sie über ihre fetter werdenden, aber immer noch mageren Brüste nach, die Nico nur halb im Scherz verspottet hatte. Wie sahen sie aus? Wie verdorrte Mispeln (ja, *Mispeln*; nun gut, er war nicht recht zum Zuge gekommen): eine Mispel, die nur eine kleine, fleckige, unschöne Kugel ist, ja, die aber vielleicht insofern einzigartig unter den Früchten ist, als sie erst genießbar wird, wenn sie zu verfaulen beginnt.

Bald, sagte der Tod. Und sie begann, Bilanz zu ziehen, begann, einander widersprechende Ansichten in einer Redewendung zusammenzufassen, um sie ad acta zu legen. Auf diese Weise entledigte sie sich alter Gewissensbisse und Verwirrungen und schaffte Platz für letzte Dinge. Die Redewendungen reichten von der Postulierung fester Regeln bis hin zu Abstraktem, Verschlüsseltem, zu Euphemismus, Rabulistik und Kinderweisheit. Was Sünde betraf: *So etwas gibt es nicht, und doch werde ich dafür bezahlen;* Alkohol: *Wann immer es beliebt, aber Schnaps nicht vor fünf Uhr nachmittags;* wie der Tod sie im Paradies empfangen würde: *Nicht, während sie Fruchtkörbe trug;* die Bedeutsamkeit des weit entfernten Turms am anderen Ende eines Ozeans aus Getreide, der wiederholt in ihren Träumen vorgekommen war: *Wende die Augen ab, schau auf das Gras;* ihre Eitelkeit: *»Denn die Armen habt ihr allezeit bei euch, mich aber habt ihr nicht allezeit«;* die Vergangenheit: *Streng genommen* *existiert sie nicht;* ihre finanziellen Mittel: *Für die Guten Süßigkeiten, für die anderen Hammel.* Sie brauchte eine für die Ursache des Umschwungs in ihrem Leben. Eine Redewendung. All dies war im Verlauf von zehn Jahren geschehen. Und sie war sehr dankbar dafür. Charaktereigenschaften waren kein unabänderliches Schicksal. Sie kannte niemanden, der so spät in seinem Leben einen solchen Wandel vollzogen hatte. Sie brauchte eine Redewendung.

Sie wartete auf die Erniedrigungen und Unfähigkeiten des Alters, aber der Fluch hatte sie verschmäht. Ein Jude hatte die Pfosten ihrer Tür versehentlich mit Lammblut bestrichen, und der Herr hatte ihr Haus übersprungen. Kein Hund rührte seine Zunge auch nur gegen einen Teil von ihr. Nun denn. Vermutlich würde sie die Kellertreppe hinabfallen und sich den Schädel einschlagen. Das Glück ihres neuen Lebens ließ vermuten, dass der Tod, auch wenn er bald einträfe, nur eine schnelle Verfinsterung des Geistes sein würde. Gut. Als Nico gestorben war, hatte sie geglaubt, sie werde für immer in der Vergangenheit gefangen sein. Nun hatte sie für das Selbst, das so empfunden hatte, kein Verständnis mehr. Sie verlachte es. Sie lachte!

Wie wäre es damit: *Ich habe mich spöttisch verlacht?*

Wintersonnenwende. Wenn alle Früchte des Herbstes verzehrt sind und alles, was man isst, in Salz gekocht oder mit Salz überkrustet ist, und wenn die ganze Welt tot ist. Ein breiiges, süßes Etwas, wie wunderbar das wäre. Nur ein bisschen. Man findet die Mispeln im Vorratskeller, in einer Kiste voller Sägemehl. Endlich sind sie zu Brei geworden. Vorher waren sie zu nichts zu gebrauchen – er war nicht zum Zug gekommen. Jammerschade.

Über das Zusammenfassen: Nicht alles lässt sich mit einer Redewendung bewerkstelligen. Es wäre aussichtslos und schlichtweg unmöglich gewesen, alle Verbesserungen, die sie im Verlauf von vierzig Jahren des Studierens und Praktizierens in ihrem Handwerk erzielt hatte, in wenigen Worten zusammenzufassen. Sie hatte ihre Methoden verfeinert: vom primitiv Zupackenden der Altvorderen (die Werkzeuge ihrer Großmutter waren eine stark gesalzene Wurzelbrühe und ein Blasebalg) hin zu einer präzisen, praxiserprobten, sterilen Wissenschaft. Die Aussicht, dass sich all ihre Fortschritte bei ihrem Tod in nichts auflösen würden, war wie ein Gift, welches sie stoisch und unter Zuhilfenahme einiger beschönigender Floskeln zu sich zu nehmen versuchte: *»Alle Töchter des Gesanges werden sich neigen«,* sagte sie, aber sie war unzufrieden. Schließlich ließ ihr Stoizismus sie im Stich, oder sie ließ ihn im Stich, da ihr Stolz mehr und mehr die Oberhand gewann, und sie begann, ihre Sichtweise zu ändern. Resignation lohnte sich nicht; die richtige Redewendung existierte, aber es konnte Jahre dauern, sie zu finden. Zu handeln – in diesem Fall: jemandem zu zeigen, was sie wusste, solange ihr Gehirn noch funktionierte – war einfacher, als nicht zu handeln.

Deshalb sollte ich nach einer Schülerin und Nachfolgerin suchen, sagte sie. Aber das Wort »eine« war irreführend. Es gab nur eine Person, die für sie infrage kam. Sie beabsichtigte seit Langem, all ihren Reichtum einem bestimmten Mädchen zu hinterlassen, und wenn sie auch noch ihre Erfahrung weitergeben wollte, fiel ihr niemand ein, dem sie diese lieber überlassen hätte. Die triefenden menschlichen Empfindungen, die sich damit verbanden, waren widerwärtig genug, und damit ihr nicht übel wurde, konzentrierte sie sich auf ihre eigennützigeren Motive.

Zum Beispiel Neid. Für dieses bestimmte Mädchen und für niemanden sonst empfand sie jene seltene, nur unter alten Menschen verbreitete Art von Neid, die sich in dem Verlangen äußert, von jemandem ersetzt und folglich von ihm übertroffen zu werden. Sie bewegte sich hier an der äußersten Grenze des Egoismus, und das war komisch, denn indem sie sie ersetzte, hätte die junge Frau sie vom Egoismus gerade befreien sollen.

Das sollte nicht heißen, dass die fragliche junge Frau kein *Ich* hatte oder dass sie nicht, wie wir alle, in ständiger Zwiesprache mit diesem gestanden hätte, sondern vielmehr, dass sie – einem Charakterzug folgend, den Mrs. Marini schon bewundert hatte, ehe das Mädchen seine Milchzähne verloren hatte, und den sie irgendwie über ihre Jugendjahre hinweg gerettet hatte – nicht zu wissen schien, dass es ihr *Ich* war, mit dem sie sprach. Raubvögel, Pferde, Schlangen, Bären und Elefanten, sie alle vermitteln einem diesen Eindruck; Hunde, Käfer, Fische, Eichhörnchen, Hühner und Menschen tun dies in der Regel nicht.

Nun, kurz gesagt: Sie hatte die Wahl, entweder Lina, die Tochter der Montaneros aus der Achtzehnten Straße, zu fragen oder das Gift zu trinken und dem Vergessen anheimzufallen.

Eine Redensart?

Sie war gesund, flachbrüstig, in sich gekehrt. Alles Eigenschaften, die auf Mrs. Marini selbst immer weniger zutrafen – und das war vielleicht kein Zufall.

Sie war die ältere von zwei Schwestern, von denen es zweifellos sehr viel mehr gegeben hätte, und Söhne obendrein, und allesamt Hungerleider, wenn Patrizia, die Mutter, nicht einige Jahrzehnte zuvor Gebrauch von Mrs. Marinis Rat gemacht hätte. Die jüngere, Antonietta, genannt Toni, hatte vor Kurzem geheiratet und war nach Kalifornien gezogen.

Leb wohl.

Ihre Mutter wusste ebenso wie Mrs. Marini, was von Schwüren wie »Ich werde euch besuchen kommen, ich gehe euch ja nicht verloren« zu halten war. Amerika ist das Land, in dem man sich verlor. Warum wäre man sonst hergekommen? Andererseits sah Lina ihre Aussichten auf eine Heirat schwinden. Sie war bereits zwanzig Jahre alt, und ihre Schwester war ihr zuvorgekommen. Die Eltern hatten törichterweise zugelassen, dass Toni als Erste heiratete, und Mrs. Marini hatte das Patrizia auch gesagt, die ihr beigepflichtet hatte; der Vater jedoch … der Vater – aber ihn überging Mrs. Marini gern kommentarlos. Nicht dass es Lina etwas auszumachen schien oder sie sich in irgendeiner Weise bemüht hätte, sich zu verkaufen. Wir gehen Kompromisse ein, was die Aufrichtigkeit unserer Äußerungen angeht, wenn wir Männer auf uns aufmerksam machen wollen, argumentierte Mrs. Marini. Männer beachteten Lina nicht, aber wessen Schuld war das? Man muss nicht einer zügellosen Tagesmode folgen. Man kann auch einfach sein dünnes Haar in Locken legen. Linas Flanellrock hält vielleicht warm, aber Flanell zeigt dem Betrachter nicht die Form des Beines, und vor ihr liegen noch viele Jahre, in denen sie es warm haben kann.

Aber Lina würde sich durch Argumente nicht bewegen lassen, und das wusste Mrs. Marini. Lina war nicht aus Bescheidenheit bescheiden, sie war auf natürliche, störrische Weise bescheiden. Kalkül kannte sie nicht und brachte sie folglich nicht in Verwirrung; das war es, wofür sie bewundert wurde. Ihr Geist war keine Kammer voller Anwälte, die darum wetteiferten, sie zu führen und ihr Steine in den Weg zu legen; er war ein Wald, in dessen Tiefe sich ein kühler Teich befand – und hier schwamm, ganz allein, ihr *Ich*, lag auf dem Rücken und musterte das verworrene Kronendach der Gedanken über sich.

Sie war Akkordarbeiterin in einem Mantelgeschäft hinter dem Theater an der Vierundzwanzigsten Straße. Die Messe besuchte sie so unregelmäßig, wie man es von den Sizilianern gewohnt war. Sie hatte die Schule abgeschlossen, ohne lesen zu können. Sie sprach gutes Ohio-Englisch und höfisches Italienisch, wie Mrs. Marini es ihr seit frühester Kindheit beim Abendessen beigebracht hatte, das sie an den Schultagen mit ihr zusammen einnahm (die Eltern gingen ihrer trostlosen Arbeit nach, und Mrs. Marinis Mann war kürzlich verstorben). In all den Jahren, in denen sie das Mädchen bemuttert hatte, war ihr nur ein einziges Mal ein ungetrübter Erfolg beschieden gewesen: Sie hatte ihr den Dialekt geradezu von der Zunge geschabt. Lina war nur eine Einwanderin, eine kleine Näherin aus dem unterentwickelten Süden, die all ihre Bildung ausschließlich in jenem Land erworben hatte – doch wenn man sie im Radio hätte hören können, wäre sie für eine Savoy durchgegangen. Hören Sie, wie klar und verständlich sie spricht? Wir sprechen alle Buchstaben eines Wortes aus, denn wozu sind sie sonst da? Um zu beweisen, dass Neger vernunftbegabt waren, hatte Jefferson seinem Sklaven die Infinitesimalrechnung beigebracht. Das jedenfalls hatte Mrs. Marini sagen hören. Aber sie glaubte es nicht. Das hieße, zu weit zu gehen.

Kurzum, Carmelina Montanero war ein von ihr geschaffenes Kunstwerk. Mrs. Marini war es nicht gelungen, ihr ursprüngliches Ziel zu erreichen (Lina würde nicht den Kaiser verführen), aber ein Akademiker oder ein Kaufmann lagen immer noch im Bereich des Möglichen. Und ohnehin gehörte es wohl zum Wesen eines Künstlers, sein vollendetes

Werk als gescheitert zu betrachten, insofern, als die ursprüngliche Idee stets mit einem vollendeten Werk liebäugelt, das aber doch, wie man zugeben musste, selbst nur eine Idee war und die ursprüngliche Idee bei seiner konkreten Ausführung notwendig vernichtete. Das Resultat war immer enttäuschend, wenn eine Idee versuchte, sich mit der sichtbaren Welt in einem Akt der Rassenmischung zu verbinden. Selbst Gott hatte diese Erfahrung machen müssen, wie das gesamte Alte Testament, mit Ausnahme der ersten beiden Seiten, zeigte. Sie vermutete, dass die vornehmste Freude eines Künstlers darin lag, zu sehen, wie unter seinen Händen etwas Reales entstand, und dass es zugleich zu den größten Niederlagen zählte, zu erleben, wie sich die sichtbare Welt sträubte, wie das neu Geschaffene sich von seinem geistigen Heimatort losriss und diesen verdorrt zurückließ. Gewiss hätte sie sich an Linas großartigem Italienisch weiden können – aber sie fühlte sich ihr nie liebevoller zugeneigt als an den Tagen, da Lina zerzaust, schlecht geschminkt, unnahbar und unglücklich war, sodass jedermann sehen konnte, wie sehr Mrs. Marini sie verdorben hatte und wie unvorstellbar es war, dass jemals ein Mann sich freiwillig bereit erklären würde, sie zu heiraten.

Eine kurze Unterbrechung, um auf die süße Melancholie der Mutlosigkeit hinzuweisen. Des Scheiterns vielleicht.

Na gut. Wie auch immer. Verdorben oder nicht, sie musste auf der Hut sein. Ihrem eigenen Naturell überlassen, würde Lina wahrscheinlich all die Fäden wieder festzurren, die Mrs. Marini in ihr gelockert hatte, und all jene lockern, die sie festgezurrt hatte.

Einige Frauen waren ungeeignet, *nicht* zu heiraten. Die Frau, die in der Bäckerei zu nah hinter einem stand und summte und hörbar ein Hustenbonbon mit Kirschgeschmack lutschte; die Fremde, die einen bat, ihre Tasche zu halten, während sie in die Straßenbahn stieg, und dann, wenn man sie ihr zurückgab, die Litanei von ihrer Verwandtschaft herunterzubeten begann, der sie Geld und Vertrauen geschenkt habe, nur um von ihr gejagt und nackt ausgezogen und lächerlich gemacht zu werden – mit anderen Worten: jene Frauen (es gab auch

Männer dieser Art, aber die waren von Anfang an unheilbar), die nicht gewillt waren, zu akzeptieren, dass unsereins, als ein Mensch, der sich von ihnen unterschied, überhaupt existierte. Wenn Mrs. Marini diese Frauen traf, wusste sie sofort, dass sie Sitzengebliebene waren – es war eine Frage der Intuition, nicht der Wissenschaft. Vielleicht hätten sie gerettet werden können, wenn ihnen in ihrer Jugend nur jemand einen Mann aufgenötigt hätte – damals, als sie bloß glücklich unterwürfig waren und noch nicht schwachsinnig. Dessen war sie sich völlig bewusst: Sie hätte eine von denen sein können. Doch die Ehe hatte ihr einen Knacks verpasst, und das war notwendig.

6

Sie spekulierte und spionierte, ging auf die Suche und schmiedete Pläne. Sie versuchte, einen Weg zu finden, wie sie ihr neues Ziel erreichen konnte, Lina zu ihrer Nachfolgerin zu machen, ohne ihr altes Ziel aufzugeben, Lina einen Mann zu beschaffen, aber in jedem ihrer Pläne entdeckte sie dieselbe Schwachstelle und warf sie daher einen nach dem anderen wutentbrannt auf den Müll. Die Schwachstelle war, dass Lina, wenn sie ihr Geschäft übernahm, finanziell unabhängig war, und damit würde der letzte verlässliche Hebel wegfallen, mit dem sie ihr die Ehe aufdrängen konnte – dass sie, genauso wie ihre Familie, mittellos war. Es war genau dies der Grund, weshalb Lina nichts davon wusste, dass sie Mrs. Marinis Haus und Geld erben würde.

Noch etwas störte sie an ihrem Plan, die junge Frau zu ihrer Schülerin zu machen. Denn Lina war ein Kind. Ihr fehlte die natürliche Grausamkeit, die man kultivierte, war man erst einmal mit dem Vollzug der Ehe vertraut.

Jedenfalls blieb Mrs. Marini nicht mehr viel Zeit. Sie hatte es satt, untätig herumzusitzen. Ihr Kopf bekam schon Ausschlag vom Kratzen. Manchmal war es nötig, etwas in Angriff zu nehmen, ehe der Plan für das Vorgehen feststand. Man musste auf die eigene Durchsetzungskraft vertrauen, musste auf den Instinkt hören, der einem sagte, wann der Zeitpunkt gekommen war, um dann mit aller Macht loszuschlagen. Und. Und, und, und der Plan existierte. Er musste existiert haben, aber in einer dunklen Ecke ihres Nichtbewussten, wo er sich klugerweise vor ihr verborgen hatte.

Sie ging hinaus auf die Straße, um Lina zu suchen. Es war Donnerstag.

Sie ging zielstrebig durch das feierabendliche Treiben auf der Elften Avenue. Die Stadt ließ auf eine Länge von achthundert Metern einen Graben für Abwasserrohre ausheben. Sie schielte in den Graben hinab, als sie hastig daran vorübereilte. Einige Esel liefen im Gänsemarsch und dahinter ein Mann, der die Steine und den Lehm aus dem Erdreich pflügte.

Ansonsten beachtete sie nicht viel. Sie war die Gleichung aus Bewegung plus Gedanken. Als die Zahnräder des Intellekts einzurasten begannen, wären alle Sinneseindrücke reine Zeitverschwendung gewesen, und ihre Zeit war kostbar. Sie achtete einzig darauf, nicht zu sehr auf das zu achten, was sie vorschlagen würde. Die entscheidenden Elemente ihres Plans durften erst im letztmöglichen Moment in ihrem Bewusstsein miteinander Bekanntschaft machen, so wie man bei der Fertigung eines Kuchenteigs das Eiswasser und das mit Fett versetzte Mehl mit wenigen schnellen Drehungen der kalten Hand vermischt.

Die Sonne ging unter. Vielleicht unnötigerweise trat sie nach einer Taube, die mit störender Langsamkeit dreißig Zentimeter vor ihr herging. Sie hätte zuerst in die Achtzehnte Straße gehen und Lina zu Hause abholen können, aber Umberto, der Vater, war wieder einmal arbeitslos und hatte sich demzufolge bestimmt im Haus verkrochen und wartete auf ein Publikum für seinen Kummer, während seine Frauen – seinetwegen waren es jetzt nur noch zwei – um diese Zeit auf der Straße waren und von Handwagen zu Handwagen gingen, um nach der billigsten Zitrone Ausschau zu halten, oder aber in jemandes Küche waren und halfen, die letzten Bohnen einzukochen. Eine Bauersfrau ist niemals allein.

Sie suchte die Straßen ab, spähte in bestimmte Fenster, wo sie hätten sein können, doch sie wurde nicht fündig.

Sie hätte sagen sollen, dass eine Bauersfrau niemals einsam ist, weil immer jemand bei ihr ist. Allein zu sein heißt, dass man sich nicht um Gesellschaft bemüht. Sie selbst war im Gegenteil völlig un-allein.

»Was aus diesem Mädchen einmal wird, ist eine Frage, die mehr als traurig ist. Also mischst du dich am besten noch ein wenig ein – ich meine: bringst am besten alles in Ordnung «, sagte Nico von seiner Verfallsstätte aus.

»Du hältst den Mund«, sagte sie. Sie wusste, dass er es nicht selbst war, denn Nico war nie ironisch. Es war allein ihr eigenes Gehirn, das eingebildete Senatoren produzierte, die sie in der Ausübung ihrer kaiserlichen Rechte behinderten. Der Stil stimmte nicht, aber der Tonfall war perfekt getroffen.

»Du bist durch und durch unaufrichtig in deinem mitleidlosen Mitleid, Costanza. Du willst niemandem helfen. Du hast diesem Kind alle weibliche Liebenswürdigkeit ausgetrieben, seit ich von der Bildfläche verschwunden bin. Hexe. Du willst sie nur zur Hexerei verführen. Mit zwanzig hat man noch viel vor sich. Das kann doch nicht dein Ernst sein! Sieh dich doch an, wie du dich aufführst, mit deinen Lügen und Verdrehungen. Zwanzig ist die Blüte der Jugend, meine Alte. Du willst sie nicht reich machen, du willst dir selbst ein Denkmal setzen. Du willst gar nicht, dass sie heiratet, du …«

»Wer würde sie heiraten? Nenn mir seinen Namen.«

Das Mädchen war weder in einem der Gärten hinter den Häusern an der Vermilion Avenue, noch war es in der Kirche.

»Du willst gar nicht, dass sie heiratet. Du willst nicht, dass irgendein Tölpel deinen Schatz hebt. Du glaubst bloß, dass du ihr Wohlergehen über deines stellen solltest, aber du bist durch und durch unaufrichtig. Wenn du eine Hexe aus ihr machst, wie du selbst eine bist, dann werden alle jungen Männer es erfahren, und keiner wird sie mehr begehren. Das ist dein Plan. Ach ja, übrigens wirst du dich nicht sehr geschickt anstellen, in Sachen Hexenunterricht. Du wirst sie einschüchtern und beschämen. Du willst ihr ja nicht das Zeitunglesen beibringen in deinem Boudoir. Deine Versuchspersonen werden leibhaftig daliegen, bei vollem Bewusstsein. Aber ich weiß, was du tun wirst. Du wirst sie mit Gas betäuben.«

»Du bist so niederträchtig!«, sagte sie.

»Nein, du bist niederträchtig!«

»Was gibt ausgerechnet dir das Recht, dich als mein Gewissen auszugeben?«

»Prüfe dich selbst, und du wirst sehen, dass du zu echter Freundlichkeit nicht imstande bist«, sagte er.

»Hör auf, mich zu beleidigen, Nicolo!«

Aber sie war ja bereits zu dem Schluss gekommen, dass er es nicht wirklich war. Es war niemals er. Sie hoffte es vielleicht manchmal, aber wenn sie ehrlich war, wusste sie nicht, ob sie es fertigbringen würde, mit ihm zu sprechen, wenn der Geist des wahren Nico ihr denn jemals einen Besuch abstatten sollte, ob sie all die Fortschritte der letzten Jahre aufs Spiel setzen sollte, um sich wieder in ihr früheres, erbärmliches Selbst zu verwandeln. Es gab Dinge, die sie ihm liebend gern gesagt hätte – Dinge, die ihr erst eingefallen waren, als sie ihm in seinen letzten Tagen, nachdem seine Nieren versagt hatten und sein Verstand bereits zerstört war, das gallertartige Essen zwischen die Zähne geschoben hatte. Aber sie konnten nur in der Vergangenheit ausgesprochen werden.

Sie war sich sicher, dass Lina niemals von einem Geist wie diesem heimgesucht worden war; und wenn, so wäre sie im Gegensatz zu Mrs. Marini ja in der Lage gewesen, sich für unschuldig zu erklären, oder doch für unschuldig genug, um als freier Mensch hinaus in die kalte Herbstluft zu marschieren.

Unter der Markise des Kommissionswarengeschäfts stand eine Bank, wo die junge Frau manchmal mit ihrer Mutter saß, Joseph D'Agostinos Kakadu durch die Glasscheibe beobachtete und aus den ausgebleichten Fäden einer Jutetasche Zierdeckchen herstellte, aber weder Lina noch Patrizia waren jetzt dort.

Da war ein Duft gewesen – sie war an der Kreuzung an einer Frau vorbeigegangen, Mutter von neun Kindern, aber schlank und mit reiner Haut, ihr Name war, ihr Name war … aber sie durfte nicht *versuchen,* sich zu erinnern, sonst würde es ihr nicht einfallen –, ein Geruch nach Seife, Haar und außerdem nach etwas Bitterem, und der Geruch ließ sie hinabstürzen in eine uralte Gletscherspalte, die nur durch die Nase zugänglich war, und nur dann, wenn der Duft sich sofort wieder verflüchtigte: Ich habe die Reisetasche meiner Schwester geöffnet, um mich zu vergewissern, dass sie meine Gamaschen nicht mitnimmt, wenn sie uns morgen für immer verlässt.

So groß war diese Ablenkung kürzlich gewesen, dass die Zeitungen dreier Tage sich auf ihrer Anrichte gesammelt hatten, ohne dass sie etwas dagegen unternommen hätte – ein Versäumnis, das sie nur vor sich selbst rechtfertigen musste, da ihr niemand geblieben war, dessen Unterhaltung es erforderlich machte, zu wissen, was in der Zeitung stand. Die Preußen waren abgereist und Nico auch. Ihre Altersgenossen waren tot. Und die Ära der packenden öffentlichen Ereignisse war vorüber. Kaum hatte man Frauen gestattet, ihren Einfluss bei Wahlen geltend zu machen, wurde die Nation von einer gespenstischen Ruhe heimgesucht. Man denke nur an Flugzeuge und den Weltkrieg und die Spanische Grippe und das illegale Vergnügen, in das man sich stürzte (damit meinte sie Alkohol), an alles, was dem jetzigen, uninteressantesten Jahrzehnt der Republik vorangegangen war. Und wie um diesen Gedanken noch zu unterstreichen, war Elephant Park, wo bis vor Kurzem eine Vielzahl von Nationalitäten gelebt hatte (zugegeben, die meisten waren Deutsche, aber sie waren gebildet, und sie gaben hin und wieder etwas Geld für hübsche, unnütze Sachen aus, oder etwa nicht?), im Verlauf der letzten zehn Jahre mit einer Injektion ungewaschener Menschen aus ihrem eigenen Heimatland narkotisiert worden. Folglich waren die Deutschen, die Dänen, die Kroaten und die Ungarn vertrieben worden. Einfamilienhäuser waren in drei und vier Wohneinheiten geteilt worden. Der Müll in den Straßen, die Menschenmengen, die rachitischen Kinder, das an den Briefkästen festgebundene Nutzvieh – über all das war sie nicht sehr erfreut. Sie kam sich vor wie eine venezianische Jüdin, die auf eine entlegene Insel am äußeren Rand der Lagunenstadt übergesiedelt war und, alt geworden, zu ihrer Verblüffung feststellen musste, dass all ihre Glaubensgenossen aus der Stadt vertrieben worden und in ihrem Garten gelandet waren.

Die neuen Leute hatten keine politischen Ansichten. Als Plato in der Hoffnung auf Umsetzung seiner politischen Ideen nach Sizilien gegangen war, hatten ihn die Einheimischen als Sklaven verkauft. Soweit die neuen Leute so etwas überhaupt kümmerte, umfasste das Gemeinwesen ihre Blutsverwandten und sonst niemanden. Gleichermaßen und auf entgegengesetzte Weise deprimierend: Der *Einzelne* umfasste zugleich die Blutsverwandten. *Ich* war *wir.* Die Vorstellung, dass man das Wohlergehen seiner Schwester für das Wohlergehen der Gemeinde opferte, war absurd, ebenso die Vorstellung, dass man ein ganzes Huhn allein essen könne. In ihrer bäurischen Zeit hatte sie ihnen etwas mehr geähnelt. Aber sie war ein armes Geschöpf gewesen.

Auf der Straße setzte sie einen mürrischen Gesichtsausdruck auf, um Plauderfreudige auf Distanz zu halten. Wenn sie sich aber Einsamkeit wünschte, warum blieb sie dann nicht zu Hause? Weil sie sich keine Einsamkeit wünschte. Sie wünschte sich geistiges Leben, und das wurde am besten auf der Straße gelebt. Politik, oder das Leben der anderen, wie man selbst es lebte, war das ureigene Thema des Geistes. Gespräche waren sein liebster Sport. Und der permanente Mangel an Gesprächspartnern dieser Tage bewirkte, dass sie am liebsten ausgespuckt hätte – auf jeden, auf ihre eigenen Schuhe!

Und der Nebel verdichtete sich oben unter den Gaslaternen allmählich zu einem dahintreibenden Sprühregen, und das Mädchen war nicht aufzufinden.

Mrs. Marini hatte zum ersten Mal im Alter von sechzig Jahren gewählt. Sie hatte für Warren Gamaliel Harding und die restlichen Politiker auf dem Wahlzettel der Republikaner gestimmt, in Erinnerung an den seit fast zwei Jahren toten T. R. Einen wie ihn würde es nie wieder geben. Harding schien in Ordnung zu sein. Da er selbst ein Mann aus Ohio war, hätte sie es als illoyal empfunden, ihn nicht zu wählen. Überlassen wir Europa seinen nutzlosen Kriegen, hatte er gefordert. Lasst uns zu Hause bleiben und unser Getreide anbauen. »Hört, hört!«, hatte sie gesagt. Und das von einem Mann, der in der Stadt Corsica geboren war, der Stadt des hochwachsenden Getreides, die freilich nur dem Namen nach napoleonisch war und zwischen Mansfield und Columbus lag. Er schien also auch Humor zu haben, um eine solche Vorgehensweise zu befürworten. Sie verzieh ihm sein Votum für das Prohibitionsgesetz, denn er war einer von mehreren zehn Millionen Menschen, die sich von der Hysterie um die Abstinenz, diesem Bacchanal mit umgekehrten Vorzeichen, hatten mitreißen lassen, und sie hatte die Prohibition ohnehin ignoriert. Wenn sie gewusst hätte, dass sie so langweilig werden würden, die Zwanziger, dann hätte sie für Cox gestimmt …

Nein, hätte sie nicht. Was redete sie da? Sie war entschlossen, endlich mit der Arbeit anzufangen, aber ihr Rohmaterial befand sich irgendwo zwischen den Verkaufswagen für Obst und entzog sich ihrem Zugriff.

»Vielleicht versteckt Providence sie vor dir«, sagte die Stimme eines ihrer Toten, der in der Gletscherspalte lebte. »Weil sie ein Kind ist.«

Sie verstand nicht, warum man der Partei der Demokraten zu existieren erlaubte. Ein ganzer Krieg war geführt und eine halbe Million Männer waren getötet worden, um die Demokraten zu entlarven, und trotzdem waren sie immer noch unter uns.

Schließlich gestattete sie sich, ein bisschen in der Achtzehnten Straße herumzuschnüffeln. Aber in der Hütte der Montaneros (vormals ein Stall) schien kein Licht, und so ging sie zurück, den Hügel hoch.

Der Name jener Frau war so gewöhnlich – der Frau, die sie auf der Kreuzung gerochen hatte –, und auch ihre Misere und der Schnitt ihres Mantels und das synkopierte Blöken ihres Akzents waren so gewöhnlich, dass Mrs. Marini Stumpfsinnigkeit bis in jedes Detail vermutete – was immer ungerecht war, wie Mrs. Marinis Beruf ihr ein ums andere Mal ins Gedächtnis rief. Er bestätigte damit ihre Neigung, anzunehmen, dass kein anderes Haus so viele Häuser in sich barg wie ihres. Der Name der Frau lautete Giacoma. Die Karteikarte war auf den Boden der Hängeregistratur gefallen, die sich in ihrem Kopf befand, aber jetzt hatte sie sie gefunden: Die Affären ihres Mannes hatten sie zur Syphilitikerin gemacht; die letzten beiden Kinder waren jeweils tot oder blind zur Welt gekommen; in ihren Jugendjahren in Brasilien hatte sie gelernt, wunderschöne Klagelieder auf Portugiesisch zu singen.

Wo war ihre Jagdbeute, ihr Lamm, der Topf, in dem sie ihr Gold aufbewahren konnte?

Dort war sie.

Sehen Sie? Eine junge Frau, die über eine Brücke aus gebogenen Planken huscht, die den Abwassergraben überspannt. Lina winkte wie wild, als ob auch sie auf die Straße gegangen sei, um jemanden ausfindig zu machen, und als wäre es Mrs. Marini, die sie zu finden gehofft hatte.

»Hier bin ich!«, rief Mrs. Marini in einem Anfall von Eitelkeit aus.

»Narziss«, sagte Nicos Stimme. »Sonnenkönigin.«

Jetzt nicht seinetwegen unterwürfig werden – aber eine Redewendung war in Ordnung, etwas, womit sie ihre Gefühle wieder nach außen lenken und ihre Gedanken bündeln konnte. Laut, aber sanft sagte sie: *»Balle die Faust und zeig mir, ob du Grips hast.«*

Lina winkte erneut mit ihrem Hut, diesmal so heftig, dass die Fasanenfeder darauf abknickte.

Grau in ihren schäbigen Flanellhosen. Ein falscher Schritt, und sie würde drei Meter tief in die Jauche fallen.

Komm her, Miez-Miez, lockte das tiefe Darunter, dieweil die Planken federten.

Lasst sie sich heute dem Glück zuwenden, das alle Dinge auf dieser Welt, tot oder lebendig, miteinander teilen. Die Rauchfänge der Schornsteine, die Scheuklappen der Zugpferde und die Rohre, die sich auf der Straße stapelten, groß genug, dass man hätte hindurchgehen können. Und sie selbst, das Mädchen auf der Straße. Sie alle teilten das Schicksal, zu dieser Zeit und an diesem Ort zu existieren. Sie hatte schon sehr lange an der Tür der Person, die sie zu werden hoffte, gewartet – wie ein Hund unter der Veranda, während es schneit. Aber an diesem Nachmittag trafen sich Vergangenheit und Zukunft endlich in der Gegenwart. Ihre Vollendung, die seit dem Beginn aller Dinge hinter dieser Tür gewohnt hatte, würde sich ihr endlich, endlich von selbst nähern, und die Schritte waren deutlich hörbar und näherten sich der Tür, vor der sie wartete. Die andere Person, in die sie sich verwandeln würde, hatte Augen, die in ihre Augen schauten. Sie würden Lina als ihr Eigen beanspruchen und sie endlich auslöschen. Du, würde Lina ihr sagen, sobald sich die Tür öffnete, du bist immer die Einzige gewesen – und jetzt sind wir uns begegnet: weil Vater jemanden gefunden hat, der uns heiraten wird.

Alles ging jetzt sehr schnell.

Sie war auf die Straße gegangen, um Donna Costanza zu suchen, die dabei helfen würde, den Ablauf der Dinge zu verlangsamen, die auf alles zeigen und es ihr erklären würde.

Auf dem Gehsteig standen die Männer beim Sprechen näher beieinander als die Frauen, da jenen die Hutkrempen nicht so in die Quere kamen wie diesen.

In dem Graben ließen sich sechs Männer in Arbeitsanzügen fotografieren, während sie ihren Abendimbiss einnahmen – obwohl es spät und schon ziemlich dunkel war und das Fleisch in ihren Schnauzbärten klebte –, und auf die großen Holzplanken, die sich wie eine Wohnzimmervertäfelung dort befanden, wo die Rohre hinkommen sollten, hatten sie mit Reißzwecken Zeichnungen von unbekleideten Mädchen geheftet.

Jungen in gestreiften Kniehosen ließen ihre Rippen durch die dünnen Hemden sehen, während sie sich von den Ästen der Bäume herabschwangen. Es war zu kalt, um ohne Mantel hinauszugehen, aber die Jungs taten, was sie wollten. Es konnte sogar sein, dass sie mit nacktem Hintern im Fluss schwammen und sie aufforderten, zuzuschauen. Sie sah nicht mehr offen zu, wie früher, ließ nicht mehr die Beine unter dem Geländer baumeln. Heutzutage arbeitete sie.

Der Mann, den ihr Vater für sie gefunden hatte, hatte schon eine Fotografie von ihr gesehen, für die sie sich das Hochzeitskleid ihrer Schwester ausgeliehen hatte. Das war ein brillanter Einfall ihres Vaters gewesen, damit niemand die Fotografie mit der Art von Fotografien verwechseln konnte, die Männer in Baugruben zur Zeit des Abendessens kreisen ließen. Aber sie hatte nicht daran geglaubt, dass das Bild funktionieren würde – bis ihr der Vater heute verraten hatte, dass es seinen Zweck erfüllt habe. Der Mann war seit zwei Jahren in der Gewerkschaft, und er konnte lesen und schreiben, wenn auch nicht englisch. Ein Maurer aus einer ländlichen Region östlich von Neapel, mit einem schwachen Auge. Hab keine Angst vor der Mutter, hatte ihr Vater gesagt, und er hatte die Mutter des Mannes gemeint. Die Mutter werde in Europa bleiben. Lina werde die Frau ihres eigenen Hauses sein.

Jemand in einem doppelreihigen Mantel fuhr auf einer Droschke vorbei und verkündete allen Passanten, dass sie unbedingt seine Limonadenmarke kosten müssten. Die amerikanische Flagge steckte unter seinem Hutband und in den Glöckchen am Geschirr seines Pferdes. Ein dünnlippiges Mädchen saß krumm auf dem Sitz neben ihm und winkte verdrossen in die Menge, die keine Notiz von ihm nahm.

Eine Frau stand auf einem Pflug, den ein Mann hinter dem Lenkrad einer alten Blechkiste durch die Überreste eines gemeinnützigen Gemüsegartens zog.

Ein Mann verkaufte vor der Apotheke Kartoffeln von einem Dampfwagen herab. Lina hatte die Apotheke noch nie betreten müssen, denn sie erfreute sich ausgezeichneter Gesundheit. Alle Körperteile funktionierten, hatte ihr Vater dem Mann gesagt, der auf den Namen Vinciuzzo hörte – aber sie sollte keine Dialektnamen benutzen oder auf Liebe hoffen.

Ihr Ehemann in spe war ein Nachzügler. Ihr Vater hatte das gesagt, als er dem Mann Proben ihrer Schreibkunst und ihrer Additionen und Subtraktionen vorgelegt hatte und dieser nicht bemerkt hatte, dass sie keinen Querstrich durch die Sieben zog, wie es in Europa üblich war. Mit anderen Worten: Ihre Fähigkeiten würden ihre Aussteuer sein. Ihr Vater würde ihm nichts zahlen müssen, damit er sie heiratete, so wie es bei Mr. Schaeffer der Fall gewesen war, als dieser ihm Antonietta abnahm. Er hatte sie verkauft, ohne für sie zahlen zu müssen, sodass er und Mutter jetzt aufs Land, auf einen Weinberg ziehen konnten, wie er es sich immer gewünscht hatte. Und in dieser Hinsicht war Lina stolz auf sich.

Sie hoffte, der neue Mann werde ihr erlauben, ihre Röcke kurz zu tragen, sodass sie über den Schuhen endeten, damit die Säume nicht so oft geflickt werden mussten. Sie war nicht pingelig, aber sie hoffte, dass er gute Zähne hatte. Sie fragte sich, welche Sprache sie zu Hause und mit den Kindern sprechen würden.

Ihr Leben war wie der Lehm gewesen, den sie zusammen mit ihrer Mutter und ihrer Schwester aus dem Bett des Flusslaufes grub und aus dem sie zur Weihnachtszeit einen Mantel um einen Truthahn oder einen Kapaun formten. Sie gaben sich immer Mühe, die Ummantelung in Gestalt des Vogels zu formen, der sich darin befand, als wäre sie ein Sarkophag. Sie buken sie ganz langsam, nahmen sie zum Auskühlen heraus und malten mit Tünche Federn darauf (und Augen mit Schuhcreme und das Gitterwerk der Federn mit Mutters Lippenstift) und warteten, dass ihr Vater zu Tisch käme und sagte, dass er den Vogel und sie drei und Sankt Joseph, seinen Schutzheiligen, segne, und dass er dann den Hammer nähme und die Form zertrümmere. Während sie Beifall klatschten und der Dampf entwich.

Am Samstag würde sie ihren künftigen Mann treffen. Und wenn sie ihn akzeptierte (sie hätte nicht zu sagen gewusst, warum sie ihn nicht akzeptieren sollte), dann wäre er derjenige, für den sie heute in einem Monat die Hülle um sich herum bemalen würde, damit er sie zerschlagen konnte.

Alles würde zugleich, auf einen Schlag beginnen. Das passte – es schien unausweichlich und richtig zu sein, dass ihre Vollendung mit etwas einsetzen würde, das unter anderen Umständen ein Verbrechen gewesen wäre.

Da Donna Costanza nicht zu Hause war, konnte sie nur unterwegs sein, auf ihrem Gang durch die Straßen – mit ihrem charakteristischen Schritt, wie ein Mönch. Linas Gefühle waren jetzt sehr heftig, und sie wusste, dass es da einige Enthüllungen gab, mit denen Donna Costanza hinter dem Berg gehalten hatte, weil sie auf den heutigen Tag gewartet hatte: was sie für ihren Ehemann tun müsse und was sie unter keinen Umständen tun dürfe. Ihre Mutter würde ihr diese Dinge nicht sagen. Ihre Mutter beobachtete nur und sprach mit ihrem Gesicht. Aber manchmal war Lina hin- und hergerissen, und Donna Costanza, darauf vertraute sie, konnte ihr die Gründe erklären.

Ihr Vater hatte sich mit diesem Mann getroffen, und ihn sogar an den Seiten seines Gesichtes geküsst, wie es zur Besiegelung der Vereinbarung nötig war – obwohl der Mann mit vielen Worten gesagt hatte, dass er ihr die Kleider ausziehen und sie darunter berühren werde. Ihre Mutter hatte ihr einen Blick zugeworfen, der besagte: So ist das eben. Und sonst nichts. Als wenn, zusehen zu müssen, wie die Leute sie am

Arm dieses Mannes mit diesem schrecklichen, lachenden Wissen in den Augen grüßen würden, als wenn die Tatsache, dass das eben so war, weil es schon immer so gewesen war, als wenn dies dem Vater die Scham nehmen würde.

Sie konnte sich nur deshalb frei bewegen, weil jedermann wusste, zu wem sie gehörte, so wie ein Fahrrad, das man überall, wo es einem gefällt, unabgeschlossen abstellen kann, weil ein Dieb es nirgendwo fahren kann, ohne von jedem, der ihn sieht, ein Dieb genannt zu werden. Aber jetzt gab es eine Zwischenzeit, in der ihr Donna Costanza, wie sie hoffte, helfen konnte – nun, da ihr Vater seinen Anspruch auf sie aufgegeben hatte und sie nicht mehr zu ihrem Vater, aber auch noch nicht zu jemand anderem gehörte.

Die verheirateten Frauen, die sich auf der Straße gegenseitig anschrien, und die verlotterte Wäsche, die über ihren Köpfen flatterte, und die verrottenden Früchte in den Verkaufswagen waren allesamt so schmutzig und rein und vollkommen, weil sie sich jetzt alle begegnet waren. Und ihre Mutter hatte heute mit ihrem Gesichtsausdruck gezeigt, dass alle Teile von Lina jetzt, auf einen Schlag, eine Ordnung ergeben würden, wie wenn man ein Seil stramm zieht.

Einmal, als sie ein Kind gewesen war, hatte ihre Mutter sie in Dona Costanzas Garten geschickt, um für einen Eintopf einige Blätter vom Lorbeerbaum zu pflücken, aber sie hatte sie falsch verstanden und war mit einem Ast zurückgekommen, der so lang wie ihr Arm gewesen war, und hatte gesagt, man habe sie um so wenig gebeten, und siehe da, wie viel sie gefunden habe. Und ihr Vater hatte sie erbarmungslos ausgeschimpft und sie am Schlafittchen gepackt, als er sie die Chagrin Avenue entlangbugsierte, mit einem Pinsel und einem Topf Teer, und ihr gezeigt hatte, wie man den Ast wieder auf den Baum pfropfen konnte. Seine Absicht war gewesen, sie zu lehren, so gut als möglich danach zu streben, das Entzweigehen von Dingen zu verhindern.

An dieser Ecke war der Rauch von Kohle, die in einem Ofen brannte, alles beherrschend. An der nächsten Ecke war es der Geruch von Nüssen, die auf einem Grillrost gegart wurden; an der nächsten Ecke der Geruch einer Mülltonne, in der dieser Verrückte mit dem ledrigen Gesicht, Pierangellini war sein Name, ein Feuer gemacht hatte, um sich zu wärmen.

Die Luft war nasskalt und erfrischend, und die allerwinzigsten Wasserkugeln schossen in ihr herum und piksten Lina ins Gesicht.

Die Frau dort, die gerade einen Käfig mit wimmernden Ferkeln von der Ladefläche eines Eiswagens herab verkaufte, trug ihr Fett in der Leibesmitte vor sich her wie ein Mann.

Er würde seine Finger, gewaschen oder ungewaschen, für den Rest ihres Lebens dorthin legen, wo es ihm beliebte, auf jeden Körperteil, zu jeder Zeit, ganz wie es ihm gefiel, bis er starb. Von ihr verachtet oder nicht. Unerträgliche Finger, während sie eine Grimasse zog, damit er sehen konnte, ob sie etwas Süßes im Mund hatte. Ihr Körper besudelt, der Körper, den sie geschrubbt und poliert und versteckt hatte, um ihn nur ihm zu geben.

Sie musste es Donna Costanza so sagen, wie ihre Mutter es sagen würde, mit ihrem Gesicht: Ja, alles kommt jetzt auf einen Schlag zusammen. Aber auch: Alles ist schmählich entzweigegangen.

Sobald Lina erklärt hatte, was geschehen war, und sobald sie ihre Gefühle mit ihrem Gesicht zum Ausdruck gebracht hatte, fingen Donna Costanzas Lippen an, sich zu verzerren, so als ob sie darum kämpfe, ein aufsteigendes Niesen zu unterdrücken, und ihre grauen, fleckigen Zähne wurden sichtbar. Es war ein Gesicht des Hasses. Aber des Hasses auf wen?

Lina wollte gern hineingehen, aber Donna Costanza wollte, dass sie draußen blieb, obwohl es dunkel und kalt geworden war, und sagte ihr, sie solle den Graben entlanggehen, wo die Männer, mittlerweile von Sturmlaternen beleuchtet, weiterhin in der Jauche gruben.

Mit ihrem Gesicht sagte Lina, dass sie Angst habe und sich schäme.

Aber Donna Costanza sagte, dass sie dennoch am Graben entlanggehen müsse, wo die Männer zu ihr hochsahen: ein hübsches junges Ding in der Nacht, nur in Begleitung einer Witwe, die eine Handtasche und eine Schnur trug, an der einige Singvögel aufgeknüpft waren, die sie von einem Jungen auf der Straße für ihr gemeinsames Abendessen gekauft hatte.

Doch während sie es tat, empfand Lina um nichts weniger Angst oder Scham, und sie sagte dies mit ihrem Gesicht. Und Donna Costanza, die immer laut sprach und nur selten mit ihrem Gesicht sprechen musste, schien diesmal nichtsdestoweniger mit einem ganz leichten Anheben der Augenlider sagen zu wollen: Carmelina, so ist es eben. Du musst zerbrechen. Er wird sich zurücklehnen, dabei vielleicht sogar durch die Haut nach Alkohol stinken, und er wird auf ein Kleidungsstück deuten, das du tragen wirst. Und du wirst es ausziehen.

Dann, nachdem es sehr kalt geworden war, führte Donna Costanza sie zu ihrem Haus. Aber sie fasste Lina nicht am Arm, wie sie es sonst getan hätte – stattdessen ging sie ein Stück entfernt zu ihrer Rechten, als ob Lina auf irgendeine Weise versagt hätte.

Die Vögel waren bereits gerupft und abgesengt. Es war schwer zu sagen, welcher Art sie angehörten. Grackeln, vermutete sie. Donna Costanza briet sie über dem Feuer, während Lina mit einem zusammengeballten Halstuch in der Hand eine Stubenfliege durch das Esszimmer jagte.

Rocco, der Bäcker, stand in der Gasse. Sie sah ihn durch das Fenster. Er hielt eine Schindel an die Stelle auf der Rückseite seines Hauses, von der sie herabgefallen war, und einer seiner jungen Söhne hielt einen Nagel, während ein zweiter ihn mit raschen, beherzten Schlägen festhämmerte. Schnee fiel auf sie herab.

Auf dem Boden der Feuerstelle rauchte das geschwärzte Fett der Vögel.

Die beide Frauen aßen außerdem Zichorie aus dem Garten.

Mrs. Marini schnitt das Fleisch von den Beinen und Brüstchen der Vögel auf ihrem Teller sehr vorsichtig ab. Doch der Kummer, der aus ihrer Bosheit erwachsen war, und das Scheitern ihrer Hoffnungen machten sie gefräßig, und schließlich aß sie auch die Rippen. Sie zerknackte sie zwischen den Kiefern und schluckte sie herunter, in der Hoffnung, ihren rebellierenden Magen zu besänftigen. Sie stellte sich vor, dies seien Umbertos Knochen.

»Vater wird jetzt diese Farm kaufen«, sagte Lina.

Mrs. Marini machte in der Luft eine Bewegung, als wolle sie ein Grammofon ankurbeln. Das bedeutete, dass sie diese abgeschmackte Melodie schon oft gehört hatte.

»Mit dem Geld für die Mitgift kann er die Öchse kaufen, die er braucht«, sagte Lina.

»Ochsen.«

»Ochsen. Er wird es wiedergutmachen bei mir. Sie tun ihm unrecht. Er hält zu uns.« Lina war ganz außer sich geraten. Ihre Arme waren weiß geworden, und die grünen Venen waren durch die Haut sichtbar. Ihr Aussehen war verträumt, aber es war vielleicht die Art von Traum, wo man abstoßende Dinge tut, die man vor der Polizei besser verbirgt.

»Offen gestanden finde ich das ganze Abkommen mittelalterlich«, sagte Mrs. Marini.

Lina sah sie an.

»Ich hatte gehofft, du würdest über deinem Stand heiraten, ein Ziel, das bei den Verheißungen dieses Landes nur recht und billig erscheint«, sagte sie. »Es ist, als besäße ich eine Briefmarke von unschätzbarem Wert, und er hätte damit einen Brief frankiert.«

Die Fliege landete auf dem Tisch, und Lina tötete sie endlich mit der Hand.

Mrs. Marini sagte: »Er hat dich verschachert, bist du nicht stolz auf ihn?«

»Bitte nicht.«

»Wie heißt er denn, dein bäurischer Gebieter?«

»Mazzone, Vincenzo. Bitte nicht.«

»Jetzt werden deine Kinder deinen Namen auf deinem Grab falsch buchstabieren.« Mrs. Marini hatte die Köpfe der Vögel am Rand ihres Tellers gesammelt, sodass die Schnäbel über den Rand hingen, als ob sie versuchten, nach den Brotkrumen auf der Tischdecke zu picken.

Ihr Magen verlangte nach mehr.

Sie wusste, dass sie bald etwas Taktloses, Unnötiges und Hasserfülltes sagen würde und dass sie später einen Anflug von Reue empfinden würde, die sie beim Schlafittchen und wie folgt entsorgen würde: *Fatti maschii, parole femine* (»Männliche Taten, weibliche Worte«, das Motto des Staates Maryland).

»Ich hatte angenommen, dass Sie laut werden und sich aufregen würden, aber dass Sie später netter zu mir sein würden«, sagte Lina.

»Ich bin zu verstimmt, um meine Stimme zu heben«, sagte Mrs. Marini. Katzenhaft glättete sie ihr dünner werdendes Haar. »Wusstest du, dass er vor zwei Jahren eine andere Farm kaufen wollte? Aber deine Mutter sagte, er müsse warten, bis du und deine Schwester verheiratet seien, damit ihr nicht als alte Jungfern auf einem kleinen Bauernhof endet, wenn sie gestorben sind. Und wusstest du, dass er gesagt hat, er würde sowieso gehen, mit euch dreien oder ohne? Dass genau das seine Worte waren? Und dass deine Mutter und ich das Geld auf einer anderen Bank verstecken mussten, um seinen Plan zu vereiteln? Da hast du dein ›Er hält zu uns‹.«

Die ungegessenen Vögel auf Linas Teller schwammen in ihrem kalten Saft, auf dem sich eine Haut gebildet hatte. »Ja, das wusste ich«, sagte Lina ungeduldig.

»Und, und er hatte bereits die Kuhglocke gekauft!«

»Nein, das war ein Geschenk.« Lina zupfte an einer Strähne ihres konturlosen Haares.

Mrs. Marini war ungemein verärgert.

»Ich weiß alles darüber«, sagte Lina. »Aber jetzt ist es vorbei. Und er wird glücklich sein. Aber ich hatte gehofft, Sie würden etwas anderes sagen. Ich hatte gehofft, Sie …« Sie errötete, und ihre kleinen Ohren glühten.

Zwei oder drei weitere scheußliche, rufschädigende Enthüllungen stiegen in Mrs. Marinis Kopf auf. »Nun sag schon, was willst du von mir?«, fragte sie.

Das Gesicht der jungen Frau war offen, anmutig, vollkommen, strohdumm und liebevoll.

»Bitte seien Sie deshalb nicht empört über mich«, sagte Lina.

»Warum um Himmels willen nicht?«

Lina rieb mit der Serviette ein Stück von der Fliege von ihrer Hand.

Dann brach es aus ihr heraus: »Wollen Sie nicht wenigstens mit mir kommen?«

»Wann?«

»Am Samstag. Wenn ich ihn treffe.«

Umberto würde toben.

»Natürlich!«, rief sie aus.

Was die Idee betraf, Lina zu ihrer Schülerin zu machen, so hatte Mrs. Marini noch eine Stunde zuvor leidenschaftlich an sie geglaubt. Nun, nachdem sie sich nach vielen Monaten des Grübelns endlich dazu durchgerungen hatte, nur um festzustellen, dass konkurrierende Ereignisse ihre Absichten im letzten Moment vereitelten, kühlte ihre leidenschaftliche Entschlossenheit ab und schien, nachdem Lina mehrere Jahre lang verheiratet gewesen war, nicht mehr so dringend zu sein. Im Moment erschien die Idee sogar ziemlich geschmacklos, denn Lina und Vincenzo waren außerstande, ein Kind zu bekommen.

»Sophistin!«, sagte Nico mit gedämpfter Stimme, aber wiederum war er es nicht wirklich selbst.

Mrs. Marini hatte sich an einem langen Seil zum Boden der Gletscherspalte herabgelassen, die sich in ihrem Verstand auftat. Pilze sprossen aus den viskosen Wänden der Höhle. Die Füße ihrer Toten, die hier unten wandelten, nebst einigen nervös herumnörgelnden Inkarnationen ihres früheren Selbst, versanken in einem hefigen Schleim. Eine ihrer Inkarnationen trug eine Nico-Maske, aber Nico kam nie.

»*Du* bist das Kind«, sagte die Person in der Nico-Maske. »Du bist ein Kind, und du bist immer eines gewesen. Du wolltest die sein, welche die Heirat einfädelt, aber man hat dir die Schau gestohlen. Dann hast du einen Wutanfall bekommen.«

»Betrüger«, entgegnete sie. »Glaub bloß nicht, dass ich mich täuschen lasse. Er war nicht so selbstgefällig.«

Es war in Wahrheit ihr Selbst um das Jahr 1920, das zu ihr sprach – der Zeit, nachdem er gestorben war, aber noch ehe sie sich von der vorgezeichneten Linie entfernt hatte. Es trug geschickt die hängenden Kinnbacken der Nico-Maske und hob die struppigen Augenbrauen in gespielter Überraschung, um ein Wort zu unterstreichen, wie er es getan hatte – doch ihr Haar aus jenen Jahren (immer noch dick, aber farblos) quoll über die Ränder der Maske als lockige Mähne.

»Sie war ein bartloses, treues, geschlechtsloses Ding, und das hat dich geärgert. Deshalb hast du sie zur Strafe dort entlanglaufen lassen, wo die Rüpel ihr unter den Unterrock schauen konnten, und dann hast du versucht, die schmutzige Wäsche ihres Vaters hervorzuzerren. Als dich das nicht zufriedengestellt hat, hast du ihr die Stelle weggenommen, von der sie nicht wusste, dass sie sie gerade hatte bekommen sollen.«

»Du musstest schon immer die Erste und Einzige sein«, höhnte ihre Schwester. Sie trug einen Leinenkittel und *ihre* Gamaschen und trat in den Schleim.

»Warum sagst du nicht einfach, dass du deine Meinung geändert hast? Ich weiß, warum. Weil dir die Begründung fehlt«, sagte die Stimme hinter der Maske. Es war eine so lebensechte Imitation, dass sie sich wünschte, auf die Täuschung hereinfallen zu können. »Du bestehst auf Gründen. Da bot sich deine Enttäuschung über den schäbigen Bräutigam als Ablenkung an, die du zu einer Ausrede hinbiegen konntest.«

»Du bist ein sturer Esel«, sagte ihre Mutter im Dialekt der Kleinstadt, in der sie ihre Jugend verbracht hatte und den zu sprechen Mrs. Marini seit fünfzig Jahren keine Gelegenheit gehabt hatte.

Und so war sie ihrem Ehemann begegnet.

In ihrer Stadt in Latium hockte im Jahr 1876 ein Zug Soldaten des neuen Königs im Palast des kürzlich vertriebenen Herzogs. Die Jungs aus dem Ort hatten die Soldaten zu einem Laufturnier herausgefordert. Sie war sechzehn Jahre alt. Ihre Mutter hatte ihr verboten, hinzugehen und zuzusehen, aber sie widersetzte sich.

Die Jungs und die Soldaten traten jeweils einzeln gegeneinander an. Die Strecke führte von der Palasttreppe über den Vorplatz, auf dem das Unkraut spross. Sie mussten sich bis auf die Unterhosen ausziehen, und aus Gründen der Fairness traten sie barfuß zum Rennen an, weil die Soldaten nichts als ihre Stiefel hatten und die Jungs leichte Sandalen trugen. Zum Schluss tauchten sie schnell ihre Köpfe in die

Fontäne des Brunnens. Es waren viele Leute da. Man würde sie sehen. Dass jemand in der Menge sie bei ihrer Mutter verraten könnte, war möglicherweise ihr Hauptziel, aber niemand schien sie zu bemerken.

Zwei Offiziere – schlanke, rothaarige Brüder aus Bologna namens Marini – standen sich in der Schlussrunde gegenüber. In ihrer Tasche trug sie ein laminiertes Kartenspiel, ein Geschenk der Mutter ihres Vaters, und sie entschloss sich, es dem Sieger zu geben. Doch wie es sich traf, wurde der Gewinner auf den Schultern seiner Kameraden davongetragen, und so schenkte sie die Karten seinem Bruder.

7

Sechzig Jahre später saß Mrs. Marini vor Anbruch der Morgenröte auf der Rückbank eines Autos, das die letzte der Serpentinen erklomm, dann begann die Talfahrt in die finstere Landschaft des Cuyahoga River Valley. Seit dem Sommer 1905 war sie nicht außerhalb der Stadtgrenzen gewesen. Damals war Nico mit ihr in einen Zug gestiegen, der sie zu einem Ferienhotel in Sandusky brachte. Ein Streichquartett hatte im Speisesaal auf einem Podium gespielt. Damals beschäftigten alle besseren Restaurants noch richtige Musiker. Die beiden aßen eine überaus saftige Entengalantine und wateten im See und schliefen unter einer seidenen Bettdecke in einem lichten, luftigen Zimmer.

Das alte Auto, in dem sie jetzt saß, hatte einst, vergebens, Ansprüche auf die Mittelklasse erhoben (der falsche Marmor der Trittbretter bestand in Wahrheit aus Linoleum), aber dem Krach im Innern und dem unermüdlichen Ruckeln des Motors nach zu urteilen, hatte es seine wahre Stellung schon vor langer Zeit akzeptiert. Aber in diesen Dingen kannte sie sich nicht aus. Lina saß vorn, und ihr Vincenzo lenkte das Auto durch den Schlamm und den Schotter der holprigen Straße. Sie waren seit sieben Jahren verheiratet.

Das Auto litt schrecklich unter dem Gefälle der Straße: Der Motor stieß bemitleidenswerte Schreie aus, bereute die Allüren seiner Jugend und bettelte Enzo um Nachsicht an. Aber der war unerbittlich und zwang ihn weiter voran. Mrs. Marini erinnerte sich daran, dass Nico ihre Pferde immer menschlich und anständig behandelt hatte.

Sie wünschte, einer der beiden würde sich umdrehen und mit ihr sprechen. Ihre Kehle gab ein scharfes Geräusch von sich, doch vergebens. Bei dem Auto handelte es sich um einen Buick Roadster aus dem Jahr 1924. Normalerweise fand sie es übertrieben, dass städtische Berufstätige Autos besaßen, aber das hier war bloß eine lärmende alte Kiste mit Gummiflicken in der Überdachung, und Enzo übernahm die Reparaturen selbst. Das junge Paar wohnte in Elephant Park in einem Dreizimmerapartment mit warmem Wasser in einem ordentlichen, kürzlich errichteten Neubau fünf Blöcke von ihrem Haus entfernt. Zu dritt unternahmen sie oft Ausflüge, etwa um Konzerte anzuhören, oder damit Mrs. Marini in der Innenstadt etwas Hübsches für Lina kaufen konnte, während Enzo in der Eingangshalle des Kaufhauses rauchte und die Zeitung las. Enzo bot zwar meistens an, sie zu fahren, gab aber letztlich immer ihrem Wunsch nach, die Straßenbahn zu nehmen.

Da Lina und Enzo immer noch kein Kind hatten, hielten sich ihre Ausgaben in Grenzen. Lina hatte ihre Stellung in dem Mantelgeschäft an der Vierundzwanzigsten Straße behalten, und Enzos Talent, in wirtschaftlichen Notzeiten wie diesen (die Mrs. Marinis eigenem Geschäft einen Aufschwung beschert hatten) in Stellung zu bleiben, war bemerkenswert.

Sie fuhren zu dem unglückseligen Weinberg, damit Lina und Enzo Linas Vater helfen konnten, die kargen Reben zu stutzen, und damit Mrs. Marini mit Patrizia konferieren konnte, die über Lina so viele Einladungen an Mrs. Marini ausgesprochen hatte, dass diese begonnen hatte, sie mit zunehmender Selbstverständlichkeit zu ignorieren – bis zur vorigen Woche, als Lina (deren Art es nicht war, interessante Belange unverblümt zur Sprache zu bringen) angedeutet hatte, dass sich eine dringliche Angelegenheit ergeben habe und dass ihre Mutter, die über kein Telefon verfügte, sofort Mrs. Marinis Beratung bedürfe. Nachdem ihr Egoismus solcherart stimuliert worden war, stimmte Mrs. Marini einem Besuch unverzüglich zu. Auf Befragen stellte sich heraus, dass Lina ganz offensichtlich nicht wusste, um welche Angelegenheit es sich handelte.

Mrs. Marini neigte ihre Augengläser, sodass die Stiele auf ihre Schläfen drückten und die Dinge der Außenwelt in den Mittelpunkt rückten. Sie hatte gehofft, dass eine derbe ländliche Szene ihren gegenwärtigen Zynismus lindern werde, aber was sie erblickte, war nicht ländlich. Ländlichkeit war die Herrschaft des Menschen über eine Landschaft. Stattdessen sah sie wuchernde Wälder, die sich an den Rändern jeder freien Fläche drängten, als ob eine Barrikade sie von den Obstgärten und den geschorenen Flächen voller blässlicher, karger Stängel und Schlamm fernhielte. (Es war April.) Jede Wiese bezeugte mit ihrer quadratischen Form die hartnäckige Aufmerksamkeit des Menschen. Es war unverkennbar, dass Ohio hier draußen bis vor Kurzem ein einziger dichter Wald gewesen war, der sich nur dort öffnete, wo ihn die Flüsse zum Verschwinden gebracht hatten, und dass das Land lieber wieder so wäre wie zuvor. Selbst aus den Kanten der Felsvorsprünge ragten seitlich Bäume heraus. Sie lebte in einem kaum erschlossenen Land. Sicherlich konnte man in derselben Szene auch ein Raster von Getreidefeldern sehen, welche den Lebensraum der armen, wilden Bäume beschnitten, aber ihre Vorlieben waren genau umgekehrt. Wilde, waldige Paradiese interessierten sie nicht, nicht einmal in der Literatur. Sie war ein Stadtkind. Sie wollte etwas über zivilisierte Menschen lesen, die sich gegenseitig korrumpierten. Mit diesem Zane Grey konnte sie nichts anfangen. Dann lieber ein vergifteter Swimmingpool. Die Umgebung war zweitrangig. Wer hatte den Swimmingpool vergiftet? Das war es, was sie wissen wollte.

Doch während der weiteren Fahrt bemerkte sie ungeachtet ihrer Vorlieben eine immer machtvollere Ahnung von, von – wie lautete das Wort? Sie war sich nicht sicher, dass es ein Wort dafür gab –, von Hier-Sein. Die Vorsehung hat uns hierhergebracht, an diesen Ort der Orte, in unser abgelegenes Land. Nein, aber es hatte nichts mit der Verfassung zu tun oder der Schlacht am Bull Run. Geschichte, Politik, Kultur – das waren die Milieus ihrer Vorstellungskraft, und sie hätten für diese seltsame Ahnung, die weder ein reines Produkt ihrer Gedanken noch des Ortes waren, nebensächlicher nicht sein können. Nebel stieg von einem gewundenen Flusslauf auf, der durch das Gebälk einer überdachten Brücke flimmerte, die sie überquerten. Der Genius loci drückte gegen ihre Sinne, aber sie gehörte nicht zu den Geschöpfen, die imstande sind, ihn hereinzulassen und unbewusster Teil eines unendlichen, unbewussten Ganzen zu werden. Das Ergebnis war ein Gefühl scharfen körperlichen Schmerzes unten am Nacken, wo er zur Rückseite ihres Schädels hochkroch, als ob eine heimtückische Hand sie tätscheln würde. Sie war kraft der Tatsache, dass sie ein Tier mit einem Bewusstsein war, von der restlichen Schöpfung abgeschnitten, einer Schöpfung, die unbewusst und folglich ganz war, und folglich unumstößlich real. Die Bäume waren sowohl in dieser Szenerie als auch aus ihr. Aber zu *wissen,* dass man *hier* war, bedeutete, ein Bewusstsein inmitten des grenzenlos Unbewussten zu sein; es hieß, an einem Ort zu sein, aber niemals Teil von ihm, wie eine Perle in einem Kuchen.

»Enzo!«, sagte sie. Bei dem Lärm des Motors war es fast unmöglich, sich bemerkbar zu machen.

»Ich bin für Sie da«, sagte er.

»Enzo, halt an. Ich will mich übergeben.«

Es gab nur eine Spur und keinen Seitenstreifen, aber er hielt sofort an, obwohl er damit die Straße blockierte. Niemand näherte sich aus einer der beiden Richtungen. Er öffnete die Tür, aber sie ließ nicht zu, dass er ihr heraushalf. Lina zog das Fenster herab und stieß maunzende Laute der Besorgnis aus.

Mrs. Marini ging im Klee auf einen Zaun zu, hinter dem einige Schafe grasten. Der kalte und durchdringende Geruch von Dung belebte sie. Der Morgen war angebrochen, und die Sonne beschien das sprießende Gras in der Schafhürde und die Schafe selbst, von denen drei herausgetrottet waren, um sie näher in Augenschein zu nehmen. Dann folgte der Rest. Es waren ungefähr zwanzig. Enzo stand in der Nähe und hielt eine Hand zaghaft in der Schwebe, für den Fall, dass ein Teil ihrer Kleidung zur Seite gerafft werden musste, um nicht mit Erbrochenem besudelt zu werden. In der anderen Hand hielt er den Riemen ihrer Handtasche, die er aus dem Auto mitgebracht hatte.

»Was kann ich tun?«, fragte er. Er trug eine steife Jacke, die Lina ihm aus dem Polster eines alten Stuhls und einem Stück Leinwand genäht hatte. Der Kragen war auf flotte Manier halb aufgestellt, aber das war auch seine einzige Eitelkeit.

Auf der anderen Seite der Weide, am Rand des Waldes, warfen drei

Männer in schwerer Kleidung moosbedeckte Schindeln vom Dach einer Scheune.

In Wahrheit verspürte Mrs. Marini keinerlei Übelkeit und hatte sie auch zuvor nicht verspürt, aber es wäre nutzlos gewesen, das zu erklären, und so antwortete sie nicht. Der Schmerz in ihrem Hinterkopf war verschwunden.

»Hallo, du kleines Ding«, sagte sie zu einem Lamm mit schwarzem Gesicht.

Einer der Männer zerrte einen Teil der alten Blechschürze vom unteren Ende des Schornsteins und warf es hinab auf die Erde.

Das Lamm bebte auf seinen winzigen Beinen; es war bestimmt noch keinen Monat alt. Es steckte seinen Kopf unter den Bauch eines Mutterschafes und trank, während das Mutterschaf und die eigentliche Mutter es mit freundlichen, verrückten Schafsaugen betrachteten.

»Kleine Molly«, sagte sie. »Mäh.«

Das Lamm fiel auf die Knie, stand dann wieder auf und sah sie an und sagte das eine Wort, das es sagen konnte.

Lina sagte: »Ihr ist nicht übel.«

»Stimmt nicht«, protestierte Mrs. Marini.

»Aber nicht sehr. Lasst uns weiterfahren.« Die Ehe hatte den Honig aus Linas Blut gezapft, was erfreulich war.

Mrs. Marini war natürlich nicht der Einbildung erlegen, sie habe mit dem Lamm kommuniziert, das schließlich nichts als ein Lamm war, wohingegen sie ein alter Mensch war, der so viele, die ihm einst nahestanden, verloren hatte, dass nicht mehr klar war, ob die anderen alle noch lebten und sie die Tote war.

Sie hielt sich an einem Balken des Zaunes fest und brachte sich selbst zum Lachen.

»Siehst du?«, sagte Lina. »Los geht's. Hopp, hopp!«

Sie gingen zurück zum Auto.

»Ich bin völlig ausgehungert. Ich hätte das Lamm aufessen können, zu dem du gesprochen hast«, sagte Lina. Sie war auch vorteilhaft dicker geworden.

»Deine Mutter wird Kaffee und Hafer haben, nehme ich an.«

Enzo schüttelte sich. Sein Darm vertrug kein Vollkorn.

Bald darauf kamen sie an.

Umberto Montanero hatte sich einen dichten, stattlichen Bart wachsen lassen. Die steifen Haare waren schwarz, braun, grau, weiß und rot und reichten bis zu seinen Brusttaschen. Die Schnurrbarthaare um seinen Mund waren nicht von Tabak oder Essen verfärbt und verbargen seine Lippen nicht. Die Seiten waren gekämmt, die unteren Ecken ordentlich abgerundet, und eine Furche verlief in der Mitte (die Kinnhaare waren kürzer als der Rest). Es war, als würde er ein elegantes Jackett im Gesicht tragen. Er hatte eine Miniatursichel zum Schneiden von Schnur an einen Stahlring geschweißt, den er am Daumen trug. Er nahm Linas und Enzos Küsse entgegen und begrüßte Mrs. Marini in formellem Ton, wobei er seinen Oberkörper ganz leicht in ihre Richtung neigte – eine satirische Verbeugung, ein Meisterstück der Missachtung. Er pumpte etwas Wasser zum Trinken und pries sein Grundwasser und den Morgen und seine eigene gute Gesundheit und den heiligen Joseph und seine soliden alten Stiefel, die seine Socken trocken hielten.

Lina sagte, sie würden herauskommen und ihm helfen, sobald sie sich umgezogen hätten.

»Schön und gut«, sagte er. Seine Astschere war mit einer Springfeder ausgestattet; er schloss sie, und sie öffnete sich wieder mit einem resoluten Kreischen, das ihm Mut zu machen schien.

Sie standen im Eingang der Scheune. Ein Hase hüpfte aus dem offenen Fenster eines Autowracks, das unter dem tropfenden Heuboden auf der Seite lag. Der Weinberg war makellos, aber das Haus, die Scheune, der Hühnerstall und Patrizia selbst – die hinter dem Auto hervorkam, während drei weitere Hasen vor einem Ast flohen, den sie systematisch über der festgestampften Erde auf dem Boden schwenkte – waren in einem erbärmlichen Zustand.

»Schließ das Tor!«, schrie sie.

»Und auch Ihnen, Madam, der Segen Gottes, sogar Ihnen«, sagte Umberto, zeigte mit seiner Schere auf Mrs. Marini und warf das niedrige Tor hinter ihnen zu. »Und möge der Herr mir Kraft geben, aber nur so weit, wie ich spucken kann. Und möge er sogar Sie segnen!«

Er schluckte seinen Schleim.

Patrizia, die unentbehrliche, fallen gelassene Gefährtin aus Mrs. Marinis mittleren Jahren, schloss sie in ihre stinkende Umarmung.

Mrs. Marini hatte in ihrer Hingabe an die Sakramente niemals nachgelassen, aber sie war keine Christin.

Umberto stapfte in den Weinberg. Enzo und Lina folgten kurz darauf, und die beiden alten Frauen blieben allein im Haus zurück.

Die Farm lag in einer nicht eingemeindeten Siedlung an einer Bundesstraße im Ashtabula County, nahe der Grenze zu Pennsylvania. Die Nordwestwinde, die den Eriesee aus kanadischer Richtung kreuzten, mäßigten die sommerliche Hitze und schützten die Region vor den ersten Kälteeinbrüchen im Herbst. Sie sorgten für eine lange, gemäßigte Anbausaison, die der Traubenzucht zuträglich war. Während der ersten Wintermonate nahmen die Winde die Feuchtigkeit des Sees auf, wenn sie über dessen vergleichsweise warme Oberfläche strichen, sodass die Region drei- bis viermal so viel Niederschlag empfing wie die kleinen Städte im Landesinneren und die großen Städte im Westen. Zum Neujahrstag lag sie fast immer unter einer dichten Schneedecke. Dann fror der See zu.

Während der Prohibition hatten viele Farmer die Weinstöcke herausgerissen und ihre Weinberge in Anbauflächen für Getreide oder in Weideland umgewandelt. Die anderen Farmer hatten sie mit Tafeltrauben neu bepflanzt, hauptsächlich mit Concord-Trauben. So hatte es auch der frühere Eigentümer von Umbertos und Patrizias Besitz gehalten. Umberto verkaufte die Ernte an einen Marmeladenhersteller in Geneva, wenn es denn eine Ernte zu verkaufen gab. Dank andauernder Bewölkung im vorangegangenen Sommer reichte der Zuckerertrag der Trauben nicht einmal, um die Löhne der Einwanderer zu zahlen, die als Pflücker arbeiteten, und so hatten sie die Arbeit eines Jahres am Rebstock verfaulen lassen.

Sobald die anderen hinausgegangen waren, holte Patrizia eine Mappe aus dem Keller. Alle Dokumente darin waren viele Male unordentlich zusammengefaltet worden, als ob jemand sie in seiner Hosentasche aufbewahrt hätte. Patrizia hatte nie Lesen gelernt. Sie wollte genau wissen, was auf den Papieren stand. Bitte.

Es folgten mehrere Stunden intensiven Studiums. Mrs. Marini las laut vor und übersetzte. Patrizia paraphrasierte kurz das Gehörte und fragte, ob sie richtig verstanden habe.

Wegen Zahlungsrückständen bei ihrer Hypothek besaß die Bank ein Pfandrecht auf den Besitz. Wegen Zahlungsrückständen bei der Steuer besaß auch der Distrikt ein Pfandrecht.

Patrizia war weder besorgt noch überrascht. In ein Dokument machte sie eine Reihe diagonaler Kniffe – ein Code, den ihr Mann, wie Mrs. Marini annahm, nicht bemerken würde.

Sie fanden eine vier Jahre alte Auktionsquittung für ein Maultier, das sie vor Kurzem geschlachtet und gegessen hatten. Dieses Dokument faltete sie einfach der Länge nach in der Mitte und glättete es dann wieder.

»Was soll dieser Knick bedeuten?«, fragte Mrs. Marini.

Patrizia machte eine Geste. Sie besagte: Ins Feuer damit, aber später.

Sie machten eine Pause, um eine Kleinigkeit zu essen.

»So pikanten Käse essen wir nie mehr«, kommentierte Patrizia das, was Enzo ihnen heute aus der Stadt mitgebracht hatte. Und ihre Freude, als sie den Käse mit ihren Vorderzähnen zerbiss, war ein Paradebeispiel für die überlegene Macht der Sinne über den Verstand.

Jede Pore auf ihrer Nase trat hervor. Ihre unlackierten Fingernägel hatten Risse. Einige Backenzähne waren ihr geblieben, und sie schaffte es, den Käse mittels Zunge und Gaumen zu zermanschen, mit einer schwerfälligen, sprachlosen Würde, die Mrs. Marini immer bewundert hatte.

Es war nicht Patrizias Art, zu erklären, warum sie darum bat, dass man ihr die Unterlagen in der Mappe vorlas, und Mrs. Marini wollte nicht mehr wissen, als ohnehin schon klar war – dass sie nämlich ruiniert waren, aber dass Umberto die Details vor ihr verborgen hatte. Tatsächlich war es so: Da sie vollauf damit beschäftigt war, zu demonstrieren, dass sie ein komplexes Thema (Geld) beherrschte, dachte Mrs. Marini an nichts anderes und war frei von jeder Anteilnahme. Das war erfrischend, wie immer, und doch unangebracht. Sie wünschte, sie wäre sich nicht der Tatsache bewusst gewesen, dass es unangebracht war, aber sie war es. Noch zwei Jahre zuvor hätte sie sich mit purer Willenskraft davon ablenken können, aber damit war es nun vorbei.

Der schamlose Egoismus der Jahre nach ihrer großen Veränderung war die Erfindung einer Frau, die bald zu sterben erwartet hatte. Natürlich hatte sie damals geglaubt, es sei eher eine Entdeckung als eine Erfindung, aber so oder so, sie war wieder auf der Höhe. Der Tod war nicht länger von Interesse. Durch den Einfluss ihrer jetzigen Freunde, die zwei Generationen jünger als sie waren und drängende Sorgen im Hier und Jetzt hatten, hatte sie sich zu fragen begonnen, was als Nächstes passieren werde. Die getürkten Nico-Stimmen, Geister der mittleren Vergangenheit, zeterten nicht mehr pausenlos auf sie ein. Stattdessen klopfte die weiter zurückliegende Vergangenheit bei ihr an – selten, aber mit schrecklichen Schlägen.

In der tiefsten Vergangenheit, so wie auch in der Gegenwart, war dieses ausgelassene *Ich* wie ein dicker Mensch, der dicht dort vor ihr stand, wo sie saß, und das dicke Hinterteil verstellte ihr vollständig die Sicht.

Am Nachmittag setzten sich die beiden Frauen auf die Veranda.

Mrs. Marini fragte, ob Umbertos Cousins oft aus Youngstown herüberkämen, um bei der Ernte zu helfen.

»Ja, manchmal«, sagte Patrizia und nahm einen Hasen von einem Haken unter dem Dachüberstand, dessen Blut in eine Schüssel auf dem Zementboden der Veranda tropfte. Die Veranda war der einzige Teil des Hauses, der erkennbar stabil gebaut worden war. Enzo hatte den Zement selbst gegossen. Ansonsten war nirgendwo ein rechter Winkel zu sehen.

»Ich nehme an, es wimmelt von Leuten«, sagte Mrs. Marini, »es herrscht eine Atmosphäre wie bei einer Familienzusammenführung, und die Latrine ist verstopft.«

Patrizia seufzte.

Mrs. Marini sah sie an.

Wende dich nicht von mir ab!, sagte das Seufzen. Du warst die engste Freundin, die ich auf der Welt hatte, und mein Mann hat mich an diesen gottverlassenen Ort geschleppt, wo wir nicht einmal eine Innentoilette haben, wo ich niemals hinwollte – und du weißt das. Ich habe an den Donnerstagabenden gern Canasta gespielt, so wie du. Und du hast sieben Jahre lang kein Wort von dir hören lassen. Du hättest sagen können: »Enzo, lass mich mitfahren, wenn du deine Schwiegermutter besuchst. Sie muss einsam sein.« Aber du hast mich verlassen.

Patrizia zerteilte das Tier von der Kehle bis zum Anus, dann um Hals und Knöchel, und zog ihm das Fell ab.

Es hat keinen Sinn, sich ordentlich zu kleiden, sagte ihr Gesicht. Ich muss auf Berto und seine idiotischen Pläne hören, und sein Geschwätz wegen der Eier, die die Henne eine Stunde zuvor gelegt hat. Das Eigelb ist rot, und genau so soll es sein. Was ist das schon für ein Unterschied? Alle Eier schmecken gleich. Überleg mal, worüber ich mich hier unterhalten kann. Denk an all die Gespräche, die wir früher geführt haben. Sieh dir dieses Haus an. Sieh, wie die Farbe abblättert. Wir können uns keine Farbe leisten. Wir haben keine Zeit zum Streichen. Siehst du die Scheune? Wie schief sie steht? Ein einziger kräftiger Windstoß könnte sie in einen Haufen Bretter verwandeln, die auf dem Boden liegen. Und ich wünschte, das würde geschehen. Ich bete dafür. Wir sind bankrott, und ich bin so froh darum! Du hast uns früher schon für arm gehalten. Und du hast mich hier meinem Schicksal überlassen, ohne auch nur von Zeit zu Zeit mit mir zu plaudern.

»Schluss jetzt«, sagte sich Mrs. Marini im Stillen.

Die Unterlagen, die zu der Besitzurkunde gehörten, besagten, dass die Montaneros die fünften Eigentümer dieses Besitztums seien, seit der Staat Connecticut seine kolonialen Reservate (ein Gebiet von hundertzwanzig Meilen Länge, das immer noch als »Connecticut Western Reserve« bezeichnet wurde und die nordöstliche Ecke von Ohio bildete) im Jahr 1796 an die Connecticut Land Company verkauft hatte. Wie ungemein interessant! Dies stand gleich hier in der fröhlichen Broschüre der Grundstücksgesellschaft.

Patrizia hackte den Hasen in Stücke. Mrs. Marini stand auf und suchte in der Umgebung des Hauses nach Löwenzahn für den Salat.

»Der Weinberg ist gut in Schuss und hübsch«, sagte sie zu Patrizia, die den zerteilten Hasen an der Handpumpe neben der Scheune wusch.

Patrizia schüttelte das Fleisch über dem Gras aus. Sie murmelte ein einzelnes Wort.

»Wie bitte?«, fragte Mrs. Marini.

»Herbizide«, wiederholte Patrizia.

Mrs. Marini wusch das Grünzeug an der Pumpe. Es war nicht zu fassen, dass Wasser so kalt sein konnte, ohne zu gefrieren.

Patrizia formte einen Beutel aus ihrer Schürze und schwenkte die Hasenteile zum Trocknen darin herum, und sie sah Mrs. Marini dabei an, als würde sie sprechen. Ein unordentlich gebundenes Kopftuch bedeckte ihr krauses Haar – früher hatte sie es immer mit einem Eisen geglättet. Ihr Gesicht war durch und durch traurig und von Zweifeln erfüllt. Es sagte: Du hast überhaupt nichts begriffen.

Sie gingen ins Haus. Patrizia briet das Fleisch in Fett an, goss Traubenessig an und ließ alles auf kleiner Flamme köcheln. Sie ging hinaus und betätigte die Hupe an Enzos Auto, damit die anderen wussten, dass das Essen bald fertig sein würde.

Mrs. Marini strich das Kreuzworträtsel in der Morgenzeitung auf dem Tisch glatt. Durch das Fenster sah sie, wie Patrizia die Autotür zuknallte und mit Arbeitsstiefeln, deren Schnürbänder seitlich herabhingen, durch eine schlammige Senke trottete. Ihr Körper wankte wie der eines Mannes, der mit einer Hand einen Wassereimer trägt. Die Brüste hingen ihr bis auf den Bauch. Sie trug keinen Büstenhalter. Mrs. Marini dachte: Ich habe ein Verbrechen begangen.

Das Sonnenlicht fiel durch den Fensterrahmen in der gegenüberliegenden Wand. Die jungen Blätter der Weinstöcke waren tintenblau, und die Ähnlichkeit mit der Aussicht aus der Vorratskammer ihrer Großmutter verblüffte sie. Dort hatte man von einem einzelnen Fenster aus einen Überblick über die sich monoton aneinanderreihenden Weinstöcke am Abhang gehabt. Im Vordergrund stand hier sogar ein

Baumstumpf, genau wie dort, wo an ähnlicher Stelle der Zitronenbaum der alten Frau gestanden hatte.

Patrizia kam herein und schlüpfte in ihre Hausschuhe. Mehrere bedrückende Minuten vergingen, während sie schwiegen und Patrizia mit einem schweren Messer lautstark gegen das Schneidbrett schlug.

Mrs. Marini legte ihren Bleistift beiseite. Sie öffnete und schloss die Hände, um ihre knackenden Finger zu dehnen. Draußen vor dem Haus erstreckten sich die hypnotisierend gleichförmigen Reihen der Weinreben in gerader, glänzender Reihe – so ordentlich wie Maschinenschrift –, und es sah fast so aus, als ob sie sich im Licht am anderen Ende des Waldes unter der Sonne träfen.

Im Jahr 1879 am Bahnhof, mit einem Koffer, mit einer Wasserflasche. Auf den Zug zu warten. Auf das weite Land zu schauen, auf die abgestuften Hügel, auf die Weingärten in der Ebene. Wenn sie irgendjemandem davon erzählt hätte, man hätte sie in ihrem Zimmer eingeschlossen. Durchzubrennen, um einen Mann zu heiraten, mit dem sie dreimal gesprochen hatte und der bei einem Wettrennen verloren hatte. Ich werde sie alle nie wiedersehen. Ich werde diesen Ort nie wiedersehen, niemals. Außerstande zu sein, Ohio auf einer Karte ausfindig zu machen. Zu vermuten: Vielleicht meinte er Iowa, Iowa ist gleich hier, in der Mitte. Die Hügel niemals mit einer anderen Empfindung als genervter Langeweile angeschaut zu haben – bis heute. Ein Koffer. Eine Wasserflasche. Die Mutter oder den Vater niemals wiederzusehen.

Die Stille dauerte zu lange an, und dann noch länger.

Wären sie Fremde gewesen, wenn Mrs. Marini sich auf einer Landstraße verfahren und hier hereingekommen wäre, um nach dem Weg zu fragen, dann hätte es diese verstörenden Minuten nicht gegeben – Minuten, in denen sie überlegte, was sie sagen könne, um die vertraute Ungezwungenheit herzustellen oder den schwelenden Konflikt zum Ausbruch zu bringen, indem sie das Unausgesprochene laut aussprach. Bei einer Fremden stellt man sich vor und wickelt sein Geschäft ab, ohne Umschweife.

Am Bahnhof zu warten, um für jedermann ein Fremder zu sein. Darauf zu war-
ten, dass der Zug kommt, und die Hügel anzuschauen und sogar den Bahnsteig
zu verlassen und im Gras zu stehen. Vielleicht schaffte sie es nach Hause, ohne
dass jemand ihre Abwesenheit bemerkt hatte. Zeit zu haben, um müßig auf der
Terrasse ihres Vaterhauses zu sitzen und jedes Detail der Landschaft in sich auf-
zunehmen, die elefantenartigen Extremitäten der Kastanienbäume, die fehlen-
den Dachziegel – ein Ausblick, den zu merken sich lohnte. Zeit zum Nachdenken.
Zeit, um das Versprechen zu halten, ihrer Schwester die Haare zu schneiden. Das
Gras rund um den Bahnsteig, wie es ihre Beine kitzelt. Was, wenn dieser Mann
sie schlagen würde? Wer war sie, an einen Ort zu gehen, wo niemand die beson-
dere Sprache ihrer Stadt verstand, eine Sprache, die selbst er nicht sprach? Aus
dem Bahnhofsgebäude herausschauend die Augen des Mannes, der ihr die Fahr-
karte verkauft hatte, eines Mannes, den sie nur flüchtig kannte, der sich vielleicht
fragte, warum dieses Mädchen so still im Gras neben dem Bahnsteig stand. Die
Weite des Himmels. Ihre Schwestern würden alles erben. Das Licht, das auf der
Schlacke zwischen den Schienen glitzerte. Mit einem Koffer.

Vielleicht gefällt es Patrizia hier. Wer weiß?

Früher hatten sie sich oft nur mit ihren Augen unterhalten, wie
Frauen es tun, wenn sie von kleinen Kinder umgeben sind. Patrizia
konnte an der Art, wie Mrs. Marini beim Canasta die Karten hielt und
wie oft sie ihr Blatt neu ordnete, ablesen, was sie zuletzt gegessen hatte.

»Du bringst mich zur Verzweiflung«, beschwerte sie sich bei dem
verkorksten Kreuzworträtsel.

Patrizia starrte lustlos in einen Kochtopf.

Mrs. Marini stand auf, um den Tisch zu decken. Sie hatte aufgegeben. Sie war fertig damit.

Sie öffnete den Geschirrschrank und erkannte das kitschige Geschirr wieder, das sie verschenkt hatte. Sie sagte: »Ich habe vergessen,
welche Gläser du nimmst.«

Schließlich die Namen der Straßen zu vergessen. Jetzt zu gehen hieß, niemals
zurückzukehren. Die genauen Worte im Kopf behalten zu wollen, mit denen ihre
Mutter ihr den Besuch des Rennens verboten hatte, nur um festzustellen, dass sie

diese schon vergessen hatte. Sich den schrillen Ton ihrer Stimme merken zu wol-
len; doch erstaunlicherweise konnte sie ihn schon jetzt nicht mehr in ihrem Ge-
dächtnis wachrufen. Eine Wasserflasche. Das Telegramm zu formulieren, das sie
in New York dem Mann schicken würde, der gesagt hatte, dass er auf sie warten
werde, einem Mann, den sie niemals kennengelernt hätte, wenn sein Bruder auch
nur um ein weniges langsamer gewesen wäre. Auf den Bahnsteig zu treten und
dann wieder einen Schritt zurück. Sich dann umzudrehen und zu sehen, dass
niemand außer ihr da war und auf den Zug wartete. Niemand außer ihr warf
der Uhr prüfende Blicke zu. Zu ihrer Rechten die Schneise zwischen den Bäu-
men, durch die der Zug kommen würde; zu ihrer Linken die Schneise, durch die
er davonfahren würde. Jetzt fortzugehen bedeutete, dass dies das letzte Bild dieses
Ortes in ihrem Gedächtnis sein würde; dass sie immer so an ihn denken würde,
wie er an jenem Nachmittag ausgesehen hatte, und an ihre Mutter, ihren Vater,
ihre Schwestern, Brüder und Tanten, genau so, wie sie an jenem Tag beim Mit-
tagessen ausgesehen hatten. Keiner dieser Menschen würde jemals sterben. Sie
würden unveränderlich in Lazio bleiben, sie würden in der Zeit feststecken. Sie
würde ihnen keine Adresse schicken. Sie würde keine Nachricht von ihnen er-
halten. Jetzt zu gehen hieß, sie zu bewahren.

»Umberto möchte nach Hause zurückkehren«, sagte Patrizia.

»Wunderbar«, sagte Mrs. Marini. »Das feiern wir. Ich besorge die
allerbesten Sachen. Du kannst bei mir wohnen, bis du ein Haus gefunden hast.«

»Sein Bruder in Sizilien ist gestorben. Es gab keine Kinder, deshalb
hat Berto das Haus geerbt. Ich nehme die mit den Kirschen drauf«,
sagte sie und zeigte in den Geschirrschrank.

»Welches Haus? In Syrakus? Was willst du andeuten?«

»Es ist wie beim letzten Mal.«

»Welches letzte Mal?«

»Mit mir oder ohne mich.«

»Oh, ich verstehe.«

»Mit mir oder ohne mich.«

»Und dann?«

»Oder die Teetassen. Es ist egal.«

»Aber es ist nicht unsere Angelegenheit«, sagte Enzo. »Es ist nicht an uns, die Entscheidung zu treffen.«

»Entschuldige bitte, aber es ist auch nicht an ihm, eine Entscheidung zu treffen«, sagte Lina.

Umberto schnitt ein Bein von dem Hasen ab und reichte es Lina.

Enzo sagte: »Wir können nicht …«

»Du bist ein verheirateter Mann und kannst – was für eine Belastung – nicht so tun, als ob du achtzehn wärst, und einfach in ein anderes Land gehen kannst, einfach weil dir danach ist«, sagte Lina. »Weil – was für eine *Last,* was für ein *Jammer* – du eine Frau und eine Familie und ein Haus hast.«

»Aber ich habe *noch* ein Haus«, sagte er.

Mrs. Marini sagte: »Vierundzwanzig Jahre.«

»Weil nämlich«, sagte Lina, »entschuldige mal, aber an diesem Tisch sitzt ein Mensch, der von sich aus eigentlich gar nicht in dieses Land kommen wollte. Aber du hast gesagt, sie kommt mit, also ist sie mitgekommen. Und die niemals – Mutter wollte auch nie hier rausziehen, in dieses Paradies der Plackerei, aber du hast gesagt, sie geht mit. Und sie ist ohne ein Wort der Klage mitgegangen. Kein Stöhnen. Nichts.«

Enzo stand auf und füllte die Pasta in die Schüsseln.

»Warum sagst du nicht mal was, Mutter?«

»Donna Costanza, möchten Sie noch von der Sauce?«, fragte Enzo.

»Erhebe deine Stimme nicht gegenüber deinem Vater«, sagte Patrizia.

Mrs. Marini legte Daumen und Zeigefinger aneinander. »Ein klein bisschen, danke«, sagte sie.

Umberto fragte: »Wo ist der Käse?«

»Schau dir deine Frau vor sieben Jahren an«, sagte Lina.

Der Teller mit dem Käse wurde herumgereicht.

»Zwischen verheirateten Leuten passieren Sachen, die man von außen nicht versteht«, sagte Enzo. »Wie du weißt.«

»Vierundzwanzig Jahre, Berto«, sagte Mrs. Marini.

Patrizia kaute. Ihre Hand lag in ihrem Schoß. Sie schaute auf ihr Essen.

»Sieh dir Mutter vor sieben Jahren an«, sagte Lina, »und sieh sie dir jetzt an.«

Mrs. Marini sah, dass die Sonne draußen untergegangen war. Der Weinberg lag im Dämmer. Nur ein rosafarbener Streifen stand noch am Himmel.

»Meine Frau hat nicht gesagt, warum sie nicht mitkommt«, sagte Umberto. »Sie kann gerne mitkommen. Sie ist willkommen. Na los, Patrizia, sag ihnen, warum.«

»*Willkommen*«, sagte Mrs. Marini, »ist ein Wort, das man Fremden gegenüber benutzt, die man in sein Haus einlädt.«

»Sag es ihnen. Sprich.«

»Reichst du mir den Käse?«, fragte Patrizia.

»*Antworte mir.*«

»Ich will nicht, dass du fortgehst.«

»Das ist es. Keine anderen … Gedanken. Kein ›Mir gefällt es hier‹. Nur ›Ich will nicht, dass du fortgehst‹.«

»Dieser Hase ist gut geraten«, sagte Patrizia, »das muss ich sagen.«

»Wenn du Hasen magst, können wir Hasen bekommen.«

»Wenn es dir lieber ist, dass wir das nicht besprechen«, sagte Enzo. »Wenn das eine Privatangelegenheit ist.«

Patrizia schluckte. »Er ist ein bisschen faserig, aber er war der größte.«

»Wenn du willst, dass ich das Thema fallen lasse, Mutter – aber nein, das werde ich nicht tun«, sagte Lina.

»In meinem Haus ist genug Platz für uns beide und für Hasen und Besucher«, sagte Umberto.

Mrs. Marini sagte: »*Mein* nennt man sein Haus, wenn man unverheiratet ist oder der Ehepartner gestorben ist.«

»Nein, mach weiter, rede«, sagte Patrizia. »Dieser Käse ist hervorragend, oder ich müsste mich sehr irren.«

»Seht ihr? Seht ihr, was sie macht?«, fragte Umberto. »Der Käse ist gut, Vincenzo, danke.«

»Warum sollte sie es begründen?«, fragte Lina.

Enzo nahm seine Hasenlende und ging zu der Tür, die auf die hintere Veranda führte.

Umberto sprach fassungslos zu seinem Teller: »Es ist mein eigen Kind, das in diesem Ton mit seinem Vater spricht.«

Enzo blieb im Türrahmen stehen.

»Und wer wird deinen Boden wischen?«, fragte Lina, »und dein Abendessen kochen und deinen Bart stutzen?«

Umberto klopfte mit einem dicken Servierlöffel aus Stahl auf den Tisch und schloss die Augen.

Enzo ging zurück zum Tisch und setzte sich hin.

»Es ist völlig natürlich, dass ein alter Mann in seine Heimat zurückkehren will. Deine Tante wird einen anderen Ort für sich finden müssen. Das Haus in Italien ist seit tausend Jahren mein Eigentum.« Er klopfte mit dem Löffel auf Linas Tellerrand.

Patrizia richtete ihren Blick auf Umberto, und Mrs. Marini sah zum ersten Mal etwas Eisiges in ihrem Gesicht.

Lina legte die Hände unter den Tisch und schob ihren Körper langsam nach hinten. Sie fuhr sich mit der Zunge über die Zähne.

»Ihr werdet schon sehen«, sagte Umberto. Der Löffel klopfte gegen Linas Teller: *tack-tack.* »Enzo wird auch einmal zurückkehren wollen. Wartet ein paar Jahre. Er wird das Meer sehen wollen, das *La-di-la*« – *tack, tack, tack,* machte der Löffel –, »sein Vaterhaus, das ihm gehört.«

Enzo beobachtete Umberto, und seine Lippen verschwanden in seinem Mund. Es konnte sein, dass er gerade wieder im Aufstehen begriffen war, denn er wirkte außergewöhnlich groß. Sein Oberkörper ragte weit über die Tischkante. Sein rechtes Auge wanderte nach rechts. Mrs. Marini hatte das Gefühl, dass er alles, was sich im Raum abspielte, gleichzeitig beobachtete.

»Deine Mutter ist tot, Berto, und dein Vater und deine Brüder sind es auch«, sagte Mrs. Marini. »Es gibt nur noch deine Schwägerin, die du aus dem Haus schaffen willst. All deine Freunde sind hier.«

Er nahm den Löffel fester in die Hand.

Enzo beobachtete mit einem Auge Linas Teller, während die anderen aus dem Fenster schauten.

Es lag etwas Nacktes, aber Gebändigtes in dem Blick, mit dem Patrizia ihren Mann musterte.

Lina bewegte sich nicht.

Enzo nahm den Teller, in dem das Skelett des Hasen lag, und starrte auf Umbertos Tischseite. »Du, Papa«, sagte er: »Gib mir doch mal den Löffel da. Ich möchte ihn einweichen.«

Draußen war es dunkel. Das Bild im Fenster war umgesprungen: Es war eine Spiegelung aller fünf Personen, die wartend am Tisch saßen.

Auf den Zug zu warten, Blicke zurückzuwerfen. Daran zu denken, dass auf diese Weise alles so bleiben würde, wie es an diesem Nachmittag war, dass sie alle immer da sein würden – und gleichzeitig zu wissen, dass dies eine Lüge war und dass sie sich das eines Tages eingestehen würde. Dass sie ihre Mutter und ihren Vater verlassen hatte, dass sie ihren Tod zugelassen oder sie getötet hatte. Dann die Kastanienbäume anzuschauen, jene entlang den Schienen und jene ringsum. Und – möge Gott ihr verzeihen – zurück auf den Bahnsteig zu gehen. Dann eine Rauchwolke über den Bäumen, das Kreischen des Zuges. Der Zug, wie er um eine Biegung in Sicht kommt.

Und später – in der Küche an der Sechsundzwanzigsten Straße, in dem Haus, das sie dreißig Jahre lang mit diesem Mann geteilt hatte, der ihre Stütze gewesen war, ihr ein und alles, ihr größter Schatz – klingelte der Zeitschalter, und sie öffnete die Ofentür. Sie rief ihn in den Wohnraum. Sie sagte: »Nico, roll her und tranchier den Braten.« Eine Minute des Wartens, aber er antwortete nicht. Sie ging nicht in den Wohnraum (aber sie wusste, dass er dort war, lesend auf dem Sofa). Die feuchte Luft roch nach Gewürznelken und Schweinefleisch. Sie stand vor dem Ofen und sagte es lauter, nannte seinen Namen, lauter, und wartete. Aus dem klaffenden Maul des Ofens schlug ihr die Hitze ins Gesicht.

8

Sie verließen die Farm.

Alles außerhalb des Autos war glänzende, ölige Schwärze. Linda fuhr, und Enzo lotste sie auf den falschen Weg, und bald hatten sie sich im südlichen Teil des Distrikts verfahren. Die Straße war zu eng für das Auto, das holpernd mit zwei Rädern auf der grasbewachsenen Böschung, mit zweien auf der einzigen Fahrspur in der Mitte balancierte. Genau genommen war diese Straße wenig mehr als ein Trampelpfad, der über viele Meilen die Grenzlinien zwischen den angrenzenden Farmen markierte. Er war voller Mist. An manchen Stellen näherten sich ihm die Bäume auf beiden Seiten so weit, dass ihre Zweige sich in der Luft trafen, wie das Gewölbe eines engen Tunnels.

Hunde, die sich über den Leichnam eines anderen Hundes gebeugt hatten, zerstreuten sich, sobald das Licht der Scheinwerfer auf sie fiel. Lina hatte keine andere Wahl, als das Tempo zu verlangsamen und den Hundeleichnam zu überfahren.

»Heilige Maria, so ein Gestank«, sagte Enzo.

Kurz darauf war ihm übel, und er legte sich hin, den Kopf in ihrem Schoß.

»Du willst bloß fahren«, sagte sie.

Er atmete tief ein, die Nase in ihrem Rock.

Es war eine seiner charakteristischen Eigenschaften, dass er sich ungerührt einen Knochenbruch zuziehen konnte, aber offen nach ihrem Trost verlangte, wenn ihm schlecht war.

Sie berührte sein Haar.

Er murmelte ein Kosewort in ihre Kleider.

»Ich kann nur hoffen, dass ich ihn in Verlegenheit gebracht habe«, sagte sie und meinte ihren Vater.

»Dieser Löffel«, sagte er mit undeutlicher Stimme und kratzte sich die Augen. Ihm war so elend.

»Der Löffel war nur Getue«, sagte Lina.

Enzo rollte sich auf den Rücken und sah jammervoll zu ihr hoch. Er zeigte auf seinen Mund und deutete auf das Fenster, aber sie wusste, dass er sie nicht wirklich dazu bringen wollte, anzuhalten.

Er hatte sich während des Essens mit ihrem Vater bemüht, mit seinem schielenden Auge geradeaus zu blicken, und jetzt mussten die Muskeln sich ausruhen. Sie hatte sein System gelernt, wie Donna Costanza es von ihr verlangt hatte. Oft wusste sie besser als er selbst, was er wollte.

Sie sah zu ihm herab, als er seine Arme eng um seine Schultern legte und die schwarzen Augen schloss.

Sie wusste zum Beispiel, dass er ein schreckliches Verlangen nach einem Sohn verspürte. Es war wie ein Geist, der ihm dicht auf den Fersen folgte und den er zwar hören, aber nie sehen konnte (nur sie sah ihn). Er würde niemals zugeben, dass dieser Geist wirklich existierte. Er hatte aufgehört, seinen Eltern Briefe zu schreiben, weil er nichts von Kindern zu berichten hatte und über sich selbst nicht schreiben mochte. Mit Ausnahme von Donna Costanza war er der einzige Mensch, den sie kannte, der keinen einzigen Verwandten in den Vereinigten Staaten hatte. Sie hätte ihm einen Sohn schenken sollen und hatte versagt. Sie hätte über ihr Versagen wahrscheinlich auch beschämt sein sollen, aber sie schämte sich nur ein bisschen dafür, dass sie sich so wenig dafür schämte. Sie hielt sich für sehr kalt. Manchmal dachte sie, dass sie ihr Bedauern stärker zur Schau stellen und sich aus Solidarität mit einem schweren Löffel leichte Schläge verpassen sollte. Aber seine Gefühle waren echt, und sie bewunderte sie: Der Geist war eine Respekt einflößende Gestalt; er erinnerte sich an Enzos Vorfahren und fürchtete sich an seiner Stelle vor dem Tod. Es erschien ihr richtig, dass Enzo auf diese Weise heimgesucht wurde, und töricht, jemals seinem Geist in die Quere zu kommen, indem sie vorgab, selbst heimgesucht zu werden.

»Wenn euer Vater euch nicht so lange draußen aufgehalten hätte, hätten wir im Tageslicht fahren können«, schrie Mrs. Marini vom Rücksitz.

Enzo setzte sich aufrecht hin. »Wir sind hingefahren, um draußen zu arbeiten«, sagte er.

»Verteidige ihn nicht. Er … er ist ein Kannibale!«

»Nein, er ist Farmer«, erwiderte Enzo.

»Wir finden besser eine schnelle Lösung für die Sache«, sagte Lina. »Jetzt wird sie überhaupt nicht mehr mit ihm gehen wollen.«

»Ja, das stimmt«, sagte Mrs. Marini.

»Warum sollte sie das nicht wollen?«, fragte Enzo.

»Rache«, sagte Lina.

»Die Hölle selbst kann nicht wüten wie eine verschmähte Frau«, zitierte Mrs. Marini.

In einem spöttischen Tonfall, der ganz untypisch für ihn war, sagte Enzo: »Warum sollte ihm das etwas ausmachen? Wie soll er davon erfahren? Wird sie ihm Fotos schicken?«

»Gott wird es wissen«, sagte Lina.

»Gott wird es wissen«, wiederholte Mrs. Marini.

»Das ist keine Rache. Das ist bloß Wie-heißt-es-noch-mal?«

»Bosheit …«, sagte Mrs. Marini.

Im Boden des Autos war ein Loch. Enzo hatte es mit einer Metallsäge herausgeschnitten, um die Kupplung einzusetzen, als er sie letzten Monat ausgetauscht hatte. Das Loch war zu groß geraten und setzte das Wageninnere auf verschlungenen Wegen durch das Fahrgestell der offenen Straße aus.

Plötzlich schoss ein Stück Kies durch das Loch und prallte gegen zwei der Fenster, in denen sich daraufhin Sprünge bildeten.

Lina fühlte, wie sich etwas Formloses und Erfreuliches über ihren Verstand senkte.

»Ooh!«, kreischte Mrs. Marini. »Was war das?«

»Ein Stein!«, sagte Enzo.

Lina konzentrierte sich auf die Straße. Sie hatte mit der falschen Hoffnung auf ein Kind abgeschlossen. Das war nicht schwer gewesen, weil sie falsch war, und sie war falsch, weil es ihr nie besonders wichtig gewesen war, ein Kind zu bekommen, und es war ihr nie besonders wichtig gewesen, ein Kind zu bekommen, weil es einen Teil von ihr gab, der eigentlich vorhanden sein sollte, aber nicht vorhanden war (sie vermisste ihn nicht), aber es war eine Hoffnung, weil Enzo darauf hoffte und sie seine Gefühle spürte.

»Ich habe gefragt, was das war.«

»Ein Stein«, wiederholte Enzo.

»Er sagte, es war ein Stein«, sagte Lina.

Die Sprünge waren nicht schlimm, kleine Kerben. Der eine war auf der Beifahrerseite, der andere auf der Windschutzscheibe.

Da bemerkte Lina, dass der Stein irgendwie stolz auf dem Armaturenbrett lag und dass er die linke Seite ihre Nase gestreift hatte – oben neben dem Auge, wo die anderen es nicht sehen konnten – und dass eine Beule anschwoll und sie leicht schielte.

Sie nahm den Stein. Er war wie eine Belohnung. Sie wollte schon den anderen davon erzählen, aber dann änderte sie ihre Meinung und steckte ihn in ihre Tasche.

Enzo stopfte seinen Schal und einen seiner Handschuhe in den Spalt am Fuß der Kupplung und fluchte über die Kosten, das Glas ersetzen zu müssen, sobald die Sprünge größer wurden.

Mrs. Marini streckte ihr Gesicht über die Lehne und deutete mit den Fingern heftig in Richtung des Loches im Boden, während sie ihre Augen mit ihrer Handtasche abschirmte. »Das hätte uns umbringen können! Und alles, weil du zu knickerig warst, die Abdeckung für dieses Ding zu kaufen!«

Lina zwinkerte, und sie zwinkerte noch einmal. Ihre Wahrnehmung normalisierte sich wieder.

Sie fanden den Weg zur Bundesstraße, und sie steuerte das Auto auf den untergehenden Mond zu.

In der Stadt angekommen, näherten sie sich einem Stoppschild vor einem zugenagelten Kurzwarengeschäft. Eine Frau saß auf dem Bordstein, auf einer Reisetasche. Ihre Kleider umhüllten sie so vollständig, dass man auf den ersten Blick unmöglich das Baby sehen konnte, das sie auf ihrem Rücken in einem Tuch trug. Sie stand auf, als sie das Stoppschild erreichten, rasselte mit der Blechdose und öffnete den Mund, um ihre dicke Zunge zu zeigen. Dann schlug sie mit der Dose gegen Enzos Fenster. Das Baby war groß und schlief völlig unbeeindruckt von den fahrigen Bewegungen der Mutter. Sie brachte keine verständlichen Worte hervor.

»Schlampe!«, sagte Mrs. Marini.

»Geh weg. Du machst das Glas kaputt«, sagte Enzo.

»Simulantin!«, schrie Mrs. Marini und schlug mit den Knöcheln gegen das Fenster.

Lina fuhr schnell über die Kreuzung. Die Beschleunigung trug sie auf einen Hügel hinauf. Sie schaltete die Kupplung in den Leerlauf, und das Auto wurde den Hügel an der Elften Avenue hinabgetragen, auf Elephant Park zu.

Sie brachten Mrs. Marini zu ihrer Haustür und fuhren nach Hause.

Enzo hatte am Morgen die Fenster der Wohnung offen stehen lassen, und nun waren alle Zimmer kalt und feucht, aber sie ließen die Fenster, wie sie waren: Es war die erste Frühlingsnacht des Jahres und warm genug, um in der frischen Luft zu schlafen. Sie zogen ihre Kleider aus, zogen das Leinenzeug zurück und legten sich hin. Die Matratze war neu und hart. Die Wäschestärke in den Decken und Kissenüberzügen war frisch.

Endlich war sie mit ihm allein.

Bald nachdem Lisa geheiratet hatte, hatte sie fünfzehn Pfund zugelegt. Sie hatte es absichtlich getan – mit einem gekochten Ei vor dem Schlafengehen und einem süßen Gebäckstück aus Roccos Bäckerei jeden Nachmittag –, in dem erfolglosen Versuch, schwanger zu werden. Es schien, als habe sie sich zu lange nicht fürs Essen interessiert, bis es schließlich ihre Eierstöcke ruiniert hatte. Donna Costanza meinte, genau das sei vermutlich passiert. »Oder du hast du einen defekten Hirsch gekauft«, gluckste sie.

Jedenfalls war Lisa jetzt hübsch. Sie war es wirklich. Sie hatte das Glück gehabt, genau dort an Gewicht zuzulegen, wo sie es am meisten nötig gehabt hatte: auf ihren Hüften, an ihrem Hintern, an Brüsten, Fingern und Wangen, die zuvor fast eingefallen gewirkt hatten, nun aber eine konvexe Form angenommen hatten, so als ob man die Enden zweier Löffel umgedreht hätte.

Die Ehe hatte ihre eigentliche Figur zutage gefördert, aber das war nur die offensichtlichste einer Vielzahl von zum Teil recht abstrusen, unerwarteten Veränderungen, welche die Ehe mit sich gebracht hatte und die Lina selbst nicht bemerkte, ehe der Gang der Ereignisse dafür sorgte, dass sie nicht mehr zu übersehen waren.

Sie wünschte ihren Vater in die Hölle, und sie empfand zutiefst die Richtigkeit dieses Wunsches und hätte ihm das ins Gesicht gesagt, wenn sie denn noch einmal zu ihm gefahren wäre – was sie ablehnte –, ehe er im Sommer nach Syrakus fuhr.

Sie war fröhlich, aufmerksam, geradeheraus, nervös allenfalls in Bezug auf ihr Haar, das zu fein war, als dass eine Dauerwelle darin Halt gefunden hätte, und anfällig für Knoten und Falten. Ihre Unterschrift auf Schecks war kompakt, schnörkellos, sie neigte nach links und war ebenso unverwechselbar wie unleserlich. Ihr kleines Laufschrift-Z war so jämmerlich, dass keins dem anderen glich, das zweite war immer besser als das erste, und das gefiel ihr.

Das Mantelgeschäft war eingegangen. Jetzt machte sie zu Hause Akkordarbeit – schwere Vorhänge – für einen Juden in Fort Saint Clair. Wenigstens musste sie nicht am Küchentisch arbeiten, wie es ihre Mutter zwischen unzähligen Korsetts getan hatte, die sie an einen Großhändler in der Innenstadt verkaufte. Stattdessen gab es ein Gästezimmer, an dessen Wänden Enzo Stangen befestigt hatte, sodass sie die Gardinen aufhängen und sehen konnte, was sie tat. Zuvor hatte sie die Wände mit einem Schablonenmuster bemalt, das eine Spielzeuglokomotive darstellen sollte, aber mehr einem Dampftopf auf drei Füßen ähnelte. Das einzige Fenster sah auf den Bach hinaus und auf die Straßenbahnhaltestelle auf der anderen Seite der Brücke, sodass sie nach ihm Ausschau halten konnte, wenn er nach Hause kam. Sie konnte von hier aus auch Bastianazzos Café sehen, und die Männer, die zum Zeitunglesen und Kaffeetrinken hineingingen. In dem kleinen Raum gab es niemanden, mit dem sie hätte sprechen können, und so hörte sie Radio. Sie war früher nie sehr oft allein gewesen, und wenn sie jetzt unter Menschen ging, fühlte sie sich gleichzeitig beruhigt und belebt durch den Gegensatz zu der Art, wie sie ihre Tage verbrachte. Ihr eigenes Einkommen war bescheiden, aber Enzo war jetzt Vorarbeiter, und da sie keine Kinder hatten, konnten sie es sich leisten, gut zu essen und manchmal ein Konzert zu besuchen. Sie konnten von Glück sagen, dass sie in diesen Zeiten überhaupt ein Einkommen hatten, das hatte Enzo gesagt.

Ihre Mutter hatte gesagt: Sobald man seine eigene Figur gefunden hat, öffnen sich Türen von selbst vor einem. Sie hatte das mit einer Geste gesagt: Sie waren auf der Farm, einige Jahre ehe ihr Vater sie verraten hatte. Ihre Mutter strich beim Abschied mit den Händen erfreut an Linas gerundeten Seiten herab, und dann öffnete sich, obwohl kein Wind zu hören war, auf gespenstische Weise die Sturmtür. Ihre Mutter zeigte darauf und sagte: »Siehst du, was du tun kannst?« Donna Costanza hingegen war taktloser und sagte ihr, während sie an Mariä Himmelfahrt durch die Menge gingen: »Du siehst viel besser aus, seit dein Fleisch einem anderen gehört.«

Linas Verdauung war ausgezeichnet. Wenn ihr danach war, konnte sie frische Dickmilch essen und danach eine Pampelmuse und dann mit der Straßenbahn fahren.

Die Gedärme ihres Enzo hingegen rebellierten gegen Nüsse, Eiscreme, sogar gegen Apfelschalen. Wenn sie in eine Vorstellung gingen, kaufte er ihr eine Limonade und einen Schokoriegel, aber sein Magen vertrug nichts von dem, was dort verkauft wurde, und so rauchte er während des Filmes, um seinen Hunger zu dämpfen, und biss sich beim Höhepunkt vor Anteilnahme in den Handballen und schrie.

Wenn sie auf dem Rückweg bei Bastianazzo vorbeigingen, trank er zu seinem Kaffee eine Mokkatasse mit Natron. Sie liebte ihn. Sein Leiden und sein Schamgefühl (er hatte fast keine Schulbildung, und sein Akzent, wenn er englisch sprach, war unbeholfen, und er sehnte sich mit jedem Atemzug nach einem Sohn – er war dreiunddreißig) waren fast unsichtbar, und folglich erschienen sie ihr geheimnisvoll, vielleicht grenzenlos, und er hatte sich ihr genähert und niemand anderen als sie gewollt.

Sie war jetzt keine Frau mehr, die in einem Traum lebte. Sie war nicht länger Carmelina, die Tochter des Montanero, die darauf wartete, jemandes Frau und jemandes Mutter zu sein. Ihr Name lautete Carmelina Mazzone. Sie war die Frau des Mannes dort, Vincenzo Mazzone. Sie war so eindeutig wie Buchstaben auf einer Zeitungsseite. Und ihre Mutter sah sie an, als wollte sie sagen: Du bist jetzt ganz aufgegangen, du bist vollendet.

Die Augen anderer Menschen glitten nicht mehr wie früher gleichgültig über ihr Gesicht; sie blieben haften, wie gefangen.

Wie wenn ein Windstoß ihren Mantel geöffnet hätte, während sie eine schwere Tasche über eine Brücke trug, wie wenn die Bluse unter dem Mantel dünn wäre und ihre steif gewordenen Brustwarzen sich durch den Stoff abzeichneten …

Jemand, der auf der Brücke herumlungert und hinunter in die Strömung schaut, blickt hoch und sieht, wie sie hinter ihm vorbeigeht. Sie erhascht einen Blick auf seine ratlosen Augen. Er ist groß, hat ein ungemein weißes, tadellos rasiertes Gesicht. Er trägt einen dunklen Kammwollmantel, und ein kleines rotes Buch lugt aus seiner Tasche hervor.

Sie trägt einen Zwiebelsack auf dem Rücken, und er sieht das. Schnee fällt. Was für ein Tag, um mit einem Mantel, der sich nicht schließen lässt, draußen zu sein.

Sie geht an ihm vorbei, und sein bedürftiger Blick heftet sich an sie; sein Nacken leicht verdreht. Vorher war sie immer hypothetisch für ihn, eine gesichtslose Ahnung, aber jetzt ist sie real, gegenwärtig, unwiderlegbar, eindeutig. Er sieht ihr nach, als sie geht. Es kann sein, dass er sich entscheidet, ihr zu folgen.

Er kennt ihren Namen nicht. Aber sie ist gleich da vorn. Ein Versehen oder ein Fehlgehen oder ein Missverstehen kommt nicht infrage.

Wie es ihn erregt, endlich an einen anderen Menschen als an sich selbst zu denken. Einen Satz mit *sie* zu beginnen. Wach zu sein.

Da. Eine Frau mit einem Sack auf dem Rücken.

Sie überquert die Straße. Ihr Mantel hat sich wieder geöffnet. Hol sie ein, solange sie noch da ist. Sie wird nicht ewig bleiben.

In nicht allzu ferner Zeit würde aus Lina erneut eine andere Person werden, mit einem neuen Namen, nach ihren eigenen Vorstellungen – ähnlich der jetzigen verheirateten Lina, im Grunde genommen eine Übersetzung, mehr im Einklang mit den Namen der Leute, unter denen sie sich wiederfinden würde. Doch jetzt war sie noch nicht unter ihnen, und in der verbleibenden Zeit würde sie allen Grund haben, Carmelina Mazzone für etwas Dauerhaftes zu halten. Sie hatte keinen Grund, anzunehmen, dass all dies nur ein Zwischenspiel sei.

Der Mann auf der Brücke beobachtet sie, während sie den Hügel hinaufgeht. Unter dem Gewicht des mächtigen Sackes auf ihrem Rücken geht sie gebückt, rührend wie ein Maulesel, wie ein geduldiges Tier, das auf seinem Rücken langsam eine Last trägt, die so groß ist wie es selbst.

Es wäre unglaublich schön und befriedigend, ihr zu folgen. Das schöne Gefühl, »sie« zu sagen, ist das sichere Zeichen, dass es da draußen etwas Wirkliches gibt, etwas, das keine Idee oder ein Geist ist, sondern ein Mensch, eindeutig, vollendet.

Aber jetzt beobachtet er sie. Er kann nicht anders. Und während er sie beobachtet, wandelt er den Anblick ihres Rückens in einen Einfall um. Er muss rasch handeln. Sie hat bereits zu verschwinden begonnen.

Mrs. Marini schlug vor, Lina zu einer Schülerin ihres Gewerbes zu machen. Lina entschied, dass sie dabei wäre, sofern Enzo keine Einwände erhöbe. Er erhob aber Einwände. Er glaubte, ihre Kinder würden dadurch verflucht, da er als Einziger nicht wahrhaben wollte, dass sie niemals Kinder haben würden. Er war recht unschuldig. Er hatte sogar angenommen, dass Mrs. Marini ihren Lebensunterhalt noch immer mit den Zinsen aus dem Schuhgeschäft ihres Mannes bestritte. Trotzdem hatte er nicht unrecht, und so lehnte Lina ab. Sie hätten reich sein können. Stattdessen blieb sie bei ihren Vorhängen.

Das war im November des Jahres 1936. Es war der Winter, in dem Pierangellini, der Wahnsinnige, auf der Müllkippe gefunden wurde, in einer Krypta aus Zeitungen. Die Ermittlung der Todesursache durch den amtlichen Leichenbeschauer wurde berühmt: Er hatte einen Besen gegessen.

»Ob er ihn wohl vorher gekocht hat?«, sagte Enzo zwei Tage nach Weihnachten. Er saß auf dem Küchenfußboden und band die Schnürsenkel seiner Stiefel, während Lina eilig die Frühstückseier briet.

»Nein, die Zeitungen hätten Feuer gefangen«, sagte sie mit Bestimmtheit.

Sie hatten den Wecker verschlafen. Sie beugten sich über den Herd und aßen hastig aus der Pfanne, während sie wahllos irgendwelche Sachen anzogen. Dann stürzten sie hinaus. Ehe er in die einfahrende Bahn stieg, machte Enzo ihr an der Straßenbahnhaltestelle Vorwürfe, dass sie zu wenig anhabe.

Lina nahm einen Bus zu dem Lagerhaus in Fort Saint Clair, wo sie gegen Zahlung von $ 7,45 die Arbeit einer Woche, eingeschlagen in braunes Packpapier, ablieferte. Die Frau, die ihr die Stoffe für ihren nächsten Auftrag gab, nähte ganz bestimmt nicht selbst: Sie hatte ihre Nägel über die Fingerspitzen wachsen lassen.

Weil Lina sich verspätet hatte, blieb ihr für den nächsten Auftrag keine große Auswahl, und sie würde die Heimfahrt mit dreizehn Metern Damast und schwerem Chenillestoff beladen antreten, die sie in einer großen, unhandlichen, sackleinenen Gemüsetasche fortschleppte.

Der Waldläufer

Jahrzehntelange Schlaflosigkeit hat ihn gelehrt, dass die beste Linderung, wenn er müde ist – und er hat seit zwei Uhr nachts gelesen und ist schrecklich müde –, darin besteht, akkurat in seiner Erscheinung zu sein. Kleider machen Leute. Er rasiert sich erst mit dem Strich, dann gegen den Strich. Mit einer Pinzette zupft er die verstreuten Haare von seinem Mantel. Er poliert seine Sonntagsschuhe und zieht neue Schnürsenkel durch die Ösen. Er schreitet geräuschlos über den dicken Teppich auf der roten Treppe und umfasst das Geländer mit festem Griff. Er genießt seinen Sinn für private Förmlichkeit, und er empfindet die Vollkommenheit dessen, der aufrecht dasteht, obwohl niemand ihn sieht. Sein Geist ist ein reines, kaltes Gas.

Am Frühstückstisch schenkt seine Schwester den Tee ein. Das Esszimmer ist von Kerosinlicht und feuchter Hitze erfüllt. Es ist eine Bastion der Zivilisation, aus dem Ödland eines Wintermorgens im nördlichen Ohio gemeißelt, Stunden vor Sonnenaufgang. Sie leben in dem Haus, in dem sie geboren wurden, auf der Westside, am Seeufer. Große, grob behauene, weiß getünchte Steine, vier Schornsteine. Eine Gruppe von Polen ist letztes Jahr hier gewesen, um elektrische Lichtleitungen zu legen, aber sie haben sich nicht daran gewöhnen können, es zu benutzen. Ihr Vater ist tot, ihre Mutter auch.

Man schreibt den 27. Dezember des Jahres 1936. Seine Schwester ist fünfundfünfzig Jahre alt. Auch nicht verheiratet. Sie sind häusliche, zurückhaltende Menschen. Er betreibt immer noch das Juweliergeschäft in der Innenstadt, das sein Großvater im Jahr 1886 eröffnet hat; seine Schwester kümmert sich währenddessen um den Haushalt.

Sie wurde, so schien es ihm, geschaffen, um Dinge instand zu halten. Er wurde, wie es scheint, für etwas anderes geschaffen.

Sie besitzen Sammlungen in ihren jeweiligen Interessengebieten. Ihre befindet sich vergraben hinter dem Haus: eine Ansammlung von Tulpenzwiebeln, Resultat lebenslangen Sammelns, von denen viele recht wertvoll sind. Seine hingegen füllt eine einzige Schreibtischschublade und ist in materieller Hinsicht wertlos: wenig mehr als zwei Stapel gelben Kanzleipapiers, jedes Blatt einseitig mit derselben Handschrift beschrieben. Bei diesen Papieren handelt es sich um die Briefe der komplett ausgelöschten Kompanie K der sechsundvierzigsten konföderierten Infanterie Tennessees vom 20. September 1863 an einen Mann in Chickamauga, und all diese Briefe sind bedauerlicherweise Kopien. Sogar die acht Seiten, die sein eigener Großvater mütterlicherseits geschrieben hat, sind Abschriften, die er vor langer Zeit heimlich in der Jagdhütte seines Onkels in Kentucky angefertigt hat, während der Onkel draußen die Köder in den Fallen anbrachte.

Er hatte immer angeboten, die Briefe zu kaufen, sobald er ihre Besitzer ausfindig gemacht hatte, aber niemand wollte sich von ihnen trennen, und schließlich gab er es auf. Man hätte annehmen können, dass es der Inhalt sei, den sie für sich behalten wollten, aber nein, es war das Papier. Und in seinem Herzen versteht er sie. Er hatte diese alten Papierfetzen von seinem Onkel haben wollen, aber sein Onkel wollte sich nicht von ihnen trennen, und schließlich brannte die Jagdhütte mitsamt den Originalen darin ab. Aber zu jener Zeit hatte der Juwelier sich gerade in mühevoller Überzeugungsarbeit mit dem Gedanken angefreundet, dass das, was er hatte, die Wörter, der Sinngehalt der Sache, wichtiger sei.

Es ist nicht besonders schwer, in die Häuser zu kommen. Das Angebot, einen Dollar pro kopierter Seite zu zahlen, öffnet alle Türen. Und wenn er sich erst einmal über den Küchentisch gebeugt hat und jede Zeile dreifach überprüft, glauben sie, er sei ein Gelehrter; daher die vertikalen Randbemerkungen in seiner Sammlung, die hinzufügen, was sie sonst noch zu sagen hatten, um die Persönlichkeit der Toten zu vervollständigen, während er kritzelte.

Wenn er stirbt, wird seine Sammlung in den Besitz der öffentlichen Bibliothek übergehen. In der Zwischenzeit stellt er ein Buch zusammen – die komplette Konkordanz seiner Sammlung, mit jedem Wort, in jeder Schreibweise, jedem Vorkommen –, das er nicht zu beenden beabsichtigt. Wir alle sind schrecklich und haben uns geschworen, nie wieder Sicherheit in jenem süßen Verbrechen zu suchen, das unsere Natur uns so teuer erscheinen lässt, und so bürden wir uns stattdessen eine Arbeit auf, und dies ist seine Arbeit. Wie heißt es in der Heiligen Schrift? *Und über dem allen, mein Sohn, lass dich warnen; denn des vielen Büchermachens ist kein Ende, und viel Studieren macht den Leib müde.* Wie heißt es weiter? *Lasst uns die Hauptsumme aller Lehre hören: Fürchte Gott und halte seine Gebote; denn das gilt für alle Menschen.* Die Hauptsumme aller Lehren – wer sehnte sich nicht danach? Wer, der die Briefe eines Fremden liest, wünschte sich letzten Endes nicht, die Briefe beiseitezulegen und dem lebenden Fremden persönlich zu begegnen?

Der Juwelier beendet sein Frühstück und fährt mit dem Auto in die frostklirrende Stadt – die zu dieser Stunde mit Ausnahme der Landstreicher, die im Park kampieren, völlig menschenleer ist. Eiszapfen hängen an den geschwungenen Straßenbahndrähten. Die alten, engen, für Maultierkarren gemachten Straßen, die zu seinem Geschäft führen, durchzieht der Dunst, der aus Kanalschächten und Gullideckeln dringt, als ob unter dem Gehsteig ein Ungetüm schlafen würde.

Er ist so ungewöhnlich ausgelaugt an diesem Morgen, dass er eine halbe Stunde braucht, um eine einzelne Spiralfeder in einer Damenarmbanduhr zu ersetzen.

Um acht Uhr schließt er die Werkstatt und öffnet den Verkaufsraum. Ein Passant, der sich zufällig hier hinein verirren würde, ohne das Schild draußen gelesen zu haben, wüsste nicht gleich, dass dies ein Juweliergeschäft ist. An den Wänden hängen Bilder, und auf dem Sofa und den Vitrinen stapelt sich der Nippes, den er von seinen Recherchen mitgebracht hat. Bücher, Türklopfer unbewohnter Häuser, vom Nichtgebrauch verrostete Steinschlossgewehre, ein vierundzwanzigkarätiger Kokainstrohhalm, ein Kopfschmuck der Arapho-Indianer. Jedes dieser Stücke erregt auf eigene Weise seine tiefe Fähigkeit zur

Sentimentalität. Ihre Bedeutung besteht nicht darin, dass sie in materieller Weise nützlich wären oder ihm etwas über die Vergangenheit sagen würden, sondern darin, dass sie ihn direkt mit der Vergangenheit in Berührung bringen, ihm jenen Kindheitssinn in Erinnerung rufen, der weder weiß, wozu eine Sache dient, noch ihren Wert oder Namen kennt. Sie sind Spielzeuge am Arbeitsplatz. Vater hätte das nicht mitgemacht, aber Vater ist tot.

Er nimmt unter dem Nippes Platz, hinter einem Schaukasten voll stiller Uhren, und schlägt einen schmalen roten Band auf, den er viele Male zuvor gelesen hat, einen Roman für junge Leute, »Der Waldläufer« von Joseph A. Altsheler. Das Thema, das Tal des Ohio River, wie es vor langer Zeit war, liegt ihm am Herzen –, und er liest:

> Paul blieb auf einer kleinen Lichtung stehen und sah sich in diesem Kreis inmitten des Waldes um. Überall war dasselbe zu sehen – nichts als die gerundete Mauer aus Rot und Braun, und dahinter die blaue Luft, gesprenkelt mit winzigen weißen Wolken. Die Wildnis war voller Schönheit, alle Pracht des Friedens und der Stille wohnten ihr inne, und es gab nichts, das auf die Existenz von Menschen hinwies. Die Blätter zitterten leicht im sanften Westwind, und das saftige Gras verbeugte sich vor ihm – aber Paul sah kein lebendes Wesen außer sich selbst in der riesigen, leeren Welt.

Später an diesem Vormittag steht eine freundliche und sanfte Dame am Verkaufstresen, die seine Hilfe beim Abnehmen eines Ringes benötigt. Er hat ihren geschwollenen Finger fest mit Nähgarn umwickelt, erst an der Spitze und dann unten um den problematischen Knöchel. Die feste Umwicklung presst das Blut zurück in ihre Hand. Mit einer Büroklammer stopft er das Garn unter den Ring, und er hat gerade begonnen, die Umwicklung von der Unterseite des Ringes her aufzulösen, wobei jede Drehung den Ring näher zum Knöchel bringt, als die Dame, deren Anstand herausgefordert ist (es ist eine intime Begegnung, so allein mit ihm in dem grauen Raum), etwas sagen möchte und mit ihrer freien Hand in Richtung der langen Buchreihen über seinem Kopf deutet.

Sie sagt: »Sie haben eine ganze Bibliothek hier drin.«

Ja, seine Ohren haben diese süßen Worte vernommen. Und auch ihren Akzent – östliches Kentucky. Viele Jungs aus der Kompanie K kamen aus der Gegend um Prestonsburg, wo seine Mutter geboren wurde. Der Besitz seines Onkel lag ein wenig weiter flussabwärts, bei Louisa.

Die Frau hat feines blondes Haar, und ihr zarter weißer Arm ist voller Sommersprossen. Dreema Hannibal hat ihm früher, hinter der Big-Sandy-Crick-Baptistenkirche in Prestonsburg, nach dem Mittagessen immer ihre Finger zum Drücken gegeben.

»Und ich habe schon befürchtet, dass Sie ihn abschneiden müssen«, bemerkt sie in ihrem Akzent und sieht seinem Tun zu.

Letzte Nacht ist er im Traum nach Prestonsburg zurückgekehrt, in Mamas Straße, und er hat die alten Leute wieder reden hören. Prestonsburg. Und der Klang alltäglicher Rede, wie er sie so lange nicht gehört hat, beschwört in ihm die Schwäche und Verwundbarkeit eines schüchternen jungen Mannes herauf. Warum ausgerechnet heute schwach sein? Warum nicht an irgendeinem anderen Tag? Weil der Juwelier müde ist; seine Konkordanz missrät ihm, und die Frau sagt diese süßen Worte nicht so, wie die Menschen sie hier und heute sagen, sondern so, wie man sie früher in Lawrence County, Kentucky, sagte, wenn Mamas Familie Besuch bekam, damals, als der Juwelier noch ein kleiner Junge war.

Bald nachdem die Frau gegangen ist, steht er am Verkaufstresen und spielt mit dem kleinen Hammer, den er immer herumliegen lässt, um bei den Leuten den Eindruck zu erwecken, er würde seine Steine selbst schneiden. Er ertappt sich dabei, wie er mit dem Kopf dieses Hammers wie geistesabwesend auf die Glasoberfläche des Tresens klopft. Dann schlägt er fester zu und erzeugt ein hartes, gleichmäßiges Geräusch, wie von einem Metronom.

Dann hebt sich die Hand, die den Hammer hält, ungefragt über seinen Kopf.

Warum sagt er es noch einmal, diesmal laut, aber gleichzeitig so leise, als würde er hoffen, sich wie ein Kind hinter Röcken zu verbergen, wenn er doch ein Mann ist?

Prestonsburg.

Glas, Millionen von Glasscherben, auf dem Boden, auf seinen Schuhen, auf den Uhren, auf den Uhrketten im Schaukasten.

Sieh, wie es zurückkehrt. Ein Hund, der dich gnadenlos gebissen hat, den du weit ins Hinterland getrieben und getreten hast, sodass er in den Schnee fiel, und der jetzt seinen Weg zu dir zurückgefunden hat. Weil er dich liebt. Der Hund wird nie verstehen, dass du ihn zurückgewiesen hast. Du hast sogar einen Eid geschworen, dass es niemals, niemals, niemals, niemals wieder passieren wird. Du möchtest wieder in das Zimmer in deinem Vaterhaus zurückkehren, wo keine Lampe brennt. Du bist alt geworden seit der Zeit, als du es verlassen hast. Hallo, sagt das Zimmer. Ich liebe dich.

Ein Mann mit einem breitkrempigen Hut auf der Veranda. Er klopft. (Dieser Mann war er.) Er hat Grund zu der Annahme, dass wir ihm bei seiner Untersuchung helfen können. Er wird dafür großzügig bezahlen. Seine Zähne sind braun verfärbt. Ahnt denn niemand – Sie oder wer sonst –, wie viele Male die Frau drinnen im Haus gefragt hat: »Wollen Sie ein Malzbier?«, und er hat Nein gesagt. »Wollen Sie ein paar Kräcker, Professor?«, und er hat Nein gesagt. Wie viele Male er dem Hund gesagt hat: »Das ist meine eigentliche Berufung – du bleibst unter dem Tisch, während ich das hier abschreibe.«

Es ist oft der letzte Pinselstrich, der die eigentliche Wirkung hervorzurufen scheint, dabei war die Sache selbst seit Langem abgeschlossen, schrieb Thomas Hardy einmal über einen Mann, der herausfinden musste, dass das, was er für sein sanguinisches Naturell hielt, nie sein Naturell gewesen war.

Der Juwelier hat größere Angst vor dem Mann mit dem Hut, der auf der Veranda keucht, als wir sie haben.

Er ist bereits zwei Blöcke die Straße entlanggegangen, ehe ihm einfällt, dass er das Geschäft nicht abgeschlossen hat, aber jetzt ist er schon unterwegs.

Er ist hellwach, und er läuft. Er steigt in eine Straßenbahn, die in östliche Richtung fährt. Rund um ihn werden die Leute in anderer Leute Schultern und Hintern gedrückt. Zwei Männer streiten sich in irgendeiner slawischen Sprache im hinteren Wagenteil. Ein Junge schlingt seine Arme um ein Bein seiner Mutter. Der Juwelier wischt sich die Schuhe mit einem Taschentuch ab, als ob ihn das beruhigen könnte. Aber er will jetzt nicht beruhigt werden.

Als der Hammer herabfuhr, flogen die Stücke der Glasoberfläche des Verkaufstresens hoch, und der Schaukasten war eine Blüte aus Splittern, eine Distelblüte, die sich geöffnet hat.

Der Bremser lässt seine Bremse los, und der Wagen rollt über die salzbestreuten Schienen durch die Straßen der Eastside.

Der Juwelier weiß nicht, wohin er fährt.

Später. Abenddämmerung. Er sitzt auf einem Barhocker in der hinteren Ecke eines Cafés und wartet. Er hat eine ausländische Zeitung bei sich, die zu lesen er vorgibt. In Gedanken lotet er jeden Buchstaben jedes bedeutungslosen Wortes aus, das ganze Geschwafel, wie ein Mann, der Murmeln auf ihren Geschmack kostet, eine nach der anderen. Das Fenster blickt auf die Straße, und es lässt ein schwaches, rauchiges Licht herein, und die Passanten klopfen mit den Nägeln ans Glas, damit der Mann hinter der Bar sein Kinn hebt und ihren Gruß erwidert. Gut möglich, dass dies das kleinste Café in ganz Nordamerika ist. Paarweise treten Ausländer ein. Der Juwelier kann sie riechen, wenn sie hereinkommen. Er versucht, mit niemandem ins Gespräch zu kommen. Die einzigen englischen Wörter, die er sie benutzen hört, sind Verleumdungen und die Namen von Automobilmarken. Der Nachmittag schreitet voran, und es wird langsam Abend.

Der Juwelier lässt seinen Blick über eine Abfolge von Wörtern gleiten, die in der Zeitung unter einer Fotografie steht. Es geht um eine Art Demonstration, einen Streik oder ein Begräbnis oder einen Weihnachtsumzug – man trägt die Statue einer Frau durch eine Straße. Er sitzt hier schon seit fünf Stunden und isst kleine Pfirsiche und Wassermelonen aus Marzipan. Er vergiftet sich mit Zucker und wartet darauf, gefunden zu werden. Er versteckt sich nicht, er ist gleich um die Ecke, er ist genau hier. Und es tröstet ihn, dass die Wörter unter einer Fotografie, als Gruppe betrachtet, »Legende« genannt werden. Er weiß, dass man diese Wörter so nennt, auch wenn er keine Ahnung hat, was sie bedeuten.

Als Junge ist er mit seinem Onkel in Louisa acht Jahre lang jeden Winter durch Schnee und Matsch gestiefelt. Sie sind der Route der Fallen gefolgt und an Sonntagen in die Kirche von Prestonsburg gegangen. Er hatte sich mit diesem Ort nostalgisch verbinden sollen. Sie wohnten in einer Jagdhütte mit nur einem Zimmer, in dem ein alter Bollerofen stand, der zum Heizen und Kochen diente. Zum Abendessen gab es Eintopf aus Opossum und Steckrüben. Es sei so langweilig im Wald, beklagte er sich bei seiner Mutter, als er wieder zu Hause war. Aber einmal erzählte sie ihm etwas, woran ihn diese »Legende« erinnert, dieser Moment der Erleichterung, den ihm das Nennen einer Sache bei ihrem Namen bereitet. Seine Mutter sagte: »Du langweilst dich, weil du die Namen der Dinge nicht kennst.«

Und so hat er sich angewöhnt, in Augenblicken wie diesen – wenn das Getöse all seiner sich gegenseitig Vorwürfe machenden Ichs lauter ist, als er ertragen kann – seine Konzentration auf die einzelnen Gegenstände in einem Raum zu lenken und sie in Gedanken bei ihren Namen zu nennen.

Das Möbelstück, in dem man das gute Geschirr aufbewahrt, ist eine Anrichte. Der untere Teil der Wand mit der Holzverkleidung ist das Paneel, die Holzverkleidung selbst ist die Wandtäfelung. Das dort ist die Tür.

Einige der Männer bleiben. Andere kaufen Keksschachteln, die mit blauem Band umwickelt sind, werfen ihre Münzen hin und sind schon wieder draußen. Einige von ihnen werden von den anderen aufgenommen, ohne dass ein Gruß ausgetauscht worden wäre, und die kleinen Kaffeetassen erscheinen auf dem Tresen, ohne dass sie auch nur danach gefragt hätten. Frauen klopfen ans Fenster und rufen die Männer bei ihren Namen, aber die Frauen kommen nicht herein.

Der Juwelier schlägt eine neue Seite der unverständlichen Zeitung auf.

Das Blut der Frau klebt unter seinen Fingernägeln. Ehe er ging, hatte er sich die Hände in ihrer Küchenspüle gewaschen, hatte sie abgetrocknet und noch einmal gewaschen. Er hatte das Wasserglas, das er benutzt hatte, abgewaschen. Er hatte es zum Trocknen auf das Abtropfgitter gestellt und war zurück ins Wohnzimmer gegangen, wo die Frau auf dem Boden lag. Er hatte sich ihr erneut vorgestellt, mindestens zum dritten Mal, und sie erneut gefragt, wie sie heiße, aber sie hatte wieder nicht geantwortet oder sich auch nur gerührt, halb nackt, wie sie da unter dem Couchtisch lag. Er hatte keine Nagelbürste finden können, deshalb klebt immer noch etwas Blut unter seinen Fingernägeln. Er versucht, das Blut unter seinen Fingernägeln nicht anzusehen. Er widersteht der Versuchung, an ihnen zu riechen.

Zwei alte Ausländer streiten an der Bar; ihre Anzüge sind an den Ellenbogen, Schultern und Knien fadenscheinig.

Der Juwelier tastet den Raum mit seinen Augen ab, und in dem Versuch, sich wieder mit der materiellen Welt zu verbinden, sagt er den Namen jedes Gegenstandes auf, an dem sein Blick haften bleibt.

Der kleine Balken über der Tür ist ein Türsturz. Er sagt sich das vor, und er fühlt sich besser. »Türsturz« ist, wenn er sich recht erinnert, bislang zweimal in der Konkordanz vorgekommen.

Seine Mutter hatte gehofft, dass er die Namen dazu verwenden würde, sich mit der Welt zu verbinden. Wie in: Du siehst den Maiapfel erst, wenn du weißt, dass er so genannt wird, und dann siehst du ihn überall, denn die Wörter bringen dir bei, die Dinge zu lieben, die sie benennen. Aber das ist nicht der Grund, weshalb er zu sich selbst sagt: Das ist ein Samowar, das ist ein Bleifstiftanspitzer. Er hat die Wörter nie so benutzt, wie seine Mutter es beabsichtigt hatte. Er benutzt sie, um sich die materielle Welt vom Leib zu halten. Und inzwischen ist es sogar so, dass die Wörter an die Stelle der Dinge getreten sind.

Aber es gibt Augenblicke, in denen seine nostalgischen Empfindungen für die Welt der Bolleröfen, der gewöhnlichen Kratzdistel, für Dreema Hannibal hinter der Kirche in Prestonsburg, die seine kleine Hand in ihrer hielt, wenn niemand es sah, für seine Mutter, die den Kamm in das Waschbecken tauchte und sein Haar scheitelte, während sie beide die Szene im Spiegel beobachteten – Augenblicke, in denen sein Verlangen, ein Ding zu halten, in seiner Hand zu halten, sich wieder einmal von seiner primitiven Objekthaftigkeit zu überzeugen –, so beeinträchtigt sind, dass er alles tut, was seine Phantasie ihm sagt, um sie wiederzuerlangen.

Er will die Welt und nicht den Namen der Welt.

Aber jedes Mal, wenn er versucht, sich auf einen Hammer oder einen Amethyst zu stürzen, fragt ihn eine innere Stimme: Wie lautet das Wort dafür? Was bedeutet es deiner Meinung nach, einen Amethyst mit deinen Fingern hochzuheben? Und sie sagt ihm: Geh wieder an die Arbeit. Sagt ihm: Leg den Hammer hin, du wirst etwas kaputt machen.

Und letztlich dreht sich der private Streit immer und immer wieder darum: Soll er es tun oder nicht?

Sodass er sich fragen muss, ob er sich traut, den Zucker in seinem Tee umzurühren.

(Er traut sich nicht.)

Ob er sich traut, das Öl in der Lampe aufzufüllen.

(Er traut sich nicht.)

Ob er sich traut, den Kopf vom Kissen zu heben und zuzusehen, wie seine Schwester den Raum verlässt.

(Er traut sich nicht, den Kopf zu heben.)

Sodass bereits jeder Wunsch, einen Schlüssel, einen Fingerhut, eine Säge zu halten und es dabei zu belassen, in Anschuldigungen, Gegenanschuldigungen, Scham und Furcht endet.

Sodass sich an diesem Vormittag, als das Glas der Uhrenvitrine auf seinen Schuhspitzen glitzerte, als sich der Hammer des Juweliers im Griff des Juweliers befand, als würde er dort hingehören, und als er dann die Straße entlangstürmte und in die Straßenbahn stieg, sich die alte Lösung wieder einmal mit aller Süße seinem Verstand aufdrängte, wie die Aussicht auf Vanillepudding nach dem Abendessen.

Traut er sich, aus der Straßenbahn zu steigen?

Er steigt aus der Straßenbahn.

Traut er sich, dieser Frau dort nach Hause zu folgen, einer pfeifenden, glücklosen Frau, der er niemals zuvor begegnet ist, die jetzt mit einem Zwiebelsack aus Leinen auf der Schulter die Straße entlanggeht? (Wir alle tragen unser Päckchen.)

Er folgt ihr.

Das alte Versprechen, der zurückgewiesene Hund, der ihn liebte. Der sagte: Da ist ein Ding, das in seinen Namen gehüllt ist. Na los, fang es.

Dann, nachher, hatte er etwas Süßes gewollt. Er war den Block entlang zur Hauptstraße gegangen. Es hatte zu schneien begonnen. In einer Seitengasse versuchten zwei Mädchen, ein anderes, viel kleineres Mädchen auf dem Rücken eines Dalmatiners zu balancieren. Er blieb vor einem winzigen Schaufenster stehen, in dem Gebäck und kompliziert verzierte Kekse in Form von Früchten auslagen. Es war eine Art von Café oder Kneipe. Drinnen war der Raum zwischen dem Verkaufstresen und der Wand gerade breit genug, um einen Mann durchzulassen, wenn dieser sich seitwärts drehte. Der Juwelier kaufte drei von den Keksen und eine Zeitung. Er setzte sich an das hintere Ende des Tresens und wartete darauf, dass man ihn fand.

Er wartet auf sie an dem Tresen, der auf diese bestimmte, diese schöne Art glänzt, weil ihn der schöne Name der Substanz einhüllt: Schellack. Ein Wort, aus dem Schallplatten gemacht werden, und dann wird die Musik in die Schallplatten geritzt. Ein Wort, bei dem er schon früher hatte innehalten müssen, entgeistert ob seiner Schönheit, und auch darüber, wie es ihm dennoch sein eigenes, unschönes Gesicht zurückwirft. Weil *shellac*, in einer seiner Bedeutungen als Verb, »ordentlich verprügeln« bedeutet.

Teil drei

Schwindel
1952–1953

9

Ein Samstag. Enzo Mazzone war bis sechs Uhr bei der Arbeit gewesen. Als er nach Hause kam, stand das Geschirr noch immer in der Spüle. In der Schublade fehlte eine Schachtel Zigaretten, die Rettiche und die Paprika waren nicht geerntet worden, die Bohnen waren ungedüngt, das Salatbeet ungejätet, und der Junge war nirgendwo zu sehen.

Er durchkämmte die Gärten, einen Holzlöffel in der Hand, pirschte über den Sportplatz hinter der Kirche, die Bahngleise entlang, unter der Brücke hindurch, über die Brücke hinweg und einmal um das Wäldchen an der Chagrin Avenue herum. Er schlug sich mit dem Löffel auf den Kopf, als die Moskitos sich an ihm gütlich taten. Hätte der Wind richtig gestanden, hätte er sein Opfer riechen können. Er schlich durch die Gasse hinter der Bäckerei und kam bei Mrs. Marinis Haus wieder heraus, aber der Junge war nicht dort.

Die alte Dame trug eine buschige schwarze Perücke. Sie saß auf einer Bank hinter dem Fliegengitter, das ihre vordere Veranda beschirmte, und enthülste Mais über einem Waschkessel.

»Enzo!«, schrie sie durch das Fliegengitter. »Komm her.«

»Liefere ihn aus«, befahl er. Er stand in ihren Begonien, unmittelbar vor dem Geländer ihrer Veranda.

»Aber ich habe ihn nicht hier.«

»Habeas corpus«, sagte er.

»Er war vorhin nicht hier. Er ist jetzt nicht hier.«

»Ich will seinen Kopf. Ist das klar?«

»Jetzt komm schon hoch. Ich bin wie ein Richter, dem du deinen Fall vortragen kannst. Er ist ein guter Junge. Lass ihn in Frieden.«

Enzo betrat die kühle, dämmrige, insektenfreie Einfriedung. Er klappte einen Gartenstuhl auf, setzte sich hin und streckte seine Hand in Richtung des Kessels aus.

»Nimm deine schmutzigen Finger von meinem Mais«, sagte sie.

»Warum machst du das? Du hasst Mais.«

»Dom LaMana hatte zu viel davon im Garten. Er glaubt, mir damit einen Gefallen zu tun. Das hier, diesen riesigen Korb Hühnerfutter, hat er fünfzehn Blöcke weit in der Sonne geschleppt. Du hättest den Schweiß auf seiner Stirn sehen sollen – wie ein Springbrunnen. Aus Höflichkeit habe ich meine wahren Gefühle verborgen.« Sie warf ihm einen Blick aus weit aufgerissenen Augen zu, von dem Enzo annahm, dass er »Bitte befreie mich von diesem Mais« bedeuten sollte.

»Ich habe eine Darmentzündung. Ich kann keinen Mais essen«, sagte er.

»Vielleicht kann Ciccio …«

»Der Junge kriegt gar nichts«, unterbrach er sie. »Der Junge soll hungern.«

Sie ging ins Haus und brachte ihm ein halbes Salami-Sandwich, welken Salat, eine Gabel und eine schlaffe Stoffserviette.

Enzo argwöhnte, dass all dies Reste vom Mittagessen des Jungen seien. Er bestand darauf, dass sie seinen Aufenthaltsort preisgab, während er sich das Sandwich in den Mund schob.

»Glaub nicht, dass du mich herumkommandieren kannst«, sagte sie. Und dann auf Englisch: »Such dir deinen Spitzel woanders.«

Sie deutete an, dass sie ihm vielleicht erlauben werde, ihr mit dem Mais zu helfen, wenn er seine Hände sorgfältig wüsche. Also ging er ins Haus und schrubbte Schmiere und Mörtel von seinen rissigen Händen. Er hatte den Tag damit verbracht, Backsteine für ein Einkaufszentrum vor der Stadt zu mauern – drei Stockwerke hoch und so lang wie ein Wohnblock in der Stadt, ganz ohne Nischen und Fenster, wie das Grabmal eines Diktators. Er arbeitete langsamer als noch vor einigen Jahren, aber er war jetzt doppelt so gut. Er war ein Glanzstück moderner Technik, fleischlos und präzise, eine unfehlbare Maschine.

Er ging wieder hinaus. Die Bäume, die sich über der Veranda wölbten, waren saftig grün, die Sonne schien nicht zu hell, der Wind brachte einen angenehmen Geschmack mit sich, eine pflanzliche Süße. Weiter unten im Block spritzten Leute ihre Auffahrten und Gehsteige mit Wasserschläuchen ab. Nebenan benutzte Larry Lombardi irgendein elektrisches Gerät, um seine Azaleen zu beschneiden.

»Links«, sagte Mrs. Marini.

Enzo hielt ihr seine Hand zur Begutachtung hin. Sie zog die Finger auseinander, nahm mit finsterem Blick die Nagelhäute in Augenschein, den fleckigen und geschwollenen Ballen, der den Daumen über der Handfläche öffnete und schloss, das Blutbläschen unter dem Nagel des Mittelfingers. Sie sagte: »Sauberer geht es nicht? Hast du die Bürste benutzt?« Sein linker kleiner Finger funktionierte nicht, er blieb aufrecht stehen, wenn er eine Faust machte. Während des Krieges hatte er sich, als Angehöriger einer feindlichen Nation, registrieren lassen müssen, und der Beamte hatte versucht, seine Fingerabdrücke zu nehmen, aber die Spitzen seiner vom Mörtel aufgerauten Finger waren so glatt wie Glas. Er konnte einen Football beim Werfen nicht anschneiden, weil seine Finger auf dem Leder keinen Halt fanden.

Er beugte sich über den Kessel und rupfte angewidert den Mais auseinander, dieweil die Pollen der Begonien durch das Fliegengitter wehten.

»Hat er hier gegessen, oder hast du ihm sein Mittagessen eingepackt?«, fragte Enzo, wedelte mit dem geschälten Kolben in ihre Richtung und nieste in seine Schulter.

»Droh du mir bloß nicht.«

»Dieser Slawe war bei ihm, nehme ich an.«

»Du glaubst, ich gebe zu schnell nach, aber da irrst du dich.«

»Er ist zu dem Baseballspiel in die Innenstadt gegangen, mit diesem Floh namens Ricky, während meine Paprika verfaulen, und du schützt ihn«, sagte Enzo.

Der Junge war fünfzehn Jahre alt. Er war schlauer als sein Vater, aber das wusste er noch nicht. Er behauptete, den Unterschied zwischen einer Tomate aus dem Garten und einer Tomate aus dem Geschäft nicht erkennen zu können. Er hatte das Akkordeonspielen aufgegeben, und

Enzo hatte das Instrument in sein Samttuch eingeschlagen, es in seinem Kasten verschlossen und es auf dem ansonsten leeren Dachboden des Hauses verstaut, das er ein Jahr nach der Geburt des Jungen gekauft hatte. Alles, was Ciccio in der Zeit, die er seine »Freizeit« nannte, tun wollte, war Footballspielen und Streit anzetteln. Als ob es von Bedeutung wäre, was er tun wollte. Enzo ließ ihn den ganzen Sommer in Patrizias Weinberg arbeiten, in der Hoffnung, die Abgeschiedenheit würde ihm etwas mehr Format verpassen. Der Junge war zu nett für sein Alter.

Ciccio hatte das Gesicht eines Windhundes. Die lange, schmale, hervorstehende Nase war gekrümmt, und die großen Augen standen nah beieinander. Er war vor Kurzem schlagartig in die Pubertät gekommen, und die Haare sprossen sogar auf seinen pickligen Schultern. Seine Zähne waren von Kaffee und Mars-Riegeln verfärbt. Wohl aufgrund einer Illusion, die durch die komisch wirkende Verlängerung seiner Stirn und seines Gesichts hervorgerufen wurde, schien sein Haaransatz bereits zurückzugehen. Seine Größe war einfach übertrieben, wie ein ordinärer Witz.

Sie waren fertig mit dem Mais. Beide gingen hinein, und Mrs. Marini legte einen Brotlaib auf den Tisch und stellte eine Schüssel mit Champignons dazu. Enzo kaute einen Champignon, dann stand er auf, durchsuchte ihre Küchenschubladen nach einem Kartenspiel und spuckte den Champignon unauffällig in den Eimer mit Speiseabfällen für den Garten. Er war roh.

Es klopfte an der klapprigen Tür mit dem Fliegengitter, von der ein Weg durch den Garten zu einem Tor auf die Gasse hinter dem Haus führte. Sie stand auf, um die Tür zu öffnen. Er fand die Spielkarten und schenkte sich ein Glas von dem Wein in der Speisekammer ein, ohne hören zu können, was sie den Leuten an der Tür sagte. Er setzte sich mit seinem Glas hin, zog das Gummiband von den Karten und durchsuchte seine Taschen nach Zigaretten.

Der Druckluftmechanismus, der die Tür zum Windfang langsam schloss, zischte lange und boshaft, als der Kolben die Luft aus dem Zylinder presste. Dann fiel die Tür mit einem Krachen zu.

Ein Geruch wehte zu ihm herüber, süßlich-sauer – einen Augenblick später begriff er, woher er stammte: Es roch nach den stinkenden Füßen eines ungewaschenen Jugendlichen.

Er blinzelte. Er stand auf. Der Stuhl knallte hinter ihm zu Boden.

Er schoss durch den Windfang, die Treppe zum Garten hinab und durch die Kletterbohnen und den Mangold, die zu beiden Seiten des schmalen Weges wuchsen. Vom Haus her protestierte die alte Dame, als er an dem Riegel herumfingerte und die hintere Gartenpforte zur Gasse schließlich aufriss. Dann sah er Ricky, den Komplizen, der um die Bäckerei an der Ecke bog und auf der Sechsundzwanzigsten Straße verschwand.

Der Schließer an der Windfangtür wiederholte sein langes, boshaftes Geräusch.

Er lauschte, schoss dann zur Mitte der Gasse und rannte los.

Er war nichts als Beine, knurrend, flink, zornig.

Er sprang über die Pfützen hinweg. Als er bei der Bäckerei um die Ecke bog, erhaschte er einen Blick auf Ricky – er trug die karierte Hose irgendeines alten Mannes, die an den Knien schief und abgetragen war –, wie er bei der Reinigung um die Ecke bog. Sie waren auf dem Weg zur Elften Avenue. Das war ein taktischer Fehler von Ciccio (Ciccio war der Anführer; Enzo hatte ihn zwar nicht gesehen, aber gerochen hatte er ihn nur zu gut). *Wenn du verfolgt wirst, meide offene Plätze.* Der Junge hörte einfach nie zu.

Enzo jagte in großen Sprüngen über die Sechsundzwanzigste Straße. Er hörte seine Schritte nicht. Er setzte über einige Müllhaufen hinweg und landete direkt vor einem vorbeifahrenden gelben Oldsmobile. Doch die Burschen liefen *bergauf.* Vielleicht hatte er den Jungen unterschätzt. Ermüde den Feind, dachte der Junge. Ich bin fünfzehn, er ist achtundvierzig, dachte der Junge. Ich werde nicht nur entkommen. Ich werde meinen Verfolger demütigen.

Enzo hatte es bis zur Reinigung geschafft und bog ab, den Hügel hoch. In der Elften Avenue drängten sich Straßenhändler, die Obst und Nüsse verkauften, ferner Legionen von Rentnern, Lahmen, Erloschenen und Gestrauchelten; die Philosophen; die Poeten der letzten, verlorenen Epoche; die Propheten einer drohenden atomaren Katastrophe; der Mann, der sein hausgemachtes Bleichmittel von einem metallisch weiß gestrichenen Wagen herab verkaufte und »Brilliantone! Brilliantone!« schrie; die Frau, die während des Gehens Unrat vom Gehsteig aufsammelte; die Herzlosen, die Arbeitslosen, die Schuhlosen, der Mann, der mit seinem pedalbetriebenen Schleifstein Messer schärfte, während man auf der Treppe saß und zuhörte.

Er scherte in die Lücke zwischen den Fahrspuren aus, und die Jungs kamen, beide gleichzeitig, in sein Blickfeld: Sie rannten die gelbe Doppellinie zwischen den Fahrzeugen entlang, mit hochgezogenen weißen Kniestrümpfen (sie mussten irgendwo in hohem Gras gelaufen sein). Die Autos fuhren langsam an den Straßenrändern entlang. Niemand schien etwas an der Situation zu finden, denn ein Mann, der zwei Jungen verfolgte, war auf dieser Straße nichts Besonderes.

Er hatte vergessen, wie glücklich es einen machte, loszurennen und jemanden zu verfolgen. Im Alter von fünf bis dreizehn Jahren hatte er die Hälfte seiner Zeit damit verbracht, durch die dunklen Gassen eines verlassenen Bergstädtchens zu jagen, wo es intensiv nach verschimmelten Obstschalen, Badewasser und Scheiße roch. Er hatte die breiteren Straßen gemieden und Spiele gespielt, deren Regeln sich jederzeit ohne Vorwarnung ändern konnten.

Die Beengtheit von Sinn und Zweck.

Da ist der Junge. Fang ihn.

Die erste Euphorie, der Rausch verflog. Aber er blieb nicht stehen. Ging weiter und weiter den Hügel hinauf, sodass die Autos ausweichen und Platz machen mussten. Er blieb nicht stehen, und der Nervenkitzel verwandelte sich in etwas anderes, eine Geistesruhe, die er nur noch selten spürte.

Sie waren alle drei mittelstarke Raucher. Sie konnten nicht endlos so weitermachen. Enzo holte langsam auf, aber er war kleiner als sie, und seine alten Beine mussten doppelt so schnell laufen. Der Junge würde das in sein Kalkül mit einbeziehen. Warte, bis er erschöpft ist, dachte der Junge. Ich mache ihn fertig und demütige ihn, während ich in meinen Baseballsocken weiterlaufe.

Ein monströser Studebaker bog nach links in die Dreißigste Straße ein und nahm ihm für einen Moment die Sicht – eine Gelegenheit für den Jungen, die Richtung zu wechseln. Als die Straßenmitte wieder frei wurde, sah Enzo, wie Ciccios über dem Verkehr schwebender Kopf nach links schwenkte. Ricky war entkommen. Umso besser. Ciccios Kopfhaut war rot und schälte sich. Enzo hatte vor zwei Tagen eine Laus darauf gefunden und ihn rasiert und mit Gift eingerieben. Er hatte ihm gesagt, er müsse jetzt einen Hut in der Sonne tragen, sonst würde die Sonne seine nackte Kopfhaut verbrennen, aber der Junge hatte nicht auf ihn gehört.

Da ist der Junge. Du musst ihn seiner gerechten Strafe zuführen.

Enzo war nicht müde. Er konnte ewig so weiterlaufen.

Er bog in die Dreißigste Straße ab.

Er war nicht müde – doch dann öffnete jemand die Absperrhähne in seinen Plattfüßen, und die Lebenskraft sprudelte wie eine Flüssigkeit aus ihm heraus in den Rinnstein.

Er wurde langsamer und langsamer, und schließlich saß er kraftlos auf dem Bordstein und schnappte nach Luft.

Jemand hatte die verzierte Kranzleiste von der Fassade des gegenüberliegenden Hauses entfernt und sie durch schlichte weiße Bretter ersetzt. Die waren bestimmt leichter zu streichen.

Er stolperte zwischen den Häusern hügelabwärts zurück zu Mrs. Marinis Haus. Ihm war, als bräuchte er drei Stunden, um dorthin zu gelangen. Unterwegs, bei dem Fischlieferwagen Ecke Neunundzwanzigste, kaufte er einen Zander. Er war das Größte, was sie dort hatten, ein langes silbriges Tier mit scharfen Zähnen. Enzo war völlig ausgehungert.

»Kopf ab oder Kopf dran?«, fragte der bedrückt wirkende, schlecht genährte und graugesichtige junge Mann, während er das Eis von dem Fisch – der ihm auf unheimliche Weise glich – auf den Gehsteig schüttelte.

»Dran«, sagte Enzo. Und der junge Mann wickelte den Fisch in weißes Fleischerpapier ein, das er mit einem orangefarbenen Stück Schnur notdürftig zuband.

Enzo kaufte auch einen Beutel Lakritze und eine Tüte Kirschen und etwas Petersilie von verschiedenen Straßenhändlern.

Seine Schuld bestand nicht darin, dass er den Jungen nicht genug verprügelte, sondern dass er dabei nicht genug korrektiven Furor aufbrachte, und so waren die Prügel für den Jungen nichts als der Preis für einen nichtsnutzigen Nachmittag. Sie beschämten ihn nicht, denn Enzo war nicht mehr mit dem Herzen bei der Sache. Selbst jetzt hatte er ihm schon wieder etwas Süßes gekauft.

Als er Mrs. Marinis Küche betrat, atmete er immer noch schwer. Seine Schienbeine brachten ihn um. Sie stand an der Spüle und pulte Erbsen.

»Geh raus und klopf an«, sagte sie.

Er ging hinaus. Er glaubte an Formalitäten und daran, dass man an Sitten auch dann festhalten sollte, wenn die ursprüngliche Absicht verblasst war. Sie stützten ihn.

Sie kam zur Tür. »Mein Enzo!«, sagte sie und streckte sarkastisch die Arme aus. »Was ist das für ein Päckchen, das so schlecht zugebunden ist?«

Er gab ihr den Fisch. Dann zog er seine Schuhe aus und ging in das vordere Zimmer, wo der Junge schlafend auf dem Sofa lag.

Er ließ die Lakritze auf den Brustkorb des Jungen fallen.

Der Junge wachte auf. »He, Papa«, sagte er.

Enzo setzte sich hin und rieb sich die Schienbeine. Die stinkenden Füße des Jungen widerten ihn an. »Du wirst mir gehorchen«, sagte er.

»Freut mich auch, dich wiederzusehen. Was für ein erfreulicher Anblick.« Aber seine Augen waren geschlossen. Er grinste mit seinen dicken, rauen, fraulichen Lippen.

»Werd mir nur nicht frech«, sagte Enzo. »Also, was ist mit meinen Paprika und Bohnen? Sprich!«

»Hab ich vergessen.«

»Er hat sie vergessen, sagt er.«

»Ich habe vergessen, mich darum zu kümmern.«

Enzo löste im Aufstehen seine Gürtelschnalle und versuchte, sich ein Argument einfallen zu lassen, womit er die Arglosigkeit des Jungen zugleich durchbrechen und abwehren könne. »Und die Lügen?«, fragte er verzweifelt.

»Tut mir leid. Ich habe eine falsche Entscheidung getroffen. Ich weiß nicht, was gut ist.«

»Steh auf, damit ich dich verprügeln kann.«

»Steh auf, damit ich dich verprügeln kann«, äffte der Junge ihn nach. Er traf den Ton haargenau. Es war unglaublich. Er hatte eine Begabung, aber sie war nur für den Zirkus gut. Und Enzo schüttelte seinen erschöpften Kopf bei der Aussicht, sein Sohn könne zu einem Mann werden, der nie lernen würde, dass man das lächerliche Verlangen, anderen Leuten zu gefallen, irgendwann aufgeben musste – es war eine Kost, die schmeckte, aber nicht satt machte.

Aus der Küche drang der energische Knall, mit dem Mrs. Marini den Zander köpfte.

»Ich bin der Herr in meinem Haus.«

»Aber das hier ist nicht dein Haus«, versetzte der Junge mit erhobenem Zeigefinger.

»Ja, das stimmt«, sagte Enzo, legte seinen Gürtel wieder um und ließ den Verschluss einschnappen. Der Junge würde seine Prügel später bekommen, auf vollen Magen. Gut so.

»Nimm ein bisschen Lakritze«, sagte der Junge, riss die Zellophanhülle auf und atmete das chemische Aroma von Saccharin ein, das sein Vater verabscheute.

Enzo Mazzone war ein Mensch, der auf feste Gewohnheiten Wert legte. Die meisten waren ihm nützlich – etwa die, dass er dem Jungen an den Wochenenden nachmittags eine Leckerei kaufte, obwohl das zu der Lektion, die er ihn eigentlich lehren wollte, möglicherweise im Widerspruch stand.

»Ich herrsche über dich«, sagte er.

»Klar tust du das«, sagte der Junge.

Mrs. Marini machte aus dem Fischkopf einen Fond und kochte den Reis darin. Zum Fisch kochte sie Erbsen, die sie in der Pfanne anbriet. Zum Schluss gab es eine Birnentorte, die sie bei Rocco gekauft hatte.

Danach tranken Ciccio und Mrs. Marini Kaffee, während Enzo an einem Glas mit Leitungswasser nippte, in dem ein Dutzend Eiswürfel klirrten. Er hing jener Schule an, die sich bis zum Ende der Mahlzeit des Trinkens enthielt, um die Magensäfte nicht zu verdünnen. Das Eis roch nach Gefrierfach, und das Wasser selbst war kaum trinkbar, verglichen mit dem Wasser auf der Farm seiner Schwiegermutter, das er in Flaschen abfüllte und mit nach Hause nahm. Beißend kaltes Wasser, das auch nur den leichtesten Hauch von Schwefel verströmte, machte ihn sentimental. Seine Sentimentalität hatte mehr Macht über ihn, als ihm gefiel.

(Er hatte einen Onkel, unverheiratet und enthaltsam – er hieß Gregorio –, der Enzo zur Erntezeit bei seinem Vater auslieh. Er trank ausschließlich Wasser aus seinem eigenen Brunnen, und nur, wenn es frisch aus der Erde kam. Wenn Enzo bei ihm wohnte, tat er es ihm nach und lehrte sich selbst den Reiz des Verzichts. Nach einem Arbeitstag auf dem abschüssigen Stück Land des Onkels trotteten sie mit den Schuhen in der Hand zum Haus zurück: drei Meilen am Fuß der Stadtmauer entlang, während die staubige Sonne unterging. Seit der Mittagspause hatten sie keinen einzigen Tropfen getrunken. Wenn sie schließlich angekommen waren, holte sein Onkel den Eimer aus dem tiefen Schacht, und wenn Enzo trank, pochten die Nerven im Innern seiner Zähne, und seine Speiseröhre zuckte schmerzhaft zusammen, ehe sie das Wasser passieren ließ.)

Alle drei – der Junge, die alte Frau und Enzo – knackten Walnüsse auf ihre jeweils bevorzugte Art. Enzo drückte zwei Nüsse in seiner Faust zusammen. Der Junge legte eine mit der Nahtstelle nach oben auf den Tisch und zerschmetterte sie mit dem fettgepolsterten Teil seiner Hand. Mrs. Marini verwendete einen Hammer. Enzo konnte seine nicht essen und gab sie dem Jungen.

Mrs. Marini sagte, sie habe um sechs Uhr eine Verabredung. Ciccio wollte wissen, welche Art von Verabredung das sei, aber Enzo unterbrach ihn.

»Wenn sie will, dass du etwas weißt, wird sie es dir sagen«, sagte Enzo.

Mrs. Marini spitzte die Lippen, wie immer, wenn sie sich gekränkt fühlte, weil der Junge ihrer Meinung nach grob behandelt wurde.

Enzos rollende Augen betrachteten die Kristalllampe an der Decke. Er würde versuchen müssen, Ciccio zu verprügeln, sobald sie zu Hause ankamen, aber er vergaß es in letzter Zeit immer öfter.

Der Junge und die alte Dame nippten an ihren Tässchen und fuhren fort, sich zu unterhalten. Es ging nur um örtlichen Klatsch, aber der wurde freimütig, niederträchtig und geschmeidig vorgetragen. Er hörte ihnen gern zu. Er wusste nur selten ganz genau, worüber sie sprachen.

Er war ein sehr einsamer Mann.

Sie gingen die Straße entlang, Enzo und der Junge. Dies war die Stunde der Verdauung, und es gab kaum ein Auto, das versucht hätte, durch die Trauben von Fußgängern auf der Straße zu kommen. Elegant gekleidete alte Männer gingen Arm in Arm durch die Menge und unterhielten sich unter ihren Hutkrempen. Worüber sprachen sie? Abendessen; »Dein Neffe Anthony mit seiner Negermusik, während ich auf der anderen Seite der Gasse zu schlafen versuche«; »Deine Hose hier, Carmen, das ist eine sehr schöne Handarbeit, wer hat die für dich gemacht?« Aber dies waren bereits die letzten Tage von Männern, die Arm in Arm durch amerikanische Straßen gingen, während sie ihr Abendessen verdauten. Die junge Generation legte sich lieber in Unterhosen aufs Sofa und rauchte.

Der Junge eilte durch die Zweiundzwanzigste, und Enzo folgte, satt und bequem, einen halben Schritt hinter ihm. Sie machten kurz Zwischenstation im Haushalt der DiStefanos, damit Enzo dem kürzlich pensionierten Gewerkschaftsgenossen seine wöchentliche Aufwartung machen konnte.

Eddie DiStefano hievte sich in eine beinahe stehende Position und gewährte Enzo ein Händeschütteln. Dann machte er es sich wieder auf seinem Polstersessel bequem. In diesem Sessel verbrachte er jetzt seine Sommertage, während der Luftstrom des Ventilators, der auf dem Radioschrank stand, ununterbrochen über sein stoppeliges Gesicht strich. Mit erhobenem Kinn saß er da, blinzelnd und gelassen wie ein Malamut bei einer Autofahrt. Seine Fettleibigkeit war beeindruckend.

Mit ihm Hände zu schütteln war eine recht einseitige Angelegenheit, weil er den Daumen nicht über die Hand seines Gastes senkte, um sie zu ergreifen.

Ob sie schon wüssten, begann Eddie, sobald einer der Kleinen die Lautstärke des Radios reguliert hatte und Enzo und der Junge sich gesetzt hatten, ob sie schon wüssten, dass jetzt gewisse Kulturen auf der Saint John's Avenue wohnten, keine fünf Gehminuten von dem Haus entfernt, wo sie sich gerade ausruhten?

Sie wussten es, aber er fuhr trotzdem fort.

Die Slowaken hatten die Pfarrgemeinde Sankt Bartholomäus verkauft. Man konnte die Weißen, die noch in Fort Saint Clair lebten, an den Fingern einer Hand abzählen. »Columbiana Avenue – völlig verloren, Dugansville, New Odessa, Tooley Boulevard. Eine einzige riesige Plantage. Alle halten sich an den Händen und singen ihre Lieder.«

Seine vielen jungen Kinder huschten über den Teppichboden und unter dem gewaltigen Kunstlederthron hindurch, auf dem er lebte. Seine Frau war bei der Arbeit (als Schreibkraft in einer Brauerei).

Sechs Monate zuvor hatten Eddie DiStefano und einige seiner Kollegen, auf dass nur kein Zweifel an der Einstellung der Bürger von Elephant Park aufkäme, eine Negerpuppe an einer Straßenlaterne vor der Mariä-Himmelfahrts-Kirche aufgeknüpft; dann hatten sie die Zeitungen angerufen und die Puppe in Brand gesteckt. Eddies kleine Mädchen hatten die Puppe aus Kopfkissenbezügen und Rasenschnitt hergestellt und sie mit Fassadenfarbe bemalt.

Die slowakischen Jugendlichen hielten sich von Elephant Park fern, und umgekehrt gingen die italienischen Jugendlichen nicht nach Fort Saint Clair. Wenn man in eine andere Nationalität einheiratete (wie Enzos Schwägerin Antonietta, die er niemals getroffen hatte: Ihr Mann war aus Österreich), lautete das stillschweigende Übereinkommen, dass man beispielsweise nach Chicago oder in einen Vorort ziehen wollte. Nun waren sie alle betroffen, alle Weißen. Wann dies passiert war, hätte Enzo nicht sagen können. Er selbst hielt nicht einmal den Kroaten Ricky davon ab, in seinem Haus zu schlafen.

Eddie streckte seinen Zollstock nach dem Ventilator auf dem Radio aus und drückte einen Knopf, woraufhin das bislang fixierte Gerät anfing, seinen Kopf gebieterisch von Seite zu Seite zu schwenken und ihnen mit seinem kalten Atem zu predigen.

Eddie ließ sich weiter über die Buschleute aus.

Sie hatten nicht vorgehabt, die Sache lange auszudehnen. Es war mehr eine Stippvisite gewesen, um zu sagen: Die Männer vom Gewerkschaftsbüro Nummer 238 grüßen euch und geloben, eure Särge zu tragen, wenn es an der Zeit ist.

Eddie sagte: »Habe ich recht?«

»Ich bin unpolitisch, Edward«, entgegnete Enzo. Er hatte niemals gewählt. Er wusste nicht einmal genau, wie das Wählen physisch vonstattenging. Seiner Meinung nach war er, formell betrachtet, nicht einmal ein Bürger dieses Landes. Während des Krieges, des letzten Krieges mit Europa, hatte er nicht im Flugzeug reisen, kein Kurzwellenradio benutzen oder keinen Fotoapparat besitzen dürfen. Ihm war das schnurz gewesen. Fünf Jahre später hatte er herausgefunden, dass die Beschränkungen schon im Jahr 1943 aufgehoben worden waren. Auch der Junge war im Grunde unpolitisch. Er konnte einem alles über die Schlacht von Tippecanoe erzählen oder über die Zusatzartikel zur Verfassung, aber an den Lokalnachrichten hatte er kein Interesse.

Jetzt verfolgte Enzo die politischen Entwicklungen in Korea mit den besorgten Augen eines Vaters. Der Konflikt war mittlerweile beigelegt worden, aber Enzo war sich sicher, dass irgendwo ein anderer Krieg ausbrechen werde, in den Ciccio verwickelt werden würde. Er würde ihn in Fetzen reißen.

Eddie bat sie, zum Abendessen zu bleiben, das seine Phyllis zubereiten werde, sobald sie von der Arbeit nach Hause gekommen sei. Der Junge sagte: Entschuldigung, aber sie hätten schon gegessen. Dann vielleicht einen Kaffee? Eiscreme? Ein Bier? Enzo sagte: Nein danke, er trinke kein Bier.

Der Junge bekam einen Zwinkeranfall, so wie es immer geschah, wenn er eigentlich still sein sollte, aber drauf und dran war, einen Kommentar abzugeben.

Enzo zeigte auf den Jungen. »Er trinkt auch kein Bier«, warf er ein. Und alle lachten. Ha, ha.

Sie setzten ihren Weg nach Hause fort. Enzo deutete die Breite eines einzelnen Streichholzes an, indem er Daumen und Zeigefinger vor die Augen des Jungen hielt. »Du bist so nah dran«, sagte er. Aber Ciccio boxte ihn bloß auf die Schulter, als wären sie alte Kumpel.

Sie warteten an der Ampelanlage Ecke Chagrin. Der Junge stand auf der Straße und Enzo auf dem Bordstein, sodass sie beinahe gleich groß waren, und Enzo konnte die Poren in den schmutzigen Ohren des Jungen sehen.

Ciccio steckte drei Finger zwischen die Knöpfe seiner Strickjacke und schüttelte sie, um seinen Schweiß zu trocknen. Da erst bemerkte sein Vater, dass der Junge den ganzen Tag lang eine andere Regel der ursprünglichen Hausordnung missachtet hatte.

»Warte«, sagte Enzo, und seine Nasenflügel bebten, als er den Geruch einsog, der durch die Luft zu ihm schwebte. »Das Gesetz von wegen immer ein Unterhemd tragen. Sag es auf.«

»Was schert es dich?« fragte Ciccio, den Kopf in den aufsteigenden Dufthauch gebeugt. »Ich soll aussehen wie du, das ist alles, worum es dir geht.«

Enzo biss sich auf die Lippen. Er hob die Hand und drehte sie um, sodass die abgespreizten Knöchel zum Jungen wiesen. Dann holte er aus und knallte ihm eine.

Etwas Blut spritzte aus Ciccios schiefer Nase, als wäre es eine Belohnung.

»Verdammte Scheiße«, sagte der Junge leise.

»Wie siehst du jetzt aus?«, fragte Enzo.

Vaterschaft war eine Abfolge von Drohungen, Überwachungen, Gesetzgebungen, Belehrungen, Verboten, Bestrafungen, Schikanen, Einbrüchen, tätlichen Angriffen, Zigaretten, Mahlzeiten, Latein, Trigonometrie. »Tu, was ich dir sage«, »Geh die Blechschere holen«, »Die Quadratwurzel von zwei geteilt durch x«, »Ich habe dir gesagt, du sollst die Schuhspanner benutzen, aber du hast die Schuhspanner nicht benutzt«. Während des Fahrens bleibt die linke Hand zum Rauchen frei, denn die Gangschaltung kann ja der Junge bedienen. Arbeitsteilung auf der Landstraße. »Steh auf, damit ich dich verprügeln kann.« »Du weißt nicht, was gut für dich ist.« »Mach beim Kauen den Mund zu.« »Mach das Licht aus, wenn du aus dem Zimmer gehst.« Brillantine. Wäsche.

Jugend war Geringschätzung gegenüber Regeln und gegenüber demjenigen, der die Regeln aufstellte. Jugend war Wissen darum, dass jeder latschige Schritt überwacht wurde. Lügen, kapriziös und aalglatt. Jugend war, mit voller Kraft zu rennen. »Eines Tages, alter Mann, werde ich zurückschlagen. Und zwar schon bald.«

Carmelina, die Mutter des Jungen, hatte sie am achten August 1946 irgendwann zwischen zwölf Uhr mittags und vier Uhr nachmittags verlassen. Da war der Junge neun Jahre alt gewesen.

Als Ciccio die achte Klasse beendet hatte (das war vor zwei Jahren gewesen), hatte Patrizia ihm angeboten, an Enzos Stelle für ihn zu sorgen und ihn ganztätig auf der Farm arbeiten zu lassen. Enzo hatte ihm eine Lehre bei der Arbeitergewerkschaft besorgen wollen – Ciccio hätte zum damaligen Zeitpunkt für sechzehn durchgehen können –, aber unglücklicherweise wollte die Gewerkschaft jetzt eine Geburtsurkunde sehen, die das Erreichen des Mindestalters bestätigte, und Ciccios berufliches Fortkommen war fürs Erste blockiert. Enzo zögerte: Warum sollte er ihn nicht auf die Farm schicken, auf der er sowieso den größten Teil des Sommers verbrachte und wo er sich nützlich machen konnte? Enzo gefiel der Gedanke nicht, das war der Grund für sein Zögern. Er hatte dem Jungen seinen Namen gegeben: Mazzone. Nicht wahr? Er hatte ihn gekauft, nicht geliehen. Sie würden ihn in eine Highschool stecken müssen.

Er hätte es vorgezogen, den Jungen auf die öffentliche Berufsschule am anderen Ende der Straße zu schicken, aber Mrs. Marini sagte, das sei eine halbe Sache, und er solle stattdessen lieber auf ein Gymnasium in der Innenstadt gehen, das ein paar Jesuiten aus München in den Achtzigerjahren gegründet hatten – dieselben Jesuiten, die ihre Schuhe bei ihrem Mann gekauft hatten. Ciccio solle Sprachen und Theologie lernen, nicht Kunsttischlerei, sagte sie. Und sie werde dafür bezahlen.

Enzo misstraute den Absichten der Schule. Vor allem fragte er sich, ob man dort versuchen werde, Enzo zum Missionar zu machen. Die meisten Priester, die an der Schule unterrichteten, waren in Europa geboren worden, für Enzo ein Zeichen, dass sie die Jungen aus ihrem angestammten Heim lösen und in alle Himmelsrichtungen zerstreuen würden – wohingegen es für Mrs. Marini nur ein Zeichen dafür war, dass der Unterricht dort nicht allzu dumm sein könne. Keiner von beiden machte sich die Mühe, den Jungen nach seiner Meinung zu fragen. Er würde dahin gehen, wohin sie ihn schickten. Wenn es nicht gerade um häusliche Arbeiten ging, war er ein leicht zu beeinflussender Mensch (für Enzo nur ein Grund mehr, die Kirche von ihm fernzuhalten). Sie würden ihn sowieso nicht aufnehmen, dachte Enzo, und das ist ganz richtig so. Diese Art von Ausbildung war nicht für die Söhne von seinesgleichen gedacht, sondern für die Mittelklasse.

Mrs. Marini vereinbarte ein Vorstellungsgespräch. Zu dritt fuhren sie mit der Straßenbahn in die Innenstadt. Der Junge hielt sich an einer Halteschlaufe fest, während die beiden Älteren auf der ruckelnden Holzbank saßen und sich darüber stritten, ob er die Prüfung bestehen könne, auch wenn keiner von ihnen wusste, in welchen Gebieten er geprüft werden würde. Ciccio, gewieft und gut gelaunt, pfiff bloß durch die Zähne, bis sie ihn zum Schweigen brachten: Er störe die anderen Fahrgäste.

Die sogenannte Prüfung bestand aus einem fünfminütigen Gespräch auf Lateinisch mit einem alten, frankokanadischen Mönch, der Ciccios Namen völlig »inakzeptabel« aussprach, gefolgt von zwei Stunden harten Trainings auf dem Footballplatz, das mit der Stoppuhr gemessen wurde. Am Ende des Nachmittags boten sie an, Ciccio mit Beginn des Herbstsemesters an der Schule anfangen zu lassen, sofern er im August die vier Wochen mit doppelten Trainingseinheiten durchstehen werde.

»Ist das hier eine Schule oder ein Rennstall?«, verlangte Mrs. Marini vom Schulleiter zu wissen, einem schlanken, jugendfrischen Priester, amerikanisch, mit irischen Eltern, den es nicht zu stören schien, dass der Kalk, der die Begrenzungen des Footballfeldes markierte, den Saum seiner Soutane verfärbt hatte. Er versuchte, ihr etwas über die Erziehung des ganzen Menschen weiszumachen, aber sie war ganz und gar nicht erpicht darauf, sich diesen Unsinn anzuhören.

Sie bemühte sich, ihrer Enttäuschung Herr zu werden. Ihre ursprüngliche Begeisterung für die Idee, Ciccio an diese Schule zu schicken, glich einem Topf mit Milch, der zu schnell zum Kochen gebracht worden war und in dem sich nun Klümpchen bildeten – aber sie kam zu dem Schluss, dass es ja nur Klümpchen seien und dass sie sich leicht abseihen ließen. Und so gab sie vor, während der Priester seine Entgegnung psalmodierte, ein seltsames Brummen im Innenohr zu hören. Sie blinzelte in Richtung der ehrwürdigen Eichenbalken an der Decke, als ob sie kurz davorstünde, einzunicken. Auf diese Weise überzeugte sie sich selbst davon, dass sie ihn nicht richtig hören könne, und vermied es, irgendetwas zu erfahren, das ihre Meinung hätte ändern können.

Was der Priester sagte, überzeugte Enzo einigermaßen. Die Schule war nicht so viel anders als andere Schulen. Es ging also nicht nur um Gebete und Weihrauch – sie würden Ciccio nicht für den Chor kastrieren.

Auf dem Weg nach Hause schwieg Ciccio. Mürrisch blickte er auf seine großen Entenfüße.

»Was ist mit deinem Gesicht los?«, fragte Mrs. Marini.

Wenn er sie (aber niemals seinen Vater) ansprach, konnte es immer noch zu einer ehrlichen Eruption gallertartiger, jungenhafter Gefühle kommen. Weil er so groß war, fiel es ihr dann schwer, nicht zu lachen. »Ich habe irgendwie Angst vor diesen Typen«, sagte er nervös zwinkernd.

»Welche Typen wären das genau?«, fragte sie.

»Die Priester.«

Das besiegelte sein Schicksal. Von nun an war Enzo vollends überzeugt.

Sie saßen zu dritt nebeneinander auf einer Bank in der Straßenbahn. Mrs. Marini saß zwischen dem Mann und dem Jungen. Enzo beugte sich über ihren Schoß zu dem Jungen und zeigte mit dem Finger auf ihn: »Du wirst zu dieser Schule gehen«, sagte Enzo, und er betonte jedes Wort.

Ciccio atmete einmal tief ein und ließ die Luft heraus.

»Das wird dich zu einem bedeutenden Mann machen«, sagte sie tröstend.

Enzo hatte von Anfang an nicht beabsichtigt, Mrs. Marini die Rechnung bezahlen zu lassen; er bezahlte sie aus seinen Ersparnissen. Was musste er schon für sich selbst kaufen? Knöpfe? Aspirin? Aber zu der Zeit, als Ciccio sein drittes Jahr an der Schule begann, war sich Enzo nicht mehr sicher, dass es ihm etwas nutzte. Enzo hätte es gern gesehen, wenn sie ihm beigebracht hätten, nicht so gefallsüchtig zu sein, und dass man seinen Mund halten soll, wenn man nichts zu sagen hat. Stattdessen ging es um Algebra und die Schriften der Heiligen.

Statt das Schulgeld zu bezahlen, schneiderte ihm Mrs. Marini seine Uniformen. Das war Enzos Idee gewesen. Es war ihm aufdringlich erschienen, ihr nahezulegen, dass sie sie kaufen solle. Und ihr gefiel es, sie selbst zu schneidern, bis ihr klar wurde, dass Ciccio aus fast allen Kleidungsstücken mit Ausnahme der Socken in dem Moment herauswuchs, wenn er sie anzog. (Nein, die Socken strickte sie ihm nicht.) In dem Notizbuch, in dem sie seine wechselnden Maße festhielt, hatte sie für den Zeitraum eines einzigen Schuljahres eine viermalige Zunahme der Jackettgröße notiert. Seine Schrittlänge war wie eine Aktie, in die sie gern investiert hätte. Er war einen Meter sechsundachtzig groß und trug Schuhe in Größe dreizehn.

Was den heutigen Tag betraf, so war es die Notwendigkeit gewesen, schon wieder einen Uniformblazer fertigzustellen, die sie nach dem Abendessen den Schwindel hatte auftischen lassen, dass sie um sechs Uhr einen Termin habe. In Wahrheit hatte sie den Termin erst um halb zwölf. Sie hatte das nur gesagt, damit die beiden gingen und sie in Ruhe den Blazer fertig machen konnte, ehe sie ihre nächste Arbeit begann, die von anderer Art war und andere Bereiche ihres Gehirns in Anspruch nehmen würde. Soweit es möglich war, erledigte sie eine Sache nach der anderen. Und sie konnte nicht nähen, wenn jemand anders in der Nähe war. Sie wunderte sich selbst darüber.

Sobald die beiden gegangen waren, pflanzte sie sich auf ihren Sitz im Nähzimmer. Das Radio spielte Wagner, den sie hasste. Aber sie durfte nicht aufstehen. Sie musste fertig werden.

Sie trank Kaffee aus einer Thermoskanne, kleckerte ein bisschen auf ihr Kinn und tupfte es mit einem Stück Satin ab, das im Ärmelfutter des Jacketts verborgen bleiben würde.

Ihre Senkfüße peinigten sie. Sie hätte ihre Schuhe abgestreift, aber der Boden war mit Nadeln übersät, die in ihren nackten Füßen stecken geblieben wären, und sie hielt sich stets an den ersten Artikel aus den Vorschriften für eine Näherin, so wie er ihr mit acht Jahren im Konvent von Lazio beigebracht worden war: Du darfst niemals den Boden sauber machen, ehe die Arbeit beendet ist. Es fällt immer noch eine Nadel runter.

Der Hund, der an der Ecke ihrer Straße sein Zuhause hatte, bellte und bellte unaufhörlich.

Sie musste fertig werden.

Ihre Augen schielten vor Erschöpfung. Die Brille rutschte ihr von der Nase, als sie mit dem Fuß das Pedal trat. Die Arbeit unterforderte sie. Sie hätte einfach einen neuen Blazer kaufen und das Etikett heraustrennen können, aber dadurch hätte sich Vincenzo gedemütigt gefühlt, wenn er es jemals herausgefunden hätte.

Der Hund fuhr fort, seine Sünden zu bereuen und das Gras, die Bäume, den Maschendrahtzaun (gegen den er sich geräuschvoll warf, wenn Autos vorbeifuhren), die Häuser und die vielfältigen und intensiven Gerüche, die das Universum eines Hundes ausfüllen, um Vergebung zu bitten.

Plapper, plapper, plapper, machte die Spindel der Nähmaschine, wenn der Faden mit der Kraft ihres schmerzenden Beines durch den Stoff gestoßen wurde. Sie hätte den armen, einsamen Hund gern getröstet – oder aufgeknüpft. »Ja, zum Henker mit ihm«, sagte sie und legte ihren Kopf einen Moment lang seitlich auf die Gabardine, nur einen Moment lang, und schlief ein.

Als sie aufwachte, waren die Fenster dunkel. Ihr Gesicht lag auf ihrem Haarteil, das sie im Schlaf für ein Kissen gehalten und abgenommen und gefaltet hatte. Das einzige Geräusch war ein anhaltendes Klopfen an der Tür zum Windfang. Sie hörte auf das Bellen des Hundes, aber da war kein Bellen.

Jemand war wegen des Hundes gekommen! Ein Giftmörder! Tod! (Oder er war von einem der Autos überfahren worden, nach deren Rädern er schnappte, wenn er sich losriss und glaubte, das Auto sei ein dummdreistes Schaf.) Und jetzt kam er auch zu ihr, der Tod! Der Schnitter!

»Mörder!«, rief sie, aber nicht allzu laut, für den Fall, dass sie etwas falsch verstanden hatte. Sie schüttelte ihr Haarteil aus und setzte es wieder auf.

Die Tür zum Windfang quietschte, als sie geöffnet wurde.

»Was hast du gesagt?«, erkundigte sich eine Stimme.

»Mörder?«, murmelte sie erneut.

»Ich komme jetzt ins Haus«, verkündete die Stimme – eine weibliche, kehlige Stimme.

Mrs. Marini umklammerte den Stuhlsitz.

Das grobe und sonnenverbrannte Gesicht einer Frau erschien in der Tür zum Nähzimmer. Es gehörte zu Federica, ihrer Assistentin, der Frau eines Freundes von Vincenzo.

»Ja, warum bist du denn nicht an die Tür gegangen?«, fragte sie.

Mrs. Marini sah keinen Anlass, etwas zu verbergen. »Ich dachte, du seist mein Tod, der mich holen kommt«, sagte sie.

»Ich bin spät dran. Rossie ist aufgewacht und hat sich die Augen aus dem Kopf geschrien.«

»*Pavor nocturnus*«, sagte Mrs. Marini. »Das geht weg, wenn seine Hoden heranreifen.«

»Wir mussten seinen Kopf in die Badewanne tauchen.«

»Mach dir keine Sorgen. Ich habe auch ein wenig geschlafen«, sagte sie, reckte genüsslich die Arme und schloss die Tür des Nähzimmers hinter sich. Sie würde sich morgen noch einmal an dieses grässliche Jackett setzen müssen.

Mrs. Marini schaute auf ihre Armbanduhr: »Sie kommt erst in einer halben Stunde.«

Federica brachte das Wasser zum Kochen (für Tee; sie sterilisierten chemisch) und lief die Kellertreppe hinab, um die Geräte vorzubereiten.

Sie war eine korpulente Frau von fünfundvierzig Jahren, Mutter von sechs Kindern und frühere Klientin. Das Rauchen hatte ihre Stimme angegriffen, aber abgesehen davon war sie sauber und gesund. Sie gehörte zu jener Art Frauen, die von anderen Frauen gemocht werden, nicht wegen ihrer Uneitelkeit, sondern weil ihre Eitelkeit ganz vergeblich war: Weil sie mit unbedecktem Gesicht in der Sonne schlief, hatte sie die Falten einer viel älteren Frau, und sie färbte sich die großen und welligen Haare in einem so hellen Gelb, dass es völlig außer Frage stand, jemand mit ihrem Teint könne diese Farbe auf natürliche Weise hervorbringen.

Sie hatte die seltsame Angewohnheit, ihr Licht unter den Scheffel zu stellen. Sie schimpfte in der Öffentlichkeit heftig mit ihren Kindern, aber zu Hause war sie ganz vernarrt in sie und machte fröhlich bei all ihren Spielen mit. Wenn sie jemandem zum ersten Mal vorgestellt wurde, musterte sie ihn von oben bis unten, beurteilte kalt sein Aussehen und sein Auftreten und War er gut gebräunt? und sagte in einem Ton, der bar jeder Freude war: Angenehm, Sie kennenzulernen. Aber dann schmolz sie rasch dahin (nach Mrs. Marinis Meinung sogar zu schnell) und sprach jeden vertraulich an. Ihr Englisch war jämmerlich. Ihr Italienisch war schlimmer: Der Dialekt hatte es irreparabel verdorben. Der Herr strafte Mrs. Marini dafür, dass sie stets auf kultiviertere Gesellschaft gehofft hatte, indem er ihr freundschaftlichen Umgang mit immer gewöhnlicheren Menschen bescherte.

Die junge Frau traf erst nach ein Uhr ein. Sie hatte keinen erkennbaren Akzent. Sie behauptete, Hausfrau in Van Buren Heights zu sein, obwohl ein Mädchen aus dieser Gegend sich niemals hier herumgetrieben hätte. Sie sah aus wie siebzehn. Ihr Schwager, wie sie ihn linkisch nannte, blieb in der Küche, während die Frauen nach unten in den Keller gingen.

Mrs. Marini hatte immer vorgehabt, helleres Licht auf der düsteren

Treppe anbringen zu lassen. Der offene Schlund des Kellers verängstigte wahrscheinlich die Mädchen, die ihr selten Glauben schenkten, wenn sie ihnen versicherte, wie wenig Gefahr mit der Sache verbunden sei – für jemanden, der über genügend Erfahrung verfügte, war die Prozedur leicht, und in Notfällen konnte sie einen gewissen Dr. Snead aus Eastpark zurate ziehen, doch hatte es seit vielen Jahren keine Notfälle gegeben. Es galt, ihnen die Angst zu nehmen, denn Angst führte zu einem verhärteten Muttermund, der sich nur unter Schmerzen dehnen ließ.

Vor vielen Jahren hatte Nico die Wände auf ihre Anweisung hin mit blassblauem Seidenpapier tapeziert, das den Behandlungsraum – der zwangsläufig keine Fenster hatte – etwas heiterer erscheinen ließ. Im Sommer benutzte sie elektrische Ventilatoren, um ihn trocken zu halten. Die Kissen auf dem Tisch waren dick und bequem.

Sie gaben dem Mädchen eine sterilisierte Strumpfhose und eine Unterhose aus Viskose, die im Schritt ausgeschnitten waren. Sie drehten ihr den Rücken zu, während sie sich auszog, und reihten die Werkzeuge auf dem Leintuch auf, das den Instrumententisch bedeckte.

Mrs. Marini schloss die Bügel um die Füße des Mädchens und tätschelte ihr kräftig den Arm. Sie stellte dem Mädchen keine weiteren Fragen, da sie die vorbereitende Befragung zwei Abende zuvor durchgeführt hatte. Das Mädchen sollte keine Gelegenheit erhalten, sich durch Inkonsequenz in weitere Lügen zu verstricken. Die Lüge war der Feind der körperlichen Entspannung, die im Mittelpunkt ihrer Methode stand. Sie war davon überzeugt, dass die Mehrzahl der Verletzungen, die von ansonsten kompetenten Ärzten verursacht wurde, in der (männlichen) Fühllosigkeit gegenüber den extremen Auswirkungen begründet war, die extreme Gefühle auf den Körper eines Mädchens haben konnten. Mrs. Marini war eine grimmige Richterin von allem und jedem, aber sie hatte sich darin geübt, selbst dann ihre Ansichten zurückzustellen und sogar mütterliche Gefühle zu entwickeln, wenn die Klientin in Wahrheit eine verachtenswerte Dirne war.

Während die Ärzte sich schämten, war Mrs. Marini stolz auf ihre Fähigkeiten handwerklicher wie emotionaler Art. Die Gefühle der Praktizierenden übertrugen sich stets unmittelbar – ja mittels ihrer Hände – auf ihren Gegenstand. Anteilnahme war nur ein weiteres glänzerdes Werkzeug, wie das Spekulum, das dem Öffnen und Ausräumen diente.

Das Mädchen war frisch und zu sorgfältig geschminkt: In dem Bemühen, älter zu wirken, hatte es die Ringe unter seinen Augen geschwärzt. Seine Beine hatte es mit Pfannkuchenteig beschmiert und, um den Saum einer Nylonstrumpfhose zu imitieren, mit einem Augenbrauenstift eine Linie von den Absätzen bis zu den Kniekehlen gezogen. Die chirurgische Strumpfhose hatte all das verschmiert und den Effekt ruiniert.

Federica schrubbte sich ausdauernd die Hände, während Mrs. Marini je einen desinfizierten Kopfkissenüberzug über die Knie des Mädchens legte.

»Wenn du merkst, dass deine Beine einschlafen, Liebes«, sagte Mrs. Marini, »dann lass es mich wissen.«

»Soll ich pressen?«, fragte das Mädchen. Ihr Name, sagte sie, sei Sophie.

Federica drehte sich an der Spüle um: »Du darfst nicht pressen«, befahl sie.

»Du musst überhaupt nichts tun, Liebes«, sagte Mrs. Marini. »Sei einfach ganz schlaff. Du liegst in einer Badewanne. Das Wasser hat genau die Temperatur, die du magst.«

»Darf ich mich am Knie kratzen?«, fragte es mit einem albernen Lächeln.

»Welches von beiden, Kindchen?«, fragte Federica und schüttelte das Wasser von ihren Händen.

Das Mädchen zeigte auf eines seiner Knie und stieß dann ein kurzes, lachendes Kreischen aus. Es schnaubte und spuckte durch seine verschlossenen Lippen. Das Lachen war von ausgesprochener Albernheit, so wie es ein älteres Kind manchmal von sich gibt, wenn es mit einem jüngeren Kind spielt – um sich dann, wenn die Mutter ihre Geringschätzung äußert, zu wundern, warum sie früher, als das Kind kleiner war und oft auf die gleiche Weise gekreischt hat, gelächelt und freundliche Worte benutzt hat. Hier war so ein Lachen nichts Ungewöhnliches – jedenfalls nicht zu diesem Zeitpunkt, da die Beine bereits entblößt waren, aber noch nichts geschehen war, das der Klientin Schmerz bereitete. Man versuchte dann, dem Mädchen das schmeichlerische Muttergesicht zu zeigen, auch wenn es unangenehm war, sich verstellen zu müssen.

Federica griff unter den Stoff und drückte mit sanftem Nachdruck das Bein des Mädchens nach unten. Sie atmete tief, langsam und gut hörbar, so wie Mrs. Marini es ihr beigebracht hatte.

Das Mädchen hatte ein schiefes, ausdrucksloses Grinsen aufgesetzt, und Mrs. Marini gab Federica ein Zeichen, dass sie so lange warten solle, bis das Grinsen nachließ.

Schließlich setzte sich Federica auf einen Schemel zwischen den Fußbügeln. »Wie fühlst du dich?«, fragte sie. »Sollen wir dir etwas zu trinken holen?«

»Nein danke«, sagte das Mädchen.

Mrs. Marini fuhr fort, mit der papierenen Haut an der Seite ihrer Hand über den haarlosen Arm des Mädchens zu streichen. »Du wirst jetzt ein Zwicken spüren, und du wirst vielleicht pressen wollen, aber ich möchte, dass du das Zwicken als eine Faust betrachtest, die du öffnen kannst, wenn du möchtest«, sagte sie und demonstrierte das Gesagte mit ihrer knotigen Hand.

Federica beugte sich spähend hinab und führte mit einem plötzlichen Ruck einen Weitungsstab ein, wie eine Lehrerin, die mit ihrem Kreidestück auf eine Schülerin zeigt.

Das Mädchen stieß ein Zischen aus.

»Wenn du fluchen willst, Liebes, tu es nur. Niemand kann dich hören.«

»Danke, nein«, sagte das Mädchen beherrscht.

»Oder zählen, oder ein Gedicht aufsagen.«

»Nein. Danke.«

»Oder weinen, wenn du willst«, sagte Federica und wiederholte die Prozedur mit einem größeren Stab.

»Nein«, sagte das Mädchen, und es klang, als ob es die Worte im Rachen formen würde.

»So ist es gut«, sagte Federica. »Was für ein braves, braves Mädchen du bist.«

Vor Jahren hatte Mrs. Marini ein Schwesternkostüm getragen. Es hatte ihr nicht richtig gepasst, und so hatte sie es umgeändert. Nico hatte gesagt, sie sehe dadurch wie ein Eisberg aus. Als Krankenschwester angesprochen zu werden, nachdem sie ihren Klientinnen viele Jahre lang gnädig gestattet hatte, sie »Frau Doktor« zu nennen, war der Preis für eine bescheidene Verbesserung ihrer Methode und eine bedeutende neue Quelle für Patienten. Es war auch die Buße für einen Fall von Sepsis, den sie hätte verhindern können, wenn sie sich etwas sorgfältiger ausgedrückt hätte.

Das Mädchen hatte sie bei einem Tokologen in einem lutheranischen Krankenhaus in die Pfanne gehauen, und der Tokologe hatte sie dann in Nicos Geschäft aufgespürt. Nico kümmerte sich um die Kasse, während sie in der Werkstatt miteinander sprachen. Der Arzt wusste wie seine Kollegen alles über ihre Praxis, aber er hatte noch nie zuvor eine Schweinerei, die sie angerichtet hatte, aufräumen müssen, und das hatte ihn ironischerweise dazu veranlasst, um dieses Treffen zu bitten.

»Es hat mir die Sprache verschlagen, als sie mir sagte, dass Sie dafür verantwortlich seien«, sagte er. »Aber während ich die therapeutischen Maßnahmen durchführte, stellte ich einen Fremdkörper sicher. Da kam ich dann zu dem Schluss, dass sie mich angelogen hatte. Ich vermute, sie war zu stolz, um zuzugeben, dass sie es selbst versucht hatte und gescheitert war.«

»Wie sah sie aus?«

Der Arzt lieferte eine genaue Beschreibung, anhand derer sie die Frau sofort erkannte.

»Sie hielt mein Honorar für zu hoch«, sagte Mrs. Marini.

»Und Sie haben sie hinausgeworfen?«

»Natürlich nicht. Ich habe sie gefragt, wie viel sie sich leisten könne. Und das war mein Fehler, diese eine Formulierung: *sich leisten können*. Sie hat sich beschämt gefühlt und ist gegangen. Was war das für ein Gegenstand?«

»Eine Bleistiftspitze.«

Sie setzte ein leises Lächeln auf.

»Es scheint, als wäre Ihre Erfolgsquote besser als meine. Auch wenn ich das nur schwer glauben kann, aber so ist es nun mal. Sie können zum Beispiel unmöglich die Sterilität einer professionellen Praxis erzielen.«

»Das mit den Keimen hat Sie und Ihre Kollegen immer am meisten gewundert.« Mit dem Finger zog sie in der Luft einen breiten Kreis um den Kopf des Doktors, der die gesamte Ärzteschaft mit einschloss. »Dabei braucht man keine Theorie über unsichtbare Tiere, um zu wissen, dass es abstoßend ist, mit einer schmutzigen Gabel zu essen.«

Er schlug einen Tauschhandel vor. Er interessierte sich für ihre Kenntnisse. Sie würde ihm in seiner Praxis bei jenen Fällen »assistieren«, in denen er die Zustimmung eines Krankenhauses einholen konnte. Meistens war dann ein Vater oder Ehemann zu der Überzeugung gelangt, dass das Leben der Frau in Gefahr sei. Mrs. Marini lernte ein wenig über zeitgemäße Formen der Narkose und eine langsamere, weniger schmerzhafte Art des Weitens des Gebärmutterhalses.

Als ihre Wege sich trennten, schenkte er ihr eine Auswahl eleganter Instrumente aus Stahl.

»Die besitze ich alle schon«, sagte sie.

»Egal, es sind Dubletten. *Curette* kommt von dem lateinischen Wort für ›sich kümmern‹.«

»Ich *weiß*«, sagte sie verärgert und schüttelte ihm die Hand.

10

Im Oktober traf ein Brief ein. Enzo überflog ihn mit einem Blick. Dann las er ihn ein weiteres Mal durch, langsamer diesmal, während eine unsichtbare Gestalt hinter ihm ihre dicken Arme um seine Kehle schlang und ihm die Luftröhre zudrückte. Er spürte das Anschwellen des Blutes in den Augen und das Zusammenziehen der Muskeln im Magen und den seltsamen Jubel eines Mannes, der erdrosselt wird.

Es war ein später Sonntagabend. Er und der Junge waren von der Farm seiner Schwiegermutter zurückgekehrt, die wieder einmal an die Bank zu fallen drohte. Sie hatten vierzehn Stunden am Tag Weintrauben geerntet. Ehe er den Brief gefunden hatte, hatte er den Jungen ins Bett geschickt. Aber er selbst konnte nicht schlafen, und so hatte er sich auf den dreckigen Küchenboden gelegt. Er hatte ein Bein um das andere geschlungen, bis die Wirbelknochen knackten, und er hatte in der Dunkelheit geraucht. Der Mond schien zum Fenster herein.

Er fühlte sich verpflichtet, das Haus zu putzen, aber er hatte nicht das Talent dazu. Schimmel wucherte in seinen Spüllappen und hinterließ seinen Geruch auf den Wassergläsern. Eine blasse, mit Haaren übersäte Schicht wuchs am Toilettenrand. Für den Rest der Welt war es ein Haus, ein geschindeltes Haus mit drei Schlafzimmern und Mansardenfenstern, die in alle Richtungen glotzten; auf die Verandapfosten war die Hausnummer 123 gemalt. Aber für ihn war es nicht bloß ein Haus, sondern ein Gebäude. Die Möbel streunten von Raum zu Raum. Der Junge hätte nicht so leben sollen, aber Schlampigkeit im Haushalt war wie Geringschätzung zwischen Eheleuten: Sie schlug ihre Wurzeln lange Zeit, ehe sie zu sprießen begann.

Er stand vom Boden auf und setzte sich an den Küchentisch. Dort spielte er eine Weile Karten mit sich selbst und schnupperte meditativ an einem Glas Brunnenwasser von der Farm. Dann trank er es aus. Schwarze Zehn auf roten Buben. Der Motor des Eisschranks verbrannte Erdgas, um seinen Wasserkreislauf zu kühlen. Alle unnützen Karten in seinem Blatt erschienen wieder, eine nach der anderen, und er war geschlagen. Es war der Mangel an Assen, der ihm den Rest gab. Seine Finger waren fleckig von den Trauben.

Dann ging er nach draußen, um in den Briefkasten zu schauen. Der Briefkasten stand am Randstein, und er hatte ihn seit der Vorwoche nicht mehr geöffnet.

Überall im Viertel waren die Oberflächen frostbedeckt. Das Gras splitterte unter den Füßen, und die Luft roch nach nichts als Kälte und der Abwesenheit pflanzlichen Lebens. Alles war stumpf und blechern.

Im Briefkasten fand er die Rechnung einer Feuerversicherungsgesellschaft und einen Brief. Der Brief hatte sich gewellt, so als wäre Regen daraufgefallen.

Er trug eine italienische Luftpostmarke, und als Enzo ihn unter der Straßenlaterne öffnete, stellte er zu seiner Verwunderung fest, dass sein Vater den Brief geschrieben hatte. Sein letzter Brief hatte ihn sechs Jahre zuvor erreicht, kurz nach dem Krieg, und er war ein Brief wie viele andere gewesen, die Enzo nicht beantwortet hatte. Der jetzige Brief kündigte an, dass sein Vater am dreißigsten September Neapel verlassen und nach New York fahren werde. Dort werde er eine Woche bei seiner Nichte in Yonkers verbringen, und dann werde er sich auf den Weg zu der Adresse machen, die auf diesem Umschlag stand. Er hoffe, dass der Empfänger des Briefes wisse, wo er, der Absender, seinen einzigen lebenden Sohn – Mazzone, Vincenzo – ausfindig machen könne, der ihm einmal Post von dieser Adresse aus geschickt habe. Er werde die Details seiner Ankunft telegrafieren, sobald er New York erreicht habe.

Sein Vater hieß Francesco. Der Junge hätte als Erstgeborener nach ihm benannt werden müssen, aber sie riefen ihn mit der Verniedlichungsform, Ciccio, und sein Name in der Schule war Frank.

Drei Wochen vergingen, und immer noch hatte Enzo keine weiteren Nachrichten erhalten. Er fürchtete und hoffte, dass das Schiff seines Vaters gesunken sei.

Am sechsundzwanzigsten Oktober kehrte er von der Arbeit zurück und fand hinter der Sturmtür ein Telegramm vor, das die Telefonnummer der Nichte, seiner Cousine in Yonkers, in New York, enthielt. Enzo hatte noch nie von ihr gehört – sie musste zur Welt gekommen sein, nachdem er Italien verlassen hatte. Seine Füße juckten in den fadenscheinigen Socken, die nicht ausreichten, um seinen Schweiß aufzusaugen, und in seinem Haar klebte verklumpter Mörtel. Rief er an? Ja, er tat es.

Eine Frau mit forscher Stimme antwortete und holte seinen Vater an den Apparat.

Der Maschinenraum des Schiffes, auf dem sein Vater gereist war, war mitten auf dem Atlantik in Brand geraten. Es sei zurück nach Osten geschleppt worden, zu den Azoren, sagte er. Während seines dortigen Aufenthaltes habe er außerordentlich gut und billig gegessen. Das Obst sei von höchster Qualität gewesen, der Wein habe jedoch ranzig geschmeckt. Er habe dann das einzige verfügbare Linienschiff in Richtung Vereinigte Staaten genommen, wo er bei seiner Ankunft in New Orleans feststellen musste, dass der Gestank der Stadt so widerlich war, dass er zwei Tage lang nichts als altbackene Salzkräcker essen konnte. Schließlich sei er mit dem Zug nach New York gefahren.

Er flüsterte in die Leitung, dass Enzos Cousine fettleibig und abweisend sei. Er könne es kaum erwarten, New York so bald wie möglich zu verlassen.

Die Unterhaltung war knapp, respektvoll, bürokratisch. Enzo hatte Schwierigkeiten, den Dialekt seines Vaters zu verstehen, und sprach nur stockend. Er hatte seit vierundzwanzig Jahren mit keinem Blutsverwandten mehr gesprochen.

Sein Vater sagte ruhig: »Ich werde dein Gesicht vermutlich nicht wiedererkennen. Ich möchte, dass du den gelben Schal trägst, den deine Mutter für dich gestrickt hat.«

»Ich habe ihn verloren«, sagte Enzo. Er hatte ihn vor so langer

Zeit weggeworfen, dass er sich nicht mehr erinnern konnte, wann genau.

»Na gut. Dann leih dir einen gelben Schal aus. Ich werde im hintersten Wagen sitzen.«

Enzo informierte ihn darüber, dass er getrennt von seiner Frau lebe, die in Pittsburgh wohne, dem an Pennsylvania angrenzenden Bundesstaat. Er erinnerte ihn außerdem an den Jungen und an den Namen des Jungen.

Sein Vater sagte, daran müsse man ihn ganz bestimmt nicht erinnern, da Enzos sehr kurzer Brief, der die wunderbare Nachricht von der Geburt des Jungen verkündet habe (wenn auch mit zweijähriger Verspätung), das Letzte gewesen sei, was sie von ihm gehört hätten.

Aber was sei mit seinen Brüdern?, erkundigte sich Enzo.

Nein, nein. Seine Brüder seien wohlauf. Sie seien Staatsangestellte in der nördlich gelegenen Stadt Bergamo – einer sei Polizist, der andere fahre ein Postauto. Leider lebten sie so weit entfernt, dass Enzos Vater sie nur zweimal im Jahr sehe, zu Weihnachten und in den Sommerferien.

»Dass sie tot sind, habe ich nur behauptet, um meinem Anliegen mehr Nachdruck zu verleihen«, erklärte er. »Ich hatte angenommen, dass du derjenige bist, der gestorben ist. Immerhin habe ich auf meine Briefe vom September 1939, vom November 1940, vom Dezember 1945 und vom März 1946 keine Antwort erhalten.«

Es knackte in der Leitung, und man hörte eine Radiostation mit karibischer Tanzmusik. Durch die Anstrengung, all diese vielsilbigen Informationen vorzutragen, war sein Vater außer Atem geraten. Als Enzo hörte, wie Luft in die Lunge des alten Mannes strömte, ergriff er die Gelegenheit, um den Hörer auf die Gabel zu knallen.

Der Telefontisch stand direkt am Vordereingang des Hauses, unter dem Geländer einer Treppe, die zu den drei Schlafzimmern im oberen Stockwerk führte. Über dem Telefon baumelte ein Kalender: Er hing an einem alten Gardinenhaken, der um eine Geländersprosse geschlungen war. Den Kalender hatte er von einer Familie bekommen,

die den Zeugen Jehovas angehörte: Eine blonde Dame von fünfunddreißig Jahren hatte ihn auf seiner Veranda besucht, zusammen mit ihrem Mann, der einen braunen Synthetikanzug trug und die Hand eines
kleinen Jungen hielt, der im selben Stil gekleidet war. Vater und Sohn
standen hinter der Mutter und starrten Enzo grimmig an, während die
Frau ihm erklärte, dass bald, sehr bald schon, sein Haus, alle Menschen
darin und all der materielle Reichtum, den er erspart habe, von Gott,
seinem HErrn, zerstört werden würden.

Die Kalenderseite, die jetzt aufgeschlagen war, zeigte vier dun-
kelhäutige Menschen, die sich selbstvergessen über die Pflanzen auf
einem Bohnenfeld beugten. Im Hintergrund brach derweil ein Vulkan
aus. Es war allerdings die Seite für den Monat Juli.

Enzo blickte zur Treppe und ging hoch. Er musste Ciccios Schul-
büchern und den Schulterstücken seiner Footballuniform ausweichen,
die auf den Stufen herumlagen.

Er ließ sich ein Bad ein, schälte sich aus seiner Kleidung und stieg
in die Wanne. Zügig seifte er sich ein, spülte die Seife ab, rasierte sich
und kämmte unter Wasser den Mörtel aus seinem Haar. Früher hatte
Carmelina sein Rasiermesser für ihn geschliffen, aber das tat er jetzt
selbst.

Er zog seinen Bademantel an und sah in das Zimmer des Jungen.
Ciccio lag auf dem Boden und las ein buntes Comicheft, auf das die
Asche seiner Zigarette gefallen war. Auf dem Schreibtisch stand die
gebrauchte Schreibmaschine, die Enzo ihm geschenkt hatte und die
er nur unter Androhung von Schlägen benutzte. Die Typenhebel der
Schreibmaschine waren so ineinander verkeilt, dass sie alle zu der Öffnung zeigten, in der das Papier lag, ohne dass einer von ihnen es erreicht hätte – wie eine Menschenmenge, die sich in einen Bus zu drängen versucht.

»Nimm deine verdammten Bücher von meiner Treppe«, sagte Enzo
erschöpft.

»Geht klar«, sagte Ciccio und blätterte konzentriert eine Seite um,
während er die Bilder betrachtete.

Enzo sagte: »Hör gut zu: Ich will, dass du Brilliantone ins Spülbecken gibst und Wasser einlaufen lässt und alle Polster durchwäschst, die du in deine Footballsachen stopfst.«

Ehe der Junge ihm antworten konnte, schloss Enzo die Tür und ging die Treppe hinunter, vorsichtiger mit jedem Schritt. Seine Zunge war geschwollen, als ob eine Biene hineingestochen hätte.

War er so unbedacht und rief die Nummer noch einmal an, während er seinen Bademantel durchschwitzte und die Kalenderseite im Zugwind flatterte, der durch das offene Fenster am anderen Ende der Diele drang? Ja, war er.

»Was ist passiert?«, fragte sein Vater.

Irgendwie sei die Leitung unterbrochen worden, erklärte Enzo, der sich so vergnügt und seekrank fühlte wie ein Kind in einem Spielzeugboot. Er habe eine halbe Stunde gewartet, während die Telefonistin die Fernverbindung wiederherzustellen versuchte, sagte er. Wie denn nun die Nummer des Zuges laute, mit dem sein Vater fahren werde?

Halloween, abends. Enzo und der Junge fuhren mit dem Lastwagen in die Innenstadt und stellten ihn auf dem Parkplatz vor dem riesigen Baseballstadion ab. Nichts schützte das Stadion vor den Winden vom See, der nur dreißig Meter weiter nördlich lag. Der Wind fegte durch alle Ecken und spielte auf dem Gebäude wie auf einem Rohrblattinstrument. Sie gingen über den Public Square, der Junge wie immer zwei Schritte voraus – war es der Junge, der schneller wurde, oder wurde Enzo langsamer? – und in das Tiefgeschoss des Erie-Bahnhofs. Er ließ Ciccio wissen, dass er ihn für den Fall, dass sein Großvater, von wem auch immer – und wenn es ein kleines Vögelchen sei –, erfahren sollte, dass Ciccio Zigaretten rauche, windelweich prügeln werde.

Er hatte den Jungen ausnahmsweise ihre Hemden bügeln lassen. Ciccio hatte es ganz ordentlich hinbekommen, aber er hatte zu viel Stärke benutzt, und der hatte Enzos Schweiß in Klebstoff verwandelt. Ein Zug fuhr ein. Menschen aller Hautfarben strömten aus den Wagen. Ciccio ging vor ihm. Er schob dem Jungen die Krawatte unter den Kragen. Enzos träge Augen schweiften ab, als er versuchte, den Fahrplan zu entziffern.

»Er wird uns so was von auf die Nüsse gehn«, sagte Ciccio bedrückt.

»Mäßige deine Sprache«, sagte Enzo.

»Und er wird nichts von dem verstehen, was ich sage«, sagte Ciccio.
»Was soll ich mit dem Typen anfangen, wenn du nicht da bist?«

»›Dem Typen‹? Was für eine Ausdrucksweise ist das?«

Ciccio sah zu Boden und spuckte aus.

Was war bloß mit dem Jungen los? Wie nannte man einen wie ihn?
Gedankenlos. Aber wenn Enzo nicht die Aufgabe gehabt hätte, ihn zu
erziehen, wenn er jemand anders gewesen wäre, der den Jungen von
der Seite angeschaut hätte, dann hätte das Wort, das er stattdessen gebraucht hätte, vielleicht *sorglos* gelautet.

Einmal, als Enzo gerade beim Friseur saß, hatte er gesehen, wie
Ciccio mit seinen Kumpels lässig die Straße überquert hatte. Er war
einen Kopf größer als die anderen. Er rauchte, wie die anderen auch,
während sie sich einen Basketball zuspielten, indem sie ihn auf den
Zement des Gehsteigs prellten. Dann hatte einer zu viel Schwung geholt – es ging um eine gespielte Beschimpfung –, und der Ball flog über
den beschimpften Jungen hinweg und sprang auf die Straße, wo ihm
die Autos auswichen.

Ciccio setzte seitwärts hinterher. Er fuhr fort, mit den Jungs zu
quatschen. Enzo sah es, während Pippo, der Friseur, mit seinen Koteletten sprach.

Ciccios Hände und Füße suchten nach dem Ball, aber alle im Kopf
lokalisierten Sinne waren auf die Unterhaltung mit den anderen gerichtet.

All das geschah sehr schnell.

Der Ball hüpfte immer noch ein wenig, und Ciccio, der ihn auf der
nächsten Fahrspur einholte, prellte ihn mehrfach, während er seine
Zigarette zwischen den Fingern derselben Hand hielt.

Schau dir den Jungen da an.

Wo waren die Autos?

Welchen Namen haben sie diesem Jungen da auf der anderen Seite
der Fensterscheibe gegeben, Mazzone?

Wo waren die Autos, die ihn plattmachten?

Der Junge bekam wieder die Kontrolle über den Ball. Aber was tat er, statt ihn zurück zum Gehsteig zu werfen und schnell die Fahrbahn zu räumen (während sein Vater ihn ungesehen beobachtete und sich wünschte, einen Gott zu haben, den er anrufen könne)? Er prellte ihn, unbeschwert und mühelos, direkt auf der Straße. Ein sich näherndes Auto verlangsamte seine Fahrt und blieb vor ihm stehen, während Ciccio dem Fahrer kurz zuwinkte und gemächlich auf die Gruppe zuging, ohne auch nur einen Moment seinen sorglosen Schritt verlangsamt oder beschleunigt zu haben.

Auf dem Bahnsteig blickte Ciccio auf seine Spucke hinab und trat mit dem Schuh darauf.

Ein Mann in weißer Uniform verkaufte ihnen Erdnüsse. Es gab hier viele farbige Kinder. Wieder traf ein Auto ein, und die Männer gingen zum Bahnsteig hinunter. Zigaretten baumelten ihnen in den Mundwinkeln.

»Warum bringt er seine Frau nicht mit?«, fragte Ciccio.

»Deine Großmutter, willst du sagen – he, heb sofort die Schalen vom Boden auf«, sagte Enzo. »Du bist hier in der Öffentlichkeit.«

Ciccio bückte sich. »Du hast eine Mutter, nicht wahr?«

»Nein«, sagte Enzo. »Sie ist gestorben.«

Der Junge stand aufrecht. Die geschwollenen Venen, die sich auf seiner Stirn verzweigten, flachten nach und nach wieder ab. Er sagte: »Das wusste ich nicht. Warum sagst du mir nicht, warum ich das nicht wusste?«

»Sie ist vor acht Jahren gestorben«, sagte Enzo und kaute jede einzelne Nuss zu einer Paste, ehe er sie herunterschluckte.

»Wann werde ich etwas von euren geheimen Verbindungen zur Mafia erfahren?«, fragte Ciccio. »Ich meine, du weißt schon.« Er war nicht wütend. Er wurde überhaupt nie wütend. Er wurde großmäulig.

Enzo begutachtete die zerknautschten und ungeputzten Kalbsleder-schuhe des Jungen. Wenn er einen Wunsch frei gehabt hätte, wäre er gern in die Träume des Jungen gekrochen und hätte ein bisschen für Unruhe gesorgt.

»Im Ernst, es ist, als ob du mich für einen FBI-Spitzel hältst.«

»Was willst du wissen?«

Ciccio nahm einen inquisitorischen Ton an. »Wie lautet Ihr wahrer Name, *Mazzone?*«

Sie standen neben dem Abfalleimer, warfen die Nussschalen hinein und inhalierten die duftenden Bakterien.

»Mazzone«, sagt Enzo. Weil ihm nichts anderes zu sagen einfiel, fügte er hinzu: »Und deiner?«

Einige Nusshäutchen hatten sich in Ciccios kümmerlichem Schnurrbart verfangen.

»Ich langweile mich. Warum müssen wir immer so gottverdammt früh dran sein? Dieser Typ wird mir den Rest geben. Aber warum sag ich das überhaupt? Du lachst ja nur.«

Manchmal mochte er es, wenn Ciccio redete. Er wünschte, dass er ihm mehr zu sagen hätte. Er wurde mit den Jahren immer mehr zum Zuhörer.

Züge donnerten in den Bahnhof, vorbei an einem halben Dutzend Gleisen, mit dem gewaltigen Lärm, den viele Tonnen Eisen machen, wenn sie auf Stahl rollen. Das Kreischen der Bremsen machte ihn taub.

Er hatte sich keinen Schal besorgt. Er würde seinen Vater am Gesicht erkennen. Aber fünf Minuten, nachdem der Zug angekommen war, teilten er und der Junge sich auf, um nach einem älteren, verwirrt wirkenden Ausländer Ausschau zu halten, der sich für die Reise ganz bestimmt in Schale geworfen hatte. Enzo hastete ganz nach vorn an den Bahnsteig. Inzwischen hatte der Zug, der angeblich seinen Vater transportiert hatte, das Gleis bereits verlassen, und ein identisch aussehender Zug war an seine Stelle gerollt.

Er bereute es jetzt, keinen Schal zu tragen. Ein Dutzend schweigender Negerkinder wurde von einer alten Negerfrau und einem jungen Neger, der den Kragen eines Geistlichen trug, aus dem Zug geleitet.

Enzo ging systematisch suchend auf den hinteren Teil des Bahnsteigs zu und überprüfte zwischendurch die Toilette und den Fahrkartenschalter. Er nahm seinen Hut ab und strich sein Haar glatt. Er setzte den Hut wieder auf.

Binnen Kurzem stand der Junge vor ihm. Er hielt einen gnomenhaften Mann mit einer Nelke im Knopfloch am Arm.

Leider war es nicht sein Vater. Sein Vater war viel größer als dieser Mann. Der Junge lenkte ihn mit seinem Spielchen ab.

»Er sieht verwirrt aus, aber er hat nicht die richtige Größe«, sagte Ciccio.

Der Mann musterte Enzo von oben bis unten.

Ciccio hielt einen Koffer in seiner freien Hand.

»Hör auf, Cheech, du bringst bloß die Leute durcheinander. Lass ihn in Ruhe.«

»Ich hab dir gesagt, dass du den Schal tragen sollst«, sagte der Mann im Dialekt seiner Heimatregion.

»Was hat er gesagt?«, fragte der Junge.

Eine Wildschweinjagd. Sein Vater wartete in seiner schwarzen Krawatte und seinem einzigen Mantel am Eingang einer Schlucht. Enzo verfolgte das schreiende Tier den Hang hinab. Er verließ den Wald, und der Eber wandte sich nach Süden, aber er warf einen Stein, der ihn dazu brachte, die Richtung zu wechseln. Der Eber stürmte um einen Hain von Feigenbäumen herum und folgte dem Rand des ausgetrockneten Flussbettes. Wenige Augenblicke später hörte er den Knall des Jagdgewehrs. Er hörte seinen Vater rufen, er und sein Bruder sollten aus dem Wald herauskommen. Noch wusste keiner, dass er gewonnen hatte. Er hatte den Eber in die Falle getrieben. Er war der Schnellste. Er erreichte den Grund der Schlucht rechtzeitig, um zu sehen, wie der alte Mann sich die Nase mit seinem Taschentuch putzte, dann den Kopf des schnaufenden Tieres umschlang, die Stoßzähne ergriff und ihm die Kehle durchschnitt. Wie dann das Blut austrat. Und dann sah der alte Mann auf. Er sah auf. Er sah, dass es Enzo war, der in der Schlucht lief und das Hemd anzog, das er geschwenkt hatte, um den Eber vor sich her zu treiben. Jetzt erreichte Enzo ihn, und der alte Mann wischte sich das Blut von der Hand und legte die Hand auf Enzos Gesicht.

Der Mann ließ Ciccios Arm los und zog Enzos Gesicht zu sich herab und küsste ihn auf den Mund.

Uhren und Rauch. Der aufschnappende Butangasduft von Feuerzeugen. Auf den Mund war er zuletzt von einer Prostituierten geküsst worden. Es war das einzige Mal gewesen, im Sommer des Jahres 1950. Später hatte er die Ausgabe bereut.

Der alte Mann hatte schon in Enzos Jugend das zerklüftete, irreführend harte und verdrossene Gesicht eines alten Mannes gehabt. Es kam ihm wie eine geschickte Tarnung vor, dass sein Vater sich zwischenzeitlich eine Fettschicht zugelegt hatte. Sie hatte sein Gesicht in eine ungleichmäßige Ansammlung von fleischigen Hautsäcken verwandelt, wie eine zerfallene Steinmauer, aus deren Fugen der Mörtel gespült worden war.

»Ach, Vincenzo«, sagte er höflich, »wie lange ist es her, dass ich dich gesehen habe.«

Enzo kam es vor, als ob er all die vielen Lichter im Bahnhof verblassen und aufs Neue erstrahlen sähe – wie wenn der Schatten des Todes über seine Augen gefahren wäre. »Hallo, Papa«, sagte er.

»Was hast du gesagt?«, fragte der Junge.

Enzos Vater ließ sein Gesicht los und wandte sich zu dem Jungen um. »Mazzone Francesco«, sagte er und bedeutete dem Jungen, seinen Kopf zu neigen, um ihm die Wangen zu küssen, »auch ich werde Mazzone Francesco genannt.«

7 Uhr 14 abends, sagte die große Uhr, die von der Gewölbedecke der Eingangshalle herabhing.

»Sag ihm, er soll aufhören, mich zu küssen«, sagte Ciccio.

»Versteht er gar nichts von dem, was ich sage?«, fragte Francesco Mazzone.

»Ein bisschen«, sagte Enzo. »Er kann es nicht sprechen. Wenn er sich Mühe gibt, kann er es verstehen.«

»Ihr sprecht über mich, aber was sagt ihr?«, fragte der Junge.

Als sie draußen waren, wollte Francesco wissen, ob es üblich sei, dass sich Kinder auf so dramatische Weise kleideten. Hexen, Ballerinen, Geister und Landstreicher betraten und verließen die Geschäfte.

»Ihn verwirren die Kostüme«, erklärte Enzo.

»Wie beschämend«, sagte Francesco.

»Das ist unser Public Square«, sagte der Junge freundlich.

»Er sagt, das ist der Platz«, übersetzte Enzo.

»Vielen Dank, das sehe ich selbst.«

Sie gingen durch die Coshocton Street Richtung Ufer.

Francesco schüttelte ein paar Camel-Zigaretten aus einem Päckchen in seinem Mantel und gab Enzo und dem Jungen eine. »Die habe ich in Yonkers gekauft. Sie sind von allerbester Qualität.« Sein Kopf war ein wohlbehauener Steinblock, auf dem das gepflegte weiße Haar sorgfältig angeordnet war.

Ciccio war sprachlos vor Ehrfurcht und Dankbarkeit.

Der alte Mann hatte Ciccio beim Arm genommen.

»Enzo, übersetze.«

»Was hat er gesagt?«

»Ich sterbe vor Kälte«, sagte Francesco zu dem Jungen. »Ist es hier immer so kalt? Mir war in meinem ganzen Leben nicht so kalt.«

Enzo fing zu übersetzen an, aber der Junge unterbrach ihn mit einer Armbewegung. Sie schafften es, mittels Zeigen und Nicken zu kommunizieren. Als sie sich dem Wagen auf der dunklen Seite des Stadions näherten, fing der Junge an, italienische Wörter zu gebrauchen, deren Aussprache zu kennen er bislang immer geleugnet hatte.

Sie fuhren auf der Maumee Avenue in östlicher Richtung. Francesco saß auf dem Fensterplatz, der Junge hatte die Gangschaltung zwischen den Beinen und schaltete, wenn Enzo die Kupplung einlegte. Francesco und der Junge führten ein mehr oder weniger normales Gespräch und mussten Enzo nur gelegentlich um eine Übersetzung bitten.

Sie fuhren durch die Niggerstadt.

»Hier leben die Bimbos«, sagte der Junge.

»He.«

»Was denn? Ich dachte, die heißen so?«

»Was hat er gesagt?«, fragte Francesco.

»Hier leben die Krausköpfe«, sagte Ciccio.

»Ich habe dir *gesagt,* wie du sie nennen sollst.«

»Gibt es dafür ein Gesetz?«, fragte sein Vater. Er meinte ein Gesetz darüber, wer wo leben durfte.

»Nein«, sagte Enzo. »Vielleicht. Ehrlich gesagt, ich weiß es nicht.«

Sie passierten mehrere grüne Ampeln. Schnee fiel. Francesco hielt einen Finger hoch, deutete auf sich selbst, zeigte auf den Wagen und sprach dann ein paar Worte.

Der Junge sagte: »Er ist noch nie zuvor in einem Auto gewesen?«

»Das kann nicht sein«, sagte Enzo.

»Busse natürlich. Dauernd. Wenn wir deine Brüder in Bergamo besuchen. Kein einziges Mal in einem Privatwagen. Das hier ist eine seltsame Art von Auto. Was für eine Art von Auto ist das hier?«

»Ein Pick-up«, sagte der Junge.

Francesco wiederholte das Wort.

Der Junge sagte auf Italienisch, ohne den geringsten Akzent: »Deine Reise, wie sie war? Du bist bequem dabei?«

»Wo hast du gelernt, so zu reden?«, verlangte Enzo zu wissen.

»Ich kann es nicht sagen. Ich weiß es nicht«, sagte der Junge und schaltete den Wagen herunter. »Es kommt einfach so aus mir heraus.« Das war typisch für den Jungen. Einfach draufloszuplappern, wenn ihm etwas durch die Rübe rauschte.

Und hier sei ihre Kirche, erläuterte der Junge.

Enzo hatte vor dreiundzwanzig Jahren darin geheiratet. Mit der Gewerkschaftsnadel hatte er die Ansteckblume an seinem Jackett fixiert, und die Jungs vom Gewerkschaftsbüro 238 hatten den Platz der Verwandten eingenommen. Carmelina hatte ein Kostüm aus Satin getragen und einen kleinen Hut mit einem Schleier dran. Damals war er morgens immer mit ihrem süßen Rosenduft in der Nase und einer verirrten Haarsträhne von ihr im Hals aufgewacht.

Etwas bremste Enzo. Es bremste ihn seit langer Zeit. Schließlich würde er – so wie ein Ball, der, nach oben geworfen, immer langsamer wird – für einen Augenblick in der Luft verharren und zu fallen beginnen.

Francesco Mazzone schlug ein Bein über das andere und wandte sich weltmännisch um. Er griff Ciccio am Kinn, drehte seinen Kopf hin und her und musterte ihn skeptisch wie ein Viehzüchter bei einer Rinderauktion. »Was für ein gut aussehender Junge«, sagte er mit Nachdruck in seinem Dialekt. »Aber du solltest etwas wegen seiner Zähne unternehmen, Enzo. Zitronensaft mit Natron. Morgens und nachmittags.«

»Was hat er gesagt?«, fragte der Junge.

Enzo antwortete nicht.

Morgen war Allerheiligen und danach Allerseelen, aber er hatte vergessen, Kerzen für die Toten zu kaufen, um sie in seinem Haus anzuzünden.

11

Irgendein Bengel hatte Ciccios Haar zu fassen bekommen, ein Schläger von der staatlichen Schule, der nach Münsterkäse roch, ein eingebildeter Affe, mit seinem hochgeschlagenen Kordsamtkragen – keine Ahnung, was den Kampf ausgelöst hatte. Es war in der Innenstadt passiert, auf dem Werksgelände der neuen Odessa-Bahn. Ciccio war wie üblich im Vorteil mit seiner Größe und Reichweite. Aber dieses Individuum hatte sich die Haare gegriffen, hatte einfach keine Ehre im Leib, und hatte Ciccios Gesicht auf eine Eisenbahnschwelle gedrückt.

Jetzt verlor Ciccio Blut aus einer Schnittwunde auf seinem Wangenknochen, und er war gelähmt vor Furcht, was Mrs. Marini mit ihm anstellen würde. Aber er hatte schon einmal eine ähnlich tiefe Wunde vor ihr verborgen – auf dem Unterarm, er hatte die Ärmel nicht aufgekrempelt –, und die hatte sich so übel verschlimmert, dass er den Eiter mit einem Löffel herauskratzen musste.

Es war der Mittwochabend vor dem Erntedankfest, ein Feiertag, den sie nicht mehr eingehalten hatten, seit seine Mutter sie vor sechs Jahren verlassen hatte. Niemand hatte ihm je gesagt, warum.

Mrs. Marini untersuchte ungerührt die geschwollene Schweinerei unter seinem Auge, ehe sie die Brille wechselte, um seine Kleidung zu mustern. Sie schnüffelte an einem Teerölfleck in der Ellbogenbeuge seiner Jacke und verpasste ihm dann mit tief empfundener Verachtung einen Schlag auf die saubere Seite seines Gesichtes. »Wenn du stirbst, dann hat dein Vater keine Erben, ist dir das eigentlich klar?«, fragte sie. »Geh ins Badezimmer.«

Auf dem Herd stand ein Topf, und die Küche roch nach kochendem Geflügel, aber Ciccio war der Appetit vergangen. Sie humpelte die Kellertreppe hinab.

Francesco Mazzone, das ältere Modell, lag rücklings auf dem Boden des Nähzimmers und bastelte am Gestell des Tisches herum. Er hatte im Müll vor jemandes Haus einen Motor gefunden und versuchte nun, ihn in Mrs. Marinis Nähmaschine einzubauen – der Pedalantrieb verschlimmerte den Rheumatismus in ihrer Hüfte. Das jedenfalls hatte Ciccio aus dem geschlossen, was er gesehen hatte, und aus den beiden Dialektwörtern, die er verstanden hatte: *Maschine* und *Müll*. Das Gummipedal und der zerschlissene Riemen, die das Schwungrad antrieben, lagen jetzt hinter der Schneiderpuppe auf dem Haufen, der auf den Altpapiersammler wartete (er nahm auch Kupfer, Blech und Fahrradreifen). Anfang des Monats hatte der alte Mazzone bei ihnen zu Hause das Badezimmer neu gefliest und ihre Kaffeemaschine repariert, ein Gerät, das er bis dato gar nicht gekannt hatte und dessen Produkt ihn enttäuschte.

»Hast du gewonnen?«, fragte Francesco Mazzone. Er nahm Ciccio beim Arm und führte ihn durch die Diele.

»Ja, ich habe gewonnen«, sagte Ciccio. Aber er hatte in keiner Weise gewonnen.

Er saß auf dem Toilettendeckel. Die entleibten Köpfe dreier schmollmündiger junger Gipsdamen, die Mrs. Marinis andere Frisuren trugen, beobachteten ihn mit ihren distanzierten, sexuell aufgeladenen Blicken von einem Regal über dem Toilettenpapier. Es gab eine vierte, aber sie war kahlköpfig. Sein Großvater saß auf dem Rand der Badewanne und wunderte sich laut darüber, was man in diesem Land im Abfall finden könne, während er seine Daumen beidseitig der Wunde in Ciccios Gesicht positionierte. Er zog sie auseinander und schielte mit einem weit geöffneten und einem zugekniffenen Auge hinein. Er roch nach Tabak, Orangen und Zahnfäule. Seine Arme und seine Hände waren so groß und sein Griff um Ciccios Kopf so fest, dass er dessen Kopf wie einen Kürbis von den Schultern hätte drehen können.

»Wie sind die kleinen Stöckchen da reingekommen?«, fragte der alte Mann mit so unverhohlenem Stolz und Erstaunen, dass Ciccio bis dorthin sehen konnte, wo seine gelbe Zunge im Rachen verschwand. Angesichts der zerfressenen Backenzähne musste Ciccio an die Schwarzen Berge in South Dakota denken, wo er noch nie gewesen war. Er war noch nie irgendwo gewesen, außer auf der Farm und hier.

»Ich ihn zu Klump geschlagen. Ich mach nichts. Sterne machen Kreise um seinen Kopf. Ich steh auf. Ich nach Hause komme. Der Gewinner«, sagte Ciccio bedachtsam.

Der alte Mann verdrehte seine Lippen in dem Versuch, ein an seinem Gaumen klebendes Korn zu lösen. Er hatte Erfolg und schluckte heftig.

Mrs. Marini kontrollierte Ciccio, während er sich die Hände mit Desinfektionsseife wusch. Als er beim Spülen angekommen war, ließ sie ihn die ganze Prozedur noch einmal mit einer Bürste wiederholen. Dann erst erlaubte sie ihm, die Pinzette zu benutzen, die sie in Alkohol gereinigt hatte. Sein Großvater hielt den Spiegel, während Ciccio die Splitter aus seinem Gesicht entfernte. Sie tupfte die Wunde mit Peroxid ab und schmierte Jodsalbe drauf. Er war enttäuscht, dass nichts genäht werden musste, hielt aber die Hoffnung auf eine kleine Narbe aufrecht. Eine leichte, dauerhafte Verfärbung war alles, was er wollte, etwas, das auch später noch sichtbar sein würde, wenn er besser denken konnte. Nichts, was ihn zurückgeblieben aussehen lassen würde (besser gesagt: zurückgebliebener), nur eine historische Landmarke, eine angeschlagene Ecke im Lieblingsteller.

Ciccio Mazzone war nicht besonders stolz auf sein Aussehen. Etwas fehlte in seinem Gesicht, aber er hätte nicht sagen können, was es war. Der wissenschaftliche Weg wäre gewesen, die Veränderungen seiner Gesichtszüge im Lauf der Zeit zu verfolgen und Ciccio Mazzone (oder Frank, wie ihn zu Hause niemand nannte) mit seinen Babybildern zu vergleichen – aber es existierten keine Babybilder. Wenn er Paps nach dem Grund fragte, schnitt der bloß die Ränder von seinem Sandwich, trug es auf dem Schneidebrett zu der Ottomane im Wohnzimmer, sank langsam auf den Teppich und aß.

Mrs. Marini schnitt etwas Verbandsmull ab und klebte ihn Ciccio ins Gesicht. Die ganze Zeit ließ sie einen Schwall von Beschimpfungen auf ihn niedergehen. Wenn Paps dieselben Sachen zu ihm gesagt hätte, hätte er es auf absurde Weise nur lustig gefunden – aber so, wie sie es sagte, hätte er sich vor Scham am liebsten das Hemd über den Kopf gezogen.

Der Trick mit der Nähmaschine hatte funktioniert. Mrs. Marini applaudierte sogar – etwas, das Ciccio sie sonst nur aus Schadenfreude hatte tun sehen. Der brüllende Motor verbreitete Ozongeruch. Sie schickte sie zurück zu Nummer 123, mit einem Topf Hühnereintopf und einigen Veränderungen an dem Verband. Paps machte für fünfzig Prozent Zuschlag Überstunden, und so musste das Abendessen warten.

Schweigend gingen Ciccio und Francesco Mazzone hügelabwärts. Alle Geschäfte waren geschlossen, zur Vorbereitung eines Feiertags, den keiner verstand. Wegen eines Bagatelldiebstahls war die Kirchentür mit Ketten verschlossen. Ein dünner Regen fiel. Den ganzen Tag über waren dunkle Flüssigkeiten durch die Rinnsteine geflossen, als ob die Stadt auslaufen würde. Bäuchlings lag sie da in ihrer grauen Kluft, wie ein Soldat der Konföderiertenarmee.

Er hatte zur Schule seine guten Schuhe anziehen müssen, wegen einer Debatte über die westliche Zivilisation. Dann hatte er sich zwei Stunden lang mit seinen Freunden im Nieselregen herumgetrieben. Das Leder hatte sich um seine Füße zusammengezogen, und die quälten ihn jetzt. Er vermutete, es wäre nicht schlecht, irgendeine Sally oder Susan-Anne zu haben, zu der man sagen könnte: Oh Mann, Baby, meine Füße tun echt weh. Und sie wäre nett zu ihm. Vermutlich. Andererseits würde sie ihn zu Hause besuchen wollen.

Sein Großvater drückte ihm den Regenschirm, den sie sich teilten, in die Hand und zog seine Hose hoch, als wäre er eine scharfe Braut am Strand, die verhindern will, dass ihr Hintern beim Entscheidungslauf durchhängt.

Es war ein seltsamer Tag. Ciccio kam es vor, als wäre er nicht er selbst. Er war fünfzehn, störrisch und einfach unausstehlich. Als Kind war er während ähnlicher Stimmungen auf einen Stuhl geklettert, der vor dem Kalender über dem Telefontischchen stand, hatte ein paar

Monate vorgeblättert und in ein Quadrat, das ein sehr fernes Datum markierte, die Worte »Dieser Tag wird nie kommen« geschrieben.

Er vermutete, dass er seine Mutter vermisste. Er unterzog diese Vermutung einer halbherzigen Prüfung, wendete sie in Gedanken hin und her, kratzte ein wenig an der Oberfläche und war schließlich peinlich berührt, als er zu dem Schluss kam, dass sie falsch war. Zum Beispiel hatte sie seinem Vater vor zwei Jahren ein Telegramm geschickt, in dem sie ankündigte, zu ihnen zurückkehren zu wollen, aber Ciccio hatte dieses beschissene Ding, das Telegramm, abgefangen und entsorgt. Hatte er das bereut? Nö.

Sie gingen an dem abgedunkelten Geschäft des Schweineschlachters vorbei und bogen in die Zweiundzwanzigste Straße ab – ein Weg, den er hunderttausend Mal gegangen war. Er gestand Francesco Mazzone, dass seine Schuhe hin seien und seine Füße schmerzten. Das zumindest war es, was er zu vermitteln versuchte. Doch der alte Mann schniefte nur, sodass seine Nasenhaare flatterten, und der Regen machte weiter *klopf-klopf* auf dem Regenschirm.

Francesco Mazzone hatte es sich zur Angewohnheit gemacht, Ciccio um fünf Uhr morgens zu wecken, indem er ein Geschirrtuch mit kaltem Wasser tränkte und Ciccio damit übers Gesicht strich. Dann begleitete er Ciccio zur Schule – ein vier Meilen langer Marsch über den Saint Ambrose Boulevard, eine Straße voller Rauch, der sich im unheimlichen Licht der Straßenlaternen sammelte, während die Straßenbahnen den Mittelstreifen entlangbrausten. Ciccio hatte sonst immer die Straßenbahn genommen und bei ihrem Rütteln und Schütteln weitergedöst. Wenn er in die Kapelle gestolpert war, war sein Blick noch von Schlaf verklebt. Mittlerweile verließ er sich darauf, dass der lange Marsch bei Wind und Wetter ihn geistig-körperlich in Schwung brachte. Sie hatten sich während ihrer Gänge nicht viel zu sagen, und darin lag eine gewisse Großzügigkeit, eine Geräumigkeit. Auf diese Weise konnte er unabgelenkt die Straße beobachten und nachdenken. Solange er nicht in die Falle tappte, über sich selbst nachzudenken, genoss er das.

Der alte Mann schlurfte neben ihm her, band sich dauernd seinen Schal neu und zerrte an seiner Hose, während sie gingen. Wie er es schaffte, mit seinen kaputten Füßen den ganzen Weg in die Stadt und wieder zurück zu laufen, war Ciccio schleierhaft. Das Einzige, worüber sein Großvater je klagte, war, dass seine Füße schmerzten. Gleichzeitig war der alte Mann überzeugt davon, dass all seine Fußprobleme von schlechter Durchblutung verursacht wurden. Er glaubte, dass sie austrocknen und auseinanderfallen würden, wenn er nicht mindestens drei Stunden am Tag zu Fuß ging. Ciccio hatte gesehen, wie er seine Socken auszog und die ausgetrockneten, schwammartigen Flecken seiner Zehennägel entblößte, die vielen Hühneraugen, den lilafleckigen und gedunsenen Spann. Die Knochen waren so schief und krumm, dass man sich fragte, wie er überhaupt gehen konnte.

Die beiden kamen mit ihrem Hühnereintopf zu Hause an. Ciccio ging die Treppe hoch und warf seine Bücher auf den Boden seines Zimmers. Er zündete sich eine Zigarette an und stolperte nach unten in die Küche, geschwächt von den toxischen Chemikalien, die er in seinen Blutkreislauf eingespeist hatte. Er fühlte sich gefangen und verkrüppelt und dachte: Ciccio Mazzone, Ciccio Mazzone, Ciccio Mazzone. Er fühlte sich allem, was er sah, dauerhaft entrückt. Schwer zu sagen, woran es lag. Er hasste dieses Haus. Er hasste den Geruch des Hauses.

Er wünschte sich, jemanden zum Sprechen zu haben.

Der alte Mann stand an der Spüle und ließ heißes Wasser in ihren Suppentopf ein. Er machte eine Bewegung mit der linken Hand, als würde er einen unsichtbaren Basketball dribbeln: Ciccio solle sich setzen.

Ciccio nahm einen Aschenbecher vom Küchentresen und setzte sich. Er beobachtete den kantigen und entschlossenen Rücken dieser Gestalt, der er außer mit seinem Namen in nichts ähnelte.

Der alte Mann wuchtete den Suppentopf hoch, drehte sich um, beugte sich tief hinab und stellte den dampfenden Topf vor Ciccios Füße. Mühsam kniete er nieder. Dann begann er, Ciccios Schuhe aufzubinden.

Ciccio Mazzones Verstand war ein ungebärdiges Tier. Er konnte sich nicht erklären, warum dieses Tier bockte oder sprang oder irgendein unschuldiges Geschöpf verfolgte, das gar nicht wirklich da war, wenn doch die Welt außerhalb seines Schädels keine deutliche Veranlassung dafür gab, all dies zu tun. Dies jedenfalls waren die Ereignisse, wie er sie zum gegenwärtigen Zeitpunkt in seinem Gedächtnis gespeichert hatte:

Bei der Belagerung von Yorktown im Jahr 1781, als die Amerikaner sich von den Briten zu befreien versucht hatten, waren Lafayette und seine französischen Truppen den Amerikanern zu Hilfe gekommen. Dann waren einhundertsechsunddreißig Jahre verstrichen. Lafayette, Washington, George III., Cornwallis, alle waren sie gestorben. Ihre Kinder und Enkel waren gestorben. Die Deutschen überfielen die Franzosen, und die Amerikaner entschlossen sich, in den Ersten Weltkrieg einzutreten und sie zu verteidigen. John Joseph »Totschläger« Pershing, der amerikanische General, landete in Frankreich. Die Geschichte ging dann so weiter, dass er nach Paris reiste und die Krypta besuchte, wo der alte Held begraben war – in Erde, die man aus den Vereinigten Staaten mitgebracht hatte. Und dass einer seiner Berater sagte: »Lafayette, wir sind da.«

Für Ciccio Mazzone lag die Bedeutung dieses Ereignisses darin, dass wir vielleicht das Gefühl haben, ziellos durch den Weltraum zu schlittern, während uns in Wahrheit vergangene Ereignisse in lange, elliptische, kometenhafte Umlaufbahnen geschossen haben, die weit von unseren Ursprüngen entfernt sind. Und dass wir letztendlich zu Menschen zurückkehren werden, deren Leben dem unseren voranging und es entstehen ließ. Vielleicht erkennen wir sie sofort. Oder wir treffen einen Fremden zum ersten Mal und haben, während wir seine Hand schütteln, das intensive Gefühl, dass eine alte Verpflichtung endlich eingelöst wurde.

»Ich werde dir jetzt zeigen, wie du deine Füße richtig pflegst«, sagte der alte Mann. »Pass auf und vergiss nicht, was ich jetzt mache.«

Seine Brille war beschlagen. Er nahm sie ab, klemmte sich einen der Bügel zwischen die Zähne und rollte die Ärmel seines Hemdes hoch. Er zog Ciccio die durchweichten Socken aus und krempelte ihm die Hose hoch. Dann nahm er Ciccios Füße und tauchte sie eigenhändig in das brühwarme Wasser.

Der alte Mann verlagerte sein Gewicht von einem Knie auf das andere. Die Brille baumelte unter seinem Kiefer, während seine weißen Hände und Ciccios weiße Füße in dem Topf langsam rot wurden. Dann wurden Hände und Füße aus dem Wasser gezogen, und der alte Mann begann seine Arbeit.

Jeder Zeh wurde einzeln gekniffen und zwischen seinen fleischigen Fingern gerollt. Mit einer Bürste schrubbte er die tote Haut von Ciccios Fersen, sammelte das faulige Zeug zwischen den Zehen auf und schnippte es in das Wasser. Die dünnen Häute zwischen den Zehen wurden gerieben. Die Finger des alten Mannes waren gekrümmt.

Er steckte die Füße für einen Moment zurück ins Wasser und dehnte seine Hände. Dann hob er die Füße wieder heraus und klemmte seine Daumen in die Fußgewölbe. Er drückte und dehnte, knetete die Fußballen und isolierte eine Sehne, deren Existenz Ciccio nicht einmal kannte. Er rieb sie und zog sie gerade.

Ciccio hatte gar nicht bemerkt, wie steif und kalt seine Füße gewesen waren, bis sie lockerer und wärmer wurden. Sein Fuß ruhte in beiden Händen des alten Mannes, wurde von ihnen gedrückt, dann plötzlich losgelassen, und er konnte fühlen, wie das Blut hineinströmte.

Unterdessen war ein Teil von Ciccio Mazzones Verstand noch immer Lafayette auf der Spur. Marie-Joseph-Paul-Yves-Roch-Gilbert du Motier, Marquis de Lafayette. Einige Jahrzehnte nach der Französischen Revolution hatte er die Staaten bereist, und überall, wo er hinkam, hatte man Städte nach ihm benannt, die bis zum heutigen Tag existierten. Von dieser Reise hatte er eine Kiste amerikanischer Erde mitgenommen, um darin begraben zu werden.

Ciccio hätte sich jetzt gern mit Lafayette unterhalten. Vielleicht hätte Lafayette einige seiner Fragen beantworten können. Denn diese Sache mit der amerikanischen Erde, die er mitgenommen hatte, und dass er dann doch in Frankreich begraben sein wollte, das war die Tat eines Mannes, der wirklich zweigeteilt war – so wie Ciccio zweigeteilt war (aber in was für Hälften?) – und der einen Weg gefunden hatte – nämlich das Mitnehmen von Erde –, eine bloße Idee in etwas Reales umzuwandeln. So wie diese beiden Sockel am unteren Ende von Cic-

cios Beinen für ihn nichts als Ideen waren. Sie waren ziemlich merk-
würdige Fortbewegungsmaschinen, die elektrische Impulse und Mus-
kelkontraktionen und Logarithmen in rasche Vorwärtsbewegungen
übersetzten, aber der alte Mann sagte: Es sind Füße, es sind Füße.

12

Die neue Straße nach Ashtabula war frisch und ordentlich asphaltiert, eine vierspurige Autobahn, weiß von Streusalz. Sie verkürzte die Fahrt zur Farm von zwei Stunden auf eine und führte sie entlang des Seeufers, durch die rußigen Industrie- und Hafenstädte (statt wie die alte Straße nach Süden durch Bezirke voller Maisfelder und Mastschweinpavillons). Als der Wagen über die Straße flog, pfiff eisige Luft in den Lüftungsschacht, strömte über die siedend heißen Lamellen der Heizung unter dem Armaturenbrett, trat über den Schuhen der beiden Männer, die sich in dem Wagen befanden, wieder aus und verbreitete so hinreichend Wärme im Führerhaus. Der jüngere Mann, Enzo – er fuhr –, ähnelte seinem Vater, was den leicht abgeflachten Scheitel betraf und die Furchen, die sich neben seinen fleischigen Lippen allmählich in den Mundwinkeln zeigten, und die dicken, geschundenen Hände, auf denen die Haut zu schorfig war, als dass Haar darauf hätte wachsen können. Die beiden Augen seines Vaters jedoch blickten, im Gegensatz zu seinen eigenen Augen, ohne zu schielen geradeaus, und seine Fingernägel waren gepflegter.

Den alten Mann begeisterte jede Gelegenheit, in dem Kleinlaster zu fahren. Ebenso bewunderte er den Motor selbst und bewachte ihn in seinen freien Stunden, auf dass keine vorbeikommenden Kinder ihn in der Auffahrt belästigten. Er berührte seinen Leib nur mit Handschuhen. Er war die wertvollste Ware, die jemals jemand in seiner Familie besessen hatte. Die Vibrationen der Bodendielen, sagte er, würden seinen Füßen besser tun als jede Behandlung, die er bisher ersonnen hatte.

Es war der dreiundzwanzigste Dezember. Wieder einmal würden sie Weihnachten arbeitend verbringen, aber Enzo war es am liebsten so. Der Junge war schon seit einer Woche auf der Farm und schnitt Trauben. Patrizia war mit ihrer alten Kiste in die Stadt gefahren, um ihr am letzten Schultag vor den Ferien abzuholen. Aber es gab immer noch viel Arbeit, die erledigt werden musste. Ehe der Boden gefror, mussten alle Pfähle des Weinberges neu eingeschlagen und die verfaulten ersetzt werden.

Der Wagen glitt ohne anzuhalten durch Painesville und Perry, während Francesco Mazzone an einem Apfelgehäuse nagte und es mit den rationierten mehligen Äpfeln verglich, die er bei Kriegsende gegessen hatte – was ihn wiederum zu dem umfassenderen Thema von Verknappungen in Kriegszeiten führte und schließlich zu den Verlusten in Kriegszeiten, ein Gegenstand, den Enzo peinlich zu vermeiden versucht hatte. Sobald der alte Mann seine Erzählung begonnen hatte, sprach er mit großer Bestimmtheit, so als ob er sie schon viele Male vor Fremden in Bussen, Zügen und auf Schiffen vorgetragen hätte. Er redete gern und viel, und er kannte keine Geheimnisse.

Enzo wusste bereits aus einem der Briefe, dass die zivile Bevölkerung seines Heimatdorfes bei der Invasion der Alliierten und dem Bombardement von Neapel den Ort verlassen hatte, in die Berge geflüchtet war und vier Monate lang in Höhlen gelebt hatte. Die deutschen Besatzer hatten sich, nachdem ihnen klar geworden war, dass sie das Dorf nicht halten konnte, damit die Zeit vertrieben, dass sie Türgriffe, Bügeleisen, Bidets, Lichtschalter, Küchengärten, Schuhe, Leichen, Mansardentüren, Vogelkäfige und Schmuckkästen mit versteckten Sprengladungen versahen, in der Hoffnung, auf diese Weise das Vorrücken der Alliierten aufzuhalten. Die Kirche, in der Enzo gefirmt worden war, war zerstört worden, als bei der Ankunft der alliierten Truppen ein Junge die Treppe zum Glockenturm hochlief und die Glocke läutete. Der Brief vom Anfang des Jahres 1945 hatte von all dem nichts geschildert, sondern nur die wichtigsten persönlichen Neuigkeiten. Er war mit den Worten »An den Überbringer dieses Briefes« überschrieben gewesen und, wie alle anderen Briefe, Enzos Schwester

Giulia diktiert worden, die ihn auf verblasstes blaues Papier aus der Frühzeit der faschistischen Regierung geschrieben hatte. Enzo kannte das Papier gut: Ein Lehrer hatte es ihm in der Schule gegeben, und er hatte es nicht mitgenommen. *Es wäre überaus freundlich,* stand da in der Handschrift seiner Schwester, *wenn der freundliche Überbringer dieses Briefes so gut wäre, ihn an Mazzone Vincenzo weiterzuleiten, sofern eine solche Person ihm bekannt ist.* Enzo erinnerte sich an alle Einzelheiten des Briefes, obwohl er ihn nur einmal gelesen und danach sofort in den Abfall geworfen hatte.

»Wir haben den ganzen Winter Walnüsse gegessen«, sagte der alte Mann. »Nichts als Walnüsse. Dein Neffe Filipo, den du nie gesehen hast, hatte ungefähr zehn Scheffel Walnüsse vom deutschen Proviantmeister gestohlen. Man hat ihn ertappt und hingerichtet, mit einem Schuss, hier, ins Rückgrat. Aber sie wussten nicht, wo er die Walnüsse versteckt hatte. Wir waren zu sechst. Deine Mutter, Gregorio, deine Schwester, ihr Mann, ihre Tochter und ich. Filipo, Giulias Sohn, war der sechste. Wir alle hatten schrecklichen Husten, uns war kalt. Obendrein waren wir zu siebt gewesen, und jetzt waren wir zu sechst.

Wir saßen vor der Höhle, schmutzig wie echte Wilde, und hatten nichts zu tun. Die Langeweile war schlimmer als die Furcht. Vom Eingang der Höhle aus konnte man Guiseppina Fiorentinas Orangenhain sehen. Aber wir hatten gehört, dass es in den Ästen der Bäume drei Bomben gäbe und Minen im Gras. Wir schauten zu, wie die Früchte dick wurden, dann trocken und schließlich herabfielen. Und wir aßen nichts außer den Walnüssen. Und nach dem Krieg erfuhren wir, dass es Fiorentina selbst gewesen war, die alle hatte glauben lassen, der Hain sei vermint, damit niemand ihre kostbaren Mandarinen und Klementinen stehle. Ich glaube, die Deutschen wussten gar nicht, dass es ihn gab. Sie brachte alle dazu, es zu glauben, und dann ging sie zurück in die Stadt, um ihre Spieldose zu retten, und nachher fand man sie in ihrem Schlafzimmer mit weggesprengten Armen. Kisten, in denen möglicherweise Wertsachen aufbewahrt wurden, gehörten zu den ersten Sachen – also, zu den ersten Sachen, an denen sie die Fallen angebracht hatten. Sie hatten damit schon angefangen, ehe wir noch unsere Häuser verlassen hatten. Die ersten Sachen waren Schmuckkästen und Spieldosen und Schränke.

Jedenfalls wurde es dann März, und der wilde Spargel hatte Saison. Ein Australier, der für die Alliierten arbeitete, hatte unser Haus von Sprengsätzen gesäubert. Es waren fünf Bomben allein in unserem kleinen Haus, an das du dich bestimmt erinnerst. Wir waren alle unterernährt. Aber deine Mutter hatte irgendwie eine Tasse Sahne beschafft. Und ich kann dir sagen, es war ein Festmahl, einfach eine Tasse Sahne zu haben, und die Amerikaner hatten uns diese billige Pasta geschenkt, also ging deine Mutter morgens los, um nach Spargel zu suchen, zur Vervollständigung der Mahlzeit. Es hieß, die Gegend sei dort, wo man sie fand, sauber, aber das war sie anscheinend nicht.

Sie war mit der Sahne in einem Aluminiumkännchen nach Hause gekommen, und sie jammerte buchstäblich vor Glück – du weißt, wie das bei ihr klang. Wir stellten das Kännchen in die Speisekammer, damit es kühl bliebe. Wir fühlten uns wie bei einer Feier, und ich hatte zwei Zigaretten. Ich kann mich nicht mehr erinnern, wie ich an die gekommen bin. Ich weiß auch nicht mehr, warum wir sie auf diese Weise geraucht haben, aber jedenfalls rauchten wir sie nicht jeder eine, wir rauchten die eine zusammen – wir reichten sie herum, sehr romantisch –, und dann rauchten wir die zweite auf dieselbe Weise. Sie starb. Ich rauche jetzt eine Menge. Das habe ich früher nicht getan. Diese amerikanischen Zigaretten schmecken mir sehr gut. Mach dein Fenster einen Augenblick zu, während ich die hier anstecke.«

Enzo kurbelte sein Fenster hoch, und der alte Mann zündete ein Streichholz an.

»Ein amerikanischer Soldat kam zu uns an die Tür. Jemand hatte ihm gesagt, wo unser Haus zu finden sei. Ich hatte zuvor noch nie einen amerikanischen Soldaten aus der Nähe gesehen. Ich hätte gedacht, er sei viel größer, als er war. Ich weiß nicht, was er sagte, aber es war spät am Nachmittag, und deine Mutter war viele Stunden länger weggeblieben, als ich erwartet hatte, und ich spürte instinktiv, was geschehen war. Ich ging in das Schlafzimmer, um meine guten Schuhe zu holen. Dann habe ich das Haus mit dem Amerikaner verlassen. Er führte mich zu einem kleinen Raum in der Schule. Es waren viele Amerikaner dort, und sie tranken den dünnen Kaffee, den ihr hier habt, und strichen alle Tische und Stühle im Raum mit grüner Farbe. Die Farbdämpfe machten mich benommen, aber vielleicht war mir schon vorher unwohl gewesen. Sie müssen gewusst haben, wer ich bin, denn sie hörten auf zu reden, als sie mich sahen. Einer der Soldaten konnte ein paar Worte in einer Art Kalabresisch sprechen. Ich verstand genug, um zu wissen, was ich mir ansehen sollte. Er führte mich den Gang entlang.

Ich war außer mir, dass sie ihr Gesicht nicht gereinigt hatten. Ich konnte es einfach nicht glauben. Ihr Gesicht war voller Schlamm. Sie hatten nicht einmal eine Decke oder ein Laken über ihren Körper gebreitet. Ein Bein fehlte. Das ganze Bein. Ich erinnere mich, dass ich mich in dem Raum umgesehen habe, aber ich konnte es nicht finden. Es war so verwirrend, als ob mein eigenes Bein fehlen würde. Der Amerikaner aus Kalabrien bot mir eine Zigarette an, und ich sagte ihm, er solle etwas Wasser und ein Handtuch für ihr Gesicht holen, aber er zeigte nur mit der Zigarette auf mich. Ich sagte ihm sehr deutlich, er solle mir einen Wassereimer und ein Handtuch holen, und er verließ den Raum. Dann setzte ich mich hin und wartete darauf, dass er zurückkäme. Ich sah unter dem Tisch nach, ob das Bein dort wäre, aber natürlich war es nicht dort. Nach vielleicht einer halben Stunde kehrte er zurück – mit einer Tasse Tee. Da bin ich nach Hause gegangen. Ich habe die nötigen Dinge aus dem Haus geholt und bin zurück in die Schule gegangen.«

Als sie bei der Farm ankamen, beantwortete Francesco Mazzone eine Frage, die Enzo seit zwanzig Jahren beschäftigte: Warum war niemand imstande, im Bezirk Ashtabula ordentliche Weintrauben anzubauen? Der Boden war zu gut. Selbst im Dezember war nicht zu übersehen, dass die Vegetation im Sommer üppig war und dass der Mutterboden sehr dunkel und reichhaltig sein musste. Der alte Mann vermutete, dass es oft regnete, und auch das war der Fall. Die Pflanzen mussten nicht um ihr Leben kämpfen und produzierten ein Übermaß an nutzlosem Laub. Was man brauchte, war felsige Erde und wenig Niederschlag. Die Pflanzen mussten das Gefühl haben, dass sie Gefahr liefen, abzusterben, um all ihre Energie für die Fruchterzeugung aufzubringen. Kein Zurückschneiden konnte diesen Boden wettmachen, und keine Traube von nennenswertem geschmacklichem Reichtum würde entstehen, wenn man nicht die Wurzeln leiden ließe. Er räumte ein, dass das Gelände für Tafeltrauben geeignet sei.

Er hörte interessiert zu, während Patrizia die unzähligen Schädlinge beschrieb, die ihre Ernte jedes Jahr heimsuchten, und die Ausgaben, die ihr entstanden, weil sie Spritzmittel kaufen musste, mit denen sie sie vernichten konnte.

Unter dem Gewicht ihrer großen, ungleich geformten Brüste war ihr Rücken gekrümmt, und ihr Hals war gebeugt wie ein Blumenstiel, der eine zu große Blüte trägt. Aber immer noch ging sie rasch und mit großen Schritten. Ihre weißen Zöpfe hatte sie mit Locken von abgeschnittenen eigenen Haaren zusammengebunden und unter einer schweren Haube auf der Rückseite ihres Kopfes mit Nadeln befestigt. Sie trug schwarze Witwenkleider, obwohl sie nicht wusste, was aus Umberto geworden war, für den sie, wenn sie ihn erwähnte, nur Begriffe gebrauchte, die seine Beziehung zu ihrem jeweiligen Gegenüber kennzeichneten: »dein Schwiegervater«, »dein Großvater« oder sogar »Ihr alter Bekannter.« Carmelina oder Toni erwähnte sie überhaupt nicht.

Am Heiligabend schneite es. Der Junge schlief auf einem Klappbett in der Küche und die beiden Männer auf Strohmatratzen, die auf dem Wohnzimmerboden in der Nähe des Ofens lagen. Enzo konnte die ganze Nacht nicht einschlafen: Die Strohhalme stachen durch sein Nachthemd, und das geräuschvolle Schnarchen seines Vater beleidigte ihn, als wäre es eine Schimpftirade. Im Haus seiner Schwiegermutter schlief er sowieso nur selten die ganze Nacht durch, allerdings war es normalerweise die Stille, die ihn störte.

Schließlich schlich er sich nach draußen. Er trug seine Hausschuhe und den braunen Mantel aus Merinowolle, den er stets auf der Farm ließ – ein elegantes Kleidungsstück aus zweiter Hand, das ursprünglich Mrs. Marinis Mann gehört hatte. Enzo hatte ihn missbraucht, indem er zugelassen hatte, dass sich die Fellfusseln von Patrizias Kaninchen darin ansammelten. Die Luft war windstill und fast warm. Dicke Schneeflocken durchzogen sie so vorsichtig, als ob sie versuchten, keine Aufmerksamkeit zu erregen. Trotzdem verhüllte der Schnee alles und reichte ihm fast bis an die Knie. Er steckte die Hand hinein, hob etwas davon an den Mund und aß es. Er fühlte, wie der Schnee seine kalte Bahn durch seine Venen zog.

Am Weihnachtsmorgen tauschte man Orangen, Pampelmusen und Käse als Geschenke aus. Patrizia hatte aus einer farblosen Wolle, die sie für fünf Cent gebraucht gekauft hatte, einen Schal für Ciccio gehäkelt.

Nach dem Frühstück zogen sie sich an und gingen hinaus. Patrizia lenkte den Traktor im Schneckentempo durch den Schnee, während Enzo und der Junge hinten auf dem hohen Wagen standen. Beide schwangen mächtige Hämmer aus Eichenholz, mit denen sie die Pfähle, an denen sie vorbeifuhren, tiefer im Boden versenkten. Der alte Mann folgte ihnen zu Fuß in der Spur eines Wagenrades und erfreute sich am Schnee, den er noch nie in solchen Mengen gesehen hatte.

Im Schnee sah der Weinberg aus wie ein Blatt Papier, auf das jemand mit der Maschine ein einziges Wort geschrieben hatte: wieder und wieder, und noch einmal, bis das Farbband aufgebraucht und das einst so deutliche Wort kaum noch zu entziffern war.

Was war das für ein Wort? Für Ciccio Mazzone, der aus Langeweile und aus einer Laune heraus den verschneiten Weinberg mit einer Seite verglich und die immergleichen Wurzelstöcke und Robinienpfähle mit endlos wiederholten Buchstaben, war dieses Wort ein Pseudo-Latinismus, eine amerikanische Erfindung, die klingen sollte, als stamme sie von vornehmen Römern ab, während sie vermutlich von einem Flussschiffer aus West Virginia oder einem Wanderprediger stammte. Das Wort bedeutete so viel wie »fliehen« oder »abhauen«, aber er würde es – wenn's recht ist – lieber nicht laut sagen, ehe er diesen beschissenen Flecken Erde nicht hinter sich gelassen hatte.

Für seinen Vater andererseits – der den Jungen voller Befriedigung betrachtete, während dieser den großen Hammerkopf hinter sich schwang und seinen Rücken im Schwung der Bewegung leicht drehte, bis er ihn schließlich mit einer leichten, werfenden Aufwärtsbewegung über den Kopf heben konnte – lautete das Wort, wenn es denn ein Wort gab, das sich auf der weißen Seite seines Verstandes ungewollt und unaufhörlich wiederholte, weder *Bastard* (seit etwa zehn Jahren nicht mehr), noch lautete es Carmelina (so bedauerlich es war, aber diesen Gedanken hatte er aufgegeben), sondern *Schlaf.*

Schlaf, sagten die Pfähle, wenn er auf sie draufschlug, während er die schwefligen Abgase des Dieselmotors einatmete und einen gefrorenen Trieb von einem Weinstock riss und darauf herumkaute.

Zwei Abende später machten sich Enzo und sein Vater auf den Weg zurück in die Stadt. Ciccio blieb auf der Farm. Der Zug, der den alten Mann zurück nach New York bringen sollte, fuhr früh am nächsten Morgen, und Enzo dachte voller Liebe und Hoffnung an die weichen Sprungfedern seines heimischen Bettes.

Die Straßen waren nach dem Schneeschauer an Heiligabend geräumt worden, aber jetzt schneite es wieder. Kurz nachdem die Männer die Farm verlassen hatten, verwandelte sich der Schnee in Regen. Die Bundesstraße war schwarz und glänzte im Licht der Scheinwerfer. Vom nächsten Tag an wäre es unwahrscheinlich, dass Enzo jemals wieder mit Francesco Mazzone zusammentreffen würde.

Die Scheibenwischer schlugen wie verrückt. Enzo sah die Straße weniger klar als den Regen selbst – die glühenden Atome, die sich in kurzer Entfernung aus dem Nichts materialisierten, die dort für den Bruchteil einer Sekunde hingen und dann millionenfach auf ihn zuschossen.

»Was den Jungen angeht, da gibt es etwas, das ich erklären sollte …«, setzte er an und wandte den Kopf zur Seite.

Sein Vater saß wie immer stocksteif da, und seine schweren Arme waren fest vor den Rippen gekreuzt. Aber die zerknitterten Augen waren geschlossen, und der Kopf lag im Schlaf vornübergebeugt.

Enzo konnte den weißen Streifen am Straßenrand, an dem er sich orientierte, nur undeutlich ausmachen.

Er hatte den alten Buick am Bordstein geparkt, er war die Treppe hochgegangen. Seine Socken waren seit dem Mittagessen völlig nass geschwitzt. Er würde später niemals vergessen, dass er in die Wohnung gegangen war – schnurstracks durch die Eingangstür und dann direkt in das Schlafzimmer –, die Kommode geöffnet und seine Socken gewechselt hatte. Erst danach war er ins Wohnzimmer gegangen und hatte sie auf dem Boden hinter dem Beistelltisch gefunden. Sie hatte ihr Gesicht gegen die Ottomane gepresst. Offenbar war sie irgendwie gestürzt, und irgendwie war ihr Kleid im Fall über ihren Hintern gerutscht. Der aus irgendeinem Grund nackt war. Und offenbar hatte sie sich irgendwie am Kopf gestoßen, denn sie lag bewusstlos dort auf dem Flur, mit all dem Blut, obwohl er keine Verletzung an ihrem Kopf feststellen konnte. Sie war gefallen und hatte bedenklich viel Blut verloren, das Blut war überall auf dem Orientteppich, und sie war bewusstlos. Er hatte sie ins Badezimmer getragen, ihre kurzen Beine waren schlaff und glatt gewesen, und hatte sie in die Wanne gelegt. Er hatte ihre Knie anwinkeln müssen, damit sie hineinpasste. Er war aufgestanden und hatte mit seinen Blicken den Raum überflogen – auf der Suche nach was? Einer Haarbürste, ihr Haar war völlig durcheinander geraten –, und er hatte keine gefunden. Er war in die Küche gelaufen und hatte nach was gesucht? Einem Lappen. Er hatte nicht den geringsten Schimmer, was passiert sein konnte. Da war ein Wasserglas gewesen, seltsam, ein einzelnes Wasserglas, das auf dem Abtropfgitter neben der Küchenspüle trocknete. Es sah Lina gar nicht ähnlich, Gläser einfach so draußen stehen zu lassen: Sie trocknete sie ab und stellte sie zurück in den Schrank. Er hatte das Glas mit Leitungswasser gefüllt und in einem Zug leer getrunken.

Er war so müde.

Etwas Warmes und Schmerzlinderndes füllte seinen Kopf. Die Wirkung ähnelte der stuporösen, chemischen Behaglichkeit, die auf sexuelle Entladung folgt, und sie führte ihn zurück in den unerschöpflichen Schlaf der frühen Ehejahre. Den Schlaf der tausend Jahre.

Neun Jahre waren vergangen.
Er war von der Arbeit nach Hause gekommen. Wie viele Male war er von der Arbeit nach Hause gekommen? Er hatte den Jungen angewiesen, ihm ein Bad

einzulassen. Er hatte den Jungen gefragt, wo seine Mutter sei, und der Junge hatte gesagt, er wisse es nicht.

Am Rand von Enzos Blickfeld zuckte der schlafende Kopf seines Vaters in eine aufrechte Position. »Mein Gott, wach auf!«, schrie der alte Mann.

Enzo suchte erneut den weißen Streifen der rechten Straßenseite und fand ihn. Aber es waren zwei Streifen, und sie waren gelb. Er fuhr auf der falschen Spur.

Brillantine.

Steh auf, damit ich dich verprügeln kann.

Ad astra per aspera.

Impuls? Impuls ist einfach. Impuls auf einer vollkommen glatten Oberfläche entspricht der Masse des Gegenstandes multipliziert mit seiner Geschwindigkeit.

Er trat auf die Bremse, und dennoch setzte der Wagen seine Vorwärtsbewegung fort. Scheinwerfer wurden mit jeder Millisekunde heller. Er drehte das Steuer von einer Seite zur anderen, und dennoch fuhr der Wagen weiter, so geradlinig wie die Straße, und kollidierte in einem Aufschrei aus kreischendem Glas und Metall mit dem entgegenkommenden Fahrzeug.

Schlaf.

Den Highway hoch und runter. Er wäscht, du trocknest ab. Mach den Mund beim Essen zu. Mach das Licht aus, wenn du aus dem Zimmer gehst.

Ich war elf. Es gab einen Onkel, er hieß Gregorio, der mich von meinem Vater zur Zeit des Getreideschneidens auslieh und den ich lieber mochte als alle anderen. Er war fort gewesen, um im Krieg gegen die Türken zu kämpfen, und er war mit Postkarten zurückgekehrt, auf denen die Städte des Nordens handkoloriert abgebildet waren, eine für jeden von uns. Aber für mich gab es ein zweites, geheimes Geschenk, ein silbernes Entermesser, das er dem Türken abgenommen hatte, den er in Libyen getötet hatte – mein wertvollstes Besitzstück. Ich bewahrte es in einem Erdloch auf, in einer Holzkiste, unter einem Mispelbaum.

Heute sind wir gemeinsam nach Hause gegangen. Wir sind seit Sonnenaufgang draußen gewesen und haben seinen Weizen eingebracht. Die Sensen haben wir in einem Schuppen am Feldrand zurückgelassen. Wir sind barfuß gegangen. Die Hitze war selbst jetzt in der Dämmerung noch unerträglich. Wir waren hungrig und durstig, als wir den letzten Abhang erreichten und der Glockenturm in weiter Ferne in Sicht kam. Dann sprangen wir hügelabwärts über den Weg, schneller und immer schneller.

Dann rannten wir beide. Die Steine stachen in meine Füße, aber das war egal, wir rannten. Als wir am Fuß des Hügels auf die Hauptstraße trafen, waren wir im Zielsprint, Schulter an Schulter. Wir konnten unmöglich noch schneller laufen. Aber dann tat ich es doch.

Ich zog davon und atmete den Staub ein. Ich war jung und schnell. Ich lag in Führung, allein. Meine zielstrebigen Füße waren klein und gewichtslos. Der Boden ging mir aus.

13

Mrs. Marini und Patrizia fuhren am Neujahrsabend in die Innenstadt, um Lina vom Bahnhof abzuholen. Sie überquerten den Public Square, betraten den Erie Station Tower und fuhren mit dem Fahrstuhl in das zweite Kellergeschoss, wo Toilettenpapier und Karamellbonbons auf dem Zementboden klebten. Wo sie auch hinsahen, bevölkerten Farbige jeden Alters und aller Schattierungen den Bahnsteig, sodass beide schnellstmöglich wieder gehen wollten. Das Blocksignal weiter hinten an den Gleisen sprang auf Grün, und aus Youngstown traf eine Lokomotive ein, auf deren Schienenräumern sich echtes Blut und Tierteile zu befinden schienen. Aus Baltimore kam ein weiterer Zug an, und eine betagte Farbige trat auf den Wagenübergang und hielt ihren Hut auf dem Kopf fest. Dann erst bemerkte sie, dass dies nicht der Weg hinaus sei, ging zurück ins Wageninnere und kam eine Minute später in der Seitentür zum Vorschein. Sie glotzte die Menschenmenge auf dem Bahnsteig an und berührte zaghaft ihren Hut, wie um sich selbst zu vergewissern, dass er immer noch da sei. Schließlich rief eine andere alte Farbige ihr etwas zu, eilte zu ihr und nahm ihr die Tasche ab. Eine große weiße Frau in einem blauen Mantel mit Nerzkragen biss sich auf die Lippen, während sie wie gebannt in eine Filmzeitschrift starrte, auf deren Rückseite ein grinsender, schnauzbärtiger Westerndarsteller bezeugte, dass »Luckies besser schmecken«. Jemand versuchte, ihnen einen Schokoriegel zu verkaufen. Etwas, das allem Anschein nach ein völlig einwandfreier Herrenstiefel war, stand aufrecht in einem Abfalleimer.

Früher am selben Tag hatte Mrs. Marini den Leichenbestatter bezahlt und sich auf dem Heimweg bei Rocco ein Plunderstück gekauft. Als sie nach Hause kam, behielt sie ihre lange Unterhose an und trug anstelle ihres Haarteils eine Pudelmütze. Sie konnte sich an keine Erkältung erinnern, die so lange gedauert und sich so vielen Maßnahmen widersetzt hatte. Sie hatte sich sogar dazu gezwungen, ein Halstuch zu tragen – und sie hasste Halstücher. Das Bedürfnis, ein Halstuch zu tragen, war ein Zeichen. Der Körper wollte einem auf diese Weise mitteilen, dass man gut daran tat, seine Papiere in Ordnung zu bringen und das bisschen Bargeld aus seinem Versteck zu holen, damit die Erben es nicht etwa übersehen. Sie trank fast zwei Liter kochend heißes Wasser mit Zitrone, aber es lief zu schnell durch sie hindurch, um seine Wirkung zu tun.

Sie wickelte einen Wollschal über ihr Halstuch. (Erniedrigung, Knechtschaft.) Sie verschaffte sich Bewegung, indem sie von der Küche ins Wohnzimmer, ins Schlafzimmer, ins Wohnzimmer, in die Speisekammer ging, die Treppe hoch und wieder hinab in den Keller, um weitere Kohlen in den Heizkessel zu schaufeln. Treppauf zurück. (Ihre Hüfte! Schmerzte!) Ihr Gesicht war grau, und ihre Finger waren blau. Sie war fest entschlossen, nicht zuzulassen, dass eine gewisse Person sie in diesem Zustand sah.

Sie platzierte einen Stuhl über der Klappe im Küchenboden. Sie öffnete das Wörterbuch auf dem Buffet. Sie befestigte das Kreuzworträtsel mit einem Gummiband an dem Brotbrett auf ihrem Schoß. Den Stift hielt sie in der Hand. Die Uhr zeigte auf 10 Uhr 17. Sie gestand sich zwanzig Minuten zu.

Mach schnell. Suche in den Hinweisen nach Eigennamen, für die es nur eine einzige Antwort geben kann. *Hauptstadt des Jemen. Hund des Dünnen Mannes. Josef aus Gori.* Jetzt keine Trödelei – *Sanaa, Asta, Stalin* –, oder du hast den Zweck der Sache verfehlt.

Ein verzauberter Moment, ein erotisches Aufglühen bei Vierzehn waagerecht: sieben Buchstaben, zweitletzter Buchstabe ein *c,* der Hinweis: *Quatsch.*

Sie war eine nackte Frau, die eine Pflaume vom Ast pflückte.

Gewäsch.

Mit Dreizehn senkrecht hatte sie Schwierigkeiten: zehn Buchstaben, *Ein Bild, das durchblutet.* Sie hatte *nti* in der Mitte. Letzter Buchstabe: *o.* Was meinten die? Dann *pe* am Anfang. Hieß es *Pentimento*? Sie sah im Wörterbuch nach. Sie hatte nicht gewusst, dass es als englisches Wort zählte.

Als sie zwei Minuten vor Ende der gesetzten Frist den letzten Buchstaben einsetzte, empfand sie den vertrauten Triumph. Sie hatte den Rätselautor besiegt. Aber der Triumph wurde sofort von Hoffnungslosigkeit verdrängt. Dieses Gefühl hatte sie oft, wenn das Rätsel gelöst war. Die Farbe war abgeblättert und gab das verborgene Bild frei. Das Kreuzworträtsel verblasste, und darunter kamen die täglichen Pflichten zum Vorschein. Ihrer Gesichtsfarbe hatte es auch nichts genützt.

Sie brauchte einen Plan.

Und schon fiel er ihr ein.

Sie würde sich schmoren. Sie setzte einem der Gipsköpfe im unteren Waschraum ihre Mütze auf. Sie nahm einen Detektivroman mit ins Badezimmer und ließ sich in die Wanne sinken. Alle zehn Minuten frischte sie das Wasser auf: ließ ein bisschen ab und füllte nach. So las sie das Buch von vorne bis hinten durch, bis sie die Zehennägel aus ihren Versenkungen hätte pulen können. Schweiß stach ihr in die Augen.

Sie warf das Buch auf den Toilettensitz und zog sich mithilfe der Stangen, die Vincenzo zur Melodie ihrer lautstarken und nutzlosen Proteste in den Fliesen verbolzt hatte, in eine stehende Haltung. Mikroskopisch kleine Maschinisten hatten sich einen Tunnel in das Fleisch ihrer Beine gegraben, das Kugelgelenk ihrer Hüfte mit einem glasigen Überzug versehen und es mit Vaseline bestrichen. Sie hätte einen Marathon laufen können, aber sie hatte Dringenderes zu tun. Ihre Armbanduhr auf dem Toilettensitz zeigte 3 Uhr 03. Sie wischte den Spiegel mit einem Handtuch ab und betrachtete ihren feuchten, kahlen Kopf. Ihr Sieg über die Erkältung war vollkommen. Sie hätte ein Ei auf ihrer Handfläche braten können, aber sie hatte zu tun.

Sie trocknete sich ab. Sie musste sich sputen. Patrizia und Ciccio konnten jede Minute eintreffen, um sie abzuholen und zum Bahnhof zu fahren.

Sie befestigte ihre Perücke, einen extravaganten schwarzen Bausch, an dem, was von ihren Haaren noch übrig war. Sie empfand den kleinstmöglichen Moment des Bedauerns, während sie ihre Ohrringe anlegte: Nachdem Metall ihre Ohrläppchen so viele Jahre heruntergezogen hatte, waren die Löcher keine Einstiche mehr, sondern klaffende Spalten im Knorpel. Hätte sie gewusst, dass sie so lange leben würde, hätte sie mit dem Stechen ihrer Ohrlöcher gewartet, bis sie über fünfzig gewesen wäre. Andererseits: Wenn sie damit gewartet hätte, die Ohrlöcher stechen zu lassen, hätte Nico niemals die Gelegenheit gehabt, ihr all die Ohrringe zu schenken.

Sehr gut. Ihr Haar saß fest, ihre braungrauen Viskosestrümpfe waren mit Klammern festgesteckt, ihr Gesicht leuchtete. Das Bild im Spiegel zeigte seine Zähne. Am Rand ihrer Wahrnehmung sah sie einen Funken. Erst war er nur ein Gedanke, weit entfernt und unbestimmt, aber dann schoss er auf sie zu wie ein Pfeil im Traum. Der Gedanke war scheußlich, aber daran trug sie keine Schuld. Es war nicht ihr eigener Gedanke, der Gedanke hatte sie überfallen. Sie hatte ihn sich nicht ausgedacht, der Gedanke hatte sich selbst ausgedacht und sich ihr aufgedrängt. Trotzdem musste sie anerkennen, dass an seiner Wahrheit nicht zu rütteln war: Sie würde all die anderen überleben.

Ihre Handtasche war schwarz. Ihr Kleid war natürlich auch schwarz – all ihre Kleider waren schwarz. Die halb offenen Schuhe, die sie aus dem Wandschrank nahm (sie war jetzt unempfindlich gegen Kälte, sie wollte gleichzeitig leichtsinnig und vornehm wirken, die Königin der Hölle), waren schwarz. Seit 1915 hatte sie keinen Fuß mehr vor die Tür gesetzt, ohne schwarz gekleidet zu sein. Sie hatte Lina, ihr Lamm, ihre kleine, geliebte Lina, seit 1946 nicht gesehen. Sie schminkte sich auffällig. Sie verlieh ihren Wangenknochen einen säbelförmigen Schwung. Sie wollte nicht gut aussehen. Sie war nicht einfach eitel. Sie wollte Furcht einflößend aussehen. Sie übte den Gesichtsausdruck, mit dem sie Lina auf dem Bahnsteig begrüßen würde. War sie einschüchternder, wenn sie die Arme verschränkte oder wenn sie seitlich herabhingen? Das spöttische Lächeln, fand sie, war weniger wirksam, als wenn sie die Lippen fest verschloss und die Nasenlöcher weitete. Die Zähne erst zeigen, wenn die Jagd begonnen hat.

Es gab so vieles, was Lina vorzuwerfen war, man konnte es unmöglich alles auflisten, doch das hielt sie nicht davon ab, es trotzdem zu versuchen. Da war ihr spurloses Verschwinden, nach dem sie tagelang nichts von sich hatte hören lassen. Da waren später die kurzen Nachrichten alle paar Jahre, in denen sie wenig mehr mitteilte, als dass sie am Leben sei und an irgendeinem entlegenen westlichen Außenposten in einer Schulküche arbeite, und noch später in Pittsburgh, ausgerechnet Pittsburgh. Da war die triftige, wenn auch nicht nachweisbare Hypothese, dass Enzo und sein Vater, die dem Vernehmen nach beim Verlassen der Farm todmüde gewesen waren, eingeschlafen waren, und sei es auch nur für Sekunden, was niemals passiert wäre, wenn Lina im Auto gewesen wäre. Sie hätte Enzo wach gehalten oder wäre selbst nach Hause gefahren, denn sie war nicht so überheblich und unvorsichtig hinter dem Steuer wie Enzo. Da war die Kleinigkeit, dass sie ihren Jungen ohne Mutter zurückgelassen hatte. Da war der Ehemann, der gesagt hatte: Durch dick und dünn. Da war die Mutter, die schon von allen anderen verlassen worden war. Da war der Mann in dem anderen Wagen, der auch gestorben war, und Lina hätte Enzo durch Reden wach gehalten oder wäre selbst gefahren. Niemals hatte sie jemandem einen Grund dafür genannt, warum sie gegangen war, weder brieflich noch telefonisch. Da war Mrs. Marinis eigene Theorie, dass es niemals einen Grund gegeben habe, nur einen Entschluss, der mit einem einzigen, wohlplatzierten Schlag, ohne nachzudenken, in die Tat umgesetzt worden war. Da war Costanza Marini. Da war: Was ist mit ihr? Da war: Ich habe mich dreißig Jahre lang jeden Tag um dich gekümmert. Da war: Selbst wenn man auf der Straße an einem toten Hund vorüberfährt, erweist man ihm die Ehre und wirft einen Blick zurück. Da war: Ich habe dich aus meinen Gedanken verbannt, ich habe während deiner gesamten Abwesenheit kein einziges Mal deinen Namen genannt.

Schon möglich, dass sie bei anderen gerade diejenigen Sünden verdammte, deren sie sich selbst am meisten schuldig gemacht hatte, aber darum ging es nicht. Sie war nicht an mildernden Umständen oder christlicher Psychologie oder läppischer Toleranz interessiert. Was sie wollte, war, einen Pfahl der Furcht in Linas Herz zu treiben. Der Herr würde seine Gelegenheit, Rache zu üben, zu gegebener Zeit wahrnehmen. Bis dahin war hier unten, im eigenen Haus, ein Preis zu zahlen.

Sie stand gerade vor dem Schlafzimmerspiegel und zupfte sich die Augenbrauen, als Patrizia und der Junge eintrafen. Ciccio kam rein und setzte sich aufs Bett. Er äußerte sein Erstaunen darüber, was sie mit ihrem Gesicht anstellte.

»Ich sehe nicht von selbst so aus, nicht wahr?«, sagte sie.

Er sagte: »Was weiß ich von Kosmetologie?«

»Hast du Schnee in meinen Teppich getreten?«

Im Spiegel sah sie, wie er zustimmungsheischend seine bestrumpften Füße hob.

Er sagte: »Ist dir übel?«

»Nein«, entgegnete sie.

»Du siehst aus, als ob dir übel wäre. Entschuldige, dass ich das sage.«

Patrizia schlurfte ins Schlafzimmer und klimperte mit ihren Schlüsseln. Ihr Gesicht war geschwollen und fleckig. Mrs. Marini sah Ciccios Gesicht im Spiegel prüfend an, aber sie sah nichts als eine seltsame, pfirsichartige Maske, die Gesundheit und Wohlwollen ausstrahlte. Dann verließ er das Zimmer. Patrizia sah sie von der Seite an, während sie fortfuhr, ihren Augenbrauen zu Leibe zu rücken. Sie hörte, wie Ciccio am anderen Ende des Hauses wiederholt den Eisschrank öffnete und schloss.

»Bist du hungrig?«, schrie Patrizia in Richtung der Tür.

»Nein«, rief er zurück.

»Spielst du mit meinem Eisschrank herum?«, fragte Mrs. Marini.

»Ja«, sagte er.

»Magst du das Türgeräusch? Das Klicken?«

»Ja«, sagte er lahm.

Er machte das vor dem Gottesdienst, wenn sie ihn zur Kirche schickte, und er machte es, ehe er nach Hause zurückkehrte, wenn sein Vater eine Liste von häuslichen Pflichten für ihn aufgestellt hatte. Und vor der nachmittäglichen Übungsstunde in Schönschreiben, zu der sie ihn früher verdonnert hatte, hatte er es auch gemacht. Es war seine Art, darum zu bitten, dass man ihn allein ließ.

Sie sah Patrizia an und setzte ein kokettes Lächeln auf.

»Fang gar nicht erst an, Costanza«, zischte Patrizia. »Sei artig.«

»Ich bin artig«, wisperte sie anzüglich. »Ich bin immer artig. Ich bin schrecklich artig. Findest du nicht, dass ich artig aussehe?«

Im Grunde würde ihre Strategie viel besser aufgehen, wenn sie Ciccio zu Hause ließen. Zu schade, dass Patrizia darauf bestanden hatte, mit dem Auto zu fahren. Sie wollte Lina ganz für sich allein.

»Lass ihn doch hierbleiben«, sagte sie.

»Er kommt mit«, sagte Patrizia. »Er will mitkommen.«

»Wir werden uns im Führerhaus zusammenquetschen müssen, und es wird heiß und unangenehm sein.«

»Er mag Züge«, beharrte Patrizia.

»Wir werden zusammengequetscht, und denk an den Ärger mit der Gangschaltung.«

»Als er klein war, hatte er Spielzeugzüge, die er auf dem Sofa und der Auffahrt herumgeschoben hat, und er hat das Zuggeräusch nachgeahmt. Erinnerst du dich? Er hatte diesen gestreiften Hut auf, den ich für ihn gemacht habe.«

»Ein Personenwagen. Eine Limousine.«

»Wir kaufen ihm Erdnüsse, die mag er.«

Mrs. Marini und der Junge waren durch ihr Temperament miteinander verbunden. Sie hatte einen ebenso unbestechlichen Blick für Gerechtigkeit wie er. Für sie war es das Zuschnappen von Wäscheklammern, für ihn das Öffnen und Schließen der Eisschranktür – eine Verschwendung von Gas, die sie keinem anderen hätte durchgehen lassen. Die Verbindung ging auf die Zeit vor seiner Geburt zurück und hatte ihre Ursache in Ereignissen und Vertraulichkeiten jener Art, die sie durch ihren Beruf in tiefen Höhlen zu begraben gelernt hatte, so weit entfernt von jedem alltäglichen Zugriff, dass es keinerlei Mühe kostete, sie dort aufzubewahren.

(Die Ereignisse, die dazu geführt hatten, dass Lina mit dem Jungen schwanger geworden war, waren eine solche Vertraulichkeit – Linas konkrete Gründe für ihre Weigerung, sich seiner zu entledigen, als er nichts als ein Keim gewesen war, waren es nicht. Sowohl Enzo als auch Mrs. Marini hatten dies als den einzig gangbaren Weg angesehen. Wenn Lina damals aus Scham davongelaufen wäre, hätte niemand eine Erklärung von ihr erwartet. Stattdessen schien sie mit ihrem Verschwinden gewartet zu haben, bis niemand ihr ein anderes Motiv als äußersten Egoismus unterstellen konnte.

»Ach, Coco«, sagte der heuchlerische Geist, der sich als ihr Ehemann ausgab, »das musst gerade du sagen.«

»Wie wär's, wenn du wenigstens mal den Hauch eines Gefühls von Verbundenheit zeigen würdest?«, rief sie. »Wirst du mich denn niemals verstehen? Carmelina war meine Erbin. Sie hat sich *eigenhändig* aus *meinem* Testament gestrichen. Aus einer Laune heraus. Wie absurd.«)

»Zugegeben, wenn du die Art von Auto hättest, in der vier Personen zur gleichen Zeit bequem fahren könnten«, sagte Mrs. Marini, »dann hätte ich nichts zu bekritteln. Aber du hast den Kleinlaster.«

»Ich esse eine von den Bananen«, rief Ciccio aus der Küche.

Patrizia senkte ihre Stimme noch weiter. »Ich will, dass du dich anständig benimmst«, sagte sie.

»In der Schublade unten rechts liegt Mortadella«, schrie Mrs. Marini zurück.

»Halt dich mit deinen Stänkereien mindestens einen Monat lang zurück. Tu es mir zuliebe.«

»Ich kann das Brot nicht finden«, sagte er.

»Einen Monat?«, fragte Mrs. Marini. »Heute in einem Monat wird sie Robben in Norwegen jagen.«

Der Zug zockelte nach Norden, durch die rußverschmierten, grün bewaldeten Täler hinter Pittsburgh in die vertraute Ebene, Richtung Erie, Pennsylvania. Dort würde die Frau in einen Zug nach Westen umsteigen, der sie in zweieinhalb Stunden nach Ohio brächte.

Sie fragte einen ausgezehrten jungen Mann, der im Buch Mormon las und auf der anderen Seite des Mittelganges saß, ob er eine Zigarette habe, aber er verneinte. Sie stolperte ins nächste Abteil und suchte die Sitze nach vorzeitig gealterten Gesichtern ab. Die anderen Reisenden musterten sie kurz und sahen dann weg. Schließlich gab ihr ein Gefreiter eine Chesterfield, behauptete aber, keine Streichhölzer zu haben.

Ihr Mann, von dem sie sich entfremdet hatte, verabscheute Chesterfields. Er war sogar so taktlos, einen Raum zu verlassen, in dem Chesterfields geraucht wurden. Im Speisewagen gab ihr das Mädchen hinter dem Tresen Feuer. Die Küche war geschlossen. Sie waren nur wenige Meilen von Erie entfernt. Niemand außer den beiden befand sich in dem Abteil. Das Mädchen war vielleicht fünfundzwanzig Jahre alt und trug einen goldgelben Turban, der an der Vorderseite mit einem Knoten in Form eines Croissants gebunden war. Sie rollte einen Eimer hinter dem Tresen hervor. Mit dem Fuß drückte sie einen Hebel an einer der Laufrollen und ließ ihn einrasten.

»Haben Sie kein Taschentuch, Missis?« Sie seufzte.

Die Frau hatte sich an einen Fenstertisch gesetzt. Sie schüttelte verneinend den Kopf.

Das Mädchen zerrte ein Taschentuch aus der Tasche – die Stickerei an den Rändern war unverkennbar Handarbeit – und winkte ihr damit. »Das habe ich heute Morgen frisch gebügelt«, sagte sie, »aber ich vermute, Sie werden es behalten.«

Die Frau sagte »Danke« und wischte sich über die Augen und die Nase. Sie bereitete sich darauf vor, kurz, aber heftig bedauert und dann missioniert zu werden.

Das Mädchen fing bloß an, den Boden zu wischen.

Später, am Bahnhof in Erie, kam das Mädchen zu ihr und fragte beiläufig, ob sie warten müsse. Die Frau sagte, ja, zwei Stunden.

Das Mädchen versenkte die Fäuste in seinen Manteltaschen und atmete lang und tief durch die Zähne aus. Der Turban hatte sich ein wenig gelöst. Sie starrten beide zur voraussichtlichen Ankunfts- und Abfahrtszeit hoch, den Bahnsteignummern, den Zielorten. Das Mädchen blickte auf den Fahrplan, legte den Kopf zur Seite und fragte flüsternd: »Missis, wissen Sie, dass Sie das Kleid verkehrt herum tragen?«

Er öffnete den Eisschrank. Er schloss den Eisschrank. Er war allein im Haus der alten Dame. Er hörte auf die Geräusche, die entstanden, wenn er a) den Griff zurückzog und dabei die Verriegelung öffnete; b) den luftversiegelnden Haftstreifen, der rund um die Tür lief, knirschend aufschnappen ließ; c) den Griff wieder nach vorn drückte und die Verriegelung senkte; d) die Tür mit einem einzigen Schwung zuschleuderte, wobei der Riegel einrastete und die Versiegelung sich gleichzeitig wieder versiegelte.

Er ließ zu, dass sich seine Gedanken langsam ordneten. Er ließ sie denken, was immer sie denken wollten. Dann durchschnitt er sie mit dem Geräusch der Eisschranktür. Er versuchte, die Geräusche mit dem Ticken der Uhr zu synchronisieren. Er sah zu, wie seine Gedanken sich um diese Geräusche ganz von selbst neu ordneten, *Klick* und *Bumm,* und *Klick* und *Bumm,* bis alles andere unhörbar geworden war.

Es funktionierte nicht richtig. Normalerweise war dies eine todsichere Strategie, um seinen inneren Aufruhr zu besänftigen, aber heute war es anders. Jetzt hatte Ciccio so viel Zeit damit vergeudet, seinen Kopf in Ordnung zu bringen, dass ihm nur noch zwei Stunden blieben.

Er hob Mrs. Marinis Telefon ab und rief Ricky an.

Kurz darauf sausten die beiden durch die Chagrin, Ricky vorne am Lenker und Ciccio auf dem Gepäckträger, während seine seitlich ausgestreckten Beine die Balance hielten. Es fing wieder an zu schneien – große Schneeklumpen klatschten auf die Straße.

»Du warst die ganze Zeit auf der Farm?«, fragte Ricky.

»Hab ich dir doch gesagt, Trottel.«

Sie ließen das Fahrrad in Ciccios Auffahrt fallen und gingen durch die Hintertür.

»Die Schuhe aus«, sagte Ciccio.

Sie zogen ihre Schuhe aus.

»Du wirst das hier niemandem erzählen, verstanden?«, sagte Ciccio.

»Ja, okay.«

»Ich mein's ernst«, sagte er, obwohl Ricky vertrauenswürdig war.

»Ich habe okay gesagt, in Ordnung.«

»Der Zug soll um fünf Uhr siebenundvierzig ankommen. Nehmen

wir an, sie brauchen bis Viertel nach sechs, ehe sie zurück sind. Wir haben zweiundneunzig Minuten, um diesen Sauladen auf Vordermann zu bringen.«

Als der Schaffner »Erie Station Tower« rief, stieg die Frau aus dem Zug. Sie sah sie aus dem Augenwinkel: zwei alte Damen in Schwarz, die wie Ameisen auf sie zuschossen. Sie kamen von schräg rechts, aus etwa zwanzig Metern Entfernung. Sie schaute nach links. Sie tat so, als suche sie dort nach den Gesichtern, wo sie nicht waren, tat etwa fünf Sekunden lang so, als würde sie nicht hören, dass eine der beiden ihren Namen rief, sie klammerte sich an diese letzten Augenblicke der Fremdheit.

Die Angst, an einem belebten Ort mit Namen gerufen zu werden.

Sie blieb standhaft, bis es nicht länger glaubwürdig war, dass sie sie nicht hören konnte, und dann noch eine weitere Sekunde. Die Furcht vor den Gesichtern, die ihr Gesicht kannten. Dann die Gesichter selbst, die sie musterten.

Da ist sie also. Das Haar ist anders, es ist verblasst. Du hast das erwartet. Du musst dem Mitleid um jeden Preis widerstehen. Setz deine einstudierte Miene auf. Genau so. Lass deinen Kiefer in exakt dieser Position verharren. Heb nicht die Augenbrauen, sonst sieht man deine Falten. Los jetzt! Lass nicht zu, dass Patrizia vor dir da ist. Es ist natürlich nicht verblasst, ihr Haar (sie ist jetzt ganz in ihrem Blickfeld); es ist teils schwarz und teils weiß.

Behalte deine Miene bei.

Da ist sie also.

Hier ist sie.

Sie ist mager. Da draußen ist Neujahrsabend, mit wirbelnden Schneeböen und eisiger Kälte, und trotzdem trägt sie keinen Mantel oder einen Hut oder Ohrenschützer. Sie trägt ihr Kleid weniger, als dass es von ihr herabhängt. Es ist gelb mit blauen Streifen, scheußlich und ungebügelt. Aber ihre Schnürsenkel sind doppelt geschnürt, so wie du es ihr beigebracht hast. Ihr Gesicht hat die Farbe eines Unterhemdes, das mal wieder gebleicht werden müsste. Die Haut am Hals legt sich bereits in Falten, wie eine heruntergerutschte Socke. Du kannst keine Reue in ihren Augen, am Mund, in ihrer Haltung entdecken.

Aber jetzt steht sie vor dir, von Angesicht zu Angesicht. Du nimmst ihre Hände. Du fühlst: Da ist Sex in dir, wie ein infiziertes Organ, und du willst dein Fleisch öffnen und es herausschneiden.

Du kämpfst um deine Entschlossenheit. Du kämpfst darum, jene Gedanken an der vordersten Front deines Bewusstseins zu halten, in denen sie schuldig ist. Aber da steht sie vor dir, von Angesicht zu Angesicht, und du vergisst alles, bis auf eins: dass du *ich* bist. Und auch ich habe ein Gesicht, siehst du? Und ich bin es, die verlassen wurde.

Eine Sache.

Eine riesige Sache, deren Teil sie gewesen war, aber jetzt nicht mehr ist. Die Sache ist auseinandergebrochen und hat krachend wieder zusammengefunden und ist wieder auseinandergebrochen. Dauernd. Jedes Mal, wenn sie wieder zusammenfand, hat sich ein kleiner Teil gelöst.

Was ist aus dem Teil geworden? Er ist durch den leeren Raum gereist. Er wusste nichts von seiner Flugbahn.

Was war aus ihrem armen Vater geworden? Niemand hatte auch nur ein Wort von ihm gehört.

Was war aus ihr geworden?

Die Frau hatte bestimmte Augenblicke der Vergangenheit so oft vor ihrem inneren Auge ablaufen lassen, dass es ihr unmöglich geworden war, zu unterscheiden, was tatsächlich geschehen war und was nur in ihrer Erinnerung existierte. Man stelle sich ein Haus vor, das in hunderttausend Schichten übermalt wurde, unter denen das ursprüngliche Holz weggefault ist. Und dennoch steht das Haus noch da, nur dass es jetzt völlig aus Farbe besteht. Der Augenblick selbst war vielleicht nicht mehr von Bedeutung. Er war vielleicht von Anfang an trivial gewesen. Aber dadurch, dass sie ihn in Szene gesetzt und über Jahrzehnte hinweg stets aufs Neue abgewandelt hatte, waren ihre Gedanken darauf fixiert wie auf ein tiefinneres Geheimnis.

In einer dieser Szenen war sie ein Mädchen und stand unter der Wäscheleine auf dem festgestampften Lehm ihres Gartens. Eine Wäscheklammer steckte zwischen ihren Zähnen, und die nassen Unterhemden ihres Vaters hingen über ihrem Arm, als plötzlich der Vorführer ihres Lebensfilms die Rollen tauschte. Es gab zwei Projektoren, von denen der zweite nur auf den richtigen Moment wartete. Der Wechsel hatte übergangslos stattgefunden, aber sie hatte ihn trotzdem bemerkt. Sie hatte ein unendlich präzises Modell ihres eigenen Gartens betreten, aber sie wusste zugleich, dass sie nicht am selben *Ort* war. Was auch immer Sehen, Hören und Riechen zugrunde lag, was auch immer Menschen meinten, wenn sie sagten, der Wäschekorb sei »da drüben«, was auch immer sie mit *drüben* meinten: Es hatte sich geändert.

Und dann wieder hinter dem Holzgeschäft neben einer Missionsschule, wo sie bis vor zwei Jahren gearbeitet hatte – es hatte ausgesehen wie Wyoming, und es hatte gerochen wie Wyoming, aber sie wusste, dass es nicht Wyoming war, dass sie sich an einer Stelle befand, die nicht weit von dort entfernt war, wo sie jetzt gerade auf dem Bahnsteig stand, in dieser Stadt.

Die Art, wie Leute nicht eine bestimmte »Umgebung« meinten, wenn sie »Ort« sagten. Sie sagten »Ort«, wenn sie die Identität der Umgebung meinten.

Die gegenwärtige Szene lief Gefahr, eines Tages zu einer dieser Szenen zu werden. Alles bewegte sich zu schnell, am liebsten hätte sie es verlangsamt. Sie hatte nur eine einzige Gelegenheit, Zeugin dieser Szene zu werden: jetzt, wo sie stattfand. Nicht mal eine. Das Bild, das sie sich von ihr machen würde, wäre irgendwann alles, was sie war.

Die Frauen näherten sich, und Lina wandte sich um und sah sie an. Die Augen ihrer Mutter verschwanden so sehr hinter ihren gedunsenen Lidern, dass unklar war, ob sie überhaupt etwas sehen konnte. Mrs. Marinis Augen wirkten hinter den Gläsern ihrer neuen, stärkeren Brille riesengroß, ihre Wangen und Lippen und Augenlider und Augenbrauen waren auf eine Weise geschminkt, die sie wie einen grimmigen Clown aussehen ließ, ihr Mund bebte. Lina war verblüfft, wie alt sie waren. Sie war erstaunt, dass sie überhaupt wusste, wer sie waren, weil sie sich so stark verändert hatten.

Die Art, wie Leute »sie«, »du« und »ich« sagten und nicht nur Körper oder Gesichter meinten. Sie meinten *sie selbst, du selbst, ich selbst.*

Und ihr wurde klar, dass sie dasselbe wie sie taten: Sie suchten nach der Identität hinter ihren veränderten Gesichtszügen, so wie sie selbst nach den Identitäten hinter ihren veränderten Gesichtszügen suchte.

»Du siehst schlimm aus«, sagte ihre Mutter.

Mrs. Marini nahm Linas Hände in ihre Hände, und dann umfasste sie Linas Kopf mit den Händen. Die Nasenlöcher der alten Frau weiteten sich; ihre Lippen zitterten und entblößten ihre grauen Zähne. Lina beobachtete, wie ihre Augen größer wurden, wie sich alles öffnete und die Maske von dem wilden Gesicht abfiel. Die alte Frau zog Linas Gesicht immer näher an ihres heran. Vielleicht würde sie Lina gleich ins Gesicht beißen. Der nasse Atem dieser Frau auf ihrer Haut. Linas eigene Augen, die zu schielen begannen. Dann der Versuch, sich loszureißen, während die alte Frau sie immer noch näher zu sich heranzerrte, zu dem Gesicht, das zu der Identität der Person gehörte, die sie verlassen hatte.

14

Sie verließen den Bahnhof. Eine Menge elegant gekleideter Neger lief auf dem Public Square unter den bonbonbunten Weihnachtslichtern und den Bäumen herum, an denen man Ilexzweige aus Plastik befestigt hatte. Es schneite. Auf der Mitte des Platzes stand ein grün-schwarzes Denkmal, in das lebensgroße Soldaten gemeißelt waren. Sie trugen Uniformen aus dem letzten Jahrhundert, und einige hielten Gewehre, andere Fackeln, wieder andere zerlegten offenbar Bahngleise. Oben auf dem Sockel des Denkmals thronte eine Frau aus Stein, unter der die Soldaten und die Menschen auf dem Platz wie Zwerge wirkten. Mit einer Hand hielt sie ein Schwert umfasst, während sich auf der anderen, kraftlos mit der Innenfläche nach oben weisenden Hand ein Schnee-klumpen angesammelt hatte; eine ihrer Brüste war unverhüllt. An einer Ecke des Platzes befand sich ein Podium mit einem Spruchband, das Lina in der Dunkelheit und dem Schneetreiben nicht entziffern konn-te. Sie bogen in die Coshocton Street ab, die einige Blöcke weiter zum See führte. Der Wind fiel über sie her, und der Schnee kam jetzt von der Seite, mit größerer Wucht.

Sie war frühlingshaft gekleidet, und es schneite, aber sie empfand keine Kälte. Eine geschlossene Wolkendecke, tief hängend und orange gefärbt von den Lichtern der Stadt, erstreckte sich über ihnen. Ihre Mutter trug ein durchsichtiges Plastikkopftuch. Mrs. Marini trug auf ihrem Kopf nur einen gewaltigen, schneebesprenkelten Heiligenschein von Perücke. Lina fühlte, wie der Schnee auf ihren Schultern schmolz. Er blieb in ihren Augenwimpern hängen. Ihre Nase begann zu laufen. Sie gingen auf der Straße und hielten sich an parkenden Autos fest, um das Gleichgewicht nicht zu verlieren. Der Wind ließ vorübergehend nach. Der Schnee fiel weiter. Bald würde sie den Jungen sehen müssen.

Ihre Mutter chauffierte sie in östlicher Richtung aus der Innenstadt, fuhr auf einen Parkplatz der Veteranenvereinigung, schaltete in den Leerlauf und trat mit Wucht auf die Parkbremse. Sie wartete, bis ein Schneepflug den Heimweg frei schaufeln würde, und stellte in der Zwischenzeit einige halbherzige Fragen: Hat die Reise sehr lange gedauert, War es in Pittsburgh wärmer als hier, Wie wär's mit etwas Lipgloss.

Stumm saß Mrs. Marini zwischen ihnen, zusammengekauert und an ihren Zähnen saugend. Das Verhör stand bevor, das Ziel war in Reichweite. Lina nahm das wahr, so wie man einen unsichtbaren Verfolger wahrnimmt, der einen im Traum durch den Wald jagt. Man würde sie häuten und schlachten, ihre Einzelteile in eine Reihe legen und das Fett abschneiden. Man würde sie auf einen Spieß stecken, braten und verspeisen.

Sie hörte das Blut hinter ihren Augen brausen. Sie presste ihr Gesicht gegen das Fenster, um es abzukühlen. Sie hatte sich eine Handtasche gemacht, um sich selbst hineinzustecken, aus Stofffetzen und Kaugummi, und jetzt würden sie versuchen, sie auszukippen.

Ein Pflug rumpelte vorbei, und ihre Mutter löste die Bremse und fuhr dicht hinter ihm her. Es folgten zwanzig Blöcke kirchenartiger Stille.

Mrs. Marini verdrehte ihre Knie zur Beifahrerseite des Schalthebels, bis sie auf Linas Beine deuteten. Gleichzeitig ließ sie ihren Ellbogen hinter dem Sitz baumeln und wandte ihr die Schulter zu. Sie brauchte mindestens eine Minute, um diese Sitzhaltung einzunehmen. Patrizia legte den dritten Gang ein. Dann pochte Mrs. Marini mit der fleischigen Seite ihrer Hand auf das Armaturenbrett: »Es ist an der Zeit, dass ich dir einige Fragen stelle und du mir einige Antworten gibst«, sagte sie.

Lina sagte: »In Ordnung.«

»Wo sind deine Kleider?«

»In meinem Koffer, hinten im Wagen.«

»Wo sind die Kleidungsstücke, die eine vernünftige Person bei widrigem Wetter wie diesem tragen würde, wie zum Beispiel Wollgamaschen und Ohrenschützer?«

»Mir ist heiß.«

»Befindest du dich in den Wechseljahren?«

»Mir ist seit zwei Tagen sehr, sehr heiß. Nein.«

»Hast du Fieber? Lass mich deine Stirn fühlen.«

»Ja, ein wenig.«

»Wann hast du zum letzten Mal die Heilige Kommunion empfangen?«

»Vor fünf Jahren. Sechs Jahren.«

»Wann hast du zuletzt gebeichtet?«

»Vor sechs Jahren.«

»Was hast du in Saskatchewan gemacht?«

»Ich hatte dort eine Anstellung. Es war Wyoming.«

»Was für eine Art von Anstellung? Ich habe Gerüchte gehört. Ich habe ›Holzfällerin‹ und ›Hafenarbeiterin‹ und ›Fußballtrainerin‹ gehört. Ich habe allerlei Andeutungen gehört, auf die ich mich stützen musste, weil die Gnädigste ganz offensichtlich nicht den Telefonhörer abnehmen und anrufen konnte.«

»Ich war Köchin an einer Schule.«

»Warst du deinem Ehemann untreu?«

Pause. »Nein.«

»Wie konntest du nur in diesem Zustand aus dem Haus gehen: ohne Lidschatten, ohne irgendwas zum Drüberziehen?«

»Es ist mir egal.«

»Ich bin dir egal? Deine …?«

»Das, was Fremde sagen oder denken, ist mir egal.«

»Weißt du, wie groß dein Junge ist und welche Haarfarbe er hat?«

»Nein. Immer noch braun, nehme ich an.«

»Das stimmt.« Pause. »Willst du nicht wissen, wie groß er ist? Die Antwort lautet: Für einen Jungen seines Alters ist er riesig. Warum hast du nie angerufen?«

»Ich hatte kein Telefon.«

»Hast du die Telefonnummern deines Mannes und deiner Mutter vergessen?«

»Ich hatte kein Telefon.«

»Wie lange hast du dich im Wildwestfilmland aufgehalten? Boise, Medicine Hat, wie auch immer das Kaff hieß.«

»Vier oder fünf Jahre. Es war Casper in Washington.«

»Wo du während besagter Zeit an einer Schule gearbeitet hast.«

»Ja.«

»Wo es irgendein telefonisches Gerät gegeben haben dürfte.«

»Ja, das stimmt.«

»Dennoch hast du nicht um Erlaubnis gebeten, dieses Gerät zu benutzen, um in Verbindung mit deinem Mann oder deiner Mutter oder mir zu treten. Auch hast du keine Postkarte geschrieben, auf der du die Telefonnummer dieser Schule mitgeteilt hättest, sodass wir von Zeit zu Zeit mit dir hätten sprechen können. Du warst zu sehr damit beschäftigt, ›Riders of the Purple Sage‹ und andere Cowboyromane zu lesen.«

»Ich habe geschrieben und die Adresse genannt.«

»Ich will keine Ausflüchte hören. Wie oft hast du geschrieben?«

Patrizia warf ein: »Sie hat mir immer zu Weihnachten geschrieben.«

Aber Mrs. Marini unterbrach sie: »Wie oft hast du deinem Mann oder dem Jungen geschrieben? Ich weiß, dass die Antwort lautet: alle Jubeljahre.«

»Unregelmäßig.«

»Warum hast du Tombstone oder Santa Fe, oder wie der Ort hieß, verlassen?«

»Casper.«

»Warum?«

»Ich weiß es nicht.«

»Denk dir was aus.«

»Ich hatte eine Freundin, ich hatte nur diese eine Freundin, und man wollte sie rausschmeißen. Sie hatte eine Packung Kartoffelchips gestohlen, das war alles, und sie ging, und sie war auf der Durchreise, und ich entschloss mich …«

»Einen Augenblick, bitte. Diese Freundin.«

»Eine Frau, sie war die zweite Köchin.«

»Eine Freundin von dir.«

»Ja.«

»Weiter.«

»Und ich entschloss mich, hierher zurückzukehren.«

»Warum?«

»Ich weiß es nicht.«

»Lügnerin.«

»Ich weiß es nicht.«

»Wende dein Auge nach innen, der Seele zu, und beschreibe, was du dort siehst«, sagte die alte Frau wutentbrannt.

»Ich habe mich dazu entschlossen. Das ist alles. Ich wollte zurückkehren.«

»Und dennoch bist du nicht zurückgekehrt.«

»Ich … ich habe Enzo ein Telegramm geschickt: Kann ich nach Hause kommen, ich komme zu der und der Zeit an dem und dem Ort an, aber er war nicht am Bahnhof, und ich dachte, das hieße …«

»Was für ein Telegramm?«

»Ich habe ein Telegramm geschickt, ich habe gedacht, er hätte es bekommen, aber er ist nicht gekommen. Aber ich habe später mit ihm telefoniert, er hat es nicht bekommen. Er hat das Telegramm nicht bekommen. Aber ich … aber ich hätte sagen können: Ich habe dieses Telegramm geschickt, kann ich kommen, ich werde ankommen, aber du warst nicht da, aber das Telegramm ist nicht angekommen, aber jetzt will ich heimkehren. Aber ich habe den Mund gehalten. Aber ich hätte es sagen können. Er wäre gekommen, um mich zu holen. Ich weiß das. Aber ich hatte zu viel Angst, ihn zu fragen. Denn was, wenn er Nein gesagt hätte? Aber ich war damals nur in Pittsburgh. Und ich hätte Bitte sagen können. Und er hätte vielleicht Ja gesagt.«

»Ich weiß, was er gesagt hätte.«

»Hör auf damit, Costanza. Hör sofort auf damit«, sagte Patrizia.

»Und du weißt auch, was er gesagt hätte.«

»Hör auf«, sagte Patrizia.

»Du hättest ihn mit Reden wach gehalten oder wärst selbst nach Hause gefahren.«

»Das reicht«, sagte Lina.

»Du bist eine Idiotin. Ich liebe dich. Du bist eine Idiotin.«

»Halt dein loses Maul«, sagte Lina.

»Warum bist du in Pittsburgh geblieben?«

»Ich habe eine Anstellung bekommen.«

»Kaffeemahlerin. Affenverkäuferin.«

»Ich habe in einem Kaufhaus Gardinen genäht.«

»Wie oft hast du deinem Mann oder dem Jungen geschrieben – halt den Mund, Patrizia, und lass sie auf die Frage antworten.«

»Zweimal.«

»Einmal und dann noch einmal.«

»Ja.«

»Befindest du dich in den Wechseljahren?«

»Vielleicht, ich bin mir nicht sicher. Ich habe Herzrasen.«

»Warum hast du Wyoming verlassen – du weißt es du weißt es du weißt es.«

»Du meinst: Warum bin ich überhaupt nach Wyoming gegangen?«

»Trenn die Naht auf. Trenne Stück für Stück ab.«

»Warum war ich in Wyoming?«

»Warum warst du in Wyoming?«

»Warum habe ich die Stelle angenommen?«

»Warum?«

»Warum habe ich nach der Stelle gesucht? Warum habe in Douglas haltgemacht? Warum habe ich in Wisconsin am Straßenrand geschlafen?«

»Willst du es nicht wissen? Wenn du es nicht weißt, wer dann?«

»Warum war ich nicht hier?«

»Erst der eine Fuß, dann der andere.«

»Warum?«

»Warum bin ich fortgegangen?«

»Ja.«

»Es war schwül draußen.«

»Und dann?«

»Warum bin ich ins Auto gestiegen?«

»Ja, genau.«

»Es war schwül, und ich wollte nicht ins Auto steigen, wo es noch schwüler gewesen wäre. Warum bin ich ins Auto gestiegen?«

»Ja.«

»Ach, ich kann es dir *sagen,* aber es ist nicht das, was du hören willst. Es war bedeutungslos.«

»War es das? Ich wette drauf.«

»Ja, aber ich musste nur eine Kleinigkeit besorgen, und danach bin ich mit dem Auto zurückgefahren und habe gedacht: Wäre es nicht nett, eine Zeit lang mit offenem Fenster zu fahren? Es hatte nichts mit euch zwei oder mit Enzo oder Cheech oder sonst wem zu tun.«

»Diese Besorgung …«

»Es war nichts Wichtiges. Ich habe Käse gemacht, aber es war kein Lab mehr da. Verstehst du?«

Schweigen.

»Und dann bin ich weitergefahren.«

Der Pflug schwenkte auf eine Schnellstraße ein. Hier waren die meisten Straßenlaternen kaputt. Es schneite. Die Schneedecke war blau. Der Wagen kroch bergauf. Linas Gesicht war steif von der Kälte des Fensters. Ihr fiel ein, dass sie immer noch das Taschentuch des Mädchens in der Tasche ihres Kleides hatte.

»Wie lange wirst du bleiben?«, fragte Mrs. Marini.

»Ich habe alles dabei.«

»Heißt das, du bleibst jetzt für immer?«

»Kann sein.«

»Niemand wird dich darum bitten«, sagte Patrizia.

»Ich oder ein Stück Käse?«, sagte Mrs. Marini.

»Ich werde mich nicht deinetwegen schämen.«

»Scham ist nutzlos«, sagte Mrs. Marini. »Vergiss die Scham.«

»In Ordnung. Klar.«

»Vergiss sie einfach.«

»Ich schäme mich *nicht.*«

»Sie schwächt nur und ist ex post facto und nutzlos.«

»Du wirst mich nicht dazu bringen, dass ich mich entschuldige«, sagte Lina.

»Du wirst es trotzdem tun.«

»Das werde ich auf gar keinen Fall tun.«

Mrs. Marini sagte: »Ich bitte dich um diesen Gefallen.«

»Nur zu.«

»Bitte.«

»Bitte was?«

»Bitte entschuldige dich bei mir«, sagte Mrs. Marini.

»*Nein.*«

»Gut, schön, danke. Ich akzeptiere das. Aber Entschuldigungen haben mir nie viel bedeutet. Damit kann man sich keine Schuhe binden.«

Ihr Haus – besser: Vincenzos Haus – sah aus, als sei es vor Kurzem ordentlich aufgeräumt gewesen, ehe man eine sehr gewissenhafte Person angewiesen hatte, es in einen Saustall zu verwandeln. Zeitungen, Schulbücher und eine Tischlampe formten einen uneleganten Obelisken in einer Ecke des Wohnzimmers. Die Esszimmer- und Küchenstühle standen umgedreht auf den Tischoberflächen, wie in einem Restaurant nach Ladenschluss. Die staubigen Vorhänge wurden durch Schnüre festgehalten, die an Messingreißzwecken in den Fensterlaibungen befestigt waren. In der Luft lag der stechende Geruch von Chlorreiniger.

Am Eisschrank fanden sie eine Nachricht von Ciccio, die mit den Worten »An die zuständige Person« begann. Sie hätten vor, bei Ricky zu übernachten.

Mrs. Marini ging nach Hause. Lina und ihre Mutter rollten die Strümpfe herunter und knieten sich hin, um den Küchenboden zu schrubben. Es wurde Mitternacht, und es begann das Jahr 1953. Augenscheinlich war das Haar ihres Mannes weiß geworden; sie sah es am Kopfkissen in seinem Bett.

Am nächsten Morgen breiteten die drei Frauen den Inhalt von Linas Taschen auf dem Küchentisch aus. Ein Schneesturm pfiff um das Haus. Ihre Mutter fragte: »Wo sind die restlichen Sachen?«

»Das sind die restlichen Sachen«, sagte sie.

»Wo ist der Rest deiner *Kleidung,* Carmelina«, sagte Mrs. Marini.

»Das sind alle Kleider, die ich habe.«

Sie stellten drei Töpfe auf den Herd und brachten Wasser zum Kochen. Mrs. Marini maß schwarzes Färbepulver ab und schüttete eine Tasse Salz in den Topf für Baumwolle und eine weitere in den Topf für Wolle.

Lina hatte fast alle Kleider aus Resten gemacht, die sie im Hauswirtschaftsraum der Schule in Casper gefunden hatte. Keines der Muster, keine der Farben waren für sie von Bedeutung.

Die Nylonstrümpfe und die Taschentücher färbten sie nicht.

Man will ein Warum. Aber es gibt kein Warum. Man will eine umfassende Darstellung, samt Flora, Sonnenuntergängen, Wie tief war der Schnee beim Schneesturm im Jahr '49? Wie standen die Möbel in meiner Schlafkammer im Studentenwohnheim? Das hier sind die Gesichter der Freunde, die ich dort hatte; aber leider wird es so eine Darstellung nie geben, keine Artefakte, mit denen sich in späteren Jahren belegen lässt, dass ich dort war und dass meine Erinnerungen glaubwürdig sind, keine Möglichkeit, den Verdacht zu zerstreuen, dass ich einfach war, dann nicht mehr war und jetzt, seit ich auf dem Bahnsteig aus dem Zug stieg, wieder bin. Ich möchte eine Linie sein, die sich in die Länge zieht, in Unordnung gerät und sich schließlich wieder selbst kreuzt. Ein Weg, der schrittweise zurückverfolgt werden kann. Aber ich bin das alles nicht, ich bin unzusammenhängend.

Ein weiterer Höhlentag verstrich, ehe die Schneedecke aufbrach und sie durch die Vermilion Avenue zur Leichenhalle gehen konnte. Sie hatte zwei von Enzos Anzügen dabei, einen für den Vater, der darin eingeäschert und in einer Stahlurne nach Hause geschickt werden sollte. Als sie das Büro des Leichenbestatters verließ, war das Leuchten der weißen Wintersonne auf dem Schnee wie eine chemische Explosion, die in ihrem Blickfeld blinde Flecken hinterließ. Sie fand vor lauter Blinzeln kaum den Weg und konnte nicht sagen, ob die Geschäfte des Viertels während ihrer Abwesenheit einen Niedergang oder einen Aufschwung erlebt hatten. Sie blinzelte durch einen Spalt zwischen ihren Fingern und sah eine vertraute Ladenfassade, an der das Schild fehlte. Trotz des Sturms war anscheinend geöffnet, und so ging sie hinein.

Die Türglocke der Bäckerei bimmelte, die Vorhangsflagge von Ohio wurde zur Seite gezogen, und es erschien Rocco, der Bäcker. Er lutschte geräuschvoll ein Bonbon.

»Sie wünschen?«, fragte er grob und ließ eine Wachspapiertüte aufschnappen.

»Zwei Hörnchen, bitte. Mit Marmelade.« Sie öffnete ihre Wechselgeldbörse, aber darin befanden sich nur Zehncentstücke und Pennies.

Unter der Tafel, auf der die Preise aufgelistet waren, hing die Fotografie eines attraktiven jungen Mannes mit einem weißen Militärhut. Er war glatt rasiert, schaute etwas trüb und lächelte kühl. Die Fotografie war hingebungsvoll koloriert – jemand hatte die amerikanische Flagge im Hintergrund ausgemalt und die Lippen lila gefärbt; die Wangenröte des jungen Mannes war geradezu mädchenhaft.

Eine Notiz auf der Tafel darüber besagte: *Gefangener unseres Feindes seit bislang 832 aufeinanderfolgenden Tagen.*

»Außerdem?«

»Nichts, danke.«

»Sechsundvierzig Cents, wenn Sie die da drin finden.«

Aber sie fand sie nicht und musste ihn bitten, eines der Hörnchen zurückzulegen.

»Der Name ist Montanero, wenn ich nicht irre. Ich habe gehört, Sie waren in Wyoming«, sagte er. »Tut mir leid, dass ich Ihren anderen Namen vergessen habe.«

»Charlotte«, sagte sie automatisch. Das war ihr falscher Name. Sie benutzte ihn nie wieder.

15

Endlich sprach Ciccio das Wort aus, das er überall auf dem Weinberg geschrieben gesehen hatte. »Ich muss abhauen«, sagte er.

Er konnte nicht sagen, wann genau er sich dazu entschlossen hatte, das Haus in der Zweiundzwanzigsten Straße seiner Mutter zu überlassen.

Alles war zum Teufel gegangen. Alles war mit einem Schlag zum Teufel gegangen. Da alles beim Teufel war, hätte man annehmen sollen, dass es nichts gab, was noch dorthin hätte gehen können, und da es der Teufel war, bei dem alles war, hätte man annehmen sollen, dass die Dinge nicht noch schlimmer kommen konnten. Aber dem war nicht so.

Hinsichtlich der drei Tage nach dem Unfall litt er an einer Art selektiver Amnesie: Er hatte keine sensorische Erinnerung an diese Zeit, aber er erinnerte sich genau an seine Gedanken und Gefühle. Er konnte sich daran erinnern, dass er sich befreit gefühlt hatte, er hatte nicht gejubelt, aber, ja doch, er war glücklich. Das Unglück hatte seinem Verstand zu tun gegeben. Aber er erinnerte sich nicht daran, was sein Körper getan hatte und wo er es getan hatte, während er nachgedacht hatte. Er wusste, dass er auf der Farm gewesen war. Womit auch immer er beschäftigt gewesen war – allzu aufregend dürfte es nicht gewesen sein. Schließlich hatte er seine Großmutter gefragt, die ihm erzählte, dass er auf Schneeschuhen im Weinberg gewesen sei und von Sonnenaufgang bis Sonnenuntergang Weinreben gebunden habe. Er war zum Mittagessen nicht ins Haus gekommen, und sie hatte ihm sein Essen auf dem Traktor hinausfahren müssen.

Das lateinische »Delirium« bedeutete ursprünglich so viel wie »aus der Furche sein«, wie ein Pflug.

Als sein physisches Gedächtnis wieder einsetzte, stand er im verschneiten Weinberg und schliff seine Schere mit einer Rundfeile. Er hörte ein entferntes Geknatter, sah hoch und erblickte den salzverkrusteten AMC-Pick-up seiner Großmutter, der auf der Landstraße nach Norden, in die Stadt, fuhr. Wohin wollte sie? Später beim Abendessen – das Abendessen bestand aus Brot und gekochtem Winterkürbis (die physische Welt, gelb und glibberig, hatte ihn wieder), fragte er sie, was sie in der Stadt gewollt habe. Sie sagte ihm, sie habe ein Telegramm an seine Mutter geschickt. Das war am neunundzwanzigsten Dezember des Jahres 1952 gewesen, ein Datum, das unrühmlich in die Geschichte eingehen würde. Alles war schon zum Teufel gegangen, und dann bekamen sie am nächsten Vormittag auch noch ein Telegramm von seiner Mutter: Sie werde zum Begräbnis kommen.

Wie amüsant. Nein, offen gestanden war das nicht amüsant. Seine Großmutter verstand den ungefähren Sinngehalt des Telegramms, aber sie ließ es ihn trotzdem laut vorlesen. Wie sollte er das anders deuten, als dass seine Großmutter ihm sagen wollte: »Du kannst gern zu Besuch kommen, Junge, aber ich nehme dich nicht bei mir auf«?

Er war ein Junge, der auf einer Falltür stand.

Seine Mutter beabsichtigte nicht, sich ein Bett in der Jugendherberge zu nehmen, wie es jeder höfliche Landstreicher getan hätte. Stattdessen war – ohne ihn zu fragen – entschieden worden, dass sie – na, wo würde sie wohl wohnen? In seinem Haus, als ob es ihr Haus wäre. Beim Teufel wurde es langsam eng.

Keinesfalls konnte seine Mutter glauben, er werde in dem Haus wohnen, wenn sie dort lebte.

Sie versuchten, ihn auf die Straße zu setzen, genau das versuchten sie zu tun.

Es gab kein Testament. Er war noch minderjährig. Seine Mutter würde alles bekommen.

Am Neujahrsabend, während die alten Damen am Bahnhof waren, putzte er das Haus (Ricky war bei ihm, aber Ricky war keine Hilfe). Er hielt inne, um die brokatbezogenen Knöpfe der Sitzkissen und den Treppenpfosten, an dem er nach dem Training seine Schulterpolster aufgehängt hatte, in einer Abschiedsgeste zu berühren. Auf Wiedersehen, Zweiundzwanzigste Straße Nummer 123. Guten Tag, Leben auf der Walz.

Ricky ging nach Hause.

Ciccio blieb allein im Haus, und sie würden jeden Augenblick eintreffen, die Frauen. Er ließ eine Nachricht zurück, dass er bei Ricky übernachte. Da er annahm, dass sie das nicht mit einem Anruf kontrollieren würden, hatte er einen Vorsprung von mindestens zwölf Stunden, ehe derjenige, den sie losschicken würden, um ihn zu suchen, losgeschickt würde, um ihn zu suchen (es sein denn, ihr Plan wäre ohnehin gewesen, ihm zart anzudeuten, dass er sich besser rar machen solle, und niemanden hinter ihm herzuschicken, wenn er es täte).

Er hatte kein Zuhause mehr. Er hatte es so gewollt. Er war fünfzehn und pleite und obdachlos. Es fühlte sich an, als ob er sich die Lumpen eines Penners ausgeliehen hätte, um zu sagen, dass er pleite sei. Ein Kind kann nicht pleite sein, weil ein Kind eigentlich gar kein eigenes Geld haben sollte. Man würde auch nicht sagen, dass ein Hund pleite sei. Aber er würde Essen kaufen und Miete zahlen müssen, und er hatte kein Geld für diesen Kram, und deshalb war er tatsächlich pleite.

Er hatte kein Zuhause mehr.

Wie sollte man es ausdrücken: Ich meine es so, es ist eine Tatsache, es ist mehr als das, wonach es sich anfühlt. Ich habe eine Tasche gepackt mit nichts als Socken zum Wechseln und einem Paar Schuhe, weil ich nicht weiß, wie weit ich die Tasche tragen muss. Aber ich kann nirgendwo hingehen mit dieser Tasche auf meinem Rücken.

Es gab eine unsichtbare Scheidewand zwischen der Welt des Kindes und der Welt der Erwachsenen. Die des Kindes war hypothetisch, die des Erwachsenen war real. Die Kinderwelt war nichts als ein Bild. Sie hatte nichts von der wirklichen Maschinerie, die die wirkliche Welt am Laufen hält. Man musste kein Geld besitzen. Niemand steckte einen ins Gefängnis. Zu arbeiten hieß, zur Schule zu gehen. Man produzierte nichts Reales. Man produzierte Hausarbeiten, den Verlauf einer Hyperbel, das waren Spielereien. Daher das gelegentliche Glücksgefühl, auf der Farm zu arbeiten, wenn er die angenehme Anspannung einer Arbeit spürte, die tatsächlich getan werden musste. Die Republik brauchte Trauben für ihre Gelee-Sandwiches. Aber auf der Farm war er nur an den Wochenenden und während der Schulferien. Die Farm stand erst an zweiter Stelle. Er war dort bereits jemand anders als er selbst. Wenn ihn jemand fragte, was sein Beruf sei, konnte er nicht »Farmer« sagen. Er war ein Kind, er war etwas Potenzielles, wie ein Ei. Sobald ihm das Illusionäre seiner Existenz klar geworden war, wollte er da raus. Aber man würde ihn erst rauslassen, wenn er zu einer Plage geworden war, und dann würden sie ihn zum Gehen zwingen.

Es war spät, und es schneite, und es war Silvester, folglich bestand keine Hoffnung auf eine Straßenbahn. Er machte sich zu Fuß auf den Weg. Er drehte sich nicht um, um zu sehen, ob das Haus, das er hinter sich lassen wollte, schon hinter einem Vorhang aus fallendem Schnee verschwunden war.

Wie sollte man es ausdrücken: Ich bin raus, ich besitze jetzt Substanz, ich bestehe nicht aus Nebel, ich habe – wirklich – kein Zuhause mehr? Warum konnte er jetzt, da er in der richtigen Welt war, nicht das Gewicht spüren, von dem er wusste, dass er es hatte? Warum fühlte sich alles genauso hypothetisch an wie vorher?

Ein Lehrer, Pater Delano, hatte ihn beschuldigt, ein manichäisches Weltbild im Kopf zu haben. Das war als Tadel gedacht, aber es entsprach der Wahrheit. Tief im Innern ging Ciccio davon aus, dass die Welt aus zwei Lagern bestand, die einander bekämpften. Er spürte sie unablässig in seinem Herzen. Seine jetzige Erfahrung bestätigte das. Die Mächte der Dunkelheit galoppierten über diese Stadt hinweg, also musste er verschwinden. War es nicht so? Hier stand er nun, an der Ecke Zweiundzwanzigste Straße und Elfte Avenue, gegenüber der Kolumbus-Statue, die die Kolumbus-Ritter vor dem Basketballspielfeld errichtet hatten, und es gab nur zwei Wege, die er gehen konnte: bergauf oder bergab. Er wählte bergab.

Nein, bergauf.

Er wählte bergab.

Er trug eine schwarze Wollmütze, die seinem Vater gehört hatte, einen Flanellschal, die Arbeitshandschuhe aus Leder, die er auf der Farm angehabt hatte, wenn sie Pfähle eingeschlagen hatten, einen dreiviertellangen Wollmantel über einem Regenmantel über einem Schuljackett über einem langen Unterhemd über einem T-Shirt. Außerdem trug er eine Latzhose, eine lange Unterhose und seine klobigen Winterschuhe für die Schule, darüber Galoschen.

Die Kolumbus-Ritter hätten das Silvesterfeuerwerk abgesagt, stand auf einem Schild, das dem großen Mann um den Hals hing – ein Sturm sei vorhergesagt worden. Ciccio sah keine Menschenseele auf der Straße. Der Wind in seinem Rücken drückte ihn den Hügel hinauf. Er redete sich ein, dass der Wind seiner Entscheidung zustimme, dass er Beihilfe zu seiner Flucht leiste.

Niemand wusste, wo er hinging. Soweit er den Hügel überblicken konnte, rührte sich kein Tier – weder entlang der Straße noch in den Bäumen.

Sieh, wie der Schnee fällt. Und du weißt vielleicht alles darüber, wie er in der Atmosphäre entsteht, aber als du hochgeschaut hast, schien er aus dem Nichts zu kommen, sich einfach zu materialisieren. Alles war weiß: der Schnee, die Pensionen, von denen er wusste, dass sie im Tageslicht aus rotem Backstein bestanden. Sie hatten das Blau von nächtlichem Schneefall. Etwas stimmte nicht mit dem Himmel. Er fand heraus, was es war: Er hing niedriger als sonst, er senkte sich herab, er verschloss diesen Ort, wie ein Deckel sich auf eine Kiste senkt.

Er musste hier weg.

Da war dieser gewaltige Schneefall, diese völlige Verhüllung, besser gesagt: Auslöschung der Straßen. Es war unerheblich, ob er die Wölbung im Schnee bemerkte, unter der sich, wie er wusste, der Hydrant befand, oder irgendeine andere Einzelheit wahrnahm. Hier fand gerade eine Katastrophe von mystischem Ausmaß statt. Die physische Existenz aller Einzelheiten wurde ausgelöscht.

Er wäre gern verschwunden.

Sieh, hier materialisierte sich der Schnee ex nihilo. Was für ein Wort. Und er wollte spüren, wie ihm dasselbe widerfuhr. Er hatte geglaubt, dass er, sobald er auf die Straße trat, fühlen werde, wie er an Substanz zunahm, wie ein Ding aus ihm wurde anstelle einer Idee. Aber er fühlte es nicht. Er fühlte sich nicht schwerer, er fühlte sich leichter.

Er musste sich fragen: Was war sein Ziel? Bestand es darin, eine reale Gestalt anzunehmen, in der gegenständlichen Welt Macht auszuüben, Geld zu haben, einer zu werden, den die Leute nicht übersehen konnten wie ein Kind?

Oder bestand es darin, das Trugbild der eigenen Realität abzuschütteln? Jemand zu werden, durch den man hindurchsah? Dahinzuschwinden?

Der Schnee materialisierte sich aus dem Nichts, und er hätte diesen Trick gern in umgekehrter Form angewandt. Er trottete bergauf, Schritt um Schritt um Schritt, und der Wind drückte ihm in den Rücken.

Er wäre gern in den Bäumen verschwunden. Er war jetzt auf der Kuppe des Hügels angekommen und blickte zurück. Er wäre gern verschwunden, ohne eine Spur zu hinterlassen. Der Schnee fiel weiter. Er wollte, dass niemand sich daran erinnerte, jemals sein Gesicht gesehen zu haben.

Was geschah, war vermutlich unausweichlich.

Er schaffte es zu Fuß bis zum Busbetriebsbahnhof in Van Buren Heights, eine Strecke von fünf Meilen. Dort im Bahnhof schlief er dankbar auf einer Bank ein.

Als er bei Tagesanbruch erwachte, war er nicht sonderlich dankbar für die Kleidung, die er am Körper trug. Er war in einer Fruchtblase aus Schweiß gefangen. Jemand hatte den Strom der Argonlampen über ihm angeschaltet. Ein Obdachloser versuchte, einen Zigarettenautomaten neben dem vergitterten Fahrkartenschalter umzukippen. Die grüne Luft roch nach Urin.

Er setzte sich in seiner Blase auf der Bank aufrecht hin, woraufhin sich ein phosphoreszierend leuchtender Engel auf einer seiner Schultern materialisierte. Der Engel wies ihn darauf hin, dass es eine nicht gerade beispiellose Nummer sei, sich aus Ohio zu absentieren, ohne jemandem Bescheid zu sagen, und dass er genau das früher heftig kritisiert habe. Wolle er, so der Engel, überdies wirklich seine Mutter in die Rolle derjenigen drängen, die das Ansehen der Toten wachhält, während er selbst den Todesflüchtigen mimte? Er werde zurückkehren müssen, sagte die Stimme der Tugend, werde das Begräbnis über sich ergehen lassen müssen. Er werde seine Absicht ankündigen, zu gehen, und dann werde er gehen.

Der Zigarettenautomat krachte flach auf den Boden. Der Mann stand da und fluchte. Anscheinend war ihm gerade bewusst geworden, dass die Zigaretten selbst dann, wenn es ihm gelungen war, die Glasscheibe auf der Vorderseite zu zertrümmern, nun unter der Maschine eingeschlossen waren – es sei denn, er könnte sie wieder aufrichten. Er fiel auf die Knie und begann, an dem Blech herumzukratzen. Es war jämmerlich, man konnte nicht hinsehen und nicht wegsehen. Ciccio bemerkte, dass er mit dem Mann allein im Betriebsbahnhof war.

Sie waren drinnen, aber es war nicht warm.

Dann erschien der Engel der Dunkelheit auf seiner anderen Schulter und geißelte ihn. Zurückzugehen sei ein Trick, eine Ausrede, damit die Klinge sich abkühle, die er später umso halbherziger führen werde. Er werde sich eingewöhnen, er werde den Mumm verlieren, er werde sich selbst betrügen.

Der Mann hatte sich eingepisst und kratzte jetzt sehr vorsichtig mit seinen langen Fingernägeln an der Rückseite des Automaten herum.

Ciccio drückte die Tür des Betriebsbahnhofs in die Schneewehen und quetschte sich hindurch. Offenbar hatte es die ganze Nacht geschneit, und es schneite immer noch. Allerdings war der Wind aus Nordwest abgeklungen, sodass er sich ihm nicht entgegenstemmen musste. Er schlug die Richtung in sein Viertel ein und verbrachte den Rest des Tages damit, dort hinzukommen.

Es war 1953. In seinen Socken war Schnee. Bei jedem Schritt, den er tat, beschimpfte ihn der dunkle Schutzengel. Für die Strecke, die er gestern Abend in vier Stunden gegangen war, schien er heute fünfzehn Stunden zu brauchen, aber er fühlte in sich übermenschliche Kräfte. Er hatte nichts gegessen, und er wollte nichts essen.

Den ganzen Tag, während er sich durch die im Schnee versunkenen Straßen quälte, hatte er Zeit, seine Scham zu untersuchen. Er fühlte es, er war beschämt. Er verstand nicht, was es war. Es war nicht die Art von Scham, bei der man sich Sorgen darüber macht, was andere von einem halten. Er empfand Scham und wusste nicht, woher sie rührte und welchen Zweck sie erfüllte. Er musste sie untersuchen. Sie war eine Art von Warnung. Sein Herz wollte seinen Willen vor etwas warnen. Mehr verstand er im Moment nicht.

In der letzten Woche war er ein erwachsener Mann geworden. Der Nebel des Schuldgefühls, das er zuvor empfunden haben mochte, war dabei zu verdampfen und trieb den Dynamo seiner langen, kräftigen, ausdauernden Beine an.

Als er es bis Eastpark geschafft hatte, aber immer noch zwei Meilen gehen musste, war es wieder Nacht geworden. Die physische Ausnahmesituation, in der er sich befand, forderte allmählich ihren Tribut. Er hätte sich gern ausgeruht, er hätte gern etwas gegessen. Er war seit der vorigen Nacht auf den Beinen, nur durch den Schlaf auf der Bank unterbrochen – und das war weniger als die Hälfte seiner üblichen Schlafration gewesen. Er musste sich ausruhen, er musste etwas essen. Er wusste nicht, wo.

Er hatte sich bis Eastpark geschleppt, hatte immer wieder Abkürzungen durch den Wald genommen. Auf dem Waldboden lag weniger Schnee als in den Gärten und auf den Straßen (die immer noch auf den Schneepflug warteten), weil der meiste Schnee noch in den Bäumen hing. Im Wald ließ er sich auf etwas nieder, das wie eine Öltonne aussah. Er musste schlafen. Ob er herausfinden könnte, wie man ein Iglu oder so etwas baut?

Auf dem Waldboden, unter dem Schnee, existierte ein kompliziertes System von Lebewesen. Für viele dieser Lebewesen hatte er formelle Namen oder ausgedachte Kindheitsnamen, aber die meisten hatte er bisher nicht einmal bemerkt – und der Schnee hatte sie alle ausgelöscht. Es gab hier außer dem Himmel, dem Schnee und den Knochen der Bäume nichts zu sehen. Die Szenerie war weitläufig und klar, und er gehörte nicht dazu. Er fühlte sich nebensächlich, und er war verängstigt. Es gab Orte, die man lieber ignorierte als wahrnahm.

Er würde sich besser fühlen, sobald er wusste, wohin er ging.

Wohin konnte er gehen? Nirgendwohin. Diese Frau, der Eindringling, war jetzt schon in seinem Haus. Er fragte sich zuerst, wo er kurzfristig, dann, wo er langfristig hingehen könne. Seit ewigen Zeiten hatte der Tod der Eltern junge Männer dazu gezwungen, sich eine Bleibe in der Wildnis zu suchen. In Westkanada gab es immer noch Grundstücke, die Siedlern zur Erschließung zugewiesen wurden. Zwei Uhr morgens, verkündete die Kirchenglocke – der einzige wahrnehmbare Beweis für die Existenz seines Viertels; ansonsten kam ihm der Wald wie das ursprüngliche Ohio aus der Zeit der Kämpfe mit den Franzosen und den Indianern vor. Er versuchte vergebens, die schöne Landschaft zu ignorieren, zu der er nicht gehörte und niemals gehören würde. Es war lächerlich, diesen Ort als Wildnis zu bezeichnen, wenn man genau wusste, dass er nichts als der trapezförmige Park war, an den auf jeder Seite Straßen grenzten. Es war umso lächerlicher, wenn man die Namen der Straßen kannte. Eine Wildnis hatte per Definition wild und menschenleer zu sein. Um dieses Stück Land hatte man einen Zaun gebaut, damit es wild aussah, aber es war nicht wild. Und er – ein Mensch – befand sich zumindest physisch darin. Er hätte sich gern in die Wildnis geflüchtet, aber vielleicht gab es gar keine Wildnis mehr. Es gab nur Gegenden, in denen Menschen lebten, und solche, in denen zu leben sie noch nicht die Zeit gefunden hatten. Wenn es irgendwo Wildnis gab, dann war sie in seinem Kopf.

Endlich hörte es auf zu schneien, und der Mond und die Sterne kamen zum Vorschein. In den Wipfeln der Kiefern wehte kein Hauch. Seine Füße waren wund, sein Gesicht taub, und er war völlig ausgehungert. Er gab auf. Es gab eine jämmerlich einleuchtende und jungenhafte Antwort auf die Frage, wo er kurzfristig hingehen könne, und ihm blieb jetzt keine Wahl mehr. Er fror zu sehr. Er trat den Rückzug an. Er stieg die abfallende Seite des Waldes hinab, ließ das Grenzland zur Wildnis hinter sich und ging durch die Chagrin Avenue. An der Ecke Sechundzwanzigste bog er rechts ab und schlich sich in Mrs. Marinis sturmsicheren Keller.

Auf Zehenspitzen ging er in das Gästeschlafzimmer im Keller, das nie jemand benutzte – das mit den abgeschlossenen Schränken und der Spüle. Er brauchte fünfzehn Minuten, um sich auszuziehen und seine Sachen unter dem verstellbaren Krankenhausbett zu verstauen. Dann lag er ein oder zwei Stunden lang auf dem Bett, irgendwie schlaflos, und stellte im Kopf eine Liste der Missstände auf, die es ihm unmöglich machten, dazubleiben. Währenddessen kam sein zitternder Körper langsam zur Ruhe, und seine Zehen begannen wieder zu fühlen. Sein erklärter Wille, alles zu verlassen, verließ ihn.

Vielleicht hatte er geschlafen, aber vermutlich nicht in dem Moment, als oben die Zeitung dumpf gegen die Sturmtür prallte – mit einem Knall, der ihm unverhohlen all die Bequemlichkeiten vor Augen führte, auf die er hatte verzichten wollen: Gewohnheit; Schutz vor der Kälte; frisches Fleisch; Menschen, mit denen man sich unterhalten konnte.

Er stand auf und versetzte das Bett in den Zustand, in dem er es vorgefunden hatte. Dann stieg er in Strümpfen, die Schuhe in der Hand, die Treppe hoch: passend gekleidet für eine kleinere Wanderung durch eine Winternacht, aber den Großteil seiner Kleidung ließ er zurück in seinem Kellerversteck. Vor dem Küchenfenster war es immer noch dunkel, sogar dunkler als zum Zeitpunkt seiner Ankunft: Der Mond musste inzwischen untergegangen sein. Im Haus brannte kein einziges Licht.

Er brauchte einen Plan. Eine der Frauen würde Rechenschaft über seinen Verbleib in den letzten zwei Nächten verlangen, und zum Teufel, die Wahrheit ging sie nichts an.

Er musste ein Bad nehmen. Die Küche war gerade hell genug, um einige unidentifizierbare Metallgegenstände neben dem Herd geisterhaft aufschimmern zu lassen. Wo kam dieses Licht her? Durch die Fenster, vom Schnee reflektiert, ausgesandt von Sternen, die viele, viele Millionen Lebensspannen von Lichtjahren entfernt waren.

Mit Sicherheit war anzunehmen, dass sie inzwischen bei Ricky angerufen hatten, wenn sie das nicht schon in der ersten Nacht seines Wegbleibens getan hatten. Die Frage würde lauten: Wo ist Ciccio gewesen? Er würde sagen, dass er die ganze Zeit bei Ricky gewesen sei, beide Nächte. Dann würden sie sagen: Oh nein, da warst du nicht, wir haben dort angerufen, du bist ertappt. Und was würde er dann sagen?

Er dachte zu viel darüber nach. Sie würden sich nicht mit ihm streiten. Sie würden versuchen, ihn auf die Straße zu setzen.

Um zur Vordertür zur kommen, musste er sich am Küchentresen entlangtasten. Er öffnete die Tür, und er öffnete die Sturmtür. Er beugte sich über die Türschwelle, grub die Zeitung aus und machte seine Schuhe im frischen Schnee nass. Er handelte in fast völliger Stille. Er stellte die nassen Schuhe auf den Teppich drinnen vor der Tür. Es war ein grober Trick, aber er musste genügen.

Nun konnte er das Publikum in sein Theater einladen.

Er postierte sich breitbeinig auf dem Linoleum und schlug die Tür zu. Er knallte eine Pfanne auf den Herd. Er legte eine Pause ein, um zu hören, ob sein Publikum käme, und als er niemanden hörte, ließ er die Kaffeemühle auf den Boden fallen und ahmte ein Niesen nach.

Er lauschte wieder. Die Bodendielen knarrten.

Langsam zeichnete sich Mrs. Marinis weiße Gestalt in der Dunkelheit der Diele ab.

»Wo bist du gewesen?«, fragte sie. Sie war so weiß (durchsichtig, lag ihm auf der Zunge) wie Gas. Ihr Schlafanzug war weiß und an so vielen Stellen geflickt, dass er in alle Einzelteile zu zerfallen drohte. Auf ihrem Gesicht zeigte sich ein Ausdruck von Furcht, den er noch nie bei ihr gesehen hatte: wie bei einem kleinen Tier.

»Bei Ricky. Ich hoffe, ich habe dich nicht aufgeweckt.« Er hatte die Zutaten für ein aufwendiges Omelett auf dem Herd angeordnet.

Die wenigen Haarsträhnen auf ihrem Kopf waren so dünn wie Fasern eines Mottennests und bedeckten ihre Kopfhaut nicht im Geringsten. Die Kopfhaut war gelb.

Und ihre Kleider hätten jemandem gepasst, der dreimal so viel wog wie sie. Sie hätte sich genauso gut in ein Betttuch einwickeln können. Er hätte eigentlich vermutet, dass sie in einem Nachthemd schliefe. Er hatte sie noch nie weiße Sachen tragen sehen. Es war irgendein ein alter Herrenschlafanzug.

»Was habe ich geträumt?«, sagte sie. »Ich kann mich nicht erinnern. Ich habe die Tür gehört. Ich habe gedacht, du seist jemand anders.«

»Ich war bei Ricky.« Er versuchte, den Tonfall des *Hallo, das ist mein falsches Alibi* aus seiner Stimme zu bekommen, aber es gelang ihm nicht. »Und ich bin vorbeigekommen, um den Anzug zu holen, den ich hiergelassen habe, nachdem, nachdem …«

»Leg mein Ei hin«, sagte sie. »Geh dir die Hände waschen.«

Er wusch sich die Hände. Sie machte ihm einige Spiegeleier und wies ihn an, eine Pampelmuse für sich selbst und für sie aufzuschneiden. Während er die Pampelmuse in zwei Hälften zerteilte, musterte sie ihn mit einem Blick, der besagte: »Soll ich deine Tarnung auffliegen lassen oder nicht, Großer?« Aber sie ließ seine Tarnung nicht auffliegen.

Es war der erste Tag des Begräbnisses.

Als er später am Morgen erfuhr, dass seine Mutter in der Leichenhalle sein würde, ging er nach Hause, duschte und zog sich anständige Sachen an. Das Haus roch seltsam. Dann ging er in die Leichenhalle und aß eine Menge Käse und Würstchen.

Ja, die Frau war da. Der Eindringling. Wie eine Krähe hatte sie sich ganz vorn bei den Särgen niedergelassen. Ihr Haar war grau geworden. Vielleicht würde sie bald sterben. Sie kam sogar zu ihm und schüttelte ihm die schlaffe Hand, und sie versuchte, sich so zu verhalten, als ob sie nicht bescheuert wäre und kein Eindringling. Er hatte keine Ahnung, wen sie damit zu täuschen glaubte. Ihn nicht!

Um vier Uhr nachmittags schlief er auf Mrs. Marinis Sofa ein und wachte erst eine Stunde vor Sonnenaufgang wieder auf. Sie hatte ihm die Socken ausgezogen.

Am nächsten Abend holte er sein Radio mit dem Detektorenempfänger und ein paar Unterhosen aus der Zweiundzwanzigsten Straße und verstaute sie in der Kommode in Mrs. Marinis Gästezimmer im ersten Stock. Dort schlief er auch. Solange niemand etwas sagt, dachte er, könne er Fakten schaffen und seinen Status als Hausbesetzer begründen. Dann müsste er niemals ein Gespräch darüber führen, wo er auf lange Sicht seinen Hut aufzuhängen gedachte.

Und genau das war es, was geschah. Das Haus an der Zweiundzwanzigsten Straße gehörte nicht seiner Mutter, es gehörte ihm, aber er überließ es ihr, es war ihm egal. Sie war gar nicht seine Mutter, sie war ein Bonbonpapier, das auf der Straße herumflog.

Er ging wieder in die Schule. Monate verstrichen.

Er musste nicht mehr bügeln oder sich als Sklave bei den Nebenjobs seines Vaters verdingen. Er war immer hungrig. Er war immer wütend, es war ein ununterbrochenes Zusammenbeißen der Zähne und Ballen der Fäuste. Jemanden zu verprügeln, sogar selbst verprügelt zu werden, war seine einzige Erleichterung. Wenn seine »Mutter« mit ihrer höhnischen Visage vorbeikam, was sie viel zu oft tat, musste er an sich halten, um ihr nicht die Zähne aus dem Schädel zu schlagen.

Er war ein Mann. Er fühlte sich wie fünfundfünfzig. Er musste nicht mit Geisteskranken Umgang haben. Er war immer hungrig. Mrs. Marini glaubte, drei Portionen seien genug für jeden, aber er brauchte drei hoch drei. Er hatte wieder einen Wachstumsschub, sein Magen knurrte, während er nach dem Dessert den Tisch abräumte. Er hatte ein Thema gefunden, von dem sie keine Ahnung hatte: die speziellen Ernährungsbedürfnisse eines Jugendlichen. Er konnte nicht um Nachschlag bitten, denn was wäre, wenn sie es irgendwann leid würde, soundso viel ihres monatlichen Einkommens an ihn zu verfüttern, und ihn zurück in Nummer 123 schickte? Er erfüllte haarklein alle Vorschriften betreffs Dauer des Duschens und Wo gehören die schmutzigen Socken hin?. Seine Zigaretten, nun ja, die bewahrte er in einer Maischipstüte aus Zellophan in dem Laubhaufen hinter ihrem Geräteschuppen auf.

Er untersuchte sein Schamgefühl. Er stocherte in ihm herum. Er experimentierte mit Methoden, es anzustacheln oder zu beruhigen. Woher kam es? Es hatte etwas mit dieser speziellen Konstellation zu tun: Mein Vater ist tot, aber ich bin noch am Leben.

16

Er wollte, dass etwas geschehe. Er las mehr. Irgendetwas stimmte nicht daran, dass er sich in Büchern verlor, aber er hatte vorerst keinen anderen Ort, an den er gehen konnte. Es bereitete ihm kein Vergnügen, aber er war auch nicht auf der Suche nach Vergnügen. Er wollte sich ärgern, er wollte das Missvergnügen an seinen Lebensumständen empfinden, denn es schien ihm nicht gerecht zu sein, nein, es schien ihm überhaupt nicht gerecht zu sein, dass seine Trauer verpufft war, ehe sie irgendeine Wirkung entfalten konnte. Seine Großmutter hatte in ihrem Schlafzimmer laute, vibrierende Schreie ausgestoßen, ein Laut wie aus dem Mittelalter, während Ciccio den Teig für ihr Brot geknetet hatte.

Die Jesuiten und die Laienlehrer zwangen ihn, mehr zu lesen, und er gehorchte, dumm wie ein Ackergaul, und hoffte darauf, dass etwas geschehen musste, wenn er sich nur möglichst weit verlieren würde. Es war ihm egal, ob er die Ursache für dieses »Etwas« war. Es war reine Willkür, dass er in Philosophie und Religion nach dem suchte, was geschehen würde. Es war nun mal sein tägliches Brot. Wenn er, wie geplant, ein paar Jahre zuvor in die Gewerkschaft eingetreten wäre, hätte er sich mit ähnlichem Ingrimm auf Tragmulden und Schubkarren gestürzt statt auf Thomas von Aquin.

Während der mündlichen Winterprüfungen im Februar jenes Jahres fragte ihn Pater Manfred: »Wenn ich dir sagte, ich sei gleichzeitig frei und unfrei, was wäre dann meine Begründung?«

Nun ja, sagte der junge Mazzone, wir seien nach Gottes Ebenbild geschaffen, und man könne argumentieren, dass Gott größtenteils, aber nicht völlig frei sei, denn die Liste der Dinge, die er nicht tun könne, sei lang. Er könne nicht ins Dasein kommen, und auch nicht hinaus. Er konnte nicht *nicht* gut sein. Gott sei sowohl frei als auch unfrei, wir seien nach Gottes Ebenbild geschaffen et cetera. Wie wäre es damit?

Aber nein, sagte Pater Manfred, Gott könne zugleich sein und nicht sein, wenn er das wolle. Gott sei es egal, ob er sich selbst widerspreche. Versuch es noch einmal.

Ihm fiel nichts anderes ein als zu sagen: Gott ist groß. Gott ist ein Geheimnis. Gott ist wie wir, und er ist nicht wie wir.

»Ja, gut, weiter«, sagte der Priester.

»Und wenn man in seinem Kopf ein Sklave ist? Ich meine, es ist klar, dass man nicht die Freiheit hat, mit eigenen Flügeln zum Mars zu fliegen. Es ist einfach, zu sagen, man sei unfrei außerhalb seines Kopfes. Aber was wäre, wenn man unfrei im Innern seines Kopfes wäre?«

»Das ist es. Führ das weiter aus.«

»Wenn man nicht frei in seinem Kopf ist …«

»Bleib dran. Los, wirf dich drauf.«

»Ich arbeite ein bisschen härter, Pater, weil ich Angst habe.«

»Bumms. Bumms.«

»… dann begreift man nie, wie wenig Sinn es ergibt.«

»Gut. Weiter. Ja. Gib's ihm. Links und rechts.«

»Weil es unmöglich ist, dass Gott existiert. Aber er existiert. Und wenn man nicht frei ist in seinem Kopf, kann man nicht sehen, warum das unmöglich ist.«

»Und deswegen sieh, wie viel größer Gott ist, dass er sogar die Vernunft mit Füßen tritt.«

Na gut, in Ordnung – da war er, der absurd strahlende Schatten eines Paradoxes: zu glauben, weil es Unsinn war zu glauben. Er wusste, das sie solche Sachen mochten. Er mochte sie auch, um die Wahrheit zu sagen. Ihm erschien das sinnvoll, ha, ha.

Er war in einer Phase, wo man ihn leicht beeinflussen konnte, und er wusste das. Aristoteles und Thomas von Aquin lagen jenseits seines Fassungsvermögens. Vieles von dem, was er in dieser Zeit dachte, bestand nur darin, zu verdauen, was die Priester sagten, um es dann wieder hochzuwürgen und auf sein Hemd zu kotzen. Dann besah er sich die Kotze und sagte: Mannomann, seht mal, was ich gemacht habe.

Sein Vater hatte ihm immer gesagt, er solle jedes dritte Wort ignorieren, das die Jesuiten sagten. Sie waren berühmt dafür, dass sie Leute manipulierten. Sie ließen Laster wie Tugend aussehen. Vor einigen Hundert Jahren hatte man sie auf eine Anordnung hin für mehrere Jahrzehnte aus der Kirche geworfen. Und dennoch war die Haltung seines Vaters zwiespältig, war es schon früher gewesen. Immerhin hatte er eine Menge Schotter gezahlt, um Ciccio auf diese Schule zu schicken.

Na gut, es gab also Gemeinschaftskunde und Trigonometrie. Man wurde nicht ermutigt, sich allzu sehr für sie zu begeistern, vermutlich, weil sie einen Bezug zum zwanzigsten Jahrhundert hatten. Es gab natürlich Latein. Es gab Latein, Latein gab es überall, von *incunabulum* bis *extremis*. Und in diesem Jahr gab es auch Griechisch. In einer Stunde hatten sie einen widerwilligen Ciccio Aristoteles übersetzen lassen, in einer anderen hatten sie Aristoteles ausführlich auf Englisch gelesen, in einer weiteren Aquin, der sich über Aristoteles äußerte. Es war der Aristo-Blitzkrieg der elften Klasse. Seine Verteidigung wurde schwächer, aber gegen was sollte er sich überhaupt verteidigen?

»Lass nicht zu, dass sie etwas aus dir machen, das du nicht bist.« Das war wieder sein schlicht gestrickter Vater. Ciccio hätte sich wesentlich wohler in seiner Haut gefühlt, wenn sie ihm einfach kleine Brocken aus dem Katechismus zum Auswendiglernen gegeben hätten – das war die Methode der Nonnen in der Mittelschule gewesen, und dagegen war er größtenteils immun geblieben. (Sie hatten keinen papistischen Schwachkopf aus ihm gemacht, wie aus so vielen Iren und Polen. Er hatte den Zynismus seines Volkes beibehalten, der die Machenschaften der Kirche wissend akzeptierte.) Stattdessen befanden sich die Priester in der Highschool auf einem Kreuzzug, dessen Ziel es war, ihn mittels Arbeit zu Staub zu zermahlen.

Er war wie ein Junge auf einer Falltür: Jemand hatte den Riegel der Falltür geöffnet, er war hinabgefallen und irgendwie an einem Ort gelandet, wo alte Herren aus Europa ihn auseinandernahmen, um ihn nach ihren Vorstellungen neu zusammenzusetzen.

Der Katechismus war völlig passé. Einsicht, sich in der Lage sehen, genug zu fühlen, die eigene Mission zu rechtfertigen, das war alles passé. Klarheit war passé. Nützlichkeit war passé, aber das war schon lange klar. Bekenntnisse waren passé. Fragen waren in Mode. Verwirrung und Angst. Konjunktiv und Konditional waren ganz klar in Mode. Sie waren der Herzschlag dessen, was in Mode war.

Man ließ ihn erst auswendig lernen, was Aristoteles über etwas gesagt hatte, dann, was der Apostel Paulus dazu gesagt hatte, und dann, was Thomas von Aquin zu sagen hatte, nachdem er beide in Einklang gebracht hatte. Aber bei der Prüfung musste er Aquin widersprechen und seinen Widerspruch Punkt für Punkt begründen. Das war auch so einer von diesen heuchlerischen Jesuitentricks. Sie wussten, dass er als Teenager auf Widerspruch ausgerichtet war, und so befahlen sie ihm, zu widersprechen. Das musste er ihnen übel nehmen, denn er wollte ihnen widerstehen. Und was war das naheliegendste Ventil für seinen Widerstand? Nun, Zustimmung natürlich, zu Thomas von Aquin. Auf diese Weise machten sie zwangsläufig einen Thomisten aus ihm. Zumindest einige taten das; die anderen, paradoxe Bande, versuchten ihn vielleicht gar zu einem Lutheraner zu machen.

Nicht dass er auch nur im Geringsten gewusst hätte, was es bedeutete, ein Thomist zu sein, welchem Glaubensbekenntnis er dann folgen würde.

Ist es nachvollziehbar, warum er nach einem Glaubensbekenntnis suchte, dem er folgen konnte? Konnte man ihm nicht eine kleine Verschnaufpause gönnen, da er alles so verdammt ernst nahm?

Die unübersetzte Ausgabe der »Summa Theologiae« nahm mehr als zwei *Meter* auf dem Regal über der Tafel hinter Pater Manfreds Katheder ein. Sie stammte aus dem achtzehnten Jahrhundert und protzte mit einem Schafsledereinband, der nach all den Jahren immer noch seine grüne Farbe hatte. Es kam natürlich nicht infrage, diese zwei Meter Vorstellungswelt zu lesen, geschweige denn, sie zu verstehen, aber es lag das Versprechen darin, dass es dort ein Universum gab, in dem man sich verlieren könne. Da er nicht dem Kloster beitreten wollte, würde er nicht einmal zehn Prozent dessen lesen, was »der Aquinat« geschrieben hatte. Aber er hatte genug gelesen, um sich in diesem Dickicht zu verlieren; er konnte sagen, dass er genug gelesen hatte, um das zu vergessen, was der eigentlich inspirierende Kern des aquinatischen Denkens war. Dieses Verlorensein macht ihm Angst, und das wiederum fühlte sich richtiger an als alles andere.

Er las an den Nachmittagen. Er lag auf einem Badetuch auf dem Boden der Diele zwischen Mrs. Marinis Gästezimmern im ersten Stock. Es war die einzige Stelle im Haus, wo einen das Sonnenlicht nicht ablenkte. Einmal war er eingeschlafen und davon aufgewacht, dass sie sein Ohr sanft mit ihrer Schuhspitze anstieß. Die Seiten seiner »Auszüge aus Thomas von Aquin« lagen zerknittert unter seinem Kopf.

»Das ist nicht Ciccio, der liest, sondern Ciccio, der herumliegt«, sagte sie. Sie wies mit einem anklagenden Finger nicht auf ihn, sondern auf das Buch. Sie sagte: »Ich wette, dass du davon überhaupt nichts kapierst.«

Er sagte: »Weißt du was? Ich verstehe es gerade gut genug, um den Sinn nicht zu begreifen.«

Er fragte Pater Manfred, was es bedeute, ein Thomist zu sein. Würde er einen anderen Namen annehmen, wie es die Nonnen taten? Aber das war nur ein Scherz. Manfred sagte, die beste Erklärung, die ihm einfalle, habe er einmal im Priesterseminar gelesen:

Stell dir eine Meereslandschaft vor, sagte er. Jetzt stell dir den Himmel über dem Meer vor. In großer Entfernung ist es schwierig, Himmel und Meer auseinanderzuhalten. Am Horizont zeichnet sich ein schmaler Streifen ab, ein Zwischenraum, ein dritter Raum, in dem die beiden anderen Bereiche miteinander vermischt zu sein scheinen. Das ist die thomistische Sichtweise auf das, was geschieht, wenn das Materielle (das Meer) und das Spirituelle (der Himmel) sich überschneiden.

Schön und gut, dachte Ciccio. Von der Küste aus war es oft schwierig, auseinanderzuhalten, wo der Himmel endete und das Wasser begann. Aber was bedeutete es, dass er wusste, dass Himmel und Wasseroberfläche einander in Wahrheit *nicht* berührten, dass es nur eine optische Täuschung war, dass sie sich berührten? Es implizierte, dass ein Mensch entweder materiell oder spirituell oder nichts davon sei. Verzeihung. Es ergab keinen Sinn.

Sie brachten ihn um mit all der Arbeit. Er wusste nicht, in was sie ihn verwandeln wollten. Aber er wusste auch nicht, was er war.

März. In der Luft lag ein Geruch von trocknendem Matsch, des allgegenwärtigen spätwinterlichen Schmadders, der endlich austrocknete. Was war das für ein Geruch? Er war wie der schwache, bittere Geruch eines Eimers mit Dachdeckernägeln.

Der junge Mazzone befand sich auf dem Weg zur Schule. Er ging zügig, mit weit ausgreifenden Schritten, fast schon rennend. Er ging fast schon rennend, weil er Trübsal blies und ihn die Jesuiten nach ihrem Bild umformten, und wenn Jesuiten Trübsal bliesen, dann unternahmen sie lange Spaziergänge, bei denen sie schnell liefen, um das Blut von unreinen Körpersäften zu reinigen. Er hüpfte ein wenig, während er ging. Er war ein kleines bisschen außer Atem, und das war gut.

Seine Strecke in die Innenstadt, über den Saint Ambrose Boulevard, war von Elephant Park aus der direkte Weg in Richtung Westen, aber sie wurde nur sporadisch von richtigen Gehsteigen gesäumt. Die meiste Zeit musste er entweder dem Randstein folgen oder durch den Matsch daneben patschen, wo das Gras vom Streusalz zerfressen worden war. Die sauberere Strecke dauerte nur halb so lang. Eine Straßenbahn polterte den Mittelstreifen entlang. Die Straße war auf den äußeren Spuren asphaltiert, auf den inneren gepflastert und in der Mitte, wo die Schienen verliefen, kiesbestreut. Wo noch Häuser standen, waren es fantastische, vielfarbige Ruinen mit Verandapfosten, die das durchhängende Dach nicht länger stützten, mit Fenstern, die man nach und nach zum Vergnügen eingeschlagen hatte, mit skoliotischen Schornsteinen, mit Eingängen, die vernagelt waren oder in denen die Türen fehlten, mit Verblendungen, die einst (man sah es noch durch das abblätternde Weiß) in drei oder vier Pastellfarben gestrichen gewesen waren, mit fein ausgemalten Mustern. Anstelle von Fallrohren aus Aluminium entwässerten Wasserspeier die Regenrinnen und zeugten von jener Art Reichtum, die seines Wissens gar nicht mehr existierte.

An keinem der Häuser deuteten auch nur die geringsten Spuren darauf hin, dass sie von fühlenden Lebewesen bewohnt wurden. Dunkle Weinreben mit prächtigen rosa Blüten wuchsen an den Mauern hoch und in die Fenster hinein. In den Gärten verstreut lagen Terrakottadachziegel. Dies war ein Dorf aus Lebkuchenhäusern, die jemand im Freien hatte stehen lassen, auf dass der Hund über sie herfiel, die Waschbären sie fraßen oder der Regen sie zu Brei verwandelte.

Ein Stück weiter drehte die Straße nach Norden ab und verlief am Rand des Sandsteinbruchs und durch ein Wirrwarr roher Baracken, wo früher die Syrer gewohnt hatten. Dann hatten Farbige dort gewohnt, aber vor Kurzem waren auch die weggezogen. Dann durchschnitt die Straße eine Wiese, der man ansah, dass sie vor Jahren ein bestelltes Feld gewesen war – der Boden war eingeebnet worden, und an der Seite befand sich ein Wall aus Steinen, wo jemand das glaziale Geröll aufgehäuft hatte. Zuckerahorn und Sumachgestrüpp umgaben die Wiese und schmiedeten Pläne, sie zu unterwerfen. Ein Buchenschössling wuchs aus dem oberen Rand des Steinwalls empor.

Dann, hinter der Wiese – er prüfte seinen Puls, er beschleunigte das Tempo –, zweigte die Bahnlinie nach Süden ab, und fast der gesamte Autoverkehr mündete in die neue Bundesstraße, und die städtische Straße verengte sich auf zwei gepflasterte Spuren.

Nach dreißig Metern erreichte er den Rand einer großen, abfallenden Klippe.

Und hier musste er stehen bleiben – wie hätte er daran vorübergehen können, wo die Landschaft sich ihm doch quasi aufdrängte? Vierhundert Millionen Jahre zuvor war die Stelle, an der er stand, schlammbedeckter Meeresboden gewesen. Der Schlamm hatte sich verfestigt, war von neuem Schlamm bedeckt worden, der sich verfestigt hatte, und so weiter. Als das Meer sich zurückzog, war daraus ein riesiges Reservoir mit oblatendünnen Schichten von Schiefer entstanden. Dann hatte sich unlängst der Fluss seinen Weg gebahnt, und dann war ein Gletscher dem Flussverlauf gefolgt und hatte den Spalt zu einem breiten Tal geweitet, dessen Grenze die Klippe bildete. Unter Ciccio lag der brüchige schwarze Schiefer unordentlich aufgehäuft, wie eine gewaltige Palisade aus verbrannten Zeitungen. Und er sah den schlamm-farbenen Fluss unten im Tal, wo sich die riesige verwesende, verzauber-te Stadt in ihrem Aschegewand erstreckte, lebendig und nach Schwefel riechend, diese Stadt, seine Heimat.

Er setzte seinen Schulweg fort. Keiner der Bäume hier unten blühte. Die kürzeste Strecke ins Tal war eine kopfsteingepflasterte Einbahn-straße namens Reckless Avenue. Er ging im Eiltempo hinab. Seine Füße waren wie Räder.

Ein Nebel erhob sich über der Stadt: das langsame Ausatmen eines großen, sterbenden Tieres.

Die gelbliche Morgenluft verfärbte sich braun, als er sich den Hochöfen am Grund der schiefernen Talwände näherte. Er wollte sich selbst beibringen, wie man auf solche Dinge achtete: Perversionen wie die, dass die Luft die Färbung einer Militäruniform zeigte – Khaki hieß das wohl.

Die Farbe der Stadtluft war ihm seltsamerweise erst auf der Farm aufgefallen, weil die Luft dort farblos war. Er hatte Schwierigkeiten da-mit, Dinge zu erkennen, die sich unmittelbar vor ihm befanden. *Khaki* kam aus dem Urdu und bedeutete »staubartig«.

Auf der Straßenseite gegenüber den gebirgsartigen Stahlwerken, zwischen denen die West Seventh Avenue verlief, befanden sich Knei-pen. Und je nachdem, zu welcher Zeit er dort vorbeikam, sah er ent-weder die Männer der dritten Schicht, die vom Werk auf die Kneipen zusteuerten, oder die der ersten, die von den Kneipen auf das Werk zu-steuerte.

Er durchquerte eine Ziegelei und den Parkplatz eines Kranken-hauses, dann den Gemüsegarten der Jesuiten, und dann war er in der Schule.

Nino und Ricky warteten hinter dem Heizraum auf ihn.

Es war 7 Uhr 15, morgens.

Nino kratzte sich den Rücken an den Ecksteinen, sagte: »Hallo, Emi-nenz.«

Das morgendliche Treffen der Gentlemen's Smoking Society nahm seinen Anfang. Sie hatten auf ihn gewartet, das wusste er zu schätzen.

Heute würde nichts Wichtiges passieren.

Er sah Nino an.

Nino hatte ein breites, mürrisches Gesicht. Sein Vater war Sergeant beim örtlichen Gewerkschaftsbüro, zu dem auch sein Vater gehört hatte. Er hatte einen Zwillingsbruder, der Cornflake oder Corny genannt wurde, angeblich sogar von der Mutter. Dieser Zwillingsbruder lebte in einem staatlichen Heim für zurückgebliebene Kinder, wo er zweimal wöchentlich von seiner Mutter und den Brüdern, nicht aber von seinem Vater besucht wurde. Ciccio hatte den Zwillingsbruder nie gesehen. Er hatte den Verdacht, dass der Zwillingsbruder ein Schwindel sei, bloß dass Nino ein Gesicht hatte, dem man keine Lügen zutraute. Dieses Gesicht war nach einer geheimen Absicht konstruiert worden (der Augen, die den Bruchteil eines Zentimeters zu weit in Richtung der Schläfen standen, des deutlich vortretenden Kiefers, der nach unten weisenden Mundwinkel) – es sollte aussehen wie das Gesicht einer großen, arglosen Forelle. Eben hatte Ciccio es zum ersten Mal bemerkt.

Er sah Ricky an. Er wusste nicht, wem oder was Ricky ähnelte. Er sah Ricky direkt an und erblickte nichts als braunes Haar, einen blauen Blazer, Schuppen auf dem Blazer. Wie lange kannte er Ricky nun schon? Und er konnte nicht sagen, wie er aussah?

Er versuchte, Eigentümlichkeiten auszumachen. Das war nicht schwer. Es gab sie überall. Groteskheiten. Vor Kurzem war er mit der Kälte des Wissenschaftlers auf den Badezimmerspiegel zugegangen, das Maßband in der Hand, ohne zu erwarten, dass er etwas Bestimmtes finden werde. Aber er brauchte eine Kontrollprobe für seine Erkundung des Grotesken. Und er stellte fest, mirabile visu, und nicht ohne ein gewisses stolzes Erschrecken, dass seine eigenen Gesichtszüge krumm in seinem Gesicht saßen, dass es das war, was an ihnen nicht stimmte. Und er war sich dessen nicht bewusst gewesen. Und er stellte sich vor, dass echte Männlichkeit, echte Freiheit, bedeutete, dass all diese Geheimnisse, die er nicht sehen konnte und die deshalb Geheimnisse waren, weil sie ihm zu nahe standen, als dass er sie hätte erkennen können, sich von selbst zeigen würden. Ihm würde gestattet sein, zu sehen, was sich bislang unter seiner Nase im Verborgenen befunden hatte.

Sie rauchten ihre Zigaretten zu Ende und gingen zurück in die Schule.

Dann war April.

Dann war Mai.

Es wollte, dass etwas geschah, aber das war belanglos, sein Wollen war belanglos. Es war unerlässlich, dass etwas geschah. Nein, es war offenkundig, dass etwas geschehen würde. Eine Substanz wurde in einem provisorischen Gefäß aufbewahrt, und das Gefäß wollte bersten. Er hatte mit dem Lesen angefangen, weil er gehofft hatte, sich selbst in der Substanz auflösen zu können, sodass er in dem Moment, wenn das Gefäß platzte, mit dem Rest davongeschwemmt würde.

Man ließ ihn ein Referat über Aristoteles' Definition von Bewegung schreiben. Die Definition lautete, dass Bewegung (oder Wandel) das Wirklichkeitwerden eines Potenzials sei, insofern, als es ein Potenzial war. Das Referat war mit C Minus benotet worden, weil er den Vorbehalt *insofern, als* ausgelassen hatte, weil er ihn nicht verstand.

Pater Manfred hatte unten auf die letzte Seite mit Bleistift eine Anmerkung gekritzelt, die ihn auf das Ende von Buch III, Kapitel I der *Physik* verwies, wo er ein Beispiel finden könne, worum es bei dem Vorbehalt *insofern, als* ginge. Er solle sich darauf vorbereiten, sein Verständnis des Beispiels bei seiner mündlichen Prüfung im Frühjahr argumentativ zu untermauern.

Die Prüfung fand in dem Innenhof zwischen den Laborräumen und den Gewächshäusern der Jesuiten statt. Man musste das Gewächshaus durchqueren, um in den Innenhof zu gelangen. Wenn man in den Innenhof kam, stieß man auf zwei Segeltuchklappstühle, die unter einem Baum standen. Außerdem stieß man auf Pater Manfred, der in einem der beiden Stühle saß und einen erwartete. Neben ihm im Gras standen ein Krug mit Fruchtbowle und ein Stapel Papierbecher. Wespen attackierten im Sturzflug die Fruchtbowle, und während

Ciccio redete, fischte der Priester sie heraus, zerquetschte sie zwischen seinen Fingerspitzen und ließ sie in eine Tasche im Rock seiner Soutane gleiten.

Das Beispiel eines Potenzials, das Ciccio erklären musste, war »Baumaterial«, wie zum Beispiel: ein Steinblock. Wenn man etwas damit baute, befand es sich in Bewegung, weil man sein Potenzial, zu bauen, Wirklichkeit werden ließ. Aber, sagte Ciccio, wenn man den Backstein, sagen wir, in einen Birnbaum schleudere, um eine Birne herunterzuholen, dann könne man ihn nicht als etwas beschreiben, das mit Bauen zu tun habe; man könne sagen, dass der Backstein sich als Geschoss in Bewegung befinde, weil man sein Potenzial als Geschosspotenzial Wirklichkeit werden ließe. Dann unterbrach er sich selbst.

»Immer, wenn ich denke, dass ich ihn gleich kapiere«, sagte Ciccio, »Aristoteles, meine ich, sag ich mir immer: Das kann nicht stimmen, das ist so – wie soll ich sagen –, so dumm, wieso sollte er sich die Mühe machen, das zu sagen?«

Pater Manfred sagte: »Nein, aber du hast recht. So empfindet Aristoteles. Er ist ganz Beobachtung. Er gründet auf Tatsachen. Paulus gründet auch auf Tatsachen. Wenn ich dir nun sage, dass es mich mit Schrecken erfüllen würde, wenn ich das Gefühl hätte, den Philosophen X zu verstehen, und doch wüsste, dass ich nur in tiefere Unkenntnis gestürzt würde, weil die Lehre des Philosophen X unergründlich ist, dann beschriebe ich wen?«

»Plato«, sagte Ciccio.

»Ja, und?«

»Jesus Christus unsern Herrn.«

»Ja, und?«

Ciccio zupfte an einem Muttermal herum, das kürzlich auf seinem Kinn zum Vorschein gekommen war. »Sie wollen, dass ich Kierkegaard sage«, sagte er.

»Ganz recht. Aber du hast gesprochen. Du wolltest auf etwas hinaus.«

Er versuchte es noch einmal, aber er verhedderte sich in dem *Insofern, als*-Vorbehalt und schlug sich auf den Mund.

Der Priester sagte: »Umschreibe den Vorbehalt anhand eines anderen Beispiels und ohne die Wörter *möglich* oder *tatsächlich* zu benutzen.«

Ciccio sagte: »Ein Mann ist im Gefängnis. Er träumt davon, zu fliehen – lebhafte Träume, in denen ihn die Obrigkeit verfolgt. Dann wacht er auf. Er sprengt das Schloss und beginnt seine Flucht, aber es ist ganz anders als im Traum. Keine Hunde, die hinter ihm her sind. Keine Sirenen. Die Wächter schlafen. Er flieht, aber nicht insofern, als er vom Fliehen träumte.« Mehr zu sich selbst als in Richtung des alten Mannes fügte er hinzu: »Also macht er kehrt wie ein Idiot und schließt sich wieder ein.«

»Ich verstehe nicht ganz«, sagte der Priester geistesabwesend. Der Schleim in seiner Kehle rasselte. Er sah zur Seite. Seine Augen zuckten in ihren rosafarbenen, geschwollenen Höhlen: Sie verfolgten die Zickzackbahn eines Objekts, das Ciccio nicht sehen konnte.

»Wenn der Gefangene freikommt, kann er nicht mehr davon träumen, frei zu sein«, sagte er. »Wie in: Der Traum existiert nur, solange man ihn träumt.«

»Das kleine Biest hat gedacht, es könne mich stechen!«, sagte der Priester.

Eine Wespe war gerade auf seinem Nacken gelandet, um dort ihr Ende zu finden.

»Du wirst das noch einmal wiederholen müssen. Es tut mir leid. Ich war abgelenkt« sagte er.

Ciccio wiederholte das Gesagte.

Pater Manfred sagte: »Du willst sagen, dass es immer enttäuschend ist, ein begehrtes Ziel zu erreichen.« Er produzierte ein grandios sarkastisches, falsches Gähnen.

»Ich meine«, sagte Ciccio, »dass ich mir mit gesundem Menschenverstand selbst sagen könnte, dass ich mich nach dem sehne, wonach ich mich sehne. Aber das, wonach man sich gesehnt hat, das ist niemals das, na ja, was man sich vorgestellt hat. Offenkundig. Und warum ist das so? Vielleicht, weil man sich lieber danach sehnt, als es zu bekommen. Was dumm ist.«

»Du willst sagen, dass etwas mit dem Satz ›Ein Potenzial wird verwirklicht‹ nicht stimmt, weil das Subjekt des Satzes nicht sein kann, was es deiner Aussage nach ist, und gleichzeitig das tun kann, was es deiner Aussage nach tut.«

»Okay, ja, das meine ich.«

»Okay, aber hier geht es nicht um dieselbe Zeit. Hier geht es um Bewegung. Um Wandel. Es gibt Stundenkilometer. Die Zeit vergeht.«

»Na ja, das gefällt mir nicht.«

»Ich will nicht zu streng zu dir sein, Junge, aber ist das nicht ein Jammer? Nicht Aristoteles ist dein Feind, die Bewegung ist dein Feind.«

»Was wollen Sie damit sagen, Pater? Ich mag Bewegung.« In dem Raum zwischen ihnen wedelte Ciccio ziellos mit der Hand.

»All das erfüllt dich mit einem fantastischen Gefühl von Zweifel, aber du weißt nicht, wem oder was diese Zweifel gelten. Erzähl mir, was du am Rande deines Intellekts fühlst.«

Er sah den Priester an. Eines seiner Augen schien tot zu sein, aber Ciccio hätte nicht sagen können, welches.

»Was ich am Rande meines Intellekts fühle, also etwa wie: Ich weiß nicht, ob ich dem, was ich gerade sagen will, überhaupt zustimmen kann …«

»Ja«, sagte der Priester.

»… da es erschwindelt ist.«

»Gut.«

»Ich fühle mich im Erschwindelten gefangen. Jedes Mal, wenn ich zu mir selbst sage: Oh, sieh an, das ist echt, das da drüben, stellt sich heraus, dass es nicht echt ist. Ich hatte nur eine Vorstellung von seiner Echtheit. Aber Vorstellungen sind nicht echt. Vorstellungen sind bloß Vorstellungen. Ich fühle mich von meinem Verstand gelinkt. Je mehr ich darüber nachdenke, desto unechter wird alles.«

»Welches Alles?«

»Alles. Was ich sehe, was ich hoffe, was ich vermute.«

Er sah sich um. In der Dämmerung war der Himmel grün. Ein sehr feiner Nieselregen fiel. Der Baum, der über ihnen seine Äste ausbreitete – er wusste, wie er hieß, es war eine Schwarze Robinie –, ließ Hunderte winziger weißer Blüten auf die Schultern und in den Schoß des Priesters fallen, der dies bemerkte und verwirrt war. Er pflückte träge einige tote Wespen aus seiner Tasche und bewarf mit ihnen die Robinienblüten im Schoß seiner Soutane. Es waren wohl die Farben, die er betrachten wollte, der starke Kontrast zwischen den hellweißen Blüten, seinem tiefschwarzen Kleidungsstück und den intensiv gelben und glänzenden Streifen, die den Brustkorb jeder leblosen Wespe umschlossen. Jeder Schuljunge in Ohio weiß, dass man sie nicht Biene nennt, sondern Wespe. Der Priester war glatt rasiert. An der Spitze seiner Knollennase hatte er die geplatzten Kapillargefäße, die man Trinkern zuschreibt.

»Ich will dich etwas anderes fragen«, sagte der Priester.

Ciccio sagte: »Gut, Pater.«

»Was meinst du, wofür wir dich dieses ganze Zeug lesen lassen?«

»Wenn sie *wofür* sagen, weiß ich nicht, was Sie meinen. Glaube ich.«

»Ich sage dir, was ich meine. Manchmal, wenn ich ein Eis esse, ist es mir egal, ob es echte Eiscreme ist und ob ich sie wirklich schmecke«, sagte der Priester. »Aber manchmal ist es mir sehr wichtig. Nun bin ich Katholik, wie du dich erinnerst, und ich glaube daran, dass einige Freuden besser sind als andere. Und ich glaube daran, dass ich einige Freuden kultivieren und andere verdorren lassen kann. Angenommen also, ich hätte die Wahl zwischen der großen Annehmlichkeit, in völliger Unschuld und völlig gedankenlos ein Eis zu schmecken, und der großen Annehmlichkeit, äh … zu wissen, dass ich nicht weiß, was Eiscreme ist oder wie sie schmeckt, und das Verlangen zu spüren, es zu wissen – *id est* das Furcht einflößende Greifen meines Bewusstseins nach der Kraft, welche die Welt außerhalb meines Verstandes beherrscht – welches dieser Bedürfnisse sollte ich kultivieren?«

»Das ist so ein Rätsel, das ihr euch ausdenkt, um Juden bei der Inquisition zu schnappen.«

»A, B, sowohl A als auch B, weder A noch B?«

»Wollen Sie meine Hörner sehen, Pater?«

»Mit anderen Worten könnte man auch fragen: Ist es besser, zu fühlen oder zu denken?«

»Das ist einfach!«, sagte Ciccio. »Zu fühlen.«

17

Die krächzende Stimme in der Leitung klang entschlossen, gehörte zweifellos einem Mann, der aus Palermo stammte, und sie war traurig. Im Hintergrund hörte Lina, wie jemand Kies harkte.

Der Mann sagte: »Sie verkaufen ein Fahrrad.«

»Ja, sprechen Sie weiter.«

»Ich habe die richtige Nummer? Von der Frau, die ein Fahrrad verkauft?«

»Ich nehme nur die Anrufe an, sonst nichts«, sagte Lina.

»Und jetzt, wie weiter, wie läuft die Abwicklung?«

»Sie führen ein Gespräch unter vier Augen.«

»Wer sind wir?«

»Sie, die Person, für die Sie das Fahrrad zu kaufen wünschen, und die Freundin von mir, die es verkauft.«

»Ich verstehe das nicht. Warum gehen Sie an das Telefon Ihrer Freundin? Was ist das für ein Prozedere? Sie sind die Verkäuferin, oder? Ich meine, es ist Ihr eigenes Fahrrad, oder?«

Es war klar, dass er ungeachtet seines Akzents nicht aus dem Viertel kam. Niemand, der hier lebte, hätte fragen müssen, ob es ihr Fahrrad sei. »Ich spreche mit meiner Freundin über die Zeit und den Ort des Treffens«, sagte sie.

»Wir diskutieren bei diesem Treffen über Dollars und Cents?«

»Es ist ein Festpreis. Zur Diskussion steht, ob das Fahrrad unter diesen Umständen eine gute Idee ist. Wenn Ihre Bekannte länger als zwölf Wochen ein Fahrrad braucht, kann meine Freundin ihr leider nicht helfen.«

»Ich könnte sagen: ›Keine Angst. Ich bin sicher, dass es das richtige Fahrrad ist. Lassen Sie uns gleich zur Sache kommen.‹«

»Ich glaube nicht, dass meine Freundin bereit ist, ihr Fahrrad unter solchen Umständen zu verkaufen«, sagte Lina.

»Zeit und Ort«, sagte der Mann.

»Rufen Sie in zehn Minuten wieder an, und ich sage es Ihnen.«

»Es wäre hilfreich, wenn der Treffpunkt an der West Side wäre. Es gibt da irgendwo einen kleinen Park. Genauer gesagt, es gibt einen kleinen Park an der Ecke Wisconsin Avenue und Auglaize Street.«

»Ich schreibe das auf.«

Sie legte auf und rief Mrs. Marini an.

Mrs. Marini sagte, sie könne es am nächsten Tag um zehn Uhr vormittags einrichten.

Lina legte auf, rauchte eine Zigarette, stieß den Salzstreuer um, stellte ihn wieder hin, fegte das Salz in ihre Hand, und das Telefon klingelte erneut.

»Sagen Sie mir, vielleicht ist es besser, wenn ich an diesem Treffen nicht selbst teilnehme«, sagte der Mann.

»Sir. Ich hebe den Hörer ab, dann lege ich ihn wieder auf. Verstehen Sie das?«

»Also, dann komme ich vielleicht nicht selbst. Vielleicht. Vielleicht mache ich etwas anderes, wenn es Ihnen recht ist, und lasse das Mädchen für sich selbst sprechen.«

»Das liegt ganz bei Ihnen«, sagte Lina und positionierte sich so vor dem geöffneten Fenster, dass das Salz, wenn sie es über die Schulter warf, draußen im Gras landete. Sie fragte, wie ihre Freundin seine Bekannte erkennen würde.

Es stünden einige Bänke um einen defekten Brunnen, sagte er. Und das Mädchen würde einen jungen Schnauzer an der Leine führen.

Zum Zeitvertreib begleitete Lina am nächsten Vormittag Mrs. Marini auf ihrer Fahrt mit der Straßenbahn. Wisconsin Avenue war die Hauptverkehrsstraße eines Viertels, das man früher Old Marsh genannt hatte, oder die Bottom Marsh, oder die »Bottoms«. Zweimal, vielleicht dreimal hatte sie als junges Mädchen mitbekommen, wie eine sehr alte Person in der Straßenbahn sagte, sie steige bei den »Bottoms« aus oder komme von dort. Es war ein Name aus einer vergangenen Ära. Mrs. Marini war eine der Letzten, die das Viertel bei seinem nachfolgenden Namen nannten: Den Haag. Lina hatte es immer unter dem Namen Neu-Odessa gekannt, aber auch dieser Name hatte sich nicht lange gehalten. Als sie und Mrs. Marini den Tooley Boulevard überquerten, stellten sie fest, dass die Schaufenster an der Auglaize Street mit Spanplatten verbarrikadiert waren. Die kyrillischen Neonreklamen waren ausgeschaltet, und sie näherten sich einem Teil der Stadt, den unter anderen Umständen keine der beiden betreten hätte.

Das Mädchen war kein Mädchen, sondern eine Frau von fast vierzig Jahren. Sie trug ein brettsteif gestärktes blaues Sommerkleid und hatte sich einen weißen Pullover aus Mohairwolle um die Schultern geschlungen. Sie hatte ein hübsches Gesicht, das durch Aknenarben entstellt war. Eine füllige Frau, ungefähr in Linas Alter, eine Tante, begleitete sie. Die Tante sagte, man habe ihr angedeutet, dass Linas Freundin eine farbige Frau sei. Lina entgegnete, sie habe angenommen, das Mädchen selbst sei eine Weiße. Der Tonfall dieses Wortwechsel war von Nonchalance gekennzeichnet, allenfalls von leichter Belustigung, aber er war unaufrichtig. Die farbigen Frauen waren sichtlich verstört, zu hören, dass ihnen eine so unbescheidene Summe abverlangt wurde. Mrs. Marini bat Lina und die Tante, sie kurz zu entschuldigen, während sie der Frau einige private Fragen stellte. Lina, die Tante und der Hund sahen vom entgegengesetzten Rand des Brunnens schweigend und außer Hörweite zu. Der Boden des trockenen Zementbeckens war von Rissen durchzogen; Blätter, Vogelkot und Splitter eines kaputten Radios zierten ihn.

Die Straßenbahn nach Hause war eine drückend heiße Fleisch-an-Fleisch-Angelegenheit. Eine weiße Frau ließ ihren Sohn aufstehen, damit Mrs. Marini sich setzen konnte. Lina hielt sich an einer Schlaufe fest, die von der Decke hing. Als die Bahn beschleunigte, fühlte sie, wie ein Mann in ihren Rücken gedrückt wurde. Sie konnte ihn nicht sehen, aber sie roch seinen Mundgeruch. Ihre Handtasche baumelte in Mrs. Marinis Gesicht. Mrs. Marini murmelte auf Italienisch, dass sie die

Frau gefragt habe, ob der fragliche Mann unerwünschten Druck auf sie ausübe. Die Frau habe nur gesagt, es gebe nichts Jämmerlicheres als ein gelbes Baby.

Lina sagte: »Wohl nicht.«

»Was heißt hier ›wohl‹?«, fragte Mrs. Marini unwirsch. »Wohl *nichts.*«

Die Frau setzte sich neben sie; der Junge saß jetzt auf ihrem Schoß. Sie sah Lina einen Augenblick zu lange an, und als sie wegsah, tat sie es mit der gespielten Lethargie eines Menschen, der bei seiner Neugier ertappt worden ist und sich zu verteidigen versucht, indem er stillschweigend zu verstehen gibt: Ich habe nicht dich angesehen, ich habe den leeren Raum vor dir angesehen.

Dann überkam Lina ohne jede Warnung oder erkennbare Ursache ein Krampfanfall hinter ihren Augen, und sie verstärkte ihren Griff um die Halteschlaufe. Sie empfand eine Druckwelle in ihrem Gehirn und ein lebhaftes Gefühl von Heimweh und dauerhafter Verbannung – aber verbannt von wo?

Dann, genauso abrupt, war es vorbei.

Ciccio war ein guter Junge. Mrs. Marini würde es ihm niemals sagen, aber ihr lag sehr an ihm. Sie musste sich nicht groß über ihre Gefühle auslassen, wie ein Troubadour oder ein fahrender Ritter. Szenen, wie man sie in Vorstellungen sah – wenn Bertha ihrem Bill in die Arme fiel, während beide süße Nichtigkeiten seufzten –, solche Szenen berührten sie peinlich.

Auch Enzo hatte sie nie sagen müssen, dass sie ihn – trotz ihrer anfänglichen Skepsis – durchaus nicht, nicht … nun ja, sie lehnte ihn nicht völlig ab. Lina war der einzige Mensch, der einzige Erwachsene, vor dem sie je das übliche Drei-Worte-Bekenntnis abgelegt hatte. Aber das war ein Versehen gewesen. Was sie eigentlich hatte andeuten wollen, war: Du bist eine Närrin; ich liebe und ich strafe dich, indem ich sage: Du bist eine Närrin. Wenngleich es anders geklungen haben mochte. Jedenfalls, wie Mrs. Marini sich in Ciccios Gegenwart verhielt, sagte ja wohl genug, basta.

Er war ein gewinnbringender Mieter, ein Heber und Träger schwerer Sachen, ein Abstauber hochgelegener Ecken, ein äußerst sorgfältiger Abwäscher ihres Dresdener Porzellans. Inzwischen lernte er mit großer Ernsthaftigkeit. Er neigte nicht zu den katatonischen Anfällen, die seine Mutter in diesem Alter gehabt hatte. Sah man von seinem unmöglichen Verhalten in Linas Gegenwart ab, benahm er sich Erwachsenen gegenüber ausnahmslos zuvorkommend. Wie leicht man aufzählen konnte, was zu seinen Gunsten sprach.

Aber er hatte offensichtlich keine allzu hohe Meinung vom Scharfsinn der Erwachsenen, von ihrer Fähigkeit, unter die Oberfläche zu schauen. Er dachte, er könne sie mit seinen Zigaretten erfolgreich hinters Licht führen, aber Mrs. Marini wusste über die Zigaretten Bescheid, und sie wusste, wo er sie versteckte. Er schien sogar zu glauben, niemand habe bemerkt, dass er bei ihr eingezogen war, während in Wahrheit zwei Tage nach dem Begräbnis eine kurze, unkomplizierte Besprechung stattgefunden hatte. Patrizia wollte zurück auf die Farm und zuvor die Verantwortlichkeiten klären.

Die drei Frauen hatten schwarzen Kaffee in Enzos (Linas) Küche getrunken. Lina war sich nicht sicher, ob sie bleiben wollte. Mrs. Marini konnte einen Mann im Haus gebrauchen – ihre Finger wurden steif. Aus Gründen, die ihnen allen auf unterschiedliche Weise unklar waren, kamen Lina und der Junge nicht gut miteinander aus.

So. Sie waren übereingekommen, ihn aus Höflichkeit weiter glauben zu lassen, er habe die ganze Sache ohne ihre Erlaubnis inszeniert, denn wenn er erführe, dass sie alle ohne sein Wissen zugestimmt hatten, würde ihn das nur demoralisieren. Lina würde regelmäßig zu Besuch kommen. Wer weiß, vielleicht kam es zu einer Aussöhnung. Mrs. Marini würde sich mit ihnen über alle größeren erzieherischen Entscheidungen abstimmen.

Anfangs hatte Mrs. Marini erwogen, eine förmliche Vereinbarung mit Ciccio zu treffen, derzufolge er zu bestimmten Nachtstunden niemals ins untere Stockwerk kommen dürfe, vor allem, wenn er bemerkte, dass Besucher da waren, außer, er würde einen heftigen Tumult hören. Aber er war zu alt und zu neugierig, als dass das noch hätte funktionieren können. Konnte sie ihm dann nicht einfach die Wahrheit sagen, oder war er dafür zu jung? Vielleicht nicht. Er konnte den Mund halten. Diese Frage erforderte eine Besprechung. Lina war beides recht, aber ihre Mutter war mit Nachdruck dagegen. Mrs. Marini fragte sie nach ihren Gründen, und Patrizia sagte: »Nein, und damit basta.« Bislang hatten ihre Plebiszite immer einvernehmlich geendet, aber diesmal gab Lina nach, und Mrs. Marini wurde überstimmt.

Mrs. Marini verbreitete dann, dass man an ihrer Tür nicht mehr klopfen solle und sie auch nicht mehr direkt antelefoniert werden wolle. Vorerst sollte Lina angerufen werden. Man musste einen Code nennen, und dann wurde ein Treffen verabredet. Wenn sie während dieses Frühjahrs und Sommers Aufträge hatten, hatte Federica die Erlaubnis eingeholt, den Keller einer verwitweten Tante ihres Mannes zu benutzen, die Mrs. Marini wegen einer Jahrzehnte zurückliegenden Sache zu Dank verpflichtet war.

Doch in diesem August, nachdem Lina den anonymen Anruf eines Mannes erhalten hatte, der sie schließlich mit einer Negerin aus der Westside in Verbindung brachte – einer Klientin, die Mrs. Marini niemals hätte annehmen sollen –, stießen sie auf eine vorhersehbare Schwierigkeit: dass die Tante von Federicas Mann sich weigerte, eine farbige Person in ihr Haus zu lassen.

Sie hatten den Eingriff für den Nachmittag von Mariä Himmelfahrt angesetzt, wenn das Viertel nur so wimmeln würde vor Menschen und das Aussteigen ihrer Klientin aus der Straßenbahn an der Sechzehnten Straße ein weniger beachtenswertes Ereignis sei als sonst. Lina sagte, sie könnten, wenn nötig, ihr Haus benutzen, es sei denn, dass Ciccio sich dort herumtriebe und in der Annahme, dass man ihn nicht bemerke, seine alten Sachen stahl. Sein Zimmer in der Zweiundzwanzigsten leerte sich langsam, und sein Zimmer in der Zweiundsechzigsten füllte sich. (Wie hätte Mrs. Marini nicht beleidigt sein sollen, wenn man ihr unterstellte, so blind zu sein?) Und bei dem warmen Wetter las er tagsüber im Garten seines früheren Zuhauses, wie eine Katze, die die Büsche markiert. Wo auch immer die Sache vonstattengehen würde – er konnte auftauchen. Sie brauchte einen besseren Plan.

Ehe Mrs. Marini es sich recht versah, war der fragliche Tag gekommen. Sie saß beim Frühstück in der Küche, nagte an einem Keks und füllte die Felder des Kreuzworträtsels mit der Schnelligkeit und Bestimmtheit eines Spechts, der auf einen Baum einhämmert. Ciccio war noch oben und schlief. Sie schaute sich die Wettervorhersage an. Sie lautete: drückend heiß, trüb; abends Gewitter. Aber ihr war das egal. Ohne einen bestimmten Grund fühlte sie sich absolut großartig, oder besser gesagt, aus unzähligen Gründen. Sie war reich; der kläffende Hund ihres Nachbarn war an Krebs gestorben; Eisenhower hatte Stevenson gedemütigt; sogar der Geruch der Druckerschwärze, den die Zeitung verströmte, war himmlisch. Alles, was mit ihrem Gehirn in Berührung kam, versetzte es in Entzücken. Die Vergangenheit war tot. Sie lebte!

Auf der Titelseite der Zeitung war über der Falz die Fotografie eines strahlenden jungen Veteranen in einem Smoking zu sehen. Doch seine Beine waren amputiert. Grässlich.

»Sie nennen es die Infanterie, weil sie aus Kindern besteht«, kommentierte eine Nico-artige Stimme, aber sie beachtete sie nicht.

Dann drehte sie die Zeitung um, um die anderen Themen zu lesen.

»Ooh!«, rief sie aus. »Ich kenne diesen Namen.«

Es war der fünfzehnte August, Mariä Himmelfahrt.

Der Name, den sie gelesen hatte, lautete Mimmo LaGrassa. Drei Wochen nach dem Eintreten des Waffenstillstandes, und einen Tag ehe er aus einem Kriegsgefangenenlager in Korea entlassen werden sollte, war er gestorben. Er war der Sohn von Rocco, dem Bäcker.

Wie schrecklich.

Na ja, eigentlich nicht. Sie erinnerte sich kaum an den Jungen. Sie kannte Rocco kaum. Immer noch stand sie dem Tag mit unbekümmerter Neugier gegenüber. Statt ihr Mitleid zu wecken, brachte die Lektüre dieses Artikels sie nur dazu, gewisse nachbarschaftliche Zuneigungen deutlicher zu fühlen. Es waren Karamellzuneigungen, von deren Klebrigkeit sie sich gern mit einer Redewendung gelöst hätte, aber ihr fiel keine ein. Sie hatte diese Art von Zuneigung schon früher bemerkt und sie mittels einer komplizierten Analogie diagnostiziert:

Alle Menschen, die ein gewisses Alter erreicht hatten, entwickelten eine Altersweitsichtigkeit. Die Muskeln im Auge wurden mit der Zeit schwächer, und die Linsen verloren ihre Elastizität. Das war nicht mit normaler Weitsichtigkeit zu verwechseln, obwohl beide Formen zu der Unfähigkeit führten, das Naheliegende klar zu sehen. Auf ähnliche Weise wurden alle Menschen ihrer Erfahrung nach sentimental, und zwar unabhängig vom Temperament ihrer Jugend. In vielen Fällen waren die zärtlichen Empfindungen der späten Jahre bloß nach innen gerichtet, auf den alten Menschen selbst. Doch oft, so hatte sie festgestellt, war dieser Zuwachs an Zärtlichkeit nach außen gerichtet, auf andere Menschen oder auf die sichtbare, lebendige Welt als solche. Nach Auskunft ihres Optikers waren alle alten Menschen, die sich damit brüsteten, keine Brille zu benötigen (oft Analphabeten), Lügner. Sie vermutete (konnte es aber nicht beweisen), dass die gesteigerte Sentimentalität in einem ursächlichen Zusammenhang mit jener unter älteren Menschen so verbreiteten Störung stand, die durch das langsame Einsetzen von Amnesie und Wahnsinn gekennzeichnet war und letztlich zum Tod führte. Folglich versuchte sie, Umständen aus dem Weg zu gehen, unter denen es wahrscheinlich war, dass ihre immer stärker erhöhte Befähigung, Mitleid zu empfinden, erregt wurde. Doch seit Ciccio bei ihr wohnte, war das schwieriger geworden.

Sie unternahm einen aufrichtigen Versuch, sich mit den Nachrichten vom Tage abzulenken, doch als sie den Sportteil erreicht hatte, trat eine Ablenkung von ihrer Ablenkung ein. Sie widerstand erfolgreich der Versuchung, den Artikel über den Bäckerjungen zu lesen, aber dann zog sie ihre Schuhe aus und die Schlappen an, um Ciccio nicht zu wecken, und ging die Treppe zu seinem Zimmer hoch. Die Tür stand angelehnt. Sein Kopf mit dem Bürstenhaarschnitt lag verdreht auf dem Kissen. Er musste schief auf dem Bett liegen, mit angezogenen Beinen, weil sein Körper zu lang für die Matratze war. (Den angeschossenen Lincoln hatte man aus dem Ford Theatre in eine nahe gelegene Pension getragen, wo man ihn wegen seiner extremen Größe diagonal auf sein Sterbebett hatte legen müssen.) Sie wusste, dass das Betrachten des schlafenden Jungen der Aufnahme einer mikroskopischen Menge von Zyanid gleichkam, aber unter denjenigen ihrer Fähigkeiten, die sich im Niedergang befanden, war auch die Disziplin, Umstände zu vermeiden, von denen sie sehr wohl wusste, dass sie zur Zerrüttung ihres Verstandes führen konnten.

Schließlich wachte er auf. Sein Gesicht war rot von dem Druck des Kissens; seine Augen hielt er verschlossen, als er sich aufsetzte; das Schlafanzugoberteil war ihm unter den Armen zu klein.

Sie ging rückwärts aus der Tür, ehe er sehen konnte, wie sie seinen Kopf betrachtete, und die Treppe hinab. Sie trat nach draußen, um sich vor der Mittagshitze zu erfrischen. Ihr war sowohl übel als auch schwindlig, als sie unter den knatternden Bannern zu Mariä Himmelfahrt die Straße entlangging.

Die Bäckerei hatte geschlossen. Skandal! Wann hatte sie um sieben Uhr morgens jemals geschlossen gehabt? Aber angesichts dessen, was sie in der Zeitung gelesen hatte, hätte sie wissen müssen, dass sie geschlossen sein würde. Ungefähr zwanzig Menschen beratschlagten sich auf dem Gehsteig. Sehr bald waren es doppelt so viele, dann noch einmal doppelt so viele. Sie war überrascht, dass so viele vorhatten, Rocco ihr Beileid auszudrücken. Sie hatte angenommen, dass man ihm eher aus dem Weg ginge. Niemand kannte ihn gut. Aber die Leuten liebten allem Anschein nach das Leid der anderen.

Dann tauchte mit einem Mal Rocco zwischen ihnen auf, während die Kirchuhr schlug. Auf dem Kopf trug eine kleine Melone, wie sie seit dreißig Jahren aus der Mode war, und einen wollenen Winteranzug mit Längsstreifen, der eher zu einem Finanzier der heiteren Neunzigerjahre gepasst hätte als zu seiner bäuerlichen Erscheinung: verkümmert, bleich, mit angsterfüllten blauen Augen, die wie Edelsteine in einer Kohlenschütte leuchteten. Er versuchte, ihnen zu sagen, dass alles ein Missverständnis sei, dass sein Mimmo gesund und munter sei, dass es ein schreckliches Versehen sei, ein Fehler in der Buchführung, ein Schwindel, eine Verschwendung von Staatsgeld, aber niemand glaubte ihm.

… Wenn sich, während man ein einfaches Problem zu lösen versucht – etwa, wie man einen leicht abzulenkenden Halbwüchsigen einen Sommernachmittag lang ablenken kann –, keine einfache Lösung ergeben will, dann besteht der häufigste Fehler darin, immer komplexere Pläne zu schmieden. Man muss sich auf seinen gesunden Menschenverstand besinnen. Man muss abwarten. Vor allem muss man die Augen nach einer Änderung der Umstände offen halten – insbesondere nach scheinbar unzusammenhängenden Umständen, die den einfachen Keim der einfachen Lösung beinhalten können, jener Lösung, welche die Parzen, rückblickend betrachtet, die ganze Zeit im Sinn gehabt zu haben scheinen.

Sie hatte sich mit der restlichen Menge von Rocco abgewandt und schickte sich schon an, nach Hause zu gehen, als sich ihre Geduld und Geistesgewandtheit endlich auszahlten.

Die Lösung bestand nicht darin, Ciccio wegzuschicken, sondern sich selbst wegzuschicken und ihn mitzunehmen. Federica würde den Eingriff allein vornehmen müssen.

Alles, was Mrs. Marini folglich brauchte, war ein Anlass, den Jungen von ein Uhr mittags bis zur Abenddämmerung an sich zu binden. Da kam ihr eine Idee. Sie hielt inne, drehte sich um und strebte zurück durch die sich zerstreuende Menge, während sich ihr Dilemma Schritt für Schritt auflöste. Sie erreichte den Bäcker und sagte ihm, er müsse zum Mittagessen zu ihr kommen. Er sträubte sich, nippte an seiner leeren Kaffeetasse und versuchte, sie mit dem Untersetzer zu verscheuchen. Sie setzte sich durch. Schließlich nahm er an. Sie eilte zurück, die Straße hoch.

Federica brauchte sie nicht mehr, sie wusste, worauf es ankam. Mrs. Marinis Rolle hatte in letzter Zeit nur darin bestanden, die Patientin zu beruhigen und süßlich auf sie einzureden. Falls Freddie Hilfe brauchte, konnte Lina sie genauso gut leisten wie jede andere kaltblütige Frau. Lina wäre diesmal ohnehin im Haus, und sie lernte schnell. Dann könnte sie also beim nächsten Mal, ja, also, ja, beim nächsten Mal könnte Lina – das Blut pulste in ihren kribbelnden Augen – *ja*.

Sie konnte ihr altes Vorhaben aus vergangenen Zeiten endlich in die Tat umsetzen: Lina konnte ihre Nachfolgerin werden.

»Aber, aber ...«, stammelte der betrügerische Geist in der struppigen Nico-Maske.

»Ich habe gewonnen!«, sagte sie, gab ihre Zweifel über seine Identität auf und schlang die Arme um seinen haarigen Hals. »Liebe mich!«

»Ich *liebe* dich, Coco«, sagte das Gespenst, ließ ihre Küsse über sich ergehen und hob eine riesige Augenbraue: »*Wirklich.*« (Doch Nico hätte das niemals gesagt, so wenig, wie sie selbst es gesagt hätte. Er hätte sie einfach einmal fest auf den Mund geküsst und ihr dann gesagt, sie solle weitersprechen, während er auf der anderen Tischseite gesessen und ihr aufmerksam zugehört hätte. Das war so seine Art gewesen, dazusitzen und zuzuhören und ein Stück Obst zu kauen. Aber sie war dreiundneunzig Jahre alt, und das arme Geschöpf, das sich so sehr danach sehnte, mit ihm zu sprechen, war wieder in der Gletscherspalte eingeschlossen. Was immer sie ihm vor langer Zeit hatte sagen wollen, war am Stängel verdorrt und untergepflügt worden. Die Würmer hatten es gefressen und ausgeschieden, und jetzt spross es erneut in seltsamen und unvorhersehbaren Formen.

Als sie zu Hause ankam, hatte Ciccio aufgegeben, auf sein Frühstück zu warten, und sich selbst Spiegeleier gemacht, fünf an der Zahl. Die Schalen lagen in der Spüle, zusammen mit der Kruste eines halben Weißbrotlaibes: Er mochte die Körner nicht. Sie sprach von Roccos Unglück. Seltsamerweise antwortete der Junge nicht und fuhr nur fort, mit verlegenem Gesichtsausdruck dem geronnenen Haufen auf seinem Teller zuzusprechen.

Um dem Bäcker zu helfen, würden sie und Ciccio ihn einen Nachmittag lang bewirten, verstanden? Rocco ginge es sehr schlecht, folglich sei er zwangsläufig in einer sehr egoistischen Stimmung. Ihre Aufgabe bestünde darin, ihm etwas zu denken zu geben, das nichts mit ihm zu tun habe. Ob sie sich klar ausgedrückt habe? Sie gehe davon aus, dass Ciccio keine anderen Pläne für den Nachmittag habe.

Er kaute und kaute und schluckte. Er und Nino wollten in dem Steinbruch im East Park angeln gehen, sagte er, aber er könne absagen, wenn es ihr wichtig sei. (Hier wurde ihre Vorsichtsmaßnahme gerechtfertigt. »Angeln im Steinbruch« war, was er oft zu tun vorgab, wenn seine eigentliche Absicht darin bestand, bei Enzo im Garten zu lesen.)

»Sehr gut«, sagte sie. »Wir werden ihn zum Reden bringen. Wir werden dafür sorgen, dass sein Glas gefüllt ist. Er wird träge werden und bleiben wollen. Wir werden absolut sicherstellen, dass er mindestens bis fünf Uhr bei uns bleibt, und dann werden wir alle drei gemeinsam durch die Festmenge spazieren. Warum dieser lustlose Blick?«

»Nichts.«

»Pfui, nichts.«

»Nichts, bloß … *plop, plop, plop* machen manchmal die Minuten, weißt du.«

»Was ist passiert?«

»Nichts ist passiert.«

»Wer ist dieser andere Cheech?« Nein, sie musste widerstehen. Er war ein Klotz am Bein, eine lästige Pflicht, eine Bakterie.

Er sagte: »Ich habe doch gesagt, es ist nichts passiert.«

»Dieser Cheech mit dem traurigen Gesichtsausdruck?«, fuhr sie trotzdem fort.

»Ich habe bloß … ›Wo ist Papa?‹, frage ich mich manchmal, wie ein Idiot.«

Der Lumpenhund. Er versuchte, sie umzubringen.

18

Sieh ihn nicht an. Lass nicht zu, dass irgendein Schnüffler von außerhalb der Mauern dieses Hauses sein Gesicht in das Bollwerk aus Hecken steckt und Eddie durch das Küchenfenster nachspioniert – wie er sich halb nackt, mit Armesündermiene vor seinem elektrischen Kühlschrank bückt, in dem Haus, das, abgesehen von ihm, an diesem Morgen von Mariä Himmelfahrt völlig leer ist und in dem nur das Gerät ein Brummen von sich gibt – und ihn sieht, wie er in die Wachspapierhülle der Schinkenspeckscheibe piekt und sich fragt, wie man aus dieser Verpackung etwas Essbares herausholte. Lass Eddie in Frieden Trübsal blasen und allein schwitzen. Pensioniert zu sein war ein großer Mist. Es gab 604 verschiedene Pflanzen da draußen in seinem Garten hinter dem Haus. Er hatte die Blattläuse auf seinen Gurken vollständig in die Flucht geschlagen. Seine Tomaten hielten Rücksprache mit ihm, ehe sie blühten. Und dann?

Phyllis hatte die Nase voll von dem Fest, das jedes Jahr in der schlimmsten Sommerhitze stattfand, wenn kein Mensch im Stehen essen will, eingequetscht zwischen Tausenden anderer, umgeben von fauligem Atem. Und überhaupt, dieser Gestank nach versengtem Fleisch, hatte die zänkische Phyllis gesagt, und der Pöbel, der heutzutage kam und glotzte und mit den Fingern auf alles zeigte. Warum benutzen wir das Auto nicht zu dem Zweck, zu dem Autos da sind – hatte Phyllis' Idee gestern gelautet –, zum Beispiel, um nach Sandusky zu fahren, die Kinder zum Achterbahnfahren zu schicken und sie in dem vergifteten See herumplanschen zu lassen? War morgen denn nicht, ähm, ein Tag heiliger Verpflichtungen?, hatte der fromme Eddie zu wissen begehrt.

Sie hatte gesagt: Mit oder ohne ihren Spielverderber von Vater. Er hatte einfach zu spät in seinem Leben zu viele Kinder gezeugt.

Sieh ihn nicht an in seinen Unterhosen, wie er Schlag elf Uhr vormittags aus dem Bett steigt, nachdem er die kühleren Stunden verschlafen hat, in denen der Garten gewässert wird, und einige darauffolgende Stunden auch. Sieh ihn nicht an, den Erbärmlichen, wenn er sich umdreht und seinen Hintern im Innern des Kühlschranks kühlt und sich nicht mehr erinnern kann: Hat Phyllis den Schinkenspeck erst gekocht und dann geschnitten oder andersherum? Waren die Kinder von Phyllis, der Im-Stich-Lasserin, dazu aufgefordert worden, in der Morgendämmerung nacheinander in das Zimmer ihres Papas zu marschieren, wenn der normalerweise mit Beschneiden und Bewässern beschäftigt war – außer am heutigen Tag, vor dem er sich auch die ganze Nacht in seinen Träumen gefürchtet hatte, weil das Haus nicht vom Tapsen seiner Küken belebt wurde, weshalb er geschlafen hatte, bis die Hitze ihn weckte –, und den Papa sanft aufzuwecken und sanft seine Nase zu küssen, bevor sie Eddie, den Verlassenen, seinem Dämmer überließen?

Was war das? Selbst das Salamifach war leer. Wie wär's denn damit gewesen, beim Packen des Picknickkorbes an Papa zu denken und ihm vielleicht ein Sandwich oder eine Olive dazulassen?

Na gut, dann wollen wir mal einen Stuhl an den Kühlschrank ziehen und uns sammeln. Beobachten wir, wie die Feuchtigkeit in Tröpfchen an den Eierschalen kondensiert, und betrachten wir einmal nüchtern die begrenzte Zeit unseres Elends. Den größten Teil des Morgens hatte er bereits im Bett herumgebracht. Um fünf Uhr muss er in die Kirche, um die Messe zu hören, das Gewand anzuziehen, gesegnet zu werden und zusammen mit den anderen Männern mit Kehrbesen durch die Straßen zu ziehen und die Menge dazu zu bringen, Platz für die Heilige zu machen. Wenn er diese Pflichten erledigt hätte, wären die Kinder gewiss wieder zu Hause, würden auf dem Sofa herumhüpfen, und der lieblichste Lärm würde wieder an seine Ohren dringen.

Wie viele Stunden musste er also noch herumbringen? Sechs. Weniger. Das war auszuhalten.

Wir wollen uns ferner daran erinnern – so wie die gereizte Phyllis uns mit ihrem täglichen Aufschrei erinnert, während wir vorsichtig aus der Tür schleichen, ein Küchenmesser in der Hand, um die Büsche zu kontrollieren –, dass *da draußen niemand ist, der uns beobachtet!*

Er war ein normaler, harmloser Eddie. Der lindernde Rat seiner Phyllis dahin gehend, wie Eddie sich zwingen könne, in der Hecke keine Gestalten zu sehen, die nicht dort waren, lautete, dass Eddie sich hinsetzen und sich fragen solle: Was gäbe es in diesem Haus denn groß zu sehen? Was sei so wertvoll, um gestohlen zu werden? Was sei so hübsch, um es sabbernd anzuglotzen? Man konnte über Phyllis, die Verschwenderische, über Phyllis, die mit hoher Stimme ihre Kinder anschrie, sagen, was man wollte, aber sie sagte ihm sehr oft das, was man ihm sagen musste. Sie dachte an ihn. Und schau mal da! Hinter der Milchflasche im Kühlschrank verbarg sich ein Topf, und an den Griff des Deckels war mit einem Stück Nähgarn ein Stück Papier gebunden, das oben zierlich durchstochen worden war, auf dass der Faden hindurchgeführt werden könne, und darauf stand in ihrer Handschrift: *Für Eddie.* Und darin war eine Ochsenschwanzsuppe.

Es war ein normaler Eddie, der Suppe auf dem Herd erwärmte – sie wusste, dass er wusste, wie das ging –, und niemand war da draußen und sah ihm zu. Ein normaler Tag und etwas weniger zu tun als gewöhnlich, das war alles. Und mit weniger Gesellschaft als gewöhnlich.

Lina erhielt am Morgen von Mariä Himmelfahrt einen Telefonanruf. Es war Mrs. Marini, die ausrief, sie wisse jetzt, wie mit Ciccio am Nachmittag zu verfahren sei. Lina fand zwar, das hieße, mit Kanonen auf Spatzen zu schießen, aber es war ihr egal. (Es stimmte, was alle dachten, dass sie nichts dagegen hätte, wenn Ciccio seiner Wege zöge, lieber heute als morgen. Die anderen fanden ihn interessant, aber sie nicht. Er war ihr auch nicht unangenehm. Er erinnerte sie weder an bessere noch an schlechtere Tage. Er rief in ihr kein Gefühl der Geringschätzung hervor. Er rief in ihr überhaupt kein Gefühl hervor.) Mrs. Marini nannte Ciccio dauernd »ihn« und »der Junge«, als ob ihr sein Name entfallen wäre, und Lina musste sich fragen, ob Mrs. Marini zu guter Letzt nicht doch angefangen hatte, vergesslich zu werden.

Lina sagte nicht in den Hörer: Ich habe deinen Tod dreißig Jahre lang bereut.

Sie hatte den abgelaufenen religiösen Kalender fortgeworfen, der über dem Telefontisch am Geländer gehangen hatte, und ihn durch einen Philodendron ersetzt, der irgendwie gedieh, obwohl sie sich nicht daran erinnern konnte, ihn je gegossen zu haben.

Es war bald klar geworden, dass ihre Verschwörung unausgesprochene Ziele verfolgte. Nicht Mrs. Marini, sondern Lina würde Federica als Helferin zur Seite stehen, und dieses erste Mal würde mit Sicherheit ein zweites und drittes Mal nach sich ziehen. Natürlich würde sie auf diese Weise mit dem Vorgehen vertraut werden, sie würde an den Einnahmen beteiligt sein, sich an das Einkommen gewöhnen (sie lebte zurzeit vom letzten Rest von Enzos Lebensversicherung), und am Ende hatten sie sie so weit, dass sie in der Stadt blieb.

Sie lehnte sich auf zwei Stuhlbeinen zurück und legte die Füße auf den Telefontisch. Sie probierte diesen neuen Gedanken an, wie man einen Hut in einem Geschäft anprobiert, während Mrs. Marini weiter ihren Plan erläuterte. Nur ein einziger Aspekt des Komplotts sprach Lina unmittelbar an: Federica war eine Frau nach ihrem Geschmack. Sie und Lina waren früher – oh, das lag zwanzig Jahre zurück, mindestens – gemeinsam mit der Straßenbahn vom Warenlager des Gardinenhändlers zurückgefahren. Freddie pflegte immer, im Dialekt, über die anderen Passagiere zu lästern. Auch sie kam aus Syrakus, war in Indianapolis und Akron gewesen.

»Wir werden dafür sorgen, dass er redet. Wir werden dafür sorgen, dass sein Glas immer voll ist«, erklärte Mrs. Marini.

Aber Lina hatte das Gefühl, dass sie auch sagte: Und indem wir das tun, machen wir mich überflüssig, damit ich sterben kann.

Federica traf zur Mittagsstunde mit ihrer Ausrüstung ein. Deren funkelnd metallische Gegenständlichkeit – eine Ausstrahlung von altertümlicher Macht und Effizienz; ihre *Scharnierlosigkeit* – war ekelerregend.

Und auf ekelerregende Weise schön. Einige Instrumente (eins insbesondere, ein Spatel) sprachen offen von ihrer Funktion, in Grunzlauten. Bei anderen schien es lediglich um sinnlose, geeichte Gewalt zu gehen. Aber sie konnte nicht abstreiten, dass hier etwas von zeitloser und menschlicher Schönheit vor ihr lag. Eine Ansammlung einfacher Hebel, die so geformt worden waren, dass sie zur weiblichen Anatomie passten.

Der Käse, den sie nach dem Salat zu Mittag aßen, war ein aus der Schweiz importierter Emmentaler, dessen moschusartiger Geschmack so fein war, dass Mrs. Marini ihn nur wahrnahm, wenn sie während des Kauens durch die Nase ausatmete. Er passte nicht recht zu den Pfirsichen, aber die Pfirsiche passten zur Jahreszeit, und ohnehin waren die Feinheiten der höheren Küche bei ihrem Ehrengast verlorene Liebesmüh. Der Bäcker sagte, er habe seit fünf Jahren kein Blatt Salat gegessen. Sie dachte, dass die Höhlen seines Geistes sehr dunkel und kalt sein müssten. Sie stellte sich vor, sie bestünden aus Sandstein, und in ihnen säßen vormenschliche, mit Tierhäuten bekleidete Geschöpfe im Schmutz, die mit Stöcken Bilder von Bisons an die Wand kritzelten und ihre Kleinkinder erfundenen Göttern opferten.

Ciccio hatte dem Bäcker einen Aschenbecher gebracht, und die beiden unterhielten sich darüber, wie die Briten während Madisons Regierung Washington in Brand gesteckt hatten – ein Ereignis, von dem Rocco noch nie gehört hatte.

Gab es ein größeres Vergnügen, überlegte sie, als im Sommer an einem geöffneten Fenster zu sitzen, etwas zu trinken und sich zu unterhalten?

Urplötzlich tischte ihnen Ciccio irgendein Rätsel auf.

Rocco nippte an seinem Wein und stellte das Glas zurück auf den Tisch. Dann spie er die Antwort aus: »Gegenstände, die aus den Wolken fallen!«

»Oh, gut, ein Spiel«, begeisterte sich Mrs. Marini.

Roccos gelbgrüne Gesichtsfarbe war vom Alkohol und der Hitze dunkler geworden. Er verschränkte die Arme über seinem schwellenden Bauch, und der Schweiß drang durch sein Hemd, dessen Ärmel bis über die Ellbogen hochgekrempelt waren. Die Haut an den Ellbogen schälte sich, und weiße Partikel hatten sich gelöst und auf seiner zerknitterten blauen Krawatte verteilt. Er gewann eine weitere Runde des Spiels und lachte laut. Sie hatte ihn noch nie lachen gehört. Es war ein Raucherlachen, hämmernd und gefolgt von einem kleinen Keuchanfall.

»Um Hilfe rufen«, sagte Ciccio. »Mit dem Seil und dem Eimer spielen.«

»Sachen, die man in einem Brunnen macht«, sagte Rocco und lachte erneut, seinen Wein schlürfend.

Er war ein redseliger Trinker, geschwätzig sogar; das hatte sie nicht vermutet. Ciccio fragte ihn, wie viele der Bundesstaaten er gesehen habe.

Der Bäcker schielte in seine spinnenhaften Augenbrauen und trommelte nacheinander mit den Fingern der Hand, welche die Zigarette hielt, mechanisch auf den Tisch. »Neun«, antwortete er. Dann zeichnete er einige Figuren in die Luft. »Wussten Sie, dass es in diesem Jahr vierzig Jahre her ist, seit es mich hierher verschlagen hat? Es war bei New Orleans, in dem Staate Louisiana. Dreiundzwanzigster März 1913. Ostersonntag oder der Montag danach, ich kann mich nicht erinnern. Das früheste Ostern in hundert Jahren. Ich konnte mein Geld nicht umtauschen, wegen des Feiertages. Eine Stadt der Gläubigen, dieses New Orleans. Aber ich bin nicht lange dort geblieben.«

»Was haben Sie am ersten Abend gegessen?«, fragte sie. »Daran erinnert sich jeder.«

»Braunen Reis in Brühe«, sagte er. »Aus einer Blechtasse. Dann bin ich in einen Zug gestiegen. Richtung Norden. Nordnordwest. Direkt ins Herz des Kontinents – das wären schon mal fünf Staaten –, in den Staat Nebraska. Ich habe eine falsche Richtung genommen, als ich aus der Toilette kam, und fand mich in der Ersten Klasse wieder.«

Jemand auf der Straße rief: »Eiscreme! Zitroneneis! Zitronen!«

»Eine Frau war da, die trug einen Hut, ich hielt ihn für einen Hund, oben auf ihren Haaren«, sagte Rocco. »Auf dem Leder der Sitzkissen war eine Art Pomade, die mir direkt in die Nase gestiegen ist, und wenn ich sie rieche, bis zum heutigen Tag, bin ich wieder in dem Abteil.

Mittag. *Ratter-ratter,* das war das Teegeschirr. Gewalztes Kupfer an der Decke. Aber das Leder, dieser Geruch!«

Der Junge war wie gebannt.

»Ach, das war nur Newcomb-Klauenöl. Wir haben es sogar für unsere Schuhe benutzt«, sagte sie.

»Ich habe ein zahmes Eichhörnchen im Junggesellenheim gehalten, in einer Stadt, deren Namen ich nicht aussprechen konnte, und ich bin in Volkshochschulkurse gegangen. Ich hatte die Vorstellung, dass alles immer besser werden würde. Jedes Mal ein bisschen mehr Essen, einen dickeren Mantel. Meine Lungen waren gesund, mein Rücken war gesund. Omaha. Ich konnte erst das *h* nicht aussprechen, und dann ging es. Jeder Teil von mir folgte einer leuchtenden Idee.«

»Ideen sind Quatsch«, sagte Mrs. Marini.

»Das finde ich auch«, sagte der Junge, der seine Erstarrung abgeschüttelt hatte.

»Ideen existieren überhaupt nicht«, sagte sie.

»Natürlich tun sie das. Wie zum Beispiel« – der Bäcker hielt inne, suchte etwas in sich und gestikulierte dann in Richtung der weißen Gipsdecke – »der Heilige Geist.«

Ciccio sah sie an und wartete ab, was sie sagen würde.

»Der Heilige Geist ist etwas für Kinder und Wilde«, sagte sie.

»Ich hatte eine leuchtende Idee vor meinem inneren Auge«, sagte der Bäcker, »was für ein Mann ich schließlich werden würde.«

Ciccio setzte sich kerzengerade hin. Er reckte sein Kinn aus der üblichen schlaffen Haltung. Die asymmetrischen Züge seines Bastardgesichts schienen sich für kurze Zeit gleichförmig auszurichten. Er sagte: »Mr. LaGrassa, ich denke, Ihr Sohn ist tot.«

»Francesco Mazzone!«, fauchte sie und schlug auf den Tisch.

»Du hast nicht die allergeringste Ahnung, wovon du da redest«, sagte Rocco zu dem Jungen. »Oder ja, du hast sie, aber es ist die allererste Ahnung und sonst nichts. Was heißt tot für einen Christen?«

»Unerhört!«, rief sie aus, aber Ciccio sah sie nicht an.

»Ich meine, es ist bloß eine Farce, oder?«, sagte Ciccio. »Ich meine, das ist doch eine Illusion.«

Sie dachte, der Bäcker sei kurz davor, den Jungen zu schlagen. Er beugte sich über den Tisch, holte aus, den Rücken seiner Hand auf Ciccio gerichtet, aber dann klopfte er mit seinen affenartigen Knöcheln nur dreimal vertrauensvoll auf die Brusttasche von Ciccios Hemd. Es war eine ungewohnte Geste begriffsstutziger und deplatzierter Zuneigung, und Ciccio hätte davor zurückweichen können. Stattdessen sah er mit Interesse, sogar mit Respekt auf die Hand hinab, als ob er der berühmte Hund wäre, der die Hand des ihn vivisezierenden Chirurgen leckt. »Du hast auch eine leuchtende Idee, mein Junge«, sagte der Bäcker. »Alles scheint sich zu drehen, habe ich recht? Aber es dreht sich um etwas Solides in der Mitte. Oder du bist in einem Traum im Dunkeln, aber du bewegst dich geradewegs in eine Richtung, wie in einem Zug, der durch einen Tunnel fährt. Du siehst den Weg nach draußen nicht, aber du fühlst, dass es einen Weg nach draußen gibt. Glaubst du nicht, dass dein Weg dorthin führt? Ich sollte eigentlich in der Stahlbranche arbeiten, als ich herkam, aber die Stelle wurde gestrichen. Dann war ich neunundzwanzig aufeinanderfolgende Jahre meines Lebens Bäcker. Ich dachte, mehr wird nicht kommen, aber ich hatte mich geirrt. Das ist jetzt auch gestrichen. Gott ist groß. Er hat etwas anderes für mich im Sinn, und ich weiß, was es ist. Das Tageslicht wartet draußen vor dem Tunnel, wenn ich dorthin komme, daran glaube ich. Alles andere wird fort sein. Aber weißt du was? *Ich werde der Vater von drei Söhnen sein.* Ich wüsste es selbst dann, wenn ich es nicht glauben würde.«

Statt eine Gebärende und eine Aufzieherin von Söhnen zu sein, war Mrs. Marini eine was gewesen? Eine trockene Gans und eine Auslöscherin von Söhnen. Genauer gesagt: eine Zerstücklerin von Söhnen. Und das war so lange gewesen, dass es unerheblich war, noch zu fragen, ob dies das leuchtende Ziel war, das sie verfolgt hatte, wie Rocco es formulierte, oder ob nicht stattdessen ihre Seele von ihrer Arbeit geformt worden war, so wie Roccos Hände von seiner geformt worden waren. Er wog vielleicht halb so viel wie der Junge, aber seine Hände waren dreimal so dick.

»Was heißt tot für einen Christen?«, wiederholte er und zeigte auf den Jungen.

Ciccios angeschwollener Adamsapfel hüpfte.

»Tot ist tot«, sagte Mrs. Marini und schlug sich wieder auf die Seite des Jungen.

»Für *Sie* ist er tot«, sagte Rocco, »und für *dich* ist er tot, aber für *mich* ist er am Leben.«

Eine Pause trat ein. Ciccio sah jeden von ihnen an und fragte mit seinen Augenbrauen, ob die Reihe zu sprechen an ihm war.

Mrs. Marini sagte: »Red schon.«

Ciccio wandte sich zu dem Bäcker. Er sagte: »Er lebt so lange, wie Sie wissen, dass er lebt.«

»Ja.«

»Es ist so, selbst wenn es nicht so ist.«

»Ja.«

»Ich wünschte, ich wäre älter«, sagte Ciccio und sah in seinen Schoß. »Ich wünschte, ich könnte besser denken. Also, das ist eine schöne Vorstellung …«

»Nein, es ist widerlich«, sagte sie. »Sieh hoch, wenn du redest.«

»Das ist eine schöne Idee«, fuhr er fort und hob sein Kinn ein wenig, »aber ich weiß einfach nicht, wie ich daran glauben soll. Ich habe das Gefühl, ich könnte daran glauben, wenn ich schlauer sein würde …«

»Schlauer *wäre*«, korrigierte sie ihn.

»Schlauer wäre. Oder wenn ich jemand anders wäre.«

Mrs. Marini brauchte keine leuchtenden Ideen. Das war alles vorbei. Vielleicht war Gott groß, vielleicht auch nicht. Weder für das eine noch für das andere hatte sie einen Beweis. Sie hatte jedoch ausreichend Beweise dafür, dass der Versucher, der Fürst jener albernen Welt, durch die rückwärts zu gehen sie gelernt hatte, wahrhaft groß war.

Sie ließ ein schallendes, überhebliches Gelächter vom Stapel. »Tot ist tot ist tot ist tot ist tot«, sagte sie. Dann steckte sie sich etwas Käse in den Mund.

Sie atmete aus, lang und tief, mit geschlossenen Lippen, und die Geister vom Grund ihrer Lunge strichen über die weiche Käsemasse in ihrem Mund und hoch in ihre Nebenhöhlen, die ihrerseits einen ganz wundersam milden, lebendigen Duft wahrnahmen. Er war wie der Geruch einer männlichen Achsel, kurz nachdem der Mann ein Bad genommen hat.

Ihre drei Plätze waren an einem Ende des großen Esszimmertisches gedeckt. Das Fenster hinter ihnen führte auf die Gasse hinaus, an die auch Roccos Bäckerei grenzte. Einige Kinder draußen warfen schwache, angenehme Knallkörper auf das Pflaster. Dann entzündete einer von ihnen eine Spielzeugbombe, die die Fenster in ihren Rahmen erschütterte und Mrs. Marinis Ohren klingeln ließ.

Am Tisch zuckten alle drei zusammen.

Als Mrs. Marini ihre Augen wieder öffnete, war alles wie zuvor, außer dass am anderen Ende des riesigen Tisches eine große männliche Gestalt mit leuchtend rotem Haar und einer Aura von ganz und gar unerschütterlicher Ruhe saß – so als ob ihr sogar der Tisch gehören würde.

Weder der Junge noch Rocco, die weiterredeten, schienen zu wissen, dass die Gestalt dort war. Mrs. Marini sah beide an, warf jedem ein schwaches Lächeln zu und blickte zurück zum anderen Tischende. Die Gestalt hatte sich nicht von der Stelle gerührt. Sie fixierte sie mit ihrem Blick. Ihr dickes Haar war lockig, und Schweiß floss in großen Strömen an der Seite ihres schönen Gesichtes herab.

»Das ist bloß eine bessere Maske als die anderen«, sagte sie. »So leicht legt man mich nicht herein.«

Die Gestalt trug ein ärmelloses Unterhemd. Ihre Beine waren elegant übereinandergeschlagen, sodass eines der Knie über die Tischkante ragte, und so sah sie, dass die Gestalt sogar die gleichen Militärhosen trug – schwarz mit rotem Rand –, die Nico am Tag des Rennens getragen hatte.

»Lass mich in Ruhe«, sagte sie und rümpfte die Nase.

Die Gestalt war außer Atem. Sie sah, dass der Kopf nicht bloß schwitzte. Er war so klatschnass, als ob er gerade eben in den Brunnen getaucht worden wäre. Die Gestalt sah nicht durch sie hindurch, sie sah sie an, mit einem mitleidlosen Blick, aalglatt und anmaßend. Sie zog aus ihrer Tasche die Spielkarten, die sie ihm als Gewinn gegeben hatte.

»Geh weg!«, rief sie.

Aber die Gestalt senkte nur den Blick und mischte die Karten.

»Ach, bitte, geh weg, bitte«, sagte sie. »Es war gerade so nett. Wenn ich – ach, bitte, bring mich nicht zum Reden.«

Die Gestalt hatte saubere Haut, frisch und rosig, ihre Augenbrauen waren gestutzt, und ihr Schnurrbart war blond und an den Enden hochgezwirbelt. Sie teilte sich laut schnaufend ein Kartenblatt aus.

»Sei so gut und geh, bitte. Bitte. Ach, bitte. Bitte. Bitte.«

Die Hände der Gestalt begannen zu zittern, als sie die Karten aufdeckten. Als sie wieder zu ihr hochsah, rannen ihr Tränen aus den Augen. Sie sah die Augen an, Fenster der Seele, Weg zum Gehirn, und fühlte in ihrem Bauch das schreckliche Verlangen, hinzugehen, sie herauszusaugen und zu verschlucken. Zu ihm zu gehen und ihn aufzuessen und zu behalten. Hinzugehen und alles zu verkaufen, was sie hatte, und ihn zu kaufen. Ihm ihr Schicksal zu Füßen zu legen und ihm durch diese Welt und aus ihr hinaus zu folgen.

Sie sagte: »Ach, aber ich *darf nicht.*«

»Ich dachte, du hättest die ganze Zeit gewartet, damit wir wieder miteinander reden können«, sagte er.

Ihre Resolutheit ließ sie im Stich, aber nur für einen Augenblick. »Ja, das habe ich getan – aber dies ist nicht der richtige Zeitpunkt.«

»Ach?«

»Der richtige Zeitpunkt war vor vierzig Jahren.«

»Ach?«

»Was nutzt eine Entschuldigung, Nicolo? Das ändert nichts. Du bist nicht zum Zug gekommen. Ich wünschte, du hättest mich später gekannt.«

Aus dem Wohnzimmer drang das Zirpen des Radios. Der Bäcker teilte noch einen Pfirsich und gab die Hälfte dem Jungen.

Die Gestalt wischte mit ihrem Taschentuch die Tränen aus ihrem Gesicht und putzte sich die Nase. Als sie hastig aufstand, um zu gehen, warf sie den Stuhl um und bückte sich, um ihn aufzuheben, aber der Junge und der Bäcker sahen es nicht. Die Gestalt ging durch die Tür, langsam und jung, und ihre glatten weißen Schultern schimmerten.

Mrs. Marini wandte sich dem Bäcker zu. Sie sagte: »Ich fürchte, wie müssen jetzt hinausgehen.«

Der Waldläufer

Selbst heute noch, sechzehneinhalb Jahre nachdem es geschehen war, nach dem Tod seiner Schwester, dem Verkauf seines Geschäfts, nachdem er sein Archiv mit Briefen konföderierter Soldaten der öffentlichen Bibliothek des Bezirks geschenkt und seine Konkordanz verbrannt hatte, da der Blumengarten auf dem Steilhang hinter dem Haus mit jeder Jahreszeit weiter in den See stürzte, Regen in jedes einzelne Zimmer des Hauses drang und die Frau selbst gewiss tot war – denn wie hätte ihm sonst sechzehneinhalb Jahre lang die Erfüllung vorenthalten werden können, die ihm rechtmäßig zusteht: als das Ding bezeichnet zu werden, das er ist, in Worten, die nicht von ihm, sondern von jemand anderem laut ausgesprochen werden, von einem Menschen, der in der Welt da draußen lebt –, selbst an diesem Nachmittag, eingezwängt in eine Menge menschlicher Leiber bei einem Volksfest, das keine drei Blöcke von dem Café entfernt ist, in dem er sich damals die Zeit vertrieben hat, sich mit Zucker vergiftet hat, inbrünstig hoffend, dass er aufgespürt würde, sind seine Augen immer noch auf der Suche nach dem Gesicht, das sein Gesicht erkennt, nach der Frau, die erkennt, was er ist, die mit dem Finger auf ihn zeigen und ihren Mund zum Sprechen öffnen und ihn bei seinem Namen nennen wird.

Der Juwelier weiß, dass das unverminderte Verlangen, von dieser Frau namentlich angeklagt zu werden, der Beweis seines Scheiterns ist. Das Giebeldach, dessen Seiten an der Spitze sanft und weiter unten steil abfallen, ist ein Mansardengiebeldach. Das kurze, ärmellose Kleid mit der Knopfreihe am Rücken, das das kleine Mädchen vor ihm trägt, gegen deren Hinterteil der Druck der Menge seine Beine presst, ist ein

Schürzenkleid. Er hat auch einen Namen, der ihn vor sich selbst retten könnte, der ihn in ein Wort verwandeln könnte, wenn sie ihn nur sähe und ihn bei seinem Namen riefe. Dann wäre endlich alles verloren. Er könnte die lang gehegte Hoffnung aufgeben, ein Ding zu halten, ein Ding in seiner Hand zu halten und es dabei bewenden zu belassen. Er hätte nicht länger eine stofflich existierende Hand, um das Ding zu halten. Aber sie ist nicht hier, bestimmt ist sie tot – das Mittel zu seiner Rettung –, bestimmt hat er sie umgebracht.

Er ist seit fünf Jahren in jedem August auf dieses Volksfest gegangen, aber noch immer hat sie sich nicht gezeigt, und seine Hoffnung schwindet.

Er hat vor dem Toilettenspiegel gestanden und sich bei dem Namen gerufen, den sein Vater mit ihm teilt, aber die Wörter sind bloß am Spiegel kleben geblieben. Es brauchte einen anderen Menschen. Sieh dir diese Leute an, das Mädchen in dem Schürzenkleid mit seinen rosa Beinen, die zehntausend anderen, die ihn gegen sie pressen; sie sind zumindest nicht allein damit, Namen zu haben, wie das Mansardengiebelfenster oder der Samowar in dem Café. Einzig er ist namenlos, ist real unter ihnen.

Nachts, wenn er sich als Junge im winterlichen Kentucky an dem Bollerofen in der Hütte gewärmt hatte, hatte sein Onkel ihm gezeigt, wie er eine Säge doppelt krümmen konnte, indem er sie gegen seine Stiefelspitze drückte, und wie man sie mit einem Hammer schlug und den Ton, der durch ihre Vibration erzeugt wurde, beeinflussen konnte, indem man sie weiter krümmte und dann wieder nachließ und auf verschiedene Stellen der größeren Krümmung schlug. Er übte zu Hause im Holzschuppen seines Vaterhauses am See. Er brachte sich bei, wie man »My Sister, She Works in a Laundry« spielte und »The Mule Skinner's Song« und »What Was Your Name in the States?« und »Pharao's Army Got Drownded«. Und er dachte sich selbst Stücke aus, voller Liebe, so, wie er niemals etwas anderes lieben würde, mit dem seltsamen, zitternden, menschlichen Klang eines vibrierenden Stück Stahls, und er brachte sich auch bei, wie er die Säge mit einem Bogen spielen konnte, mit dem Geigenbogen seines Vaters. Dann überredete der Cousin seines Vaters – er spielte in einer Hillbilly-Band und zupfte an Samstagabenden in einer Kneipe das Banjo – seine Eltern, dass er ihn ausnahmsweise einmal in die Kneipe begleiten und mitspielen dürfe.

Die restliche Band stand – die Geiger und der Bursche mit der Mundharmonika und der alte Mann, den alle »Sir« nannten und dessen Namen er nie erfuhr, alle standen während des Spielens. Einzig er, der Jüngste, saß auf einem Stuhl, während er die Säge mit einem Kugelhammer schlug.

Er hatte sie niemals in der Gegenwart anderer mit dem Bogen gespielt. Wenn die Säge mit dem Hammer gespielt wurde, war sie mit Stoff umhüllt; wenn sie mit dem Bogen gespielt wurde, war sie nackt und der Klang nicht von dem Geräusch verfälscht, das der Hammer machte. Und wenn er sie in dem Holzschuppen ganz allein mit dem Bogen strich, war auch er selbst nackt. Die Säge mit dem Bogen zu spielen, war eine einfache Sache, die ihm gehörte, ihm allein; es war der simple Akt in all seiner Reinheit, während die andere Version, das Spielen mit dem Hammer, bei dem andere anwesend sein durften, eine mangelhafte Kopie war.

Aber die Männer wussten, dass er wusste, wie man es machte, und sie legten ihm Daumenschrauben an. Und er wollte nicht. Es war nichts, was andere hören sollten. Aber wenn er sie für andere mit dem Bogen spielte, würde er vielleicht feststellen, dass dies der Weg hinein, der Weg hindurch war. Man musste sein Innerstes nach außen kehren. Ich spreche endlich mit der materiellen Welt und ihren Bürgern und werde einer von ihr und von ihnen. Also stimmte er zu, ja, er würde es tun.

Und es kam der Moment, das Zeichen, als Sir in die Luft hüpfte und mit beiden Füßen wieder auf der Bühne landete. Er schob den Hammer unter seinen Stuhl. Die anderen ließen ihre Instrumente sinken, und er strich mit dem Bogen über die glatte Kante der Säge, wohlwissend, dass das Publikum da war, aber ohne es zu sehen in dem Glanz der Petroleumlampen auf der Vorbühne.

Er war mehr als nackt. Dieser Klang in der Gegenwart anderer Menschen schlitzte ihn der Länge nach auf und brachte all die nassen

Dinge in seinem Innern zum Vorschein, die Dinge, aus denen er bestand, die von Essen und Luft in das Ich verwandelt wurden, das er war.

Dann drang von irgendwo hinter der Mauer aus Licht das Todesurteil von jemandem, der ihn auslachte.

Doch er hörte nicht auf zu spielen oder stand von seinem Stuhl auf.

Als Sir schließlich mit seinem Stiefel auf den Bühnenboden trat, fiel die Band erneut in das Stück ein, nähte ihn notdürftig zu und gab ihm ein paar Sachen zum Anziehen. Sie spielten bis Mitternacht, bis die Kneipe schloss. Sein Cousin brachte ihn durch die dunklen Straßen nach Hause. Er ging die Treppe zu seinem Zimmer hinauf.

Der Bischof in seiner Mitra (die zwei Stoffbänder, die an der Rückseite herabhängen wie die Zöpfe des Mädchens mit den rosafarbenen Beinen, werden Vittae genannt) und die Priester, die die Straße entlangschreiten, die Jungen in ihren Talaren, die Männer in den langen, weißleinenen Chorhemden, die weihevoll auf Latein psalmodieren, die Statue einer Mulattin auf einem Podest (ein Mulatte wird so genannt, weil sein Blut so gemischt ist wie das eines Mulis) und diese Schar alter Hexen in Schwarz, barfüßig und über ihren Rosenkränzen betend (eine Schar von Staren nennt man Trupp), und die große, unbeholfene Musikkapelle, die so feierlich spielt, obwohl sie falsch intoniert und nicht im Takt ist – alle erinnern ihn daran, wie er als Junge in jener Nacht in der Kneipe mannhaft darum gekämpft hat, mit dem Bogen und der Säge die Feierlichkeit, die er in sich fühlte, die Feierlichkeit eines menschlichen Ichs auszudrücken, und wie es ihm lediglich gelungen war, etwas Lächerliches hervorzubringen. Auf die gleiche Weise ist dies, das Gepränge, das Murmeln in einer toten Sprache, die mit grellbunten Edelsteinen geschmückte, zwergenhafte Halbnegerin, die diese Leute verehren, als ob das Symbol heilig wäre, anstatt für etwas zu stehen, das heilig ist, ist all dies tatsächlich feierlich und tatsächlich ebenso falsch, absurd und lächerlich.

Die Menge scheint es zu wissen, denn unter denen, die beten, gibt es jene, die ingrimmig Geld an die Bänder heften, die hinter der Sänfte herschleifen, und auch jene, die klatschen und singen und aus voller Kehle lachen. Die Männer, die das Kultbild tragen, sind fast so weiß wie er; sie sind sogar weiß angezogen. Sie wissen nicht, dass sie an diesem Ort deplatziert sind, wie das Kultbild, das sie tragen, wie die Frau, nach deren Gesicht er in der Menge sucht.

Und es fällt ihm jetzt wieder ein, dass er, als er mit seinem Cousin schweigend durch die dunklen Straßen nach Hause gegangen war und seinen Weg so gefunden hatte, wie man das früher tat, wenn es Nacht war, nämlich anhand des Lichts der Himmelskörper, sich gefragt hatte: Warum habe ich weitergespielt, warum war ich, bin ich *nicht* beschämt darüber, dass man mich für falsch, absurd, lächerlich gehalten hat?

Er fragte seinen Cousin: »Hast du diesen Menschen lachen gehört? War das ein Mann?« Und sein Cousin sagte: Nein, er würde sich irren, es sei kein Lachen gewesen, sondern eine Frau, die mitgesungen habe, sie habe fröhlich das Lied gesungen, das er gespielt hatte.

Und später in dieser Nacht, als er die Treppe zu seinem Zimmer hochstieg und das *Klack-klack-klack* seiner hart besohlten Schuhe auf den hölzernen Stufen hörte und sogar dieses Klacken als feierlichen Ausdruck seiner Einsamkeit deutete, da war er ergriffen, wie feierlich es war, wenn *er* die Sache betrachtete, und wie lächerlich exakt dieselbe Selbstfeier wäre, wenn ein anderer es tat.

Aber er fühlte, dass darin ein Trost lag: dass das, was für den einen feierlich ist, für den anderen lächerlich sein kann und trotzdem um nichts weniger feierlich ist. Weil die Person, von der er annahm, dass sie ihn ausgelacht hatte oder auch fröhlich mitgesungen hatte, aus einer Notwendigkeit heraus – er versprach sich, es nicht zu vergessen, aber er vergaß es – *direkt in sein Inneres sah,* das Ich erfasste, das er fühlte und das sein Name nicht hinreichend benannte. Weil Elend und Gnade dasselbe sind und weil Gott will, dass du Ersteres spürst, und weil das zweite die Version von Mitgefühl ist, die er für dich empfindet, wenn du dich elend fühlst.

Wenn sie nicht tot war, wäre sie jetzt mittleren Alters. Ihr Gesicht könnte unter den Gesichtern der murmelnden weißen Frauen in den schwarzen Kleidern sein, die er eine nach der anderen prüfend anschaut, während sie vorübergehen. Die Menge ist so dicht gedrängt, die Straße so eng, dass Kinder auf die Ginkgobäume am Randstein geklettert sind, auf Gummibäume, Telefonmasten, Dachrinnen, dorthin, wo es kühler sein muss und die Luft in Bewegung ist, nicht so unerträglich stillsteht wie in der Hitze hier unten in der Menge. Dort ist eine Bäckerei, auf deren Dach kleine Mädchen stehen und ein Junge und ein elend aussehender Mann in einem Anzug, der von hinten auf die Beine eines der Mädchen starrt, so wie es der Juwelier vorhin getan hat.

Wenn sie nicht tot war, dann konnte sie ihn bei seinem Namen rufen – wird niemand ihn jemals wieder süß bei seinem Namen rufen? –, aber es gibt ein entscheidendes, ganz banales Hindernis auf dem Weg zur Erfüllung seiner Hoffnung:

Sechzehneinhalb Jahre zuvor war er vom Wohnzimmerboden aufgestanden, hatte sich ein Glas Wasser eingeschenkt, hatte sich wieder auf das Sofa gesetzt, hatte sich vorgestellt und sie gefragt, wie sie heiße. Aber sie hatte nicht geantwortet. Und er hatte sich wiederum höflich vorgestellt und sie gefragt, ob sie ihm den Gefallen tun könne, seinen Namen für ihn zu wiederholen – in der Hoffnung, dass er auf diese Weise vollständig geheilt würde, zumindest im Universum der Wörter, dass er in ein Wort verwandelt würde, sodass er, wenn er schon nicht real sein konnte, zumindest nicht allein war. Aber ihre Augen waren geschlossen, ihr Gesicht war eine schlaffe, rote Maske. Und er weiß nicht, ob sie seinen Namen deshalb nicht für ihn wiederholt hatte, weil sie ihn gehört hatte, aber sich sträubte, oder weil sie schon tot war oder bewusstlos vom Aufprall ihres Kopfes auf der Kante des marmornen Beistelltisches, dort im Wohnzimmer, mit dem Aschenbecher darauf und einer unbeendeten Partie Solitaire.

Die Nacht brach an, inmitten der Masse von Menschen und der fröhlich singenden Hupen.

Feierlichkeit ist komisch, und Komik ist feierlich. Wie an diesen weißlichen Leuten klar ersichtlich ist, die zu einer Negerin beten, als ob sie in Wahrheit das sei, was sie nur symbolisiert, und an diesen Negern, die einander jetzt, sieh nur, bei den Händen fassen, um in dem feierlichen leeren Raum hinter der Musikkapelle zu tanzen, die das Ende der sich die Straße entlangziehenden Prozession bildet.

Wie auch klar ersichtlich war, als ein lachender David, nur mit einem leinenen Efod bekleidet, zum Gesang der Israeliten und dem Klang von Leiern, Lauten, Tamburinen, Zymbeln und Kastagnetten vor der Bundeslade tanzte. Und auch als Ham, der Sohn Noahs und Vater Kanaans, seinen Vater nackt und bewusstlos vom Trinken in seinem Zelt sah und hinging und es seinen Brüdern erzählte, weil er das lustig fand, aber sie nicht sahen, dass die Nacktheit ihres Vaters auch lachhaft sein konnte, und rückwärts in das Zelt gingen, mit einem Mantel auf ihren Schultern, und ihn mit abgewandten Augen bedeckten.

Die Neger, acht von ihnen, tanzen, und da ist auch ein alter Negermann mit kurz geschorenem weißem Haar, der heftig auf seine Schuhe und auf sie deutet und knurrt: »Hört auf damit, alle! Hört alle sofort damit auf! Kommt zurück hierher, hört auf!« Nicht sehend – der alte Negermann sah es nicht –, dass die Menge lachte und zu der blechernen, lautstarken Musik in die Hände klatschte.

Wo ist es hin, das Mädchen mit den rosa Beinen und dem Schürzenkleid? Man nennt es *Schürzenkleid,* obwohl es eine Schürze nicht ersetzt. Soll heißen, der Name braucht das Ding nicht. Wie Gott der Herr *sagte,* es werde Licht und eine Feste zwischen den Wassern, und auf der Erde Bäume, die Früchte tragen, in denen ihr Same ist, ehe die Dinge Gestalt annahmen. Sodass er endlich, wenn sie ihn an diesem Abend nur sähe und ihn mit seinem Namen anklagte, in den reinen, natürlichen Zustand zurückkehren würde, der dem Dingsein vorangeht: das Wortsein. Sein Vater wurde bei demselben Namen gerufen, und dessen Vater auch. Sein Name braucht ihn nicht.

Sodass endlich – nachdem der Juwelier die Spur des Mädchens verloren hat, nachdem die Nacht angebrochen ist und er am Rand der Lücke in der Menschenmenge steht, in der die Neger tanzen – eine feierlich-heitere Hoffnung vom Grunde seines Herzens aufsteigt: dass sein Name, der ihm voranging, ihm nachfolgen wird. Er würde gern laut auflachen vor all diesen Menschen – darüber, dass, falls endlich eine endgültige Trennung zwischen dem Ding, das er ist, und dem Namen dieses Dings eintreten sollte, sein Name (der einzige Teil von ihm, den man wirklich als lebendig bezeichnen kann) weiterleben wird, weil Menschen, diese Menschen hier, wissen wollen, wer er war, wie sein Name lautete. Weil sie ihn herausfinden und laut aussprechen werden.

Teil vier

Cleveland
1953

19

Gary war nicht von hier. Er war in einem Vorstadtkrankenhaus in der Southside zur Welt gekommen. Aber er liebte das Fest. Es gab ihm ein Gefühl der Wärme. Früher, als Junge, war er mit seiner Mutter und seinem Vater hergekommen. Reichere Leute hatten Sommerhäuser auf Kelleys Island, er hatte das hier: diese Straßen, die Festmenge.

Er sprach die Sprache nicht. Er kannte eine Handvoll Dialektwörter für Gartengemüse, Küchenwerkzeuge, Farbige: ererbte Wörter, die man aus keinem Wörterbuch lernen konnte. Sein Vater war in einem Schlafzimmer in einem dieser Mietshäuser zur Welt gekommen. Er wusste nicht, in welchem, und er würde es niemals erfahren, denn sein Vater war tot.

Gary war Mitglied der fünf großen Vereinigungen: der Vereinigten Automobilgewerkschaft, der Veteranen der Auslandskriege, der Amerikanischen Legion, seines Softballvereins und der Demokratischen Partei. Er hatte zwei Kinder, einen Jungen und ein Mädchen. Seine Frau lernte Diktatschreiben in einem Kurs in der Innenstadt. Vielleicht sechs Vereinigungen, wenn man die Methodistische Kirche mitzählte, aber er ging nur zu Weihnachten und Ostern hin. Er fand, er gehöre hierher. Nach Elephant Park. Er fand, dass insbesondere sein Junge hierher gehöre und jährlich zum Fest zu Mariä Himmelfahrt mitgenommen werde sollte, weil sie in der kleinen Welt der Getreide- und der Teppichbranche lebten und weil der Junge zwei Namen hatte, einen Vornamen und einen Nachnamen, einen für das kleine Ich, einen für das große Ich, jene über Jahrhunderte und einen Ozean hinweg geteilte Identität, ein Name, den andere, wenn man ihn aussprach, mit einer Sippe und einem Ort in Verbindung brachten. Und in diesem Teil der Stadt nannte man, wenn man sich vorstellte, den Nachnamen zuerst und den Vornamen zuletzt, und der Vorrang war unverkennbar.

Er würde sterben. Seine Tochter würde einen neuen Namen annehmen. Er wollte, dass sein Junge in künftigen Jahren ihren Namen sagte und jene Vollkommenheit der eigenen Person spürte, die Gary spürte, wenn er ihn aussprach. Er hatte Cousins, die ihm beipflichteten, dass dies das Mindeste sei, was sie tun konnten: ihre Jungen hierhin mitzunehmen und zu sehen, was geschähe. Dabei zu sein, statt nur davon zu hören. Diese gemeinsame Sache, die uns langsam entgleitet, am Leben zu erhalten.

Ihr Familienname lautete Ragusa. Aber einige der Cousins buchstabierten es Ragosa, und so wusste es keiner ganz genau.

Er versuchte, seinen Jungen dazu zu bringen, die frittierten Artischocken zu essen, die er gerade von einem Straßenhändler gekauft hatte, und der Junge würgte. Aber das Kind musste essen, also kaufte ihm Gary Karamellbonbons, in sechs Farben, einzeln verpackt, hergestellt in Delaware. Einige Leute verteilten Gebetskarten, die in irgendeiner unbekannten Sprache geschrieben waren, Latein vermutlich, und der Kleine wollte wissen, was diese Wörter bedeuteten, und Gary musste ihm sagen: »Ich weiß es nicht.«

Während der Festtage gab es hier Menschen unterschiedlichster Nationen. Es gab Slowaken und Serben und sogar Chinesen. Und er war verärgert, denn im Gegensatz zu ihm gehörten sie nicht hierher.

Der Junge nörgelte, wie eng und heiß es sei, und Gary hätte gern erklärt, wieso der Junge das alles würdigen solle. Wie sie alle jetzt an diesem Götzendienst teilnahmen. Die Männer würden eine Figur durch die Straßen tragen, während die Musik dröhnte und Fackeln flackerten und manisch Gebete gesungen wurden, und dadurch würden sie alle in die Tiefen der Vergangenheit zurückbefördert.

Die Kundin saß auf dem Wachstuch, mit dem Lina die untere Hälfte des Bettes bedeckt hatte, und beugte sich vor, um ihre Schuhe auszuziehen. Lina stellte die Schuhe auf den Boden, mit den Spitzen unter die Kommode, damit sie nicht im Weg waren. Dann bat die Kundin ihre Tante, den Raum zu verlassen, während sie sich auszog. Draußen erhob sich die Stimme eines Mannes, der Früchte verkaufte, über die Stimme der Menge. Federica fragte, ob sie und Lina den Raum ebenfalls verlassen sollten, und die Kundin sagte, sie wisse nicht, was das für einen Unterschied mache.

Rocco wollte in Mrs. Marinis Toilette sterben. Vielleicht hatten sie ihm zu viel zu trinken gegeben. Er kniete vor der Toilette. In der Zwischenzeit dozierte Ciccio weiter über das Offenbarwerden der Vorsehung und den Krieg von 1812. Sie standen in ihren Straßenschuhen in der Küche und warteten darauf, dass Rocco beendete, was immer er tat, damit sie ihren Gang durch das Festgeschehen antreten könnten.

Der Junge sagte: »Weißt du, es ist nicht so, dass wir jede Kleinstadt in Manitoba hätten erobern müssen. Es gab kein Manitoba. Die ganze Sache drehte sich um Montreal. Wenn man sie vom Nachschub der Briten abgeschnitten hätte, wären die anderen kleinen Städte im Westen abgefallen, und wir hätten sie aufgenommen. Wir hätten größer als Russland sein können.«

Eine Rolle Küchenschnur lag auf dem Tresen. Sie hatte sie dazu benutzt, die Braciole für das Mittagessen zusammenzunähen. Sie öffnete den Geschirrschrank, um sie wegzuräumen, aber dann besann sie sich eines besseren. »Bring mir die Schere«, sagte sie.

Sein Mund hing vor lauter Bedauern herab. Er nahm den Verlust des arktischen Imperiums persönlich. Sie wickelte ein Stück Faden ab und sagte ihm, er solle es abschneiden. Dann rollte sie es zusammen und steckte es in ihre Tasche und legte die Garnrolle in den Schrank.

Der Bäcker kam durch den düsteren Korridor. Im gegenstandslosen Dunkel wirkte er mit seinen breiten Schultern und den schmalen Hüftknochen auf gesichtslose Art imposant. Dann trat er ins Licht, und die Illusion war dahin. Sein welliges Haar war in Unordnung geraten. Wasser hatte Flecken auf dem Anzug hinterlassen, und seine grauen Hosen ohne Bügelfalte waren an den Säumen grob umgeschlagen, als ob er seit der Zeit, da sie ihm gepasst hatten, geschrumpft sei.

Er versuchte zu grinsen. Seine kleinen Augen blinzelten in der Sonne, seine Hände tropften. Und dann brachen sie auf.

Sie hatten ihn binnen zwei Minuten aus den Augen verloren. Die Menge war gewaltig. Sie wusste, dass sie Rocco verlieren würden, aber er war jetzt entbehrlich. Sie wartete, bis Ciccio einige Schritte vor ihr ging, und dann band sie ein Ende der Schnur um ihr Handgelenk. Dann schrie sie, er solle langsamer gehen und bei ihr bleiben.

»Gib mir deine Pfote«, sagte sie.

»Welche?«

Sie winkte gleichgültig ab. Der Faden hing lose herab, und er reichte ihr, gleichgültig in die Menge blickend, den ganzen Arm – als ob sie ihn gebeten hätte, sie zu stützen. Es kränkte sie, dass er das annahm. Sie band das lose Ende des Fadens um sein Handgelenk.

»Das ist eine Art Leine«, sagte er hinunterschauend.

»Wenn du meinst.«

»Aber ich wollte …«

»Was wolltest du?«

»Ich und Nino waren …«

»War dir irgendwas unklar an unserem Plan?«

»Rocco ist nicht mehr bei uns. Wir haben ihn verloren.«

»Na und?«

»Ich dachte, um ehrlich zu sein, ich könnte jetzt …«

»Du dachtest, um ehrlich zu sein, du könntest mir helfen, ihn zu finden?« Sie wusste, dass jetzt keine Hoffnung mehr bestand, ihn zu finden.

»Okay, aber wir werden ihn nicht finden.«

»Okay, werden wir aber doch.«

Sie hätte ein längeres Stück Faden abschneiden sollen. Selbst als er seine Hände voller Missmut in die Hosentasche steckte, war er vertikal zu weit weg von ihr, und er musste seitlich gebückt gehen, um sie nicht hinter sich herzuziehen.

Es war derart heiß, dass andere Menschen sich vielleicht beklagt hätten, was sie auch taten. Sie blieb ungerührt.

Der Friseurladen war geschlossen, aber sie sah im Vorbeigehen

Pippo, der drinnen allein eine Zeitung las. Er saß im Friseurstuhl, den er mehr als einen Meter über Bodenhöhe gepumpt hatte, und wandte das Gesicht dem Fenster zu – vermutlich, um über die Köpfe der Menge hinweg die Prozession zu sehen. Seine voluminöse Frisur war an den Seiten hochgekämmt wie die Heckflossen eines Autos.

»Ciccio wird ans Fenster klopfen«, wies sie Ciccio an.

Der Friseur sah von der Zeitung hoch und strahlte vor Freude über das ganze Gesicht. Er betätigte einen Hebel unter der Armlehne, schwebte majestätisch zu Boden und ließ sie herein.

»Lass uns im Hinterzimmer etwas trinken, Costanza«, sagte er. »Du, ich und das Hündchen.«

»Natürlich. Bitte nur kurz. Ach, mit den Ventilatoren ist es schön kühl hier drinnen.«

»Was ist mit dem Auftrag?«, fragte Ciccio monoton.

»Woher willst du wissen, dass er nicht da hinten ist?«, fragte sie. »Vielleicht ist er da hinten.«

Pippo führte sie ins Hinterzimmer und zog den Vorhang hinter sich zu und schenkte den Whiskey in seine Teetassen ein und teilte jedem drei Karten aus und legte vier aufgedeckt auf den Tisch. Ciccio sagte, er habe kein Geld, deshalb streckte sie ihm einen Dollar sechzig aus ihrem Geldbeutel vor. Ihr Spiel wurde durch den Faden ein wenig behindert, aber sie war noch nicht bereit, ihn loszuschneiden.

Gary und seine Cousins waren es satt, sich anzuhören, wie die Kinder sich über die Hitze beschwerten, und so bahnten sie sich unter Einsatz ihrer Ellbogen einen Weg aus der großen Menge, hin zu den Karussells, wo mehr Luft war. Der Junge fuhr so gern Karussell. Der Junge verstand einfach nicht, worum es ging. Gary stand mit seinen Cousins außerhalb des Eingangs zu den Karussells, und die vier tauschten ihre Empörung darüber aus, dass die Kinder einfach nicht verstehen wollten, dass dies kein Spielplatz war. Dies war ein Ort von höherer Bedeutung.

Auf einmal war da eine Nonne, eine richtige Nonne in den Sachen, die Nonnen tragen – war das nicht klasse? –, die zwischen den Männern herumlief, die die Karussells steuerten. Sie sagte ihnen allem Anschein nach, dass sie die Karussells abschalten sollten. Er fragte eine der Fahrkartenverkäuferinnen, was los sei, und sie sagte, die Heilige würde sich in Bewegung setzten – was für eine Formulierung –, und sie sagte es, als wäre nichts Besonderes dabei, denn für sie war es nichts Besonderes. Sie war daran gewöhnt, sie gehörte hierher. Sie holten ihre Kinder. Von dort, wo sie standen, konnten sie die Straße nicht sehen, sie konnten den Umzug nicht sehen, der das Herzstück der ganzen Sache war, und sie versuchten, sich in die Menge zu drängen, aber es hatte keinen Zweck. Gary hob den Kleinen auf seine Schultern, damit er sehen konnte, aber der Junge fing an zu schreien: Er habe Angst, herunterzufallen, und er könne sowieso nichts als Köpfe sehen.

Es wurde dunkel. Gary war durstig und musste auf die Toilette, aber der Umzug würde eine Weile dauern, irgendetwas würden sie zu sehen bekommen, und was hätte der ganze Aufwand für einen Sinn gehabt, wenn sich das Kind nur auf einer Maschine im Kreis herumgedreht hätte und sie ins Auto gestiegen und nach Hause gefahren wären?

Sie warteten alle, er und seine Cousins und die Kleinen. Die Kleinen hatten aufgehört zu quängeln. Sie sahen hoch und zeigten auf diese anderen Kinder, die an allen Gebäude hochgeklettert waren. Fünf kleine Mädchen und ein Junge und ein alter Mann, der eine Zigarette rauchte, spähten vom Dach eines Gebäudes herab, in dem sich Garys Erinnerung zufolge eine Bäckerei befand, in die ihn sein Vater früher mitgenommen hatte. Eine Bäckerei, die, wenn er sich nicht irrte, an jedem Tag seit, sagen wir: dem Bürgerkrieg geöffnet war und die doch keinen Namen und kein Schild hatte.

Der alte Mann auf dem Dach der Bäckerei gehörte einer anderen Zeit an, einer Zeit, als man dreiteilige Anzüge trug, wenn man in der Stadt spazieren ging. Die Menschen heute waren viel größer, sie hatten kleinere Hände, und sie wirkten zuvorkommend. Keine Menschenseele in Garys Bekanntschaft hätte einen so schaurigen Gesichtsausdruck aufsetzen können wie dieser Mann, dessen Augen völlig unbeweglich waren, dessen Mund verhärtet war und dessen fetter, wehmütiger Schädel vorgebeugt war, um den Umzug zu beobachten.

Dann begann sich die Menge auf der Straße rückwärts zu bewegen, auf sie zu. Zuerst dachte er, es läge daran, dass sie Platz für den Umzug machen mussten, aber die Menschen begannen sich umzudrehen und nach hinten zu sehen.

Sie versuchten, wegzukommen.

Der violette Himmel hinter dem alten Mann auf dem Dach der Bäckerei wölbte sich in der Hitze. Irgendetwas fehlte in seinem finsteren Gesicht. Die Nase war gebläht, vielleicht aus Empörung oder Verachtung, aber nicht aus Angst, denn was hatte er nicht gesehen, dieser Mann, in den zehntausend Jahren, die er über uns gestanden und zugesehen hatte?

Das Kind fragte ihn, was passiert sei, und Gary musste sagen, dass er es nicht wisse. Er fragte seinen Cousin. Sein Cousin wusste es nicht. Das Kind fragte: Ob es ein Töpfchen zum Pipimachen gäbe?

An den Feuerleitern waren Blumen kopfüber festgebunden.

Das Wort, das er immer wieder hörte, lautete »moolinyans«, und er liebte es einen Moment lang: Er wusste, wer er war, in welcher Verbindung er zu einigen Menschen stand und zu anderen nicht, weil er wusste, dass dies das Wort für »Aubergine« oder »Nigger« war, und er wusste es aufgrund seines Nachnamens, weil sein Vater derjenige gewesen war, der sein Vater gewesen war.

Der Cousin sprach ihm ins Ohr, sodass der Junge es nicht hören konnte: »Einige Moolie-Kinder sind in die Kirche eingedrungen und haben randaliert. Haben die Statuen umgekippt und auf die Teppiche gepisst.« Und er war mit diesem Mann verbunden, seinem Cousin, sie gehörten zusammen, weil sie beide wussten, dass jenes Wort eine Abkürzung des anderen Wortes war.

Alle wollten weg, also musste er auch weg, und der Kleine, und seine Cousins, und die Kinder der Cousins.

Ja, Leute sprachen miteinander, das wohl, aber sie flüsterten sich ins Ohr. Er hörte einen Mann sagen: »Bimbo-Regentanz, mit völlig nackter Brust, während die alten Damen zu beten versucht haben.« Es ertönte ein tiefes kollektives Brummen, als ob Lastwagen in großer Ferne vorbeifahren würden, und es wurde immer leiser, bis er nur noch

Tausende von Sohlen auf dem Asphalt und dem Abfall schaben hörte. Der Junge nörgelte herum, von wegen, er müsse auf die Toilette. Es war völlig aussichtslos, jetzt einen Weg aus der Menge finden zu wollen. Sie hatte ihre eigenen Vorstellungen, wohin sie gehen und was sie tun wollte. Er konnte nichts anderes tun, als dorthin zu gehen, wohin die Menge ihn trug, und er fühlte sich entmannt und dumm. Er wollte nicht, dass der Junge das in seinem Gesicht sah, deshalb ging er voran und sagte dem Jungen, er solle sich hinter ihm an seinem Gürtel festhalten.

Es gab einen Abwärtsruck an seiner Hose, als der Junge den Gürtel packte, ganz wie er es ihm gesagt hatte, und dennoch konnte Gary das Gefühl nicht abschütteln, dass es irgendeine Art von Geist sei, der jetzt in der Menge sein Unwesen trieb, etwas, das seine Hose bis auf die Knöchel herabzuziehen versuchte.

Er sah hoch zu dem alten Mann, der im schwindenden Tageslicht auf dem Dach der Bäckerei stand. Dieses Gesicht würde einem niemals sagen, was es sah. Die Nasenlöcher blähten sich, die Unterkiefer hingen schlaff herab, der ganze Apparat seines Daseins war in eine Beobachtungspose gebeugt. Das war alles, was Gary zu sein hoffen konnte und niemals sein würde: ein verhärtetes Gesicht, regungslos beobachtend, das keine Wirkung auf das hatte, was es sah, still und distanziert.

Dann drückte die Menge sie um die Ecke eines Mietshauses, und er sah den Mann nie wieder. Die Strömung trieb sie alle vor sich her: Gary, seine Cousins und seinen kleinen Sohn namens Clement, genannt Clem, ein Name, den seine Frau in einer Boulevardzeitung gelesen hatte.

Es ergab keinen Sinn, in welche Richtung die Menge strebte und ihn mit sich zog, aber alle bewegten sich rasch. Die Menge lief die Sechsundzwanzigste hoch und die ganz durch die Emmanuel Avenue bis zur Sechzehnten, dann zurück zur Elften Avenue. Er verlor seine Cousins aus den Augen. Sein Auto stand irgendwo am westlichen Ende der Zweiundzwanzigsten. Er musste einen kleinen Bogen zurück über den Hügel gehen. In Anbetracht des Gewühls war es unmöglich, direkt auf der Elften den Hügel hochzugehen. Alle zog es nach unten zur Straßenbahnhaltestelle. Er wartete eine Weile mit dem Jungen an der Ecke.

Das Viertel leerte sich jetzt. Eine kleine Strömung bildete sich, die auf der Elften bergauf trieb, und er zerrte den Jungen an der Hand und tauchte ein, und sie schafften es bis zur Zweiundzwanzigsten und bogen rechts ab.

Die östliche Zweiundzwanzigste Straße war frei von anderen Fußgängern und lag in der Abenddämmerung still im gelben Lampenlicht.

Der Junge in seinen Kordhosen und ohne Schneidezähne hatte endlich Gelegenheit, ihn zu fragen, was geschehen sei; und was sei denn nun mit dem Feuerwerk? Und Gary musste sagen, dass er es nicht wisse – obwohl er es wusste, oder jedenfalls mehr oder weniger –, weil es ihm peinlich war, es zu erklären.

Sie befanden sich immer noch mitten im Viertel. Es gab Spaliere von Weinranken in den Gärten und akkurat beschnittene Obstbäume und kleine Heiligenfiguren im Gebüsch. Alles war ungemein sauber, mit Ausnahme der gewaltigen Müllmengen auf der Straße. Der Junge wollte seine Hand nicht mehr halten, als sie weiter die Straße hinabgingen, denn es gab jetzt genug Platz, um einzeln zu gehen.

Eine Tür öffnete sich. Das Haus trug die Nummer 123. Und eine grauhaarige farbige Frau trat hinaus auf die Veranda und drehte sich um und richtete ihren Blick in den Hausflur. Eine weitere, jüngere Farbige kam ebenfalls heraus. Die jüngere wirkte unsicher auf den Beinen. Die ältere ging eine Stufe hinab und führte die jüngere am Arm. Auf die gleiche Weise stiegen sie die zwei weiteren Stufen zum Rasen hinunter.

Er war stehen geblieben, um zuzusehen, und der Junge war auch stehen geblieben und sah zu.

Sie waren überall, sogar hier waren sie schon. Sie lebten hier. Was hatte man ihnen nicht alles gegeben, und jetzt wollten sie auch das hier? Wie sollte er das ertragen? Der Junge würde ihn fragen: Was tun die hier? Eines Tages würde er tot sein. Der Junge würde groß werden und sich selbst eines Tages fragen: Wer bin ich?

Eine Weile später schlug Ciccio sowohl Mrs. Marini als auch den Friseur um Längen und zahlte ihr mit dem Geld, das er von ihr gewonnen hatte, das Geld zurück, das sie ihm geliehen hatte. Natürlich schummelte sie. Sie legte ein Schultertuch um, das sie aus ihrer Handtasche holte, um einen Grund zu haben, ihre Hände zu verhüllen. Eigentlich war es eher ein Geschirrtuch. Sie konnte sich nicht erinnern, wie es dort hineingekommen war.

Pippo bemerkte das Schultertuch, lehnte sich auf seinem Stuhl zurück und drückte einen Schalter im Sicherungskasten, woraufhin das Sirren der Ventilatoren dort im Hinterzimmer und (sie hörte es auf der anderen Seite des Vorhangs) im Vorderzimmer langsam aufhörte.

»Mensch, ist das still«, sagte Ciccio. »Man kann sie hier drinnen überhaupt nicht hören.«

»Wen sie?«, fragte sie.

»Er meint die Leute – die Menschenmenge, die ganze Verrücktheit«, sagte Pippo.

Ciccio knallte eine Karte auf den Tisch. »*Scopa*«, sagte er schon wieder. Diesmal im Dialekt – *Schkupa* –, um sie aufzubringen.

Pippo stand auf und zog den Vorhang beiseite, sodass das vordere Zimmer des Ladens samt der breiten Wand aus Fenstern, die zur Straße führten, sichtbar wurde. Es war Nacht geworden.

Die Menge war spurlos verschwunden.

Es war eine fast normale Sommernacht auf der Elften Avenue, aber nur fast. Er schloss die Tür auf und hielt sie für sie und den Jungen auf. Sie gingen hinaus auf den Gehsteig, sahen sich unter den nicht vorhandenen Leuten um, unter den spurlos verschwundenen Tausenden auf der Straße, die keine zwei Stunden zuvor dort gewesen waren – spurlos verschwunden, außer dass die Straße vor Müll weiß strahlte. Sie standen auf dem Gehsteig und fragten sich gegenseitig, murmelnd, was geschehen sei.

Andere kannten ihn als Eddie, der den Maßstab setzte, Eddie, der den Glauben und die Scholle verteidigte. Er wusste, dass andere darauf vertrauten, dass er »mit unserer Stimme« sprach, um uns zu sagen, was wir tun müssen, um uns zu schützen. Aber er war auch ein zurückgezogen lebender Mann, der zärtliche Gefühle für private Dinge empfand, Gefühle, die er in Anbetracht seiner öffentlichen Stellung für sich behalten musste, um die Belange anderer besser vertreten zu können. Wie jeder andere Mensch kannte er das Gefühl der Verunsicherung in seinem Herzen, sogar der Furcht. Phyllis hatte dafür Verständnis, und seine lieben Kleinen lagen auf ihm, wenn sie nach dem Abendessen auf dem Sofa einschlummerten.

Und nun hatte er alle enttäuscht. Genau das hatte er getan.

Ihm war den ganzen Tag sehr heiß gewesen, seit dem Aufwachen – den ganzen Tag hatte die Magensäure in den Löchern seiner Magenwand gebrodelt (Ochsenschwanz zum Frühstück – ein Fehler). Und die Hitze hatte das Ihre getan. Und die Menschenmenge! Heilige Mutter, die Hitze und die Menschenmenge.

Als er um die Mittagszeit auf der Straße hörte, dass Rocco, der Bäcker, sein Geschäft dichtgemacht hatte – wenigstens für ein paar Tage –, kam ihm eine ganz vorzügliche Idee. Im hinteren Teil der Bäckerei gab es einen Kühlraum. Eddie hatte ihn oft gesehen, wenn er im Laden vor dem Verkaufstresen gestanden hatte. Der Bäcker benutzte ihn, zum Auskühlen der Gebäckstücke und zum Härten der Butter. Und so schlich Eddie am frühen Nachmittag über die Gasse und sah nach, ob die Hintertür zur Bäckerei offen war. Und siehe da, sie war's! Die Heiligen waren mit ihm. Und er ging hinein und fand im Kühlraum den kältesten, friedlichsten Seelenfrieden, den ein Mann finden konnte. Er zog sich das Hemd und die Hose aus. Völlige Dunkelheit. Er breitete seine Leinensoutane über einer Kiste aus, setzte sich auf sie, lehnte seinen nackten Rücken an die kalte Wand und schloss die Augen. Wie jemand, der ein Sonnenbad nimmt, bloß umgekehrt. Und schließlich geleiteten die Kälte und die Dunkelheit Eddie in den tiefen Schlaf eines kleinen Kindes.

In so einem Zustand gleichzeitig ertappt und geweckt zu werden – das war eine Schmach, wie sie der HErr einem Mann in seinen späten mittleren Jahren gern schickt. Als wollte er sagen: Edward, bereite dich vor. Schlimmeres steht bevor. Deine Kinder werden deine Bettpfanne leeren, und dein Weib wird dir die Scheiße vom Arsch wischen, alldieweil du schläfst.

Er wurde von diesem kleinen, verwirrten Mann angegriffen, Rocco, dem Bäcker, und Eddie konnte von Glück sagen, dass er unbeschadet an Leib und Ruf, wenn auch nicht an seiner Ehre, davonkam.

Nachdem er morgens schon die Zeit des Blumengießens verschlafen hatte, hatte er nun auch noch die Segnung der Männer mit den Besen verschlafen, und die Prozession nahm ohne ihn ihren Gang. Also folgte er ihr als Teil der Menschenmenge, wie alle anderen auch, außerstande, seinen angestammten Platz unter den Erwählten im vorderen Teil der Parade einzunehmen. Statt andere wegzuschieben, wurde er selbst weggeschoben. Und die ganze Prozession lief schief.

Er hatte sie enttäuscht. Oh Gott, er hatte sie alle enttäuscht.

Und so strebte ein unglücklicher Eddie, die Soutane in der Hand, am Abend von Mariä Himmelfahrt wie so viele andere seinem Heim zu, und er dachte daran, wie seine lieben Kleinen erfahren würden, was geschehen war, und wie sie ihn fragen würden: War das der Anfang vom Ende, den er so lange abzuwenden versucht hatte?

Aber aller Wahrscheinlichkeit nach würden sie erst morgen oder übermorgen von dem Geschehenen hören und ihre Fragen stellen. In der Zwischenzeit würde er zu Hause ankommen, und seine lieben Kleinen würden dort sein und sich bettfertig machen. Und die Gattin wäre auch da. Dem Himmel sei Dank! Er brauchte Phyllis in seiner Nähe.

Wie andere Menschen musste er entscheiden, was er auf lange Sicht tun wollte. Wie anderer Leute Kinder würden auch seine Kleinen nicht verstehen, was geschehen war, und ihn verachten.

Vielleicht würde es heute Nacht etwas Regen geben. Im Gegensatz zu anderen Leuten hatte er sich mit dem Nachhauseweg Zeit gelassen, hatte die Straßen durchschritten, während die Nacht sich niedersenkte. Die Chagrin Avenue war mit Ausnahme von ihm und einem Stinktier, das sich an einem Kanaldeckel zu schaffen machte, völlig leer, und die raue Stimme des Windes klang ihm in den Ohren. Er wollte sich diese Straße ansehen, er wollte sie so wahrnehmen, wie seine lieben Kleinen

sie wahrgenommen hätten. Er wollte die Bedeutsamkeit der Abenddämmerung mit derselben Intensität spüren, wie Kinder sie spürten.

Für Kinder glich die Nacht mehr einem Ort als einer Zeitspanne.
Wenn ein Kind in der Nacht aufwachte und treppab zum elterlichen
Bett lief, dann war das so, als ob es sich in einen Wald stürzte, aus dem
es vielleicht nie wieder auftauchen würde. Ein Mann konnte nie wieder
hoffen, die Tiefe einer Kindheitsnacht zu empfinden; er konnte sich
bestenfalls schwach an ihr Vorhandensein erinnern. Für einen Mann
seines Alters konnte nichts mehr die Ausmaße annehmen wie die
Nachtzeit der Kindheit; abgesehen von seinen Gedanken, die sich dorthin zurückdehnten, in die entfernte Vergangenheit, wo die Erinnerung
flackerte, flackerte und verlosch – *Mein Bruder und ich knieten auf dem Boden und pflückten die Ackerbohnen, als eine riesige Schlange hochschoss und mich
ins Kinn biss; mein Vater hielt mich in den Armen und wiegte mich über einem
Brunnen –*, und die Deutlichkeit und Vereinzelung des Flackerns, die
äußerste Undeutlichkeit dessen, was zuvor und danach geschehen sein
musste, waren wie eine Brücke in die Welt der Vorstellungen, in der diese Erinnerung in unendlich größeren Dimensionen stattgefunden haben mussten als in der Welt, in der er sich jetzt plötzlich daran erinnerte.

Und er hatte dieses Land gewählt, diese Stadt, dieses Haus, auf das
er jetzt zustrebte. Und so, wie er sie gewählt hatte, konnte er einen anderen Ort zum Leben wählen. Aber für ein Kind, für seine Kinder, die
niemals woanders als in diesen sechs Zimmern gelebt hatten, war ihr
Haus nichts, das sie gewählt hatten, es war eine Tatsache, die ihr Vater
lediglich behauptet hatte. Eine Tatsache, von der er ihnen jetzt sagen
würde, dass sie nie der Wahrheit entsprochen hatte, dass sie nichts als
eine zweckdienliche Lüge gewesen war. Und den Zweck erfüllte sie
nicht länger.

Er bog nach links in die Zweiundzwanzigste Straße ab. Der Wind
schlug ihm frontal ins Gesicht. Wer würde die Straße von Schnee und
Müll reinigen, wenn Eddie und sein Nachwuchs fort wären?

Was würde er für das Haus bekommen (dafür, dass es – in Ohio! –
Nektarinenbäume gab, die er auf seinem Grund zum Blühen gebracht
hatte, dafür, dass es keine einzige schiefe Schindel gab und kein Fenster,

das sich nicht auf leichten Druck mit dem Finger öffnete oder schloss, dafür, dass er das Mauerwerk kürzlich eigenhändig neu verfugt hatte) – was würde er dafür bekommen? Ein Taschengeld.

Du weißt, von wem du das Taschengeld bekommen würdest, nicht wahr? Nach dem heutigen Tag, nach dem, was er mit angesehen hatte, was er diese Menschen hatte tun sehen (fast hatte tun sehen), wer würde da noch Trottel genug sein, um hier zu kaufen? Lass doch den Müll auf der Straße liegen. Warum nicht? Sollten sie doch alles so bekommen, wie sie es mochten.

Etwas weiter den Block hinab war seine dem Untergang geweihte Heimstatt – die beiden Mansardenfenster, das Entlüftungsrohr, das leicht schräge Verandadach – ganz in Dunkelheit gehüllt, eine Silhouette ihrer selbst, und ohne ein Anzeichen, dass seine Frau und die Kinder schon zurück waren.

Aber seine Stimmung hatte nicht genug Zeit, um auf einen angemessenen Tiefpunkt zu sinken, denn wer waren die da, und was hatten sie vor? Auf dem Straßenstück unter der nächsten Laterne stand regungslos ein Mann in kariertem Hemd und Jeans, zu seiner Rechten ein Junge. Sie standen einfach nur da. Schauten Mazzones altes Haus an, in das die Frau zurückgekehrt war, in dem sie jetzt lebte.

Was gab es Interessantes, das sie beobachteten? Er konnte es nicht erkennen. Es befand sich hinter dem Lichtkreis, in dem die beiden standen. Das grelle Licht ließ einen alles, was nicht von ihm erfasst wurde, umso schwerer erkennen.

Es war vielleicht ein Fuchs (er ging im Fersen-Zehen-Gang unter die Lampe und atmete geräuschlos, mit offenem Mund), ein Tier, das sie nicht verschrecken wollten. Er stand jetzt im Lichtkreis der Lampe, der Mann mit dem karierten Hemd war nur eine Armlänge von ihm entfernt. Es war zu hell, war an den falschen Stellen hell, aber seine Augen nahmen ihre automatischen Berechnungen vor und passten sich an. Er sah, dass sich etwas bewegte, eine menschliche Gestalt, oder vielleicht zwei Gestalten, die schwankend auf den Rand des Lichtkreises zukamen.

»Aber was beobachten wir hier?«, flüsterte er.

Der Mann fuhr zusammen. Er hatte Eddie offenbar nicht kommen hören und machte eine schwache Geste des Nichtverstehens.

Diesmal stellte Eddie die Frage in seinem besten Englisch: »Was beobachten wir?«, gerade als der Lichtkegel sich zu erweitern schien und das, was sie beobachteten, die Gestalten, Form annahm, konkret wurde, wie eine Nadel konkrete Form annimmt, wenn sie die Haut durchsticht.

»'tschuldigung, was?«

Und der Mann, fett und mit quengelndem Gesichtsausdruck, wiederholte noch einmal, was er gesagt hatte, wobei er seine röchelnde Stimme senkte. Diesmal klang das, was er sagte, einen Hauch ungeduldig, und jede Silbe deutete über Garys Schulter auf die farbigen Frauen, aber es war alles sogar noch unverständlicher als beim ersten Mal.

»Ich verstehe Sie nicht. Könnten sie noch einmal wiederholen, was Sie gesagt haben? Auf Englisch?«, fragte Gary.

Und der fette Mann sagte es noch einmal, und diesmal zeigte er auf ihn, dann auf seinen Kleinen, dann auf sich selbst.

Gary drückte sich mit seiner verschwitzten Hand auf den Scheitel und blinzelte. »Noch einmal? Okay?«

Und was immer es war – der wütende, fette Mann sagte es erneut und zeigte auf Garys Augen und dann auf seine eigenen Augen.

Vielleicht war es auf Englisch, und *das* war der Grund, weshalb er es nicht kapierte.

Die Nigger gingen weg.

»Ich, mein Kleiner hier, wir, auf Besuch«, sagte Gary.

Aber der fette Mann ließ nur eine Reihe zischender Wörter hören, wurde laut und stieß ihm mit dem Finger in die Brust und sagte, was er gesagt hatte, ein weiteres Mal.

Gary hörte ein Wimmern. Er nahm auch einen schwachen Geruch wahr, wie nach Ammoniak. Er drehte sich um und sah nach unten. Der Kleine weinte. Seine Augen waren randvoll, und das Kind zwinkerte, und die Tränen schossen heraus.

Der Kleine hatte sich in die Hose gepisst.

Stolz und angewidert sah Lina den Lohn für diesen Abend auf ihrem Telefontisch an. Die Scheine waren frisch, obwohl die aufgedruckten Jahreszahlen alle von vor dem Krieg waren. Auch drei Rollen Zehn-centstücke lagen dort, mit Schnürsenkeln zusammengebunden.

Sie stand allein unter dem Geländer und schaute das Geld an, als Mrs. Marini aus dem Friseurladen anrief. Augenscheinlich befand sich Pippo, der Friseur, im selben Raum.

»Wie ist deine Torte geworden, mein Herz?«, fragte die alte Frau.

»Federica fand sie gut.«

»Und du hast das Geschirr schon abgewaschen?«

»Die Frau hat sich ausgeruht und ist vor ein paar Minuten ge-gangen, und wir haben alles sauber gemacht«, sagte Lina. »Freddie ist schon nach Hause gegangen.«

»Hast du sie gegessen?«

Lina dachte einen Moment nach. »Ja«, sagte sie.

Nachdem sie das Telefon aufgelegt hatte, schaute sie sich das Geld noch eine Zeit lang an. Sie war sich nicht sicher, was sie damit machen sollte. Sie stand da, den Fingernagel zwischen den Zähnen, und dachte nach. Dann, mit einem gewaltsamen Ruck – wie wenn man ein Messer in eine Austernschale steckt und es schnell dreht, sodass das verbor-gene Lebewesen plötzlich nackt im Tageslicht liegt –, fasste sie einen Entschluss:

Sie würde hierbleiben. Sie würde noch viele Jahre in diesem Haus wohnen. Sie würde diesen Beruf erlernen und damit ihren Lebens-unterhalt verdienen. Und sie würde mit diesem Geld in die Innenstadt fahren und es ausgeben.

Sie brauchte einen Wintermantel.

Donna Costanza durchtrennte mit einem Hausschlüssel Ciccios Lei-ne. Sie standen auf dem Gehsteig vor dem Friseurgeschäft. Mr. Pippo, der Friseur, sagte: »Die Russen kommen, aber wo sind die Sirenen für den Luftangriff?« Die Hitze war aus dem Tag gewichen. Aus Richtung der Innenstadt, aus Westnordwest, drang ein gleichmäßiger Wind, und Ciccio dachte: Nein, es war kein atomarer Konflikt, der bevorstand, es war ein Zyklon. Stücke von Wachspapier und Alufolie kletterten den Drahtzaun, der das Kloster umgab, hoch und fielen herab und kletterten mit dem Wind erneut hoch. Nördlich des Äquators dreht sich die Spirale eines Zyklons stets gegen den Uhrzeigersinn.

Sie fragte Mr. Pippo, ob sie sein Telefon benutzen könne, und die beiden gingen hinein, und Ciccio blieb draußen.

Es sei denn, dies wäre nichts als die Kälte der einbrechenden Nacht. Wie konnte er den Schein wahren? Wie war zu erklären, dass alle hier gewesen waren und jetzt niemand mehr hier war?

Ciccio setzte sich auf den Bordstein. Er hatte das Gefühl, dass dies eine mutige Tat sei, sich niederzulassen, die Ruhe zu bewahren, an einem Ort, von dem gerade erst so viele geflohen waren, und die Gefahr zu ignorieren, die sie bemerkt hatten. Zu glauben, dass ihm durch das, was er nicht verstand, eine gewisse Macht zuwachse.

Er saß auf dem Bordstein an diesem Ort von betäubender Gleichförmigkeit, der jetzt zu einem völlig anderen Ort geworden war: geisterhaft und in Einzelheiten – den Umrissen der Gebäude, dem Winkel des Lichts der Straßenlaternen – dem Ort ähnelnd, den er sich sein Leben lang unbewusst eingeprägt hatte, während es gleichzeitig ein Ort war, den er niemals zuvor irgendwo gesehen hatte. Wie in einem Albtraum, von dem man nachträglich sagt: Ich war auf der Farm, aber es war nicht die Farm.

Es sei denn, es wäre noch viel einfacher. Wie etwa, wenn das, was er jetzt empfand, ein Eindruck von dem Ort als solchem wäre – etwas, das durch eine Waldlichtung, das Bauen erst von Hütten, dann von Häusern und einer Kirche, das Graben von Abwasserkanälen und das Hineinstopfen vieler Menschen, ihn inbegriffen, nur verschleiert worden war? Eine Druckwelle konnte kommen, ein Feuersturm. Alles, was hier lebte oder tot war, konnte jeden Moment auflodern, und was bliebe anderes davon übrig als ein Ort?

Und wenn er irgendwie überlebte und hierher zurückkäme, dann würde er ihn wiedererkennen, dessen war er sich sicher. Die Augen würden keine Beweise zu ihrer Bestätigung finden, aber es wäre keine Frage der Bestätigung. Er würde in jeder seiner Zellen spüren, wo er war.

20

Der Juwelier stand auf der Brücke, in einer Entfernung von mehreren Dutzend Metern zu den Menschenscharen, die die Parade begleiteten. Er aß eine Gebäckspezialität, ein Elefantenohr, und wünschte sich, wieder mit seiner Schwester sprechen zu können, sein Herz zu prüfen, als die Menge auf die schmale Brücke zu strömen begann. Wie wenn ein Rohr geplatzt wäre. Die Leute füllten lautstark die Straßenbahnwagen auf dem Boulevard, die schon auf sie warteten. Aus Gründen, die ihm unklar blieben, wollten sie unbedingt weg. Die Nacht senkte sich herab. Er leckte sich den Zucker von den Fingern. Er war zu der Brücke gegangen, um aufs Wasser zu schauen und von der Masse fortzukommen. Er wollte ihr den Rücken kehren und sie als Ganzes sehen. Nun kam die Menge, als ob sie ihn ein letztes Mal aus der Nähe sehen wollte. Er stand an einem Engpass und behinderte den Strom der Körper. Er wollte einen letzten Blick auf das Mädchen im Schürzenkleid werfen, auf diese entschwindende Anmut. Er lenkte all seine konzentrierte Hoffnung, all seine konzentrierte Geisteskraft auf diesen besonderen Moment. Aber es gelang ihm nicht, er war in zwei ganz unterschiedlichen Momenten der Gegenwart gefangen, als ob er eine Brille trüge, aus der ein Glas herausgefallen war.

Denn hier stand er kauend auf der Brücke, sechzehneinhalb Jahre nach dem Vorfall, und hier umklammerte er zugleich das Brückengeländer zehn Minuten vor dem Vorfall, nachdem er mit der Straßenbahn bis zur Endhaltestelle gefahren war – in dieses Viertel, in das es ihn nicht mehr verschlagen hatte, seit hier die Deutschen gelebt hatten. Bald darauf war bedauernswerterweise eine Frau mit einem Zwiebel-

sack aus Jute auf der Schulter hinter ihm vorbeigegangen, die sanfte
Erhebung des Hügels hinauf. Er hatte einen gelbbraunen, schlecht ge-
bügelten Leinenanzug, eine Strickkrawatte und eine Zweistärkenbrille
getragen. Er hatte auch schwarze Hosen getragen und einen schwarzen,
fusselfreien, doppelreihigen Mantel, glänzend wie Robbenfell, auf den
der Schnee fiel. Der Tag verkörperte beide Daten, weil er nicht anders
konnte, als ihn mit beiden Daten in Verbindung zu bringen, und wenn
er nur ein einziges Mal über die Sprache, die ihm zur Verfügung stand,
gebieten könnte, dann wäre der Weg zur Erfüllung seiner Hoffnung
geebnet. Die Augustmenge würde ihn vielleicht bis zum Boulevard
spülen. Aber es war auch Dezember, eine arktische Schläfrigkeit, die
Brücke leer bis auf ihn und die Frau – da war sie –, die hinter ihm vo-
rüberging und gekonnt ein Weihnachtslied pfiff. Der Bach gluckerte
tief und schwarz in seiner Mitte, die als Einziges nicht zugefroren war.
Die Leute stießen einer nach dem anderen mit ihm zusammen, versuchten, ihn über die Brücke zu schieben – aber er umklammerte das
Geländer und gab nicht nach, und ein kräftiger Wind, wie vor einem
Sturm, drückte ihn in die andere Richtung, und bald würde ihn der
Widerspruch zerreißen. Die Blätter schwammen in der Böe, und die
Zweige krümmten sich. Er drehte sich zurück zur Menge: Er wollte,
dass jemand ihn ansähe.

Sie hatten alle solche Angst in dieser Menge (so, wie auch er Angst
hatte), ohne zu wissen, wovor sie Angst hatten (so, wie auch er es nicht
wusste). Wenn er des Gegenstandes seiner Furcht nur habhaft werden
könnte, dann würde er keine Furcht mehr empfinden, dann würde
er die Erfüllung des Wissenden empfinden. Aber die Furchterfüllten
konnten niemals dessen habhaft werden, was sie fürchteten. Furcht
war ein Pfeil ins Nichts. Er rieb seine Zunge an dem Wachspapier und
leckte die Reste von Zucker und Zimt auf.

Seit seiner frühen Kindheit hatte er diesen Traum gehabt: von einer
Höhe herabgestoßen zu werden und zu fallen.

Er wartete noch eine Weile auf der Brücke und brachte etwas Abstand zwischen sich und die Frau mit dem Zwiebelsack, ließ sie passieren, ahnungslos, bedauernswert.

Er drehte sich um und packte das Geländer und sah hinab in die glitzernde, sommergrüne Strömung zwölf Meter unter ihm. Es war dieser Wasserlauf namens Elephant Creek, der dem Viertel seinen Namen gegeben hatte. Obwohl er im eigentlichen Sinne kein Bach mehr war, sondern ein Fluss. Lange nachdem er seinen Namen erhalten hatte, waren zwei andere Bäche stromaufwärts in ihn geleitet worden (um einen Sumpf auszutrocknen, aus dem ein Verschiebebahnhof werden sollte), aber man bezeichnete ihn immer noch als Bach und nicht als Fluss, weil der Name die Seele der Dinge ist und noch lange fortdauert, wenn die Sache selbst vergangen ist. Er dachte an den Namen des Gebäcks, das er gerade gegessen hatte, und an den Namen des Bachs und an die Übereinstimmung, die darin lag. Doch es waren keine Elefanten in Sicht. Das Wort brauchte nicht die Sache, für die es stand. Das Wort war lebendig und hatte einen Instinkt dafür, sich selbst am Leben zu erhalten.

Unter ihm am Ufer warfen drei Jungen in kurzen Hosen ihre Schuhe und Socken auf die gegenüberliegende Böschung und wateten knietief ins Wasser. Doch dann blieben sie unschlüssig stehen, als sie sahen, dass das Wasser zu tief zum Durchwaten war und die Strömung viel zu schnell zum Schwimmen. Sie waren unschlüssig, weil sie eifersüchtig auf ihr Verlangen waren, die andere Seite zu erreichen. Sie wussten nicht, dass es nicht darauf ankam, den Fluss zu durchqueren oder über eine Brücke zu gehen, sondern einzutauchen und zu ertrinken.

Nur dass das Eintauchen heilig war und folglich privat. Also würde er warten müssen, bis die Menge und ihr Lebensgestank – verqualmt und süßsauer – vorbei waren, ehe er sich verabschieden konnte. Dem Haus der Frau mit dem Zwiebelsack musste man sich langsam und allein nähern.

Wohin war es verschwunden, das Mädchen im Schürzenkleid mit seinen rosa Beinen? Das »Schürzenkleid« war ein Widerspruch, der in der Menge herumlief in Gestalt eines Mädchens.

Es würde ein Gewitter geben. Der Bach würde sich braun färben und anschwellen und an seinen steilen Ufern emporklettern. Bald würde das Wasser in aller Privatheit seine Schuhe füllen. Und später würde ihn jemand stromabwärts finden und in sein Gesicht sehen und fragen: Wer war dieser Mann, wie war sein Name? Und sie würden die Worte in der Zeitung abdrucken, damit andere sie lesen und sprechen konnten.

Ein Bild und eine Bildlegende. Und die Bildlegende würde zumindest seinen Namen, sein Alter und seine Adresse enthüllen.

Der Baum dort, dessen Zweige sich bogen, war ein Norwegischer Ahorn. Nicht geeignet, um Sirup abzuzapfen.

Er drehte sich wieder um und wandte sich der gleichgültigen Menge zu. Und die Frau mit dem Zwiebelsack – sechs Minuten vor dem Vorfall, fünf, vier – ging pfeifend den Hügel hinauf.

»Mein Name ist«, sagte er und nannte seinen Namen, hochmütig und verschämt, während er mit dem großen Schlüsselring vor ihrem Gesicht rasselte, um sie aufzuwecken. »Alliterierend. Lustig. Na los, sag ihn.«

Er vermisste seine Schwester. Bewahrerin der Artefakte. Küsserin weicher, beruhigender Küsse in den Tiefen verzweifelter Stunden. »Der klammfingrige Clown ist klobig«, hatte sie immer gesagt, wenn ihm beim Nachfüllen der Lampen das Petroleum auf den Teppich im hinteren Wohnzimmer getropft war. Dort lasen sie abends vor dem Zubettgehen.

Wer von denen, die seinen Namen kannten, würde merken, dass er fort war? Nicht der Kohlenmann. Der kam nur im Winter. Nicht der Briefträger: Der Juwelier holte seine Rechnungen aus einem Postfach im Postamt ab. Sein Friseur nannte ihn zurückhaltend »Chef«.

Es war leicht, ihr im Abstand von einem halben Block zu folgen, ohne seine Absichten zu verraten. Im Grunde hatte er gar keine Absichten. Hätte er von vornherein vorgehabt, hinauf auf die Veranda zu gehen und die Tür der Mietwohnung zu öffnen, hätte er die Tür mit schicksalhafter Gewissheit verschlossen vorgefunden. Sie ging hinein und schloss die Tür hinter sich. Er sah das von der Straße aus, während er wartete und auf sein Herz lauschte. Dann ging er auf die Veranda, auf der Salz und die Schalen von Kürbiskernen verstreut lagen, und umfasste den Türknauf und drehte ihn, und die Tür öffnete sich. Wenn es für seine Absichten nötig gewesen wäre, dass sie allein in der Wohnung war, dann hätte die Wohnungstür, kaum dass er sie geöffnet hatte, den Blick auf einen Raum voller Menschen freigegeben. Das Schicksal verlangte von ihm, dass er den Befehlen seines Herzens erst dann folgte, wenn sie sich ihm von selbst offenbarten, und dies taten sie stets erst im letzten Moment, so wie sich ein Bordstein, ein verirrter Rollschuh einem Blinden offenbarte, der sich mit seinem Stock vorantastet. Hier ist eine Tür. Öffne sie. Hier ist ein Treppenhaus. Geh hinauf. Lausche. Jemand hinter dieser Tür hat ein Radio eingeschaltet, genau dort. Jetzt mach. Öffne die Tür. Schau, was passiert. Finde heraus, was zu tun ist. Da ist eine Frau.

Die Leute behaupteten seit jeher – und die vielen Bücher über Lokalgeschichte und Toponymie, die er früher besessen hatte, stimmten darin mit ihnen überein –, dass der *Elefant* in dem Namen von einem Zirkus herrührte, der im letzten Jahr des Bürgerkrieges stromaufwärts von hier sein Winterlager aufgeschlagen hatte. Eine junge Elefantenkuh war auf das Eis gezockelt und hatte ihren Rüssel gesenkt, um an das fließende Wasser zu kommen, und dabei war sie eingebrochen und ertrunken. Ein Gemälde, das dieses Ereignis darstellte, hing im Foyer der Historischen Gesellschaft.

Aber vor einigen Jahren hatte er eine Entdeckung gemacht. Er hatte eine Karte jenes Territoriums gekauft, aus dem einst Ohio werden sollte und das im Jahr 1662 durch König Charles II. urkundlich an Connecticut übertragen worden war – soweit er wusste, das letzte Gebiet, das ein einzelner Staat als Kolonie zurückbehalten hatte. Es war damals unter dem Namen »New Connecticut« bekannt, oder unter dem manchmal noch heute gebrauchten Namen »Western Reserve«. Das Datum unter der Windrose lautete 1799. Auf der Karte bezeichnete eine dünne schwarze Linie einen Bach ungefähr einhundert Meilen westlich der Siedlung bei Conneaut. Der Bach war fünfzehn Meilen lang und mündete in einen See. Die Bezeichnung rechts des Baches lautete *La Fonte* – mit einem kleinen zusätzlichen Abstand zwischen dem *L* und dem *a*. Sein französisches Wörterbuch belehrte ihn, dies bedeute »Schneeschmelze; Abtauen; Einschmelzen; Farbmischung (Malerei, Farbdruck)«, aber auch »Pistolenhalfter an einem Sattel«. Es konnte auch ein Eigenname sein. Vielleicht ein kanadischer Pelzjäger, der dort einen Handelsposten betrieb.

Er hielt ein Vergrößerungsglas in der Hand. Er sah von der Karte hoch. »Oh«, sagte er laut. »Wir haben da etwas missverstanden.«

Er vergaß sich einen Moment lang und rief nach seiner Schwester im Wohnzimmer. Aber sie war natürlich tot. Sie war seit drei Jahren tot. Er vergaß es dauernd.

Jetzt war die Menge endlich fort. Die Nacht war hereingebrochen. Er verließ die Brücke und machte am Ende des Geländers einen schlammigen, verschlungenen Pfad ausfindig, der durch Stechdisteln und Gewürzsumach zum Ufer führte. Ein Haufen Ölfilter rostete am anderen Ufer. Er tat zwei Schritte in die Strömung.

Welche Tage waren am schlimmsten? Am allerschlimmsten? Die Tage, an denen er nicht lesen konnte. Seine Augen blieben nicht an den Worten haften. Manchmal eine ganze Woche lang. Worin bestand die Traurigkeit solcher Wochen? Es war die Traurigkeit des »Das Heute war in meiner Wahrnehmung so leer und kurz, dass es kaum stattgefunden hat«. Gestern liegt erst einen Moment zurück. An anderen Tagen war es umgekehrt, und er lag von Sonnenaufgang bis Mitternacht auf dem Liegesofa im Wohnzimmer und las ein großes ledergebundenes Buch mit Goldschnitt, und seine Schwester brachte ihm das Essen und den Tee auf einem großen Zinnteller herein, und er stand nur auf, um seine Blase und seinen Darm zu entleeren. An solchen Tagen fühlte er sich vom Verstreichen der Minuten befreit – wie vor langer Zeit der Priester in Prestonsburg über Gott gesagt hatte: »Er leidet nicht für alle Zeit; er lebt außerhalb der Zeit.« Diese Tage im Wohnzimmer, welche Seligkeit: ein Zimmer zu bewohnen, ein Ich zu sein, das nur aus Worten gemacht war, und die Gegenständlichkeit der Dinge war abgeschält und beiseitegeworfen. Er sprach den Namen seiner Mutter aus und erweckte sie so von den Toten.

Wenn er sich seines mineralischen Ichs entledigen könnte, sodass nur seine Bildlegende übrig bliebe, er wäre endlich transeunt, transitorisch, zeitlos.

Es gab einen Traum aus seiner Kindheit, den er bis zum heutigen Tag träumte, einen Traum, in dem er von einer unsichtbaren Person in einen Abgrund hinabgestoßen wurde und *fiel,* kreiselnd durch die Luft.

Die Felsbrocken unter seinen Füßen waren glitschig vom Moos. Sogar jetzt kämpfte der Körper noch um das Gleichgewicht, an das er gewöhnt war. Er rutschte aus. Er fiel bis zum Hals ins Wasser und wedelte rücklings mit den Armen, um den Fall aufzuhalten und den Kopf zu schützen. Dann stand er wieder, mehr oder weniger, diesmal auf einem tiefer gelegenen Felsbrocken, und wieder rutschte er aus und fiel.

Jetzt nahm über ihm auf der Brücke das Nichts, auf das der Pfeil der Furcht zeigte, Gestalt an. Er erhaschte einen Blick darauf, als es irdische Gestalt annahm. Er sah es mit seinen irdischen Augen. Es war so real wie er selbst. Die Form, die es annahm, war die einer sehr großen, mageren männlichen Gestalt, die über die Brücke rannte. Ein leichtfüßiger Junge, der in der Dunkelheit über ihm vorbeilief. Von ihm fort.

Hier nun ist endlich unser Endziel, der wahr gewordene Kindheitstraum: Nachdem wir erneut fallen und voller Angst in der Luft herumfuchteln, finden wir unseren Willen; wir drehen das Gesicht nach unten; wir sagen nicht »fallen«, sondern »tauchen«; wir beobachten, wie sich der Grund beeilt, unseren Augen näher zu kommen. Hier ist er. Wir landen nicht. Wir sind eine Linie, die eine Fläche kreuzt. Wir schießen hindurch.

21

Ciccio stand vom Bordstein auf.

Die Russen kamen nicht. Man verlor beim Kartenspielen sein Zeitgefühl, das war alles.

Die Haufen von zerknüllten Pappbechern und Papierservietten und Sandwichverpackungen, die die Gitter der Regenkanäle verstopften, waren derart groß, dass das Gewitter, wenn es endlich über seinem Kopf losbräche, die Straßen überfluten würde. Der Müll würde den Bach stromabwärts treiben und durch die Nacht zur Mündung segeln und sich schließlich auf dem Grund des Sees ablagern. Wenn er genau hier bliebe, würde er sehen, wie die letzten Beweisspuren für das Vorhandensein der Menge auf dem Wasser fortgetragen würden. Und wenn ein Zyklon hier durchkommen und die Gebäude davontragen würde, und wenn er sich entscheiden würde, zu bleiben und zuzusehen …

War das die Option? Waren das seine einzigen Optionen? Entweder im Keller eines massiven Gebäudes Schutz zu suchen oder hier draußen, hier draußen, hier draußen zu bleiben und zuzusehen und zu riskieren, dass er durch die Lüfte fortgetragen würde? Der Sturm kam näher, der Sturm sagte: Entweder du bleibst hier und beobachtest mich und wirst fortgetragen, oder du gehst in Deckung. Antworten musst du mir sowieso. Aber das wollte er nicht. Nein. Er wollte ihm nicht antworten. Nein, das wollte er nicht. Er wollte es nicht.

Erst als er an der Ecke Achtzehnte Straße haltmachte, um zu sehen, ob Autos kamen (es kamen keine Autos), sagte er sich: Ich bin vom Bordstein aufgestanden, und ich schleppe mich dahin und davon. Er wusste erst, dass genau dies geschah, nachdem er es sich selbst beschrieben hatte. Auf die gleiche Weise wusste er auch nicht, dass er rannte, ehe er auf der Brücke war (der Wind blies ihn zurück, aber er lief trotzdem über die Brücke, Richtung Boulevard) und sich selbst sagte, dass er nicht rannte. Er jagte voran, das war das richtige Wort, in seinen Anzugsschuhen, durch die Fülle von Müll auf dem Gehsteig der Brücke.

Zwei farbige Frauen warteten an der Straßenbahnhaltestelle, eine ältere und eine jüngere, die bloß alt aussah. Beide saßen dort auf der Bank und lachten. Er konnte nicht hören, worüber sie lachten. Es war immer noch windiger als vorher. Die jüngere rieb die nackte Fußsohle der älteren, die Perlen in den Ohren trug und deren langes Haar mit einem Stück Band durchflochten und wie ein Kranz um ihren Scheitel geschlungen war.

Er zählte sein Kleingeld. In der Luft lag der elektrische Ozongeruch eines unmittelbar bevorstehenden Sommerregens. Der Geruch von nicht mehr arbeiten heute; Zeit, reinzugehen, es gibt eine Honigmelone für nach dem Abendessen. Er wollte nicht zusammen mit den farbigen Frauen unter dem Vordach der Straßenbahnhaltestelle stehen. Er wollte den Regen auf seinem Kopf spüren, wenn es so weit war.

Ozon war die Folge davon, dass Elektrizität durch die Luft schoss und Sauerstoffmoleküle mit drei Atomen anstelle von zwei Atomen bildete, und junge Menschen, die es rochen, wurden von Nostalgie befallen, selbst wenn sie noch nie zuvor ihre Heimat verlassen hatten.

Dann kam die Straßenbahn, die farbigen Frauen stiegen ein, und er auch.

Später, als der Zug am Seeufer entlangfuhr – zufälligerweise der letzte Zug, der in dieser Nacht den Erie Station Tower fahrplanmäßig verließ –, wollte der Schaffner die Fahrkarte sehen, die er nicht gekauft hatte. Ciccio griff in die innere Brusttasche seines Jacketts. Aber die Fahrkarte war nicht dort! Er stand auf und stülpte seine Hosentaschen nach außen. Er hatte sie zu Hause vergessen! »Ach, Mensch, jetzt schmeißen Sie mich aus dem Zug«, sagte er.

Die wässrigen Augen des Schaffners näherten sich Ciccios hervorstehendem Adamsapfel. Die Haare seiner Koteletten gingen in seinen Schnurrbart über, sodass er Chester Arthur ähnelte, und auch einem Walross. Er füllte die Backen mit Luft, die er nachdenklich ausstieß. Dabei blickte er auf den gelockerten Knoten der Krawatte, die Ciccio auf Donna Costanzas Anweisung hin zum Mittagessen angezogen hatte und die Ciccio längst abgenommen hätte, wenn er eine Tasche gehabt hätte, um sie darin zu verstauen.

Er musste nicht einmal die rührselige Geschichte von der Tante auftischen, die ihn erwartete und sich vor Sorge das Haar ausraufen würde, wenn er nicht in Toledo aus dem Zug stiege. Der Schaffner wackelte bloß traurig schweigend mit dem Kopf und ging weiter den Gang entlang. Dies war ein christliches Land. Er war ein Kind, für seinesgleichen gab es keine richtige Bestrafung.

Er wachte auf, als der Zug in Sandusky einfuhr, dann schlief er wieder ein.

Er wachte erneut auf, als der Schaffner durch den dunklen Gang auf das gedämpfte Licht des Durchgangs zusteuerte, der in den nächsten Wagen führte. »Mishawaka«, rief der Schaffner. »Ankunft in Mishawaka, Indiana.« Der Aschenbecher in der Armlehne des Fenstersitzes war mit Kaugummi zugeklebt. Es war stockdunkel im Abteil. Als die Tür zum Durchgang hinter dem Rücken des Schaffners zuschlug, stand Ciccio auf. Er sah sonst niemanden im Abteil. Kurz dachte er an sich selbst, an das, was er vielleicht fühlte. Aber er kam zu dem Schluss, dass das nur Furcht sein könne, die ihn früher schon einmal hatte scheitern lassen. Diesmal nicht. Und obwohl er wusste, dass es besser sei, zu fühlen, als zu denken, beschloss er, lieber zu denken.

Er dachte an Lachs. Und an Käfer.

Dann dachte er an Pater Delano, der christliche Glaubenslehre unterrichtete, und an ein Spiel, das sie auf Geheiß des Priesters vor einigen Monaten gespielt hatten – eine Art Salonunterhaltung für jesuitische Cocktailpartys.

»Notiert mit Tinte auf ein Stück Papier«, hatte der wichtigtuerische, verhutzelte, emphatische, kreidebleiche Priester gesagt, »diejenige

Todsünde, der ihr am ehesten erliegt. Denkt nicht nach. Beichtet einfach. Niemand wird diesen Zettel zu Gesicht bekommen. Er dient nur zu eurer eigenen Information.« Ciccio schrieb *Zorn* und *Völlerei*. Dann strich er *Völlerei*. Schließlich war er noch im Wachstum. Pater Delano sagte: »Was ihr so schnell aufgeschrieben habt, ist ipso facto eine Sünde, die ihr mit Leichtigkeit zugeben könnt. Ihr seid mit dieser Sünde versöhnt. Ihr seid insgeheim stolz darauf. Euer Selbstbewusstsein hat diese Antwort hervorgebracht. Die Funktion des Selbstbewusstseins besteht worin? Das Ich vor der Außenwelt zu schützen. Nun denn, da ihr Jungen seid, und da ihr sechzehn seid, habt ihr bestimmt alle mit ›Wollust‹ oder ›Zorn‹ geantwortet. Ich bin mir da ziemlich sicher. Ihr glaubt sogar an die Sündhaftigkeit eurer Sünde und dass es nicht soi-disant in Ordnung ist, lüstern oder zornig zu handeln, aber sie ist auch reizvoll. Dass ihr glaubt, sie sei eine Sünde, macht ihren Reiz für euch aus.

Nun denn. Es gibt eine andere Sünde, die nicht reizvoll ist. Eine wirkliche Sünde. Nein, sie ist nicht im Geringsten reizvoll. Schreibt eine richtige Sünde auf. Diesmal gebe ich euch zwanzig Sekunden. Keiner wird davon erfahren.« Während er sprach, entblößte er seine fleckigen Schneidezähne und bewegte zuckend die Nasenlöcher. Schaumiger Speichel sammelte sich unbeachtet in seinen Mundwinkeln. Er war Schweizer, aber man hörte keinen Akzent. Er hatte Tuberkulose im fortgeschrittenen Stadium. Es war sein letztes Jahr an der Schule. Sie alle hatten gehört, dass der Orden ihn im Herbst in ein Sanatorium in Oklahoma schicken wollte. Aber er würde im Juni in seinem Bett im Pfarrhaus sterben, in Ohio.

Ciccio hatte seinen Stift gesenkt. *Eitelkeit* schrieb er aus einer plötzlichen Eingebung heraus. Dann sah er das Wort an. Er konnte sich nicht daran erinnern, ob es eine eigenständige Todsünde war oder nur eine Form von Stolz. Nein, es war eine Form von Stolz, die Form, die nicht mit dem vernunftlosen, sondern mit dem vernunftbegabten Teil des Ichs zu tun hatte. Und die Sünde passte nicht zu ihm.

»Ich möchte, dass ihr über die Dunkelheit in euren Herzen nachdenkt, darüber, wie tiefdunkel es dort drinnen ist. Sicherlich ist das, was ihr aufgeschrieben habt, immer noch ungeeignet, den Panzer eurer

Verderbtheit zu durchbrechen. Wenn das so leicht zu erreichen wäre, und wenn ihr wirklich an ihre Sündhaftigkeit glauben würdet, dann hättet ihr sie längst beseitigt. Diese zweite Sünde ist eine Maske für die Sünde, von der ihr euch nicht reinigen könnt. Das Selbstbewusstsein schützt das Ich vor Angriffen von außen, aber auch von innen, und zwar in diesem Fall vor der Erkenntnis eurer tatsächlichen Sünde. Eure tatsächliche Sünde, die wie heißt?«

Es war zu dunkel in dem Abteil. Das Licht vom Durchgang bewirkte nur, dass die Dunkelheit sich noch dunkler anfühlte. Wenn er Geld gehabt hätte, hätte er es liebend gern dafür hergegeben, wieder einschlafen zu können.

Zorn hatte er wieder hingeschrieben, und er hatte das Wort unterstrichen und einen Kreis darum gezogen.

»Euer Schuldempfinden lebt unvermindert fort«, sagte der Priester, »ungeachtet der Tatsache, dass ihr vielleicht viele Jahre über eure Sünden nachgedacht und sie aufrichtig gebeichtet habt. Sünde ruht schichtweise auf Sünde. Jede Schicht liefert die Lüge für eine grundlegendere und abstraktere Schicht. Es gibt einen *eidos* von Sünde, für die all die begangenen Sünden bloß Stellvertreter sind. Ihr habt das Gefühl, für etwas verantwortlich zu sein, das ihr gern ausdrücken würdet. Aber ihr könnt es nicht.«

Er musste das Verlangen, zu schlafen und etwas zu essen, aus seinen Gedanken verbannen. An ein Verlangen zu denken führte bald dazu, dass man es empfand.

»Die Mythen über Adams und Evas Ungehorsam und über die Ursünde sind keine Postulate, die ihr einfach glauben müsst, aus denen ihr eure Moral ableiten könnt. Sie sind Allegorien für etwas, das wir nicht genau ausdrücken können, weil wir es nicht genau sehen können. Und wir können es nicht genau sehen, weil es uns so nahe ist.

Dabei haben wir sogar *empirische* Beweise dafür, dass wir verdorben sind. *Siehe!*, heißt es im Psalm, *ich bin aus sündlichem Samen gezeuget. Siehe* wie in: Guck hin, guck einfach hin, du musst es niemandem glauben, du kannst es selbst sehen, wenn auch nur dunkel. Die Geschichte ist eine Geschichte post festum, die wir erfinden, um die übernatürliche

Quelle unserer Erfahrung mythisch zu beschreiben. In der Dunkelheit unserer Herzen wissen wir, dass es nicht sündige Taten sind, die unsere Verdammnis bewirken, es ist die Form der Sünde – die mit der Form menschlichen Daseins koexistiert –, die unsere Verdammnis bewirkt. In unseren Träumen erfahren wir die Unendlichkeit der Leere, die auf uns wartet, und wir wissen um ihre Unwiderruflichkeit. Wir können nicht frei sein von der Leere, die unser Los ist, und weiterhin das sein, was wir sind.

Und doch verspricht uns der HErr Erlösung.«

Und doch konnte Ciccio gerade jetzt, im Abteil, seine Gefühle hören, als ob sie aus einer weit entfernten Quelle stammten – sie waren das Klingeln in den Ohren nach einer großen Explosion.

Der Priester hatte sich mit seinem Taschentuch die Spucke vom Mund gewischt. Er sagte: »Folglich scheint es so, als ob wir, wenn wir erlöst werden, aufhören, wir selbst zu sein.«

Ciccio war verängstigt, weil er wusste, dass er hungrig war, und wusste, dass er nicht wusste, wie er an etwas Essbares kommen sollte.

All die weitverzweigten Bahnen seines Geistes führten zu einer zentralen Frage zurück, und er wusste nicht, ob es die richtige Frage war, die eigentliche Frage oder nur eine Frage, die zu stellen ihn die optische Täuschung seiner mangelhaften Wahrnehmung nahegelegt hatte. Und die Frage lautete: Muss ich mich meiner selbst entledigen, um das zu tun, wofür ich geschaffen bin?

Er musste an die Lachse denken und an die Männchen gewisser Insektenarten, die sich gnädigerweise paaren durften, nur damit ihnen mitten im Akt der Kopf abgebissen wurde. Oder die sich in der Luft paarten und tot zu Boden fielen. So war es bei Rocco, dem Bäcker, gewesen, dessen Erben Ciccio in den fünfzehn Jahren, in denen er jeden Tag auf der Straße an ihm vorübergegangen war, kein einziges Mal gesehen hatte. Der Bäcker war ein Wespenmännchen, dazu geschaffen, die Königin zu befruchten und zu sterben: Der Schwarm, den er gezeugt hatte, würde ihn niemals kennenlernen oder kennenlernen wollen. Eine ganze Welt würde sich auftun, aber erst, nachdem ihr Gründer beiseitegeschafft worden war.

Ciccio schaute sich im Abteil um: Er versuchte, etwas in sich aufzunehmen, etwas Physisches, und er nahm nur wahr, dass es dunkel war und dass er allein war. Dies war ein bedeutsamer Augenblick, die letzte Flucht – an die er in kommenden Jahren als die erste Flucht denken würde –, und er wollte etwas haben, das ihn an sie erinnerte, eine Absurdität wie das parfümierte Lederöl des Bäckers. Dass Ciccio nur sehen konnte, was nicht da war – kein Licht; niemand, mit dem er reden konnte –, bedeutete, dass er sich in kommenden Jahren an diesen Moment wie an einen Text seiner Gedanken erinnern würde, wie auch schon an die Tage der Amnesie auf der Farm. Vielleicht würde ihn eine Ehefrau, deren Gesicht bislang unsichtbar geblieben war, bitten, ihr zu erzählen, wie es in dem Zug ausgesehen hatte, als er in Mishawaka, in Indiana, aufgewacht war – damals, als er zum ersten Mal seinen Heimatstaat verlassen hatte, nachts in dem Zug, der ihn schließlich zu ihr geführt hatte. Und er würde sich an nichts erinnern können. Er würde sich nur an das farblose Gesicht des todkranken Priesters erinnern können, der ihm Monate zuvor gesagt hatte, dass seine größte Hoffnung darin bestehe, zu verschwinden.

Als Nächstes hielten sie in South Bend und Michigan City und dann – das Morgenlicht hatte bereits begonnen, die Umrisse der Landschaft vor dem Fenster nachzuzeichnen – in Gary. Er hegte, wider Willen, die beschämendsten Gefühle für das Land, das er an sich vorüberziehen sah – sein Heimatland, zu dem er gehörte, ungeachtet dessen, ob er zu ihm gehören wollte oder nicht. Er liebte die Namen der Staaten mit dem gleichen beschämenden Gefühl, mit dem Kinder ihre Mütter lieben. Er liebte die Umrisse der Staaten. *Oklahoma,* sagte er sich in Gedanken vor – zwei lange *O,* zwei kurze *A* –, und er hätte gern gewusst, ob es jemanden gab, dem er jemals die Zärtlichkeit seiner Gefühle in ihrer ganzen Nacktheit enthüllen würde, wenn er dieses Wort aussprach. Es gab da etwas, das er gern laut ausgesprochen hätte. Es gab da ein Wort, dem er gern gelauscht hätte. Es gab da die Ausstellungsfläche eines Gebrauchtwagenhändlers, die an ihm vorüberflog, mit hundert flatternden gelben Plastikwimpeln, und die Preise waren auf die Windschutzscheiben der Autos gemalt.

Der Schaffner – es war jetzt ein anderer Schaffner, aber er trug die gleiche Affenmütze mit dem gleichen schwarz gelackten Schirm – wankte vorbei und suchte Halt an den Kopfstützen der leeren Sitze am Rand des Ganges. Er rief: »Chicago, Ankunft in Chicago, Illinois. Union Station. Chicago.«

Er hätte gern den Namen seiner Stadt gesagt, dieses Wort, das ihn davor bewahrt hätte, zu hören. Aber er verlor die Nerven und stieg aus dem Zug.

Teil fünf

Die Gegenwart
1915

22

»Ich erinnere mich, wie das Gras an meinen Beinen entlangstrich und die Sonne in dem Schotter zwischen den Bahngleisen glitzerte. Ich hatte eine Flasche Wasser bei mir, aber es würde nicht reichen, der Weg war zu weit. Ich konnte sie auffüllen, wenn ich in Rom war, bloß dass man das Wasser anderer Städte nicht trank. Ich ging drei Schritte zurück in Richtung meines Vaterhauses. Ich hatte nichts zu essen. Aber ich blieb stehen und drehte mich wieder um. Hinter den Bäumen kreischte eine Dampfpfeife ihre Melodie aus drei Tönen, und ich hörte das gleichmäßige Stampfen des Triebwerks.

Gott hat mir nicht verziehen, dass ich auf den Bahnsteig zurückgegangen bin. Ich hatte einen Koffer aus Pappe, und er war vergilbt, weil er so alt war. Der Mann am Fahrkartenschalter sah mich aus seinem kleinen Fenster an, und ich bin rückwärts in den Zug gestiegen, aber ich hielt meinen Blick auf ihn gerichtet, damit ich nicht direkt zur Stadt zurücksah und meine Entschlossenheit verlor. Ich hatte ihn schon früher gesehen. Er war der Onkel eines Mädchens, das ich aus der Schule kannte. Er hatte seine Augen auf mich geheftet, wie der Pöbel seine Augen auf den Verurteilten heftet. Und dann rumpelten die Räder auf den Gleisen, und der Dampf entwich pfeifend. Eine Ratte zerrte die Rinde einer gelben Melone über den Schotter unterhalb des Bahnsteigs. Der Mann öffnete den Mund und sagte etwas zu mir. Sonst konnte ich niemanden sehen. Ich weiß, dass er es nicht sagte, und zugleich erinnere ich mich deutlich daran, wie er sagte: ›Deinen Glauben trittst du mit Füßen.‹«

Ich war neunzehn Jahre alt. Ich hatte Lazio niemals zuvor verlassen, von Europa ganz zu schweigen. Und es erschien mir bedeutungslos, dass er das, was er sagte, natürlich in unserem Dialekt gesagt hatte, der Privatsprache unserer kleinen Stadt. Nein, alldem maß ich keine Bedeutung bei. Aber in meinem inneren Ohr höre ich, als wär's auf einer phonographischen Aufnahme – obwohl ich auch weiß, dass er nicht genau das gesagt hat, woran ich mich erinnere –, die Stimme jenes Mannes, Marianninas Onkel, der in unserem Dialekt sagt: ›Deinen Glauben trittst du mit Füßen.‹ Das ist es, was wir Muttersprache nennen – *lingua madre.* Denk an die physische Zunge deiner Mutter. Denk an die Küsse deines Vaters auf dieser Zunge und daran, wie die Küsse deiner irdischen Existenz vorangegangen sind.

Mein Lieber, ich habe seitdem nie wieder ein Wort in dieser Zunge gehört. Mein Liebling, ich habe deinetwegen, des Versprechens wegen, das du für mich warst, darauf verzichtet.

Draußen sehe ich ein Fuhrwerk mit der Aufschrift *George D. Francesi, Bauarbeiten aller Art* an der Seite, und seine Maultiere schlafen im Stehen.

Komm, ich schneide den Braten in ganz kleine Stückchen und stecke sie dir in den Mund. Und du versuchst, sie zu kauen.

Warum von all meinen Sünden ausgerechnet diese? Das ist eine vernünftige Frage. Warum dieser Schritt aus dem Gras auf den Bahnsteig und dann in den Zug, von dem ich wusste, dass er mich fortbringen würde? Schließlich befinden sich im Keller (oder etwa nicht?) die geisterhaften Überreste mehrerer Hundert gallertartiger Kinder. Warum spare ich meine Reue nicht für sie auf? Ich kenne die Antwort. Soll ich brutal sein? Ich habe die meisten ihrer Gesichter gesehen, die meisten hatten Gesichter. Ich sage es dir, wenn du etwas isst. Komm, setz dich jetzt aufrecht hin. Nachdem ich dich auf den Stuhl gehoben und hierhingerollt habe, damit du anständig am Tisch essen kannst, ist das die geringste Gefälligkeit, die du mir erweisen kannst. Ich schneide dir ein ganz kleines Scheibchen Fett ab, so wie du es magst. Bitte sehr. Ich schiebe es dir zwischen die Lippen. Du musst nicht kauen, nur schlucken, wie eine Möwe. Hör zu, und ich sage dir, warum nicht. Du wirst es für töricht halten, aber das ist es, was ich glaube: Sie konnten nicht sprechen. Sie kommen in meiner Vorstellung nur hypothetisch vor, weil sie nicht sprechen konnten. Du denkst vielleicht, dass sie schreien, aber sie können nicht schreien. Nein, ich habe festgestellt – und es mir oft in Erinnerung gerufen –, dass es nur einen wirklich bleibenden Fehler gibt: wenn ein Mensch sein Gottvertrauen verliert.

Ich hatte nur ein einziges wirklich bleibendes Verlangen, und das war und ist, die dünne schwarze Wand beiseitezuschieben, die zwischen uns stand.

Dann gab es einen zweiten Zug, nach Norden bis Genua, und in jeder Stadt, in der er haltmachte, stieg ein anderer Mann ein und schob einen Wagen durch den Gang und wiederholte mit unglaublicher Schnelligkeit die Worte, die ursprünglich *Mandarinen, Sandwiches, Orangen, Nüsse* gelautet hatten. Jeder Mann, während der Zug weiterfuhr, weiter hinauf nach Norden, sprach die Wörter anders aus, bis ich in Genua war und in seinen Wagen sah und feststellen musste, dass es Birnen und Fenchel waren, die er verkaufte. Und ich musste mit geschlossenen Lippen darauf zeigen, wie eine Ausländerin. Und stieg mit einer Fenchelknolle und meiner leeren Flasche und dem gelben Koffer und mir selbst aus dem Zug. Und saß auf einer Bank und zerteilte heißhungrig den Fenchel und schälte seine Haut ab. Neunzehn Jahre alt, ohne jemanden zu kennen, weinend. Von der Bank aus, auf der ich saß, konnte ich den Golf sehen. Weißt du, ich hatte noch nie zuvor das Meer gesehen. Und was ich angesichts des Meeres empfand, war überhaupt nicht das, was ich empfinden wollte. Was ich empfand, war Hoffnungslosigkeit. Wie in den Träumen, die ich als Mädchen gehabt hatte, in denen ich ein Geist gewesen war, ein Geist unter Lebenden, die meinen harmlosen Spuk über sich ergehen ließen, aber meine Anwesenheit ignorierten. Da war der Golf, und dahinter erstreckte sich das Meer, und beide waren auf stumme Weise wirklich und vollständig, wohingegen ich ... was war ich, welche Art von Ding? Ich war ein flüchtiger Gedanke, der einem Bewusstsein wie dem des Meeres kurz einfällt, ehe er vergessen wird. Ich war eine Ahnung. Ich würde aufhören zu existieren, sobald das trostlose, immerwährende, schweigende Bewusstsein der physischen Welt mich nicht länger wahrnahm. Ich hatte zu Hause eine provisorische, theoretische Existenz geführt, und die hatte ich nun preisgegeben oder umgebracht. Rund um die Knöpfe meiner Bluse waren ganz dünne Goldspuren, und ein Kind kam zu mir und bat mich um einen Fenchelstängel, und während ich den Fenchel in der einen Hand hielt und mit der anderen Hand an einem der gebogenen Stängel zerrte, riss das Kind – es war geschlechtslos, es hatte lange Haare und ging barfuß – einen meiner Knöpfe ab, einfach so. Und es lief zwischen die Wagen eines haltenden Zuges, und dann war es verschwunden.

Es waren Männer dort, die ich für Araber hielt, weil sie so dunkelhäutig waren. Sie verkauften Kastanien in Papiertüten. Wie lächerlich, etwas für Geld zu verkaufen, das jeder vom Boden auflesen kann!

Ich erinnere mich deutlich daran, wie er, Marianninas Onkel, zugleich sagte und nicht sagte: ›Meinen Glauben trittst du mit Füßen.‹ Das ist mehr als fünfunddreißig Jahre her, aber das Ereignis existiert im Zentrum meines Gehirns fort, wie das Sandkorn in einer Perle. Ich weiß, dass es da ist, aber weil ich es nicht direkt wahrnehmen kann, kann ich nicht wissen, ob er ›meinen Glauben‹ oder ›deinen Glauben‹ oder ›unseren Glauben‹ sagte. Und das ist ein entscheidender Unterschied, nicht wahr? An manchen Tagen bin ich überzeugt davon, dass er gar nicht ›Glauben‹ gesagt hat, sondern ›Vertrauen‹.

Einmal habe ich geträumt, ein kleines Mädchen zu sein, das seine Füße gerade in einem Fluss wäscht, als ein Junge seinen Kopf aus der Strömung streckt. Der Junge warst du, Nicolo. Du hattest einen Fischschwanz und leuchtend blutrote Kiemen an den Seiten deines Kopfes. Du warst nackt in dem Wasser, und ich war auch nackt. Du hast mir einen lüsternen Blick zugeworfen. Dann hast du die Kanten des Felsbrockens, auf dem ich saß, umfasst, deine Kiefer weit aufgerissen und langsam damit begonnen, mich von den Zehen aufwärts zu verschlucken, in einem Stück. Und ich habe dich gewähren lassen.

In dir drin spürte ich das Prickeln der Gallenflüssigkeit auf meiner Haut. Ich habe die glatten Wände deines Magens mit meinen Zehen berührt. Du hattest meine Hüfte erreicht, als ich einen Schuss hörte. Dann wurde mir klar, dass es kein Schuss gewesen war, sondern eine zuknallende Tür, und dass dies ein Traum war, aus dem ich jeden Moment aufwachen konnte. Aber ich wollte doch so sehr, dass du mich ganz verschlingst. In dem Traum sah ich, dass du einen Schuss in deinen schuppigen Rücken abbekommen hattest und dass dein Blut in den Fluss lief. Und ich wusste, dass du im Sterben lagst, und ich glaubte, dass du tot sein würdest, sobald ich aufwachte, also musste ich unbedingt versuchen, weiterzuschlafen. Aber ich fühlte, dass ich trotzdem aufwachte. Und du machtest eine Pause, und dann hast du mit deinen Zähnen meinen Brustkorb durchtrennt, die Lippen an deinem Arm abgewischt und mich mit deiner Kleine-Jungen-Stimme gefragt: ›Coco, werde ich tot sein, wenn du aufwachst?‹ Und ich habe deine kupferfarbenen Locken gestreichelt und gefühlt, wie mein Blut kalt wurde.

Als ich aufwachte, war mir sehr kalt. Ich fühlte mich ganz klein. Die Dunkelheit im Schlafzimmer war eine Flüssigkeit, in die alles andere eingetaucht war. Ich konnte die Kerze nicht mit den Händen ertasten. Und ich war mir sicher, dass du tot warst. Du hattest meinen wichtigsten Körperteil mit ins Grab deines Magens mitgenommen.

Dann hörte ich das Quietschen, das die Tür der Vorratskammer beim Öffnen macht. Ich dachte, das könne bloß ein Einbrecher sein, der jetzt in der Küche lärmte – denn du warst ja tot, nicht wahr? Du warst nicht zum Kartenspielen weggegangen und kamst jetzt nicht nach Hause und hattest dir nicht in der Vorratskammer ein paar Scheiben Käse abgeschnitten, um sie mit einer Pflaume auf der Veranda zu essen, wie du das spätabends gern machtest – und alles auf Zehenspitzen, um mich nicht zu wecken. Nein, ich hatte dich verloren.

Ich tastete mich an der Wohnzimmerwand entlang in die Küche. Ich sagte nichts. Der, den ich für einen Einbrecher hielt, sagte auch nichts, obwohl ich ihn schwach im Raum herumgehen sah. Ich fand die Lampe und die Streichhölzer auf dem Küchentresen. Ich zündete den Docht an und stülpte den Lampenzylinder darüber und presste dann den Ärmel meines Nachthemdes gegen meine schmerzenden Augen. Ich wickelte den Docht eine Vierteldrehung auf. Ich bewegte meinen zitternden Arm von meinem Gesicht fort. Die Geschirrschränke leuchteten gelblich und hüpften bedrohlich im Lampenschein, und ich hörte, wie der Einbrecher näher kam.

Dann – wie wenn man den Schatten eines Fisches sieht, unwirklich und flach, unter der Wasseroberfläche eines Baches, und plötzlich durchbricht der Fisch die Grenze seines Elements und schleudert sich quicklebendig in die leuchtend frische Luft – schoss dein rotes Gesicht aus den bodenlosen, geschwärzten Tiefen über der Lampe in mein Blickfeld. Und du hast mich geküsst.

Vielleicht ist dieses Stück zu groß zum Schlucken. Siehst du, ich nehme es raus. Vielleicht magst du zuerst das Apfelmus essen. Ich weiß, wie sehr du Süßes magst, mein Süßer. Ich rühre den braunen Zucker darunter. Du musst nicht einmal kauen. Öffne einfach den Rachen und lege den Kopf zurück und lass es hinunterrutschen – wie Seevögel, die Fische durch ihre Gurgeln gleiten lassen. Du hast die Bäume selbst gepflanzt, die Apfelbäume. Und ich habe die Äpfel heute frisch durch die Mühle gedreht. Es ist kein einziger Kern drin, ich verspreche es.

Ich hatte den lange erwarteten Brief von dir bekommen, aber ich hatte noch nie von dem Ort gehört, zu dem ich kommen sollte. Während also die Nonnen im Hof ihre Bettwäsche von der Leine nahmen, schlich ich in die Bibliothek der Klosterschule und suchte die Atlasseite für das zentrale Nordamerika heraus. Dann hörte ich sie kommen und riss die Seite heraus. Und ich stellte das Buch zurück ins Regal und lief fort. Am späten Abend ging ich heimlich in den Zitronengarten, der sich hinter dem Haus meines Vaters befand. Der Geruch der Blüten in diesem Obstgarten war wie der Inbegriff von Süße. Ein leuchtender Mond stand hoch am Himmel. Ich suchte auf der Karte, aber alles, was ich finden konnte, war Iowa. Iowa war genau in der Mitte. Und ich kannte dich nicht gut genug, um zu wissen, ob du in solchen Dingen nachlässig bist: die richtigen Buchstaben eines Ortsnamens in der richtigen Reihenfolge zu schreiben.

Mir gefällt das. Mir gefällt, wie still es jetzt ist. Du und ich, wir sitzen allein in einem stillen Raum. Du musst nicht reden. Kipp einfach deinen Kopf nach hinten und schlucke.

Wenn ich jemanden aus meiner Stadt träfe, könnte ich dann immer noch in meinem Dialekt mit ihm sprechen? Ich glaube nicht. Du hast gewollt, dass ich die Nationalsprache spreche, so wie man sie in der Armee spricht oder im Haus des Königs. Nehme ich an. Es war mir immer peinlich, als ich anfing, so zu sprechen, wie du es wolltest. Wie wenn ich mich aufspielen würde. Ich sagte zu dir: ›Um Himmels willen, ich bin nicht aus Siena, ich bin keine Baroness.‹ Aber ich schämte mich.

Als wir frisch verheiratet waren, war ich sehr unglücklich. Wir hatten fließend Wasser und zwei Zimmer für uns allein, und die Kohle wurde uns jeden Monat ins Haus geliefert, in eine Schütte im Stall der Vermieterin. Das war so viel mehr, als ich mir erhofft hatte. Aber ich konnte es nicht ertragen, dir ins Gesicht zu sehen. Und einmal, da bist du aus dem Geschäft nach Hause gekommen, und es war spät, und ich hatte gekochte Bohnen und frischen Brokkoli und Hühnerhälse für dich zum Abendessen aufgesetzt. Und du hast dir die Hände und das Gesicht über der Küchenspüle gewaschen, und dann hast du dich zum Essen hingesetzt. Und du hast mich beobachtet, als du mir die harmlosen Nichtigkeiten deines Arbeitstages erzählt hast, aber ich konnte nicht aufschauen. Und du sagtest mir, ich solle aufschauen. Aber ich konnte es nicht ertragen. Und das ging Monate so. Und du bist aufgestanden und auf meine Seite des Tisches gekommen und hast mir gesagt, ich solle zu dir aufschauen, während du dich in deiner ganzen Größe über mich gebeugt hast. Und ich habe es nicht getan. Und dann hast du mich mit der Rückseite deiner Hand hart auf die Seite des Kopfes geschlagen, sodass ich spürte, wie mich die Haarnadel ritzte. Es war nicht allzu hart. Und du hast mich gefragt, warum ich dich nicht anschauen würde. Und ich sagte, dass ich es nicht wisse. Und du sagtest: ›Warum hast du gesagt, dass du mich heiraten willst, und bist ganz hierhergekommen und hast es getan, hast mich geheiratet, wenn du mich nicht wolltest?‹ Und ich hätte sagen sollen, dass das nicht wahr sei, dass ich dich wollte. Aber stattdessen habe ich dir die Wahrheit gesagt. Ich sagte: ›Du bist nicht das, was ich erwartet habe.‹

Du bist aus der Wohnung gestürmt. Ich habe gehört, wie deine Füße so schnell die steile Treppe hinunterliefen, dass ich Angst hatte, du würdest stürzen. Dann bist du wirklich gestolpert, und ich habe gehört, wie dein Körper auf dem Treppenabsatz aufschlug. Und du hattest dich vermutlich verletzt, aber ich bin nicht aufgestanden, um nach dir zu sehen. Und dann habe ich gehört, wie deine Füße den Rest der Treppe langsamer hinuntergegangen sind. Und ich habe gehört, wie sich die große Tür geöffnet hat und der Lärm der Straße nach oben in unsere Wohnung drang. Und dann das Knallen der Tür. Und dann Stille.

Ich mache gern eine Sache nach der anderen. Heute, zum Beispiel, da hätte ich den Braten um drei in den Ofen schieben sollen, aber ich hatte das Stoffmuster für die Bluse aus dem Ballen Organdy ausgeschnitten, und ich hatte mir selbst befohlen, erst mit dem Nähen der Ärmel fertig zu werden, ehe ich etwas anderes in Angriff nähme. Na bitte, schon fertig. Ich verwende dafür gern eine kleine Kiste, und dann nehme ich alles aus der Kiste heraus und lege es wieder hinein. Na bitte, schon fertig. Ich lese gern ein Buch von vorn bis hinten. Ich lese gern jeden Buchstaben darin, und dann klappe ich es zu. Weil ich also mit den Ärmeln angefangen hatte, hatte ich nicht einmal eine Karotte für das Abendessen geschält, als ich dann damit fertig war. Und weil ich das Abendessen mit dir angefangen habe, werde ich hier bleiben, bis du etwas isst.

Mein Bewusstsein ist ein sehr helles Licht, mit dem ich dies und das anstrahle in meinem Kopf. Oft wird etwas zu grell angestrahlt, und es fängt an, vor meinem inneren Auge auszutrocknen. Es gab ein Du, das ich drei Jahre im Kopf hatte, während du in diesem Land warst und ich in dem anderen. Damals im Obstgarten, als ich mit meinen fettigen Fingern Flecken auf der Karte machte, da konnte ich nicht direkt an dich denken. Ich konnte dich nicht sehen. Ich konnte mir den genauen Klang deiner Stimme nicht in Erinnerung rufen. Du hast nur an den Rändern meiner Gedanken existiert, und deshalb konntest du schön sein. Und dann – und das erschien mir sehr abrupt – lebte ich mit niemandem als dir in diesen zwei Zimmern. Und ich liebte dieses Du auf der anderen Seite des Tisches nicht. Und ich sah hinab auf meine Füße und versuchte, mich an das Gesicht zu erinnern, das im Obstgarten an den Schattenrändern meiner Gedanken existiert hatte, denn ich wollte meinem Herzen sagen: Schau, es ist derselbe Mann. Aber ich konnte mich nicht an das andere Du erinnern, an das Vorstellungs-Du.

Alles, was ich direkt anschaue, an was ich unverstellt denke, was ich mit einem Namen benenne, verwandelt sich in Stein.

Du warst nicht, was ich erwartet hatte. Es war mindestens so schlimm, wie du befürchtetest: Du warst eine Enttäuschung für mich. Falls du nicht deine Augen öffnest und den Kopf zurückneigst, werde ich dir etwas anderes erzählen. Ich werde es tun.

Ich werde es tun.

Du bist für mich immer noch eine Enttäuschung.

Ich würde meine Reue darüber, dass ich so empfinde, gern nehmen und sie in eine kleine Kiste legen und sie verschließen. Mein Liebling, ich habe in all den Jahren versucht, sie zu verschließen. Und doch ist das Gefühl da, unverschlossen, unverschließbar; und es gibt kein *Na bitte, schon fertig damit,* niemals. Manchmal lauert im Dunkel mehr, manchmal weniger.

Du könnest sagen, dass ich kein Recht habe, den Torheiten meines Herzens so viel Aufmerksamkeit zu schenken, diesen schwer fassbaren Gefühlen der Reue, angesichts einer ehrlichen, aber unfreundlich vorgebrachten Beichte, solange mein Gewissen größere Aufgaben zu bewältigen hat. Ich habe mir eine gewisse Fertigkeit angeeignet und sie perfektioniert, eine Grausamkeit, für die ich Geld nehme. Und ich bin stolz darauf. Ich habe versucht, Reue in mir zu finden, aber wo ist sie? Wenn ich wollte, könnte ich mir sicherlich eine Verteidigung zurechtlegen, aber das würde ich nur wollen, wenn ich Reue empfände.

Warum muss man alles erklären? Warum müssen wir ›weil‹ sagen? Wir benennen die Gründe unseres Tuns, wir erzählen uns selbst diese privaten Legenden, und wir wissen die ganze Zeit, dass sie bestenfalls halb wahr sind.

Einmal, da hast du eine Birne gegessen, und mit Schwung hast du deine Zähne ins Fruchtfleisch gerammt. Du warst sehr gründlich, wie es deine Art ist. (Wir waren Arm in Arm auf dem Rückweg vom Theater, wo wir ein Spiel gespielt hatten, in dem wir uns ausgedachte Übersetzungen für Wörter zuflüsterten, die wir nicht verstanden hatten.) Wir redeten, und ich machte einen Scherz auf Englisch, meinen ersten: dass du der Birne wie mit einer Abrissbirne zu Leibe rückst. Und du hast gelacht. Und dann hast du dir das Kerngehäuse in den Mund gestopft und es gekaut und runtergeschluckt. Und später haben wir uns gefragt, warum du das getan hast. Was war über dich gekommen, eine Birne mit Stumpf und Stiel zu essen? Und das ist, was du schließlich, zwei Abende später, nachdem ich die Hoffnung auf eine Erklärung schon aufgegeben hatte, sagtest. Du sagtest: ›Das habe ich absichtlich gemacht.‹ Was, wie wir beide wussten, in keiner Weise ein Weil war. Aber es war die Antwort.

Mein Liebling, meine Buße, mein Trost, ich liebe die Unordnung nicht, wie du mir einmal unterstellt hast. Es ist nur so, dass ich alles und zugleich das Gegenteil empfinde, und oft empfinde ich beides zur selben Zeit im selben Teil meiner selbst. Du bist die Treppe hinuntergefallen, und ich hoffte, dass du weiter fallen würdest, und zugleich hoffte ich, dass du wieder zu mir hochkommen und die Tür beim Eintreten hinter dir schließen würdest.

Ich wünschte, es würde zu regnen aufhören. Ich wünschte, diese Maultiere würden nicht so kläglich aussehen, wie sie da im Stehen schlafen, während der Regen auf sie niederprasselt und zugleich als Dampf von ihren grauen Flanken aufsteigt.

Ich kehre immer und immer wieder zum Haus meines Vaters zurück, an dem Abend des Tages, als ich es verließ. Die Dunkelheit bricht an. Wie das im Oktober und am frühen Abend so ist, fällt ein schwacher Regenschauer, der bald vorbei sein wird. Hier sind die Gemüseschalen, die in unserem Garten verrotten. Dort sind die Laternen derer, die als Letzte aus den Weinbergen kommen. Im Haus zerrt meine Mutter an einer Kette, um ein Stück Holz vor das Fenster zu ziehen, damit die Wärme drinnen bleibt. Sie nimmt an, dass ich auf dem Rückweg vom Haus der Mutter des Vaters meines Vaters bin, denn dorthin hatte ich angeblich gehen wollen. Ich habe mich aber verspätet. Ich bin leider in den Regen gekommen, vermutet sie. Ich komme oft zu spät. (In Wahrheit bin ich jetzt schon in Rom am Bahnhof, und die ausgemergelten Katzen schleichen um die Müllhaufen herum.) Mein Vater und meine drei Brüder und meine fünf Schwestern und meine Tanten und mein Großvater kommen herein und waschen sich alle im selben

Wasserkessel den Schmutz von den Händen. Meine Abwesenheit wird bemerkt, löst aber keine Beunruhigung aus. Sieh sie dir an, nass und stinkend, sie alle sind schon tot, und sie wissen es nicht einmal. Sie sind schon in die Vorstellungen, die ich von ihnen habe, verwandelt worden, wie eines Tages vielleicht auch du, falls ich dich überlebe. Es ist so wenig Licht in diesem Raum, dass sie sich alle über die Suppenschüsseln beugen, um zu sehen, was sie essen.

Also, was ich wissen will: Wenn ich sie in Geister meines Denkens verwandelt habe, und wenn ich sie dabei mit Schönheit ausgestattet habe, habe ich ihnen damit etwas Gutes oder Schlechtes getan?

Du hattest das Rennen verloren und deinen Kopf unters Wasser gehalten, und die anderen hatten deinen Bruder auf ihren Schultern davongetragen, als ich dir die Karten überreichte und sagte: ›Hier, die sind für den Verlierer.‹ Danach habe ich dich noch zweimal gesehen. Und es war immer die schwarze Wand zwischen uns, obwohl es manchmal schien, als würde sie beiseitegeschoben werden, sodass ich dachte, mein Herz müsste zerplatzen. Dann habe ich dich drei Jahre lang nicht gesehen. Ich habe jede Nacht mit deinem schönen Geist geschlafen. Und als ich dich wiedersah, war ich immer noch sehr jung, und ich wusste noch nicht, dass du nicht meine Vorstellung von dir sein würdest. Und wenn ich sage, dass du immer noch eine Enttäuschung für mich bist – oh ja, ich bin sehr, sehr grausam, ganz wie du gesagt hast, aber warte –, dann will ich damit sagen: Mein liebster Liebling, du hast die Vergangenheit getötet. Du hast mir das Herz gebrochen. Du hast mir die Gegenwart geschenkt.

Sieh mich an. Öffne deine Augen und sieh mein Gesicht an.

Ich erinnere mich noch an deinen ersten Scherz auf Englisch. Wir gingen auf der Maumee Avenue durch die Innenstadt zu einem Musikklub. Wir waren seit langer Zeit verheiratet, und Alessio war tot. Und du hast mich belästigt, du wolltest mich aufs Ohr küssen, auf offener Straße, vor allen Leuten. Ich habe dir eine geklebt und war bockig, aber du bist hartnäckig geblieben. Du hast mich eine Hexe genannt, aber das hat mich kaltgelassen. Die Exkremente der Pferde lagen überall im Rinnstein. Und du sagtest: ›Ich hoffe, du hast noch ein Herz im Ärmel.‹ In einem Käfig in einem Fenster über uns schrie ein Affe auf eine Weise, die so sehr dem Schreien eines menschlichen Kindes ähnelte, dass ich dort hochgehen und ihn im Arm halten wollte. Du hast wieder versucht, mich während des Gehens zu küssen, und ich habe dich weggestoßen, und du hast, wobei du mein Ohr fast mit deinem Mund berührtest, etwas so Vulgäres geflüstert, wie ich es wohl noch nie von dir gehört habe – du erinnerst dich, was du tun wolltest, die Sache, die du – wie du sagtest – mit mir tun wolltest, gleich hier im Stehen auf der Straße. Und ich sagte mir in Gedanken – und wünschte, du könntest es wissen, ohne es mich sagen zu hören –: Wenn du mich nur abweisen könntest, würde ich mich dir hergeben.

Oder trink doch etwas, ja? Ja?

Was ich damals am meisten fühlen wollte, war der bohrende Schmerz, wenn du dich von mir abwendest. Wir waren einander unähnlich, du und ich. Du fühltest, was du fühltest, wohingegen ich, wie ein Wissenschaftler, immer zu wissen versuchte, was ich fühlte. Wie ein Narr führte ich in Gedanken Experimente durch: Wenn dies geschah, wie würde ich mich dann fühlen. Wenn das, wie dann? Mein Herz war vor mir verborgen, und ich glaubte, ich müsse es quälen, damit es seine Geheimnisse preisgebe. Ich wollte, dass du mich aus aufrichtiger Abneigung zurückweist, damit ich meine Gefühle im Leiden verstehen könnte. Aber du hast nicht von mir abgelassen. Du hast keinen Raum zwischen uns gelassen, in den ich meine Gedanken stecken konnte. Und so habe ich sie niemals gekannt und kenne sie auch jetzt nicht, meine eigenen Gefühle. Ich fühle sie nur.

Aber wenn du jemals. Solltest du jemals. Jemals. Wenn du das tun würdest. Wenn du jemals … dann würde die Wand, auf der all die Vorstellungen aufgemalt sind, für immer umkippen.

Aber du hast mich nicht zurückgewiesen. Du hast meinen Arm fest mit deiner braunen Hand umfasst. Ich war damals so mager, und deine Hand war so groß, dass du sie ganz um den dicksten Teil meines Armes legen und mit dem Daumen deine Finger berühren konntest. Und ich sagte mir: Es besteht keine Hoffnung. Und ich kapitulierte, wurde von dir in den Klub gezerrt und auf einen Stuhl hinter

einem Tisch gesetzt, einem Tisch ohne Tischdecke, übersät mit Erd-
nussschalen und losen Tabakfäden. Ein Dutzend junger Männer stand
hinter den Lichtern auf der Bühne, sie spielten Geige und Banjo. Einer
hatte eine Mundharmonika, ein anderer – ein Junge, der saß – hatte
eine Säge (eine Säge!), die er in Form eines *S* bog, und weiterbog, ehe
er seinen Griff lockerte und mit einem Hammer daraufschlug, worauf
sie wie eine menschliche Stimme klang, schwermütig, während ein alter Mann, älter als du jetzt, mit einem weißen, ungleichmäßigen Bart
dazu sang. Ich kannte die Wörter nicht, die er sang (es war Englisch,
außer dass es überhaupt kein Englisch war), und alle bis auf den Jungen standen, während der Mann sang und den Takt mit seinen Stiefeln laut auf den Boden stampfte, und ein Neger fragte dich, was wir
trinken wollten. Und du sagtest ihm, er solle uns bitte zwei Flaschen
Bier bringen. Ich fragte mich, wo ich hier nur sei? Ich war einunddrei-
ßig. Wir waren seit zehn Jahren verheiratet. Alessio war tot. Ich fragte
mich, wo ich hier nur sei? Der Junge schlug unablässig auf die Säge ein,
brachte sie zum Aufschreien zwischen den Geigen, und dann waren
da noch die Banjos und die Mundharmonika und die gähnende ausländische Stimme des alten Mannes und sein Stampfen und das kraft-
volle Klatschen seiner Hände. Du hast meinen Arm nicht losgelassen.
Meine Familie war tot. Ich hatte sie umgebracht. Der Neger kam mit
den Flaschen und schüttete das Bier in Gläser. Ich hatte keine Hoffnung auf irgendeine Hoffnung. Die Rampenlichter warfen die langen
Schatten der Männer auf die grüne Wand hinter ihnen. Ich hatte keine
Vergangenheit und kein Heimatland, in das ich zurückkehren konnte, und keine Hoffnung – nur diesen Mann, der meinen Arm so fest
im Griff hielt – meine eigene Hand war schon ganz taub. Die Männer
auf der Bühne hüpften, und der alte Mann stieß einen Juchzer aus und
hüpfte und landete mit seinen Stiefeln fest auf der Bühne, und die anderen hörten zu spielen auf. Ich sah, dass der Junge den Hammer unter seinen Stuhl legte und einer der Geiger ihm einen Bogen reichte.
Dann bog der Junge die Säge tief hinab bis zu seinen Schuhspitzen und
strich mit dem Bogen über die stumpfe Seite der Säge. Sonst war alles
still. Niemand bewegte sich, außer diesem Jungen mit seinem Bogen

und der Säge, und dem Neger, der eine Flasche zu einem Tisch im vorderen Teil des Klubs trug.

Und der Klang drang in mein Inneres ein – du erinnerst dich an den Klang, einen Klang von außerordentlichem Leid mit noch etwas anderem darin. Etwas, das ich nicht … zurückweisen konnte, der Klang dessen, was das Leid auf seiner Rückseite ist; es war der hoffnungslose Klang eines lachenden Kindes.

Eine Minute später begann der alte Mann grandios zu stampfen, und alle begannen wieder mit den Banjos und dem Singen. Ich konnte kaum Atem holen. Und du hast meinen Arm losgelassen und deine Lippen an mein Ohr gedrückt und gesagt: ›Hör mit dem Heulen auf.‹ Aber ich hatte nicht gewusst, dass ich heulte, ehe du es mir gesagt hast. Ich dachte, ich würde lachen. Ich glaubte zu lachen, wie die Säge des Jungen, wie ein Kind, das lacht. Ich glaubte, überhaupt keine Hoffnung zu haben. Ich hatte überhaupt keine Hoffnung. Ich konnte nicht aufhören zu lachen. Die Uhr über der Bühne zeigte halb acht. Es roch nach Tabakspucke und Popcorn.

Und wenn jemals. Solltest du jemals – du musst jetzt deinen Mund öffnen und etwas Warmes trinken. Wenn du jemals. Dann – du weißt das, und deshalb musst du mir helfen, du musst deinen Mund öffnen und trinken –, dann würdest du mich unwiederbringlich in die tote und unwiederbringliche Vergangenheit stürzen, bis an ihren Grund.

Du erinnerst dich, nicht wahr? Wie da ein Junge mit wilden Augen und dünnem gelbem Flaum auf den Wangen saß und wie du deinen Mund auf mein Ohr legtest, als ob wir allein wären, und wie der alte Mann gejuchzt hat? Wir tranken unser Abendessen. Der alte Mann stieg schließlich von der Bühne herab, setzte sich an den Ofen in der Mitte des Raumes und schlief ein.

Und wir blieben bis elf und haben den Jungs beim Spielen zugehört.

Deutsche Erstausgabe
1. Auflage 2012
© by Arche Literatur Verlag AG, Zürich–Hamburg, 2012
Alle Rechte vorbehalten
Die Originalausgabe erschien 2008
unter dem Titel *The End* bei Graywolf Press, Saint Paul
Copyright © 2008 by Salvatore Scibona

Aus dem Amerikanischen von Steffen Jacobs
Lektorat: Heiko Arntz, Wedel
Umschlag: Andrea Schneider, Max Bartholl, b3K, Hamburg–Frankfurt a. M.
Umschlagmotiv: © Library of Congress/Jack Delano
Satz: Greiner & Reichel, Köln
Druck und Bindung: GGP Media GmbH, Pößneck
Printed in Germany 2012
ISBN 978-3-7160-2640-3

www.arche-verlag.com